Ivan Alekséievitch Búnin

ALAMEDAS ESCURAS

Tradução do russo

Irineu Franco Perpétuo

Ilustrações

Svetlana Filíppova

Prefácio

Elena Vássina

Editora Ars et Vita
Ars et Vita Ltda.
Avenida Contorno, 7041/101 | Lourdes | CEP 30110-043
Belo Horizonte - MG - Brasil
www.arsetvita.com

Capa, projeto gráfico e editoração eletrônica: Marcello Kawase
Preparação: Francisco de Araújo
Revisão: Luiz Gustavo Carvalho e Lolita Beretta
1ª edição – 2024

Dados Internacionais de Catalogação na Publicação (CIP)
(Câmara Brasileira do Livro, SP, Brasil)

Búnin, Ivan Alekseievitch, 1870-1953
Alamedas escuras / Ivan Alekseievitch Búnin ; tradução do russo Irineu Franco Perpétuo ; ilustrações Svetlana Filíppova ; prefácio Elena Vássina. -- 1. ed. -- Belo Horizonte, MG : Ars et Vita, 2024.

Título original: Tiemnie allei
ISBN 978-85-66122-18-3

1. Contos russos I. Filíppova, Svetlana. II. Vássina, Elena. III. Título.

24-200252 CDD-891.73

Índices para catálogo sistemático:

Índices para catálogo sistemático:
1. Contos : Literatura russa 891.73
Cibele Maria Dias - Bibliotecária - CRB-8/9427

Publicado com o apoio do
Instituto de Tradução (Rússia)

AD VERBUM

Prefácio

O amor é tão forte quanto a morte.

Elena Vássina

Ivan Búnin, primeiro escritor russo a ganhar o Prêmio Nobel de Literatura, considerava que seu último livro, a coletânea de contos *Alamedas escuras*, era também o melhor. E é verdade, parece que neste livro a arte literária de Búnin alcança a sua mais plena perfeição, encantando os leitores com a absoluta beleza formal — poética e musical — de cada frase, de cada pequeno detalhe e da composição, tudo aquilo que engloba o afamado estilo literário deste escritor que os leitores lusófonos agora poderão apreciar graças à brilhante tradução direta de Irineu Franco Perpétuo.

A maioria dos contos de *Alamedas escuras* foi escrita no período de 1937 a 1945, na época sombria e trágica da véspera e durante a Segunda Guerra Mundial. O primeiro conto, *O Cáucaso*, é datado de 12 de novembro de 1937, e o último, *O balanço*, é de 10 de abril de 1945. Posteriormente Búnin decidiu incluir no livro mais duas obras: *Primavera, na Judeia* (1946) e *Pernoite* (1949).

A esposa de Ivan Búnin, Vera Múromtseva-Búnina, lembrava que a coletânea *Alamedas escuras* surgiu "em parte porque nós queríamos escapar para outro mundo durante a guerra, onde o sangue não era derramado, onde as pessoas não eram queimadas vivas... Estávamos todos ocupados escrevendo e isso nos ajudou a suportar o insuportável." E o próprio Búnin escreveu numa carta a seu amigo, o escritor Boris Zaitsev: "Este livro tem o nome do primeiro conto, *Alamedas escuras*, e todos os outros tratam também, por assim dizer, das escuras e na maioria das vezes muito cruéis 'alamedas do amor...' Para que pensar todo o tempo na morte e nos feitos do diabo no mundo?! Boccaccio escreveu *Decamerão* durante a peste, enquanto eu escrevi *Alamedas escuras*. A comparação da época de Hitler e Stalin ao tempo de peste era recorrente nos comentários do escritor.

Apesar de uma visão trágica do amor e do mundo, as *Alamedas escuras* transbordam de ilimitadas forças vitais tão necessárias nos "tempos da peste". Em sua resenha do livro de Búnin, Gueórgui Adamóvitch, importante crítico da literatura russa de emigração, escreveu que "todo amor é uma grande felicidade, um 'presente dos deuses', mesmo que não seja partilhado. É por isso que o livro de Búnin exala felicidade, é por isso que está imbuído de gratidão à vida, ao mundo em que, apesar de todas as suas imperfeições, a felicidade pode acontecer."

Ivan Aleksêievitch Búnin viveu uma vida longa, dividida em dois períodos pela revolução de 1917, assim como a própria literatura russa ficou brutalmente separada em duas partes pelos longos setenta anos do poder soviético: a literatura soviética e a do exílio. A última deve muito a Búnin por seu reconhecimento internacional.

Os primeiros 50 anos, Ivan Búnin passou na Rússia, onde nasceu em 1870 em família da nobreza antiga, mas empobrecida. Ainda muito jovem começou a ganhar sua vida trabalhando como jornalista e, paralelamente, escrevendo e traduzindo poesia. Contemporâneo de Tolstói e Tchékhov, Búnin conheceu ambos pessoalmente e também ficou consagrado entre os imortais da literatura russa. Em 1903 e 1909, ganhou o prêmio Púchkin, considerado o mais importante prêmio literário do país, e, em seguida, foi eleito membro honorário da Academia Imperial de Ciências. Na década pré-revolucionária, Búnin, autor de obras-primas como *A aldeia* ou *O cavalheiro de São Francisco,* já era reconhecido como um dos melhores escritores russos do século XX.

Tudo indicava que alcançaria o topo do Olimpo literário e ninguém poderia imaginar que suas obras seriam proibidas e seu nome seria banido na sua pátria por várias décadas...

Logo após a revolução de 1917, Búnin se tornou um refugiado. O escritor não aceitou o novo poder dos bolcheviques e, quando a derrota do Exército Branco se tornou definitiva e parecia que Búnin e sua mulher Vera "tivessem bebido o cálice do sofrimento indescritível", fugiu da Rússia embarcado em um dos últimos navios que partiu de Odessa salvando aqueles que tinham sido considerados "inimigos da revolução e do proletariado". Passando por Constantinopla e depois pela Bulgária e Sérvia, em março de 1920 o casal Búnin chegou em Paris. Já no ano seguinte teve publicada na França a coletânea de contos *O cavalheiro de São Francisco*, acolhida de maneira entusiasta pela imprensa, que falava que Búnin era autor de vários contos cujo "poder era digno de Dostoiévski" e o via como "um verdadeiro talento russo, sangrento, áspero e ao mesmo tempo corajoso e grande". No entanto, a vida no exílio deste "verdadeiro talento russo" (aliás, assim como centenas de escritores e poetas russos que, ao não aceitarem a revolução bolchevique, deixaram tudo na Rússia, inclusive seus corações, e emigraram) não foi nem um pouco fácil.

Quando o carteiro tocou a campainha da casa de Búnin em 10 de novembro de 1933 para entregar o telegrama com a notícia de que o escritor tinha sido agraciado com o Prêmio Nobel de Literatura, Búnin estava em tal estado de penúria que não tinha nem mesmo uma gorjeta para lhe dar. Na decisão da Academia Sueca constava que o prêmio fora concedido a Ivan Búnin "pelo rigoroso talento artístico com que recriou o típico personagem russo na prosa literária."

Além de sua esposa Vera, o escritor levou ainda uma outra mulher para a cerimônia de premiação — Galina Kuznetsova, uma jovem poeta e escritora que era apresentada oficialmente como sua discípula, apesar das dificuldades em esconder o fato de que as relações entre os dois eram bem mais próximas e íntimas do que entre um mestre e sua pupila. Esta história de amor, última e trágica na vida de Búnin, seria uma importante fonte de inspiração para a criação de *Alamedas escuras*. Os dois se encontraram quando Galina tinha 26 anos e o escritor era 30 anos mais velho. A paixão que acometeu os dois foi igual a um relâmpago (metáfora que definiria vários enredos de *Alamedas escuras*), apesar de ambos estarem casados. Galina logo separou-se do marido, mas Búnin nem sequer imaginava que podia abandonar a sua esposa. O secretário de Búnin, Andrei Sedikh, comentava sobre o relacionamento do casal: "Ele tinha casos, embora amasse sua esposa Vera Nikoláievna com um amor real, até mesmo supersticioso... Ele não trocaria Vera Nikoláievna por ninguém. E com tudo isso, adorava ver mulheres jovens e talentosas ao seu redor, cortejava-as, flertava, e essa necessidade só se intensificou com o passar dos anos..."

Assim sendo, rapidamente o escritor convidou Galina para morar com eles na casa que alugava junto com Vera em Grasse, no sul da França. Foi deste jeito que começou a estranha convivência dos três — Búnin, Vera e Galina. Contudo, o verdadeiro drama aconteceu depois da premiação, na volta de Estocolmo. Búnin decidiu visitar seu amigo, o filósofo Fiódor Stepun, e foi lá que Galina conheceu e logo se apaixonou (paixão relampejante!) pela irmã de Stepun, a cantora de ópera Marga. Ela quis então terminar o mais rápido possível as relações com Búnin, que se sentiu cruelmente enganado e traído em seu amor. Pela ironia trágica da vida, Búnin ainda teria que conviver sob o mesmo teto com Galina e a namorada dela durante a Segunda Guerra Mundial, quando ofereceu em sua casa abrigo a estas duas mulheres.

Era como se o próprio destino estivesse proporcionando para o escritor enredos e vivências tão profundos e intensos, a fim de que ele tivesse bastante material para a criação das *Alamedas escuras* do amor.

O livro *Alamedas escuras* é composto por quarenta textos de diferentes gêneros: contos, novelas, pequenas cenas, "poemas em prosa" e até, segundo a definição do próprio Búnin, um "pequeno romance" (*Natalie*). A coletânea está dividida em três partes, sendo que a primeira é composta por seis, a segunda por quatorze e a terceira por vinte textos. Cada um dos três ciclos possui temas em comum, por exemplo, o primeiro ciclo gira em torno do engano, da traição e do assassinato, no foco do segundo ciclo estão motivos de separação, partida e morte. No terceiro ciclo, Búnin explora diferentes manifestações do amor: desde o primeiro amor até o crime passional. Na maioria das obras encontramos poucos personagens, como regra, apenas um homem e uma mulher que muitas vezes nem mesmo têm nomes, identificados apenas por "ele" e "ela", os arquétipos dos princípios masculino e feminino.

Os momentos mais felizes e cruciais da vida dos personagens de *Alamedas escuras* estão associados ao amor que, na maioria das vezes, determina o futuro deles. No entanto, essa felicidade é passageira porque o amor carrega uma premonição de um inevitável desfecho fatal que cria uma tensão ímpar nas narrativas do livro. Como diz Natalie, personagem do conto homônimo: "Se bem que existe, por acaso, amor infeliz? — ela disse, erguendo o rosto e indagando com os olhos negros abertos e cílios. — Por acaso a música mais pesarosa do mundo não dá felicidade?"

O escritor nega ao amor a possibilidade de durar seja no casamento ou no simples decorrer de vida cotidiana. Na descrição de Búnin, o amor é um relâmpago curto e deslumbrante que ilumina a vida dos personagens e logo em seguida os faz olhar dentro do abismo perigoso que inevitavelmente provoca o final trágico. Na visão de mundo do autor de *Alamedas escuras*, sempre há a proximidade entre o amor e a morte, refletindo a natureza catastrófica da existência humana. E, como se diz no *Cântico dos Cânticos*, de Salomão, "o amor é tão forte quanto a morte".

O primeiro conto do livro dá o título e define a poética da coletânea inteira. É muito significativo que o conto começa com a descrição de uma triste paisagem outonal, definindo uma tonalidade soturna do livro, como uma metáfora do ciclo da vida que evolui para o seu final. O primeiro conto estabelece também a dualidade filosófica na percepção autoral dos acontecimentos de sua vida na complexa relação com as histórias de amor vivenciadas pelos seus personagens.

Não é por acaso também que um dos contos da terceira parte chama-se *Um outono frio* (1944). O destino do amor e o destino da história coincidem nessa narrativa que tem o início do outono de 1914 — primeiros meses da Grande Guerra — como o seu trágico marco temporal. Na maioria das obras de *Alamedas escuras* o narrador é homem e apresenta uma visão masculina da história, apenas uma vez, em *Um outono frio*, o olhar feminino domina a narrativa. A personagem principal, uma imigrante russa na França, já está no final de sua vida e recorda todos os caminhos percorridos desde uma fria noite outonal no interior da Rússia na propriedade da sua família. Os únicos momentos felizes de sua longa vida guardados na memória são aqueles que ela vivenciou junto com seu noivo no distante passado, antes do início da época das catástrofes anunciada pela Grande Guerra e seguida pela revolução de 1917. "Porém, recordando tudo por que passei desde então, sempre me pergunto: sim, mas o que de fato aconteceu na minha vida? E respondo-me: apenas aquela noite fria de outono. Será que ela aconteceu alguma vez? Aconteceu mesmo. E isso é tudo que aconteceu em minha vida — o restante é um sonho desnecessário."

A imagem de "alamedas de tílias escuras" que pela primeira vez aparece no conto homônimo seria um *leitmotiv* do livro. Além de ser uma metáfora dos conflitos amorosos, as alamedas anunciam também o motivo da memória, que se tornaria tão importante para a criação de Búnin no exílio. O escritor estabelece correlação entre a perda do amor e a perda da "sua" Rússia, aquela querida "velha Rússia" que acabou para ele com a vitória dos bolcheviques. A memória do escritor está de tal forma aguçada que ele consegue criar quadros impressionantemente vivos e fortes da natureza que fazem parte tão importante da "geografia da alma russa", se nos apropriamos da expressão feliz de N. Berdiáev.

Em todo o livro predominam os espaços e cenários russos. (Há algumas raras exceções, como, por exemplo, *Cem rúpias*, que passa na Índia colonial, o conto *Pernoite*, que acontece na Espanha, *Primavera, na Judeia* ou *Em Paris*, apesar de se tratar de uma Paris dos emigrantes russos.) Na maioria dos contos, Búnin faz ressuscitar todo aquele mundo russo que ele perdera e que já não existe mais. Poético e concreto ao mesmo tempo, descrito em cada pequeno detalhe, este universo russo pré-revolucionário fica imortalizado nas páginas de *Alamedas escuras*.

Um dos melhores (ao meu ver) contos do livro, *Segunda-feira pura*, tem Moscou como cenário, e já no primeiro parágrafo o narrador menciona lugares muito significativos da geografia moscovita: os Portões Vermelhos e a Catedral do Cristo Salvador. No entanto, quando Búnin escrevia esta obra, em maio de 1944, nem os Portões Vermelhos (junto com a Igreja dos Três Santos) nem a Catedral do Cristo Salvador existiam mais, ambos haviam sido destruídos durante a campanha de combate do estado soviético contra a religião.

Uma imagem importante no livro é a estrada ou o caminho, que, além de refletirem a ideia do trajeto de vida dos personagens, criam nos leitores a percepção de um mundo que perdeu sua estabilidade e unidade e se despedaçou em estilhaços que já não podem ser juntados. Para os personagens de Búnin, a felicidade do lar se torna impossível, porque eles vivem em um mundo que se precipita rumo ao final trágico.

Assim que começaram a ser publicados, os contos de *Alamedas escuras* provocaram grande repercussão entre leitores e críticos e as opiniões muitas vezes eram opostas. Alguns críticos ficaram a tal ponto chocados pela franqueza íntima das narrativas de Búnin que até chegaram a acusar o escritor de "erotismo que beira a pornografia". Em seu ensaio *Sobre trevas e iluminação*, o escritor e filósofo russo Ivan Ilyin escreveu que nas "suas alamedas escuras de pecado" Búnin revela "as trevas do universo, a natureza escura e fracassada da alma humana que não conhece o bem e o mal e produz o mal na medida de sua luxúria". No entanto, a poeta e escritora Irina Odoevtseva, que também pertencia à literatura russa no exílio, lembra-se como Búnin, indignado, comentava as críticas que recebia: "Considero *Alamedas escuras* a melhor obra que escrevi e eles, idiotas, acreditam que isso é pornografia e, além disso, volúpia senil e impotente. Os fariseus não entendem que é uma palavra nova na arte, uma nova abordagem à vida!"

A tradição clássica da literatura russa sempre fora casta e puritana e, antes de Búnin, não existia tamanha liberdade para descrever a fisiologia do amor, para falar da força irracional do eros e até dos temas do desejo sexual feminino. Mas, como diz Igor Sukhikh, estudioso da obra de Búnin, "no final das contas, Búnin transforma a fisiologia do sexo e a metafísica do amor em luz etérea e deslumbrante da memória. *Alamedas escuras* é a restauração do tempo instantâneo do amor no tempo eterno da Rússia, de sua natureza e de seu passado solidificado em seu esplendor que acabou".

Búnin sobreviveu à Segunda Guerra Mundial e à ocupação alemã. Sobreviveu também a Stalin por 248 dias. Morreu em Paris, em 8 de novembro de 1953, e foi enterrado no cemitério Sainte-Geneviève-des-Bois, nos arredores de Paris. A primeira parte das obras de Búnin foi liberada da proibição da censura soviética e voltou a ser publicada na sua pátria apenas depois de sua morte, no início da época do Degelo, em 1956.

PARTE I

Alamedas escuras

No tempo frio e ruim de outono, em uma das grandes estradas de Tula, inundada de chuva e recortada por muitas trilhas negras, aproximava-se de uma isbá comprida, em uma extremidade em que havia a estação postal do Estado e, em outra, um cômodo privado, em que se podia descansar ou pernoitar, comer ou pedir um samovar, um tarantasse[1] enlameado com a cobertura erguida pela metade, um trio de cavalos bastante simples, com os rabos grudados pela lama. Na boleia do tarantasse, estava sentado um mujique robusto, de *armiák*[2] bem apertado, sério e de rosto escuro, com uma barba rala de alcatrão, parecendo um velho bandido, e, no tarantasse, havia um militar velho e elegante, de quepe grande e capote cinza de Nicolau[3] de colarinho vertical castor, de sobrancelhas ainda negras, porém bigodes grisalhos, que se uniam a costeletas similares; seu queixo era raspado, e toda a aparência possuía aquela semelhança com Alexandre II que era tão difundida entre militares na época de seu reinado; seu olhar era também interrogador, severo e, ao mesmo tempo, cansado.

Quando os cavalos pararam, ele jogou para fora do tarantasse o pé com bota militar de cano liso e, segurando as abas do capote com as mãos em luvas de camurça, saiu correndo para o terraço de entrada da isbá.

— Para a esquerda, Vossa Excelência — gritou rudemente da boleia o cocheiro, e ele, curvando-se de leve na soleira por causa

---

1. Veículo longo e baixo de quatro rodas, puxado por cavalos. (N. do T.)

2. Sobretudo de lã grossa, com capuz, sem botões, fechado com um cinto, semelhante a um roupão. (N. do T.)

3. Sobretudo longo de gola larga até a cintura, em forma de capa, bastante popular na Rússia na primeira metade do século XIX. (N. do T.)

de sua estatura elevada, entrou no saguão, depois no cômodo à esquerda.

O cômodo estava quente, seco e asseado: um ícone dourado novo no canto esquerdo, debaixo dele, uma mesa coberta por uma toalha limpa e austera, atrás da mesa bancos limpos e lavados; o forno da cozinha, que ocupava o distante canto direito, era novo, branco como giz; perto havia algo como uma otomana, coberta de um xairel malhado, apoiada no flanco do forno; de trás do tapador do forno vinha um cheiro doce de sopa — feita de repolho, carne de vaca e folhas de louro.

O recém-chegado largou o capote no banco e revelou-se ainda mais elegante só de uniforme e botas, depois tirou luvas e quepe e, com ar cansado, passou a mão pálida e magra pela cabeça — seus cabelos grisalhos, puxados nas têmporas para os cantos dos olhos, eram levemente encaracolados, o rosto belo e longo, de olhos escuros, conservava aqui e ali ligeiros traços de varíola. No cômodo não havia ninguém, e ele gritou de forma antipática, abrindo a porta do saguão:

— Ei, quem está aí?

No instante seguinte, entrou no cômodo uma mulher de cabelo escuro, sobrancelhas também escuras e também ainda bela, apesar da idade, que parecia uma velha cigana, com uma penugem escura no lábio superior e ao longo da face, de passo leve, porém corpulenta, com peitos grandes sob a blusinha, barriga triangular, como de ganso, sob a saia negra de lã.

— Seja bem-vinda, Vossa Excelência — ela disse. — Deseja almoçar, ou prefere o samovar?

O recém-chegado olhou por alto para seus ombros redondos e os pés leves nos gastos sapatos tártaros vermelhos e, de forma entrecortada, e sem prestar atenção, respondeu:

— O samovar. Você aqui é dona ou empregada?

— Dona, Vossa Excelência.

— Quer dizer que você mesma cuida?

— Exatamente. Eu mesma.

— Como assim? É uma viúva que mantém o próprio negócio?

— Não sou viúva, Vossa Excelência, mas tenho que viver de algum jeito. E gosto de cuidar da casa.

— Certo, certo. Está bem. E como sua casa é limpa, agradável.

A mulher fitava-o de forma escrutadora o tempo todo, apertando os olhos de leve.

— Eu gosto de limpeza — ela respondeu. — Pois cresci entre nobres, como não saberia me portar com decoro, Nikolai Alekseievitch?

Ele se aprumou rapidamente, abriu os olhos e enrubesceu.

— Nadiejda! É você? — disse, apressado.

— Sou eu, Nikolai Alekseievitch — ela respondeu.

— Meu Deus, meu Deus — ele disse, sentando-se no banco e fitando-a obstinadamente. — Quem poderia pensar? Há quanto tempo não nos vemos? Trinta e cinco anos?

— Trinta, Nikolai Alekseievitch. Agora tenho quarenta e oito, e o senhor um pouco menos do que sessenta, não é?

— Algo assim... Meu Deus, que estranho!

— O que é estranho, senhor?

— Ora, tudo, tudo... Como não entende?

Seu cansaço e dispersão desapareceram, ele se ergueu e pôs-se a caminhar resolutamente pelo cômodo, olhando para o chão. Depois parou e, corando por detrás do grisalho, começou a falar:

— Não sei nada de você desde aquela época. Como veio parar aqui? Por que não ficou com os patrões?

— Os patrões me deram a liberdade logo depois do senhor.

— E onde viveu depois?

— É uma história longa, meu senhor.

— Diga, não se casou?

— Não.

— Por quê? Com aquela beleza que você tinha?

— Eu não podia fazer isso.

— Por que não podia? O que quer dizer?

— O que explicar? Creio que se lembra de como eu o amava.

Ele enrubesceu até ficar em lágrimas e, franzindo o cenho, voltou a caminhar.

— Tudo passa, minha amiga — balbuciou. — Amor, juventude - tudo, tudo. É uma história vulgar, corriqueira. Com os anos, tudo passa. Como está dito no livro de Jó? "Lembrar-te-ás como de águas passadas"[4].

— A cada um, o que Deus dá, Nikolai Alekséievitch. A juventude de todos passa, mas o amor é outra coisa.

Ele ergueu a cabeça e, detendo-se, riu-se, doído:

— Mas você não podia me amar para sempre!

— Pelo visto pude. Por mais que o tempo passasse, eu vivia só por uma coisa. Sabia que há muito tempo o senhor não era mais o de antes, que para o senhor era como se nada tivesse acontecido, porém... Agora é tarde para recriminações, mas veja, na verdade, o senhor me largou de forma muito insensível — quantas vezes eu quis erguer as mãos contra mim mesma, só pela ofensa, sem nem sequer falar de todo o resto. Pois houve um tempo, Nikolai Alekséievitch, em que eu o chamava de Nikólenka, e o senhor me chamava — lembra-se de quê? E todos os versos que quis ler para mim, sobre todas as "alamedas escuras" — ela acrescentou, com sorriso rancoroso.

— Ah, como você era bonita! — ele disse, balançando a cabeça. - Que ardente, que linda! Que corpo, que olhos! Lembra como todos olhavam para você?

— Lembro, meu senhor. O senhor também era extraordinariamente bonito. Pois foi ao senhor que dei minha beleza, meu ardor. Como pode se esquecer de uma coisa dessas?

— Ah! Tudo passa. Tudo se esquece.

— Tudo passa, mas não se esquece.

—

4. Jó 11:16. (N. do T.)

— Saia — ele disse, virando-se e indo até a janela. — Saia, por favor.

E, tirando um lenço e apertando-o contra os olhos, acrescentou, atropelando as palavras:

— Se Deus me perdoasse. Pois você, pelo visto, perdoou.

Ela se aproximou da porta e se deteve:

— Não, Nikolai Alekséievitch, não perdoei. Já que a conversa tocou em nossos sentimentos, digo de forma direta: nunca pude perdoá-lo. Como não havia nada mais querido para mim no mundo naquela época, não houve também depois. Por isso não posso perdoá-lo. Bem, para que lembrar, os mortos não voltam da tumba.

— Sim, sim, não há por que, mande que tragam meus cavalos — ele respondeu, afastando-se da janela, já com rosto severo. — Digo-lhe só uma coisa: nunca na vida fui feliz, por favor, não pense. Desculpe por, talvez, ferir seu amor próprio — amei minha esposa perdidamente. E ela me traiu, largou-me de forma ainda mais ultrajante do que fiz com você. O filho eu adorava — enquanto crescia, que esperanças nele eu não acalentava! Mas saiu um imprestável, esbanjador, descarado, sem coração, sem honra, sem consciência... Aliás, tudo isso também é uma história das mais corriqueiras e vulgares. Fique com saúde, querida amiga. Acho que perdi em você a coisa mais preciosa que tive na vida.

Ela se aproximou e beijou-lhe as mãos, ele beijou as dela.

— Mande que tragam...

Enquanto seguia adiante, ele pensava, sombrio: "Sim, como era encantadora! Uma beleza mágica!" Com vergonha lembrou-se de suas últimas palavras e de ter-lhe beijado a mão, e imediatamente envergonhou-se de sua vergonha. "Por acaso não é verdade que ela me deu os melhores minutos da vida?"

Ao poente, um sol pálido apareceu. O cocheiro tocava a trote curto, sempre trocando de trilha negra, escolhendo a menos lamacenta, e também pensava em algo. Por fim disse, com rudeza séria:

— E ela, Vossa Excelência, sempre olhava pela janela, conforme íamos embora. Na certa o senhor a conhece faz tempo?

— Faz tempo, Klim.

— Essa mulher é um poço de sabedoria. E dizem que está sempre enriquecendo. Empresta dinheiro a juros.

— Isso não quer dizer nada.

— Como não quer dizer? Quem não quer viver melhor? Se empresta com consciência, não tem nada de mau. E dizem que ela é justa nisso. Mas dura! Não pagou em tempo – a culpa é só sua.

— Sim, sim, a culpa é só sua... Apresse os cavalos, por favor, para não chegarmos atrasados no trem...

O sol baixo e amarelo reluzia sobre os campos vazios, os cavalos chapinhavam ritmadamente pelos prados. Ele olhava para as ferraduras a faiscar, unia as sobrancelhas negras, e pensava:

"Sim, a culpa é só sua. Sim, é claro, foram os melhores minutos. Não só melhores, mas verdadeiramente mágicos! 'Ao redor, a escarlate rosa silvestre florescia, erguiam-se as alamedas de tílias escuras[5]...' Mas, meu Deus, como teria sido depois? O que, se não a tivesse largado? Que absurdo! Essa mesma Nadiejda, não como proprietária de uma hospedaria, mas minha esposa, patroa de minha casa de São Petersburgo, mãe de meus filhos?"

E, fechando os olhos, balançou a cabeça.

20 de outubro de 1938

---

5. Alusão ao poema *Novela corriqueira* (1842), de Nikolai Ogariov (1813-1877), que diz: "Perto florescia a escarlate rosa silvestre / Erguia-se a alameda de tílias escuras". (N. do T.)

O Cáucaso

Ao chegar a Moscou, detive-me furtivamente em um quarto imperceptível em uma travessa junto à rua Arbat, e vivi penosamente, como um ermitão — entre um encontro e outro com ela. Ao todo, ela estivera comigo três vezes em todos esses dias, e a cada vez saía apressada, com as palavras:

— Só um minuto...

Ela estava pálida, com a linda palidez de uma mulher alvoroçada e apaixonada, sua voz falhava, e o modo como ela, depois de largar a sombrinha onde fosse, apressava-se a erguer o véu e me abraçar, abalava-me, com pena e êxtase.

— Parece-me — ela dizia — que ele desconfia de algo, que ele até sabe de algo — pode ser que tenha lido alguma carta sua, encontrado a chave da minha escrivaninha... Acho que ele é capaz de tudo, com seu caráter cruel e seu orgulho. Uma vez ele me disse, diretamente: "Não me detenho diante de nada ao defender minha honra, a honra de marido e oficial!" Agora ele literalmente segue cada um de meus passos e, para que nosso plano dê certo, devo ser terrivelmente cuidadosa. Ele já concordou em me liberar, pois convenci-o de que vou morrer se não ver o sul, o mar, mas, pelo amor de Deus, seja paciente!

Nosso plano era ousado: partir no mesmo e único trem para o litoral do Cáucaso e passar lá, em algum lugar completamente selvagem, umas três, quatro semanas. Eu conhecia esse litoral, vivera outrora algum tempo perto de Sótchi — jovem, sozinho —, e por toda a vida lembrara-me daquelas tardes de outono em meio aos ciprestes negros, junto às cinzentas ondas frias... E ela empalideceu quando eu disse: "E agora estarei lá com você, nas selvas montanhosas, junto ao mar tropical..." Enquanto planejávamos, até os últimos minutos não podíamos acreditar — parecia uma felicidade grande demais.

***

Em Moscou, caíam chuvas frias, parecia que o verão já passara e não regressaria, estava enlameado, sombrio, as ruas brilhavam úmidas e negras com os guarda-chuvas abertos dos passantes e as capotas erguidas das caleches de aluguel, que tremiam no trajeto. E era uma tarde escura, repulsiva, quando fui para a estação, tudo em meu interior paralisava-se de inquietude e frio. Percorri a estação e a plataforma correndo, baixando o chapéu nos olhos e enfiando a cara no colarinho do casaco.

A chuva caía ruidosamente no teto do pequeno compartimento de primeira classe que eu reservara com antecedência. Baixei a cortina da janela sem demora e, assim que o carregador, limpando a mão molhada no avental branco, pegou a gorjeta e saiu, tranquei a porta a chave. Depois abri de leve a cortina e congelei, sem tirar os olhos da multidão variegada, em seu vaivém, para frente e para trás, ao longo do vagão, à luz escura da lanterna da estação. Combináramos que eu chegaria à estação o mais cedo possível, e ela, o mais tarde possível, para que eu não me deparasse com ela e com ele na plataforma. Agora já devia estar na hora. Eu olhava cada vez mais tenso — nem sinal deles. Soou o segundo sinal — gelei de pânico: ou ela se atrasara ou, no último minuto, ele não a liberara! Mas, logo em seguida, espantei-me com a figura alta dele, de quepe de oficial, capote estreito e mão em luvas de camurça quando, a passos largos, trazia-a pelo braço. Afastei-me da janela, caí no canto do sofá. Ao lado estava o vagão da segunda classe — vi mentalmente como ele ingressou lá com ela, com ar de proprietário — olhando para verificar se o carregador a acomodara bem — e tirou a luva, tirou o quepe, beijou-a, abençoou-a... O trem arrancou, oscilando, balançando, depois pôs-se a marchar de forma regular, a todo vapor… Ao cobrador, que a conduziu até mim e trouxe suas coisas, entreguei, com mão gelada, uma cédula de dez rublos…

***

Ao entrar, ela nem sequer me beijou, apenas deu um sorriso penoso ao se sentar no sofá e tirar o chapéu, desprendendo-o do cabelo.

— Não consegui comer de jeito nenhum — ela disse. — Achei que não aguentaria esse papel horrível até o fim. E tenho uma sede terrível. Dê-me *Narzan*[1] — disse, pela primeira vez chamando-me de "você". — Estou convencida de que ele irá atrás de mim. Dei-lhe dois endereços, Guelendjik e Gagry. Pois bem, e em três, quatro dias ele estará em Guelendjik. Que fique com Deus, é melhor a morte do que essa tortura…

***

De manhã, quando saí ao corredor, ele estava ensolarado, abafado, os banheiros cheiravam a sabão, água de colônia, tudo a que cheira um vagão de passageiros pela manhã. Detrás das janelas turvas de poeira e calor corria a estepe plana e queimada, viam-se largas estradas empoeiradas, carroças puxadas por bois, cintilavam guaritas com círculos amarelo-canário de girassóis e malvas escarlates nos jardinzinhos… Depois veio o espaço ilimitado de planícies nuas com outeiros e sepulcros, o sol insuportavelmente seco, o céu como uma nuvem de poeira, depois os espectros das primeiras montanhas no horizonte…

***

—

1. Água mineral do Cáucaso. (N. do T.)

De Guelendjik e Gagry ela enviou-lhe cartões postais, escreveu que ainda não sabia onde ficaria.

Depois descemos a costa, rumo ao sul.

***

Encontramos um lugar primitivo, recoberto de florestas de plátano, arbustos florescentes, magnólias, romãzeiras, em meio às quais erguiam-se palmeiras e negrejavam ciprestes...

Eu acordava cedo e, enquanto ela dormia, antes do chá, que tomávamos às sete, caminhava pelas colinas, na direção do matagal. O sol ardente já era forte, límpido e alegre. Na floresta, o azul brilhava, a neblina perfumada dispersava-se e derretia, a brancura primordial das montanhas nevadas reluzia detrás dos distantes picos cobertos pela mata... Na volta, eu passava pelo mercado de nossa aldeia, tórrido, cujas chaminés exalavam cheiro de estrume quente: lá, o comércio fervia, estava apinhado de gente, de cavalos de montaria e asnos — de manhã, acorria ao mercado uma quantidade de montanheses de diversas estirpes, caminhavam suavemente circassianas de vestes negras, longas que chegavam ao chão, chinelos vermelhos, cabeças envoltas em algo negro, olhares rápidos de pássaro faiscando por vezes de dentro daqueles agasalhos fúnebres.

Depois íamos à costa, sempre absolutamente deserta, nadávamos e ficávamos deitados no sol até o almoço. Depois do almoço — sempre *chkara*[2] de peixe frito, vinho branco, nozes e frutas —, na penumbra tórrida de nossa choupana, sob o teto de telhas, alegres faixas de luz arrastavam-se pelos contraventos aquecidos das janelas. Quando o calor baixava e nós abríamos a janela, a parte do mar que dava para ver por entre os ciprestes que estavam na

—

2. Tradicional prato de peixes da região do Mar Negro. (N. do T.)

encosta debaixo de nós tinha cor violeta, e jazia tão plácida, pacífica, que parecia que jamais teria fim aquela calma, aquela beleza.

Ao pôr do sol, frequentemente empilhavam-se no mar nuvens assombrosas: chamejavam de forma tão magnífica que ela por vezes deitava-se na otomana, cobria o rosto com uma echarpe de gaze e chorava: mais duas, três semanas — e de novo Moscou!

As noites eram quentes e indevassáveis, moscas de fogo na escuridão negra pairavam, tremeluziam, brilhavam com uma luz de topázio, pererecas soavam como sinetas de vidro. Quando o olho se habituava ao escuro, apareciam acima estrelas e cristas de montanhas, sobre a aldeia delineavam-se árvores nas quais não reparáramos durante o dia. E a noite inteira ouvia-se, vindo de lá, do *dukhan*[3], uma batida surda de tambor e um bramido gutural, melancólico, desesperadamente feliz, que soava como sempre a mesma e única canção infindável.

Não longe de nós, em um barranco da costa que descia da floresta para o mar, saltitava ligeiro pelo leito pedregoso um riacho minúsculo, transparente. De que forma fascinante partia-se, fervilhava seu brilho naquela hora misteriosa em que, detrás de montanhas e florestas, como uma criatura prodigiosa, a lua tardia olhava fixamente!

Às vezes, à noite, nuvens terríveis avançavam desde a montanha, vinha uma tormenta raivosa, na sepulcral negritude ruidosa da floresta vez por outra abriam-se mágicos abismos verdes e fendiam-se nas alturas celestiais golpes antediluvianos de trovão. Então, na floresta, filhotes de águia despertavam e piavam, o leopardo rugia, os chacais ladravam. Certa ocasião, todo um bando deles correu à nossa janela iluminada — nessas noites, eles sempre acorriam à morada —, nós abrimos a janela e olhamos para eles de cima para baixo, e eles ficaram debaixo da enxurrada, ladrando, pedindo para entrar. Ela sorriu alegremente, olhando para eles.

—

3. No Cáucaso e na Crimeia, pequeno restaurante ou taberna. (N. do T.)

***

Ele procurou-a em Guelendjik, em Gagry, em Sótchi. No dia seguinte à chegada em Sótchi, ele se banhou de manhã no mar, depois barbeou-se, colocou roupa de baixo limpa, uma túnica militar branca como a neve, almoçou no terraço do restaurante de seu hotel, bebeu uma garrafa de champanhe, tomou café com *chartreuse,* fumou um charuto sem pressa. De volta a seu quarto, deitou-se no sofá e deu um tiro nas têmporas, com dois revólveres.

12 de novembro de 1937

Balada

Quando se aproximavam os grandes feriados de inverno, a casa de campo era sempre aquecida, como uma sauna, e apresentava um quadro estranho, pois consistia em aposentos espaçosos e baixos, cujas portas estavam sempre escancaradas — da antessala à sala de estar, que se localizava bem no fim da casa —, e brilhava nos cantos vermelhos[1] com as velas de cera e as lâmpadas votivas diante dos ícones.

Na véspera destes feriados, os pisos lisos de carvalho de toda a casa eram lavados, rapidamente secados pelo aquecimento, e depois acarpetados com xairéis limpos, os móveis, que haviam sido deslocados durante os trabalhos, eram dispostos na melhor ordem, e nos cantos, na frente dos estofados de ouro e prata dos ícones, acendiam lâmpadas e velas, e todas as outras luzes eram simplesmente apagadas. Nessa hora, a luz de inverno já azulejava escura detrás das janelas, e todos se dispersavam por seus quartos de dormir. Instaurava-se então silêncio absoluto, uma quietude reverente e que parecia à espera, que não podia ser mais adequada à sagrada visão noturna dos ícones, iluminados de forma dorida e tocante.

No inverno, às vezes se hospedava na propriedade a peregrina Máchenka[2], grisalha, sequinha e miúda como uma menina. Pois só ela, em toda a casa, não dormia nessas noites: passando, depois do jantar, do quarto dos criados para a antessala, e tirando as botas de feltro dos pezinhos com meias de lã, ela percorria, sem ruído, pelos xairéis suaves, todos aqueles aposentos quentes, misteriosamente iluminados, ficava de joelhos por toda parte, benzia-se, curvando-se diante dos ícones, depois voltava para a antessala,

1. Nome dado ao canto da casa em que ficam pendurados os ícones. (N. do T.)

2. Hipocorístico de Maria. (N. do T.)

sentava-se na caixa negra que lá estava desde o início dos tempos e, a meia-voz, recitava orações, salmos, ou simplesmente falava sozinha. Assim conheci, pela primeira vez, essa "fera divina, lobo do Senhor": ouvi como Máchenka rezava para ela.

Sem conseguir dormir, saí tarde da noite para o salão, a fim de pegar algo para ler nos armários de livros da sala de estar. Máchenka não me escutou. Estava falando algo, sentada na antessala escura. Detive-me e agucei o ouvido. Ela recitava salmos de cor.

— Ouve, Senhor, a minha oração, e inclina os teus ouvidos ao meu clamor — ela dizia, sem qualquer expressão —; não te cales perante as minhas lágrimas, porque sou um estrangeiro contigo e peregrino na Terra, como todos os meus pais[3].

— Dizei a Deus: quão tremendo és tu nas tuas obras![4]

— Aquele que habita no esconderijo do Altíssimo, à sombra do Onipotente descansará... Pisarás o leão e a cobra; calcarás aos pés o filho do leão e a serpente[5]... Às últimas palavras, ela elevou a voz com tranquilidade, mas firme, proferindo-as com convicção: calcarás aos pés o filho do leão e a serpente. Depois se calou e, suspirando devagar, falou assim, como se conversasse com alguém:

— Porque dele é todo animal da selva, e o gado sobre milhares de montanhas.[6]

Dei uma olhada na antessala: ela estava sentada na caixa, com os pés pequenos em meias de lã pendendo retos e as mãos em cruz sobre o peito. Ela olhava para a frente, sem me ver. Depois ergueu os olhos para o teto e pronunciou, separadamente:

— Tu também, fera divina, lobo do Senhor, ora por nós no reino dos céus.

Aproximei-me e disse, baixo:

—

3. Salmos 39:12, com o acréscimo de "na Terra", ausente do texto bíblico. (N. do T.)

4. Salmos 66:3. (N. do T.)

5. Salmos 91:1 e 91:13. (N. do T.)

6. Salmos 50:10, com alteração: o texto bíblico diz "meu" em vez de "dele". (N. do T.)

— Máchenka, não tenha medo, sou eu.

Ela deixou caírem os braços, levantou-se, fez uma profunda reverência:

— Olá, meu senhor. Não senhor, não estou com medo. De que vou ter medo agora? Na juventude é que eu era burra, tinha medo de tudo. O diabo de olho escuro me perturbava.

— Sente-se, por favor — eu disse.

— De jeito nenhum — ela respondeu. — Fico de pé, senhor.

Botei a mão em seu ombrinho ossudo de clavícula grande, obriguei-a a sentar-se e me sentei a seu lado.

— Sente-se, senão vou embora. Diga, por que estava rezando assim? Por acaso existe esse santo, o lobo do Senhor?

Ela novamente quis se levantar. Eu novamente a retive:

— Ah, como você é! E ainda diz que não tem medo de nada! Estou perguntando: é verdade que existe esse santo?

Ela refletiu. Depois respondeu, a sério:

— Quer dizer, existe, meu senhor. Afinal, existe a fera Tigre-Eufrates. Se está pintado na igreja, quer dizer que existe. Eu mesma o vi, senhor.

— Como viu? Onde? Quando?

— Faz tempo, meu senhor, desde tempos imemoriais. E onde, eu nem sei dizer: lembro-me de uma coisa — levamos três dias para chegar lá. Havia lá a aldeia de Krutýe Gorý. E eu mesma sou de longe, talvez tenha ouvido falar: de Riazan, e existe uma região ainda mais abaixo, para além do rio Don, e um lugarejo tosco, não tem nem palavra para aquilo. Lá ficava a aldeia longínqua de nossos príncipes, a favorita de seu avô — ao todo, talvez, mil isbás de barro em encostas nuas de montículos e, no cume da colina mais alta, sobre o rio Kámmenaia, a casa senhorial, também toda nua, de três andares, e uma igreja amarela, e nessa igreja, esse mesmo lobo de Deus: ou seja, no meio, uma laje de ferro fundido sobre o túmulo do príncipe que ele degolou e, no pilar direito, ele mesmo, esse lobo, pintado em toda sua estatura e compleição: sentado de sobretudo cinza na cauda espessa, e todo esticado para cima, com as patas dianteiras apoiadas no solo, e olhar perscrutador: colarinho grisalho, enrugado, gordo, cabeça grande, orelhas pontudas, presas arreganhadas, olhos furiosos, sanguinolentos, ao redor da cabeça uma auréola dourada, como nos santos e homens sagrados. É terrível até lembrar esse prodígio dos prodígios! O olhar era tão vivo que parecia que logo, logo ele ia pular em cima de você!

— Espere, Máchenka — eu disse —, não estou entendendo nada, mas por que e quem pintou esse lobo terrível na igreja? Você disse que ele degolou o príncipe: então por que é santo, e por que precisava estar no túmulo do príncipe? E como você foi parar lá, nessa aldeia horrível? Conte-me tudo direitinho.

E Máchenka se pôs a contar:

— Fui parar lá, meu senhor, porque era então uma serva, trabalhava na casa de nossos príncipes. Eu era órfã, meu pai, diziam, era um andarilho qualquer — um fugitivo, muito provavelmente —, seduziu minha mãe de forma ilegal, depois sumiu, Deus sabe para onde, e mamãe, depois de me dar à luz, morreu logo em seguida. Bem, os patrões tiveram pena de mim, pegaram-me para o serviço doméstico assim que cheguei aos treze anos e botaram-me de moça de recados da jovem senhorinha, e eu, desta forma, agradei-lhe tanto que ela não me dispensava de seus favores nem por uma hora que fosse. Daí ela me levou consigo em viagem, pois o jovem príncipe pensara em ir com ela para o povoado de seu avô, para essa mesma aldeia longínqua, em Krutýe Gorý. Aquela propriedade estava há tempos em decadência, despovoada — a casa ficara desolada, abandonada desde a morte do avô —, mas nossos jovens senhores quiseram visitá-la. E de que morte terrível o avô morrera, era sabido de todos nós por lenda. No salão, algo rachou de leve e depois caiu, com uma batida ligeira. Máchenka tirou as pernas do baú e correu para o salão: lá já se sentia o cheiro da vela que havia caído. Ela apagou o pavio ainda fumegante, pisoteou o pelo do xairel que começara a queimar e, pulando em uma cadeira, voltou a acender as demais velas que ardiam cravadas nas cavidades de prata sob os ícones, e acomodou aquela no lugar de que caíra: virou a chama ardente para baixo, verteu a cera jorrando como mel quente na cavidade, depois fincou-a, tirou habilmente com os dedos finos o morrão das outras velas e voltou a pular para o chão.

— Arre, como alumiou bonito — ela disse, benzendo-se e olhando para o ouro reanimado das luzinhas das velas. — E que cheiro de igreja veio!

Cheirava a fumo adocicado, as luzinhas palpitavam, atrás delas os santos das imagens fitavam do círculo vazio do estofado de prata. Nas vidraças superiores e limpas das janelas, espessamente congeladas embaixo com geada cinza, a noite negrejava, e branquejavam os ramos do jardinzinho, sobrecarregados de camadas de neve. Máchenka olhou para eles, benzeu-se mais uma vez e voltou a entrar na antessala.

— Está na hora de repousar, meu senhor — ela disse, sentando-se na caixa e contendo um bocejo ao cobrir a boca com sua mãozinha seca. — A noite já ficou ameaçadora.

— Por que ameaçadora?

— Porque é secreta, quando só o *alektor*, que é como chamamos o galo, e ainda o corvo da noite, a coruja, podem ficar sem dormir. Então o próprio Senhor escuta a Terra, as estrelas principais começam a cintilar, os buracos de gelo de mares e rios congelam.

— E por que você não dorme à noite?

— Eu, meu senhor, durmo o quanto preciso. Uma pessoa velha precisa de muito sono? É como um pássaro no galho.

— Bem, deite-se, apenas termine de me contar desse lobo.

— Mas é um caso obscuro, antigo, meu senhor — talvez uma balada.

— O que disse?

— Uma balada, meu senhor. Como diziam todos os nossos senhores, gostavam de ler essas baladas. Acontecia-me de escutar – e um frio me vinha à cabeça:

Uiva o vendaval na montanha,
Neva no campo branco,
Começou a nevasca, o mau tempo,
A estrada caiu...[7]

É tão bonito, Senhor!

— Por que é bonito, Máchenka?

— É bonito porque não se sabe por quê. É de dar medo.

— Antigamente, Máchenka, tudo era de dar medo.

— Como dizer, meu senhor? Talvez seja verdade que era de dar medo, e agora tudo parece gracioso. Pois quando foi isso? Há tanto tempo – todos os Estados de reis desapareceram, todos os carvalhos se desmancharam de caducos, todos os túmulos se igualaram à terra. E esse caso, contaram-no palavra por palavra na criadagem, mas era verdade? Esse caso teria acontecido ainda no tempo da grande tsarina[8], e o príncipe estava preso em Krutýe Gorý porque ela se irritara com ele, exilara-o para longe de si, e ele se fizera muito feroz — mais do que tudo, na punição aos seus servos e na fornicação. Ele ainda tinha muita força e, no que tange à aparência, era excepcionalmente belo, e parecia não haver, nem na sua criadagem, nem em suas aldeias, uma moça que ele não tivesse exigido para si, para seu serralho, na primeira noite. Mas daí ele caiu no mais terrível pecado: deixou-se tentar até pela esposa de seu próprio filho, recém-casado. Este se encontrava em São Petersburgo no serviço militar imperial e, quando encontrou uma noiva, recebeu permissão de matrimônio do pai e contraiu

---

7. Citação do poema *De sobrancelha negra, olho negro* (1806), de Aleksei Merzliakov (1778-1830), musicado por Daniil Káchin (1770-1841). (N. do T.)

8. Catarina, a Grande, que reinou de 1762 a 1796. (N. do T.)

bodas, e então, quer dizer, chegou com a recém-casada para tomar-lhe a benção, nessa mesma Krutýe Gorý. E ele ficou seduzido por ela. Sobre o amor, meu senhor, não é à toa que cantam:

O calor do amor está em todos os reinos,
O globo terrestre inteiro ama...[9]

E qual pode ser o pecado se um homem, ainda que velho, pensa na amada, suspira por ela? Mas aqui o caso era absolutamente diferente, aqui era algo como uma filha de sangue, e ele estendeu suas intenções de cobiça até a fornicação.

— Bem, e então?

— Então, meu senhor, ao reparar nessa intenção do pai, o jovem príncipe resolveu fugir em segredo. Convenceu os cavalariços, subornou cada um deles, mandou que atrelassem uma troica bem veloz, saiu da casa paterna sorrateiramente assim que o velho príncipe adormeceu, levando a jovem esposa — e foi assim. Só que o velho príncipe nem pensava em dormir: desde a véspera, ficara sabendo de tudo por seus informantes, e saiu em perseguição sem demora. Era noite, um frio indizível, um anel em volta da lua, a neve na estepe mais alta que uma pessoa, mas ele não queria saber de nada: voava, todo coberto de sabres e pistolas, montado no cavalo, ao lado de seu cachorreiro favorito, e já via à frente a troica do filho. Gritava, como uma águia: "Pare, vou atirar!" E lá não o escutavam, atiçavam a troica a toda velocidade. Então o velho príncipe pôs-se a atirar nos cavalos, e matou, na galopada, primeiro o do lado, o da direita, depois outro, o da esquerda, e já queria derrubar o dos varais quando olhou para seu flanco e viu: disparava contra ele pela neve, sob a lua, um lobo grande, extraordinário, com olhos, como fogo, vermelhos, e com uma auréola em volta da cabeça! O príncipe quis atirar também nele,

9. Final do poema *Se moças são amantes* (1781), de Aleksandr Sumarókov (1717-1787). (N. do T.)

mas este sequer piscou o olho: em um turbilhão, arrojou-se contra o príncipe, pulou no peito dele — e em um instante rasgou-lhe o pomo de adão com as presas.

— Ah, que paixão, Máchenka — eu disse. — É mesmo uma balada!

— É pecado, não ouse, meu senhor — ela respondeu. — Deus tem muita coisa.

— Não vou discutir, Máchenka. Só é estranho, mesmo assim, que tenham pintado esse lobo ao lado do túmulo do príncipe degolado por ele.

— Pintaram-no, meu senhor, por desejo do próprio príncipe: levaram-no para casa ainda vivo e, antes da morte, ele teve tempo de arrepender-se e tomar a comunhão e, em seu último instante, mandou pintarem aquele lobo na igreja, sobre o seu túmulo: ou seja, para a edificação de toda a descendência do príncipe. Quem poderia desobedecê-lo naquela época? E mesmo a igreja era doméstica, construída por ele mesmo.

3 de fevereiro de 1938

Stiopa[1]

Antes do entardecer, na estrada para Tchern, o jovem mercador Krassílschikov foi apanhado por uma enxurrada com trovoada.

De *tchuika*[2] de colarinho erguido e quepe enterrado na cabeça, do qual jorrava água, avançava velozmente em uma *drójki*[3] de corrida, sentado junto ao para-lamas, apoiando com firmeza os pés em botas altas no eixo dianteiro, segurando com as mãos molhadas, enregeladas, o couro das rédeas molhadas, escorregadias, apressando um cavalo que sem isso já era ligeiro; à sua esquerda, junto à roda dianteira, que girava toda uma fonte de lama aguada, corria ritmadamente, com a língua comprida de fora, um pointer castanho.

Primeiro Krassílschikov conduziu pela trilha de terra negra junto à rodovia, depois, quando ela se transformou em uma torrente cinza contínua com bolhas, desviou para a rodovia, tilintando em seu cascalho miúdo. Já fazia tempo que não se avistavam nem os campos dos arredores, nem o céu debaixo daquele dilúvio, que cheirava a frescor de pepinos e fósforo; diante dos olhos, vez por outra, como um sinal do fim do mundo, um ofuscante fogo rubi ardia sinuoso, de cima para baixo do grande muro de nuvens, um relâmpago veloz, copado, e, sobre a cabeça, com um estrondo, voava a cauda sibilante, desferindo golpes de uma extraordinária força arrasadora. O cavalo se contorcia para a frente a cada um deles, contraindo as orelhas, o cachorro já ia a galope... Krassílschikov crescera e estudara em Moscou, terminara lá

—

1. Hipocorístico de Stefanida e de Stepan. (N. do T.)

2. Cafetã longo de feltro que chegava até o joelho, traje da pequena-burguesia urbana de meados do século XIX ao princípio do século XX. (N. do T.)

3. Carruagem leve, aberta, de quatro rodas. (N. do T.)

a universidade, mas, quando ia no verão à sua propriedade de Tula, que parecia uma *datcha*[4] rica, gostava de se sentir como um mercador latifundiário que saíra da classe dos mujiques, tomava Lafitte e fumava de uma cigarreira de ouro, usava botas alcatroadas, *kossovorotka*[5] e *poddiovka*[6], orgulhava-se de seu aspecto russo e agora, na enxurrada e estrondo, sentindo o frio que jorrava da pala do quepe e do nariz, estava pleno de satisfação enérgica com a vida rural. Naquele verão ele frequentemente recordava o verão do ano anterior, quando ele, devido à ligação com uma atriz famosa, atormentara-se em Moscou até julho, até a partida dela para Kislovodsk: ócio, calor, fedentina quente e fumaça verde do asfalto queimando nas tinas de ferro das ruas em desarranjo, almoços na cantina da Tróitskaia com os atores do Teatro Mály, que também se preparavam para ir para o Cáucaso, depois ficar à toa no café Tremblay, à noite esperar por ela em seu apartamento de móveis cobertos, lustres e quadros de musselina, cheiro de naftalina... As noites de verão em Moscou são infindáveis, escurece só pelas onze horas, e você espera, espera — e ela não vem de jeito nenhum. Depois finalmente a campainha — e ela, em toda sua elegância estival, e sua voz ofegante: "Desculpe, por favor, fiquei o dia inteira estendida com dor de cabeça, sua rosa de chá murchou completamente, estava com tanta pressa que tomei uma sege de luxo, estou com uma fome terrível..."

Quando a enxurrada e o estrondo atordoante da trovoada começaram a sossegar, afastar-se, e já clareava ao redor, à frente, à esquerda da rodovia, surgiu a conhecida estalagem do velho viúvo, o pequeno-burguês Prónin. Até a cidade faltavam ainda vinte verstas — preciso aguardar, pensou Krassílschikov, o cavalo está todo coberto de espuma e ainda não se sabe o que vai ser, com uma escuridão dessas daquele lado e tudo ainda pegando fogo...

---

4. Casa de campo. (N. do T.)

5. Camisa com gola abotoada de lado. (N. do T.)

6. Casaco pregueado na cintura. (N. do T.)

Virou a trote na passagem que levava à estalagem e freou junto à varanda de madeira da entrada.

— Vovô! - gritou, alto. — Receba os hóspedes!

Mas as janelas sob o telhado de ferro enferrujado da casa de troncos estavam escuras, ninguém respondeu ao grito. Krassílschikov enrolou as rédeas no para-lama, subiu à varanda de entrada atrás do cachorro enlameado e molhado, que saltara para lá — o aspecto do cão era raivoso, seus olhos brilhavam de forma intensa e insensata —, tirou o quepe da testa molhada, despiu a *tchuika* pesada de água, atirou-a no peitoril da varanda e, ficando só de *poddiovka* com cinto de couro e adorno prateado, enxugou o rosto estampado de borrifos de lama e se pôs a limpar a lama dos canos da bota com o cabo do cnute. A porta para o saguão estava aberta, mas sentia-se que a casa estava vazia. Devem estar recolhendo o gado, ele pensou, e, aprumando-se, olhou para o campo: deveria ir adiante? O vento da tarde era imóvel e úmido, de várias direções, ao longe as codornizes cantavam animadas sobre os cereais carregados de água, a chuva cessara, mas a noite avançava, céu e terra escureciam soturnamente, para lá da rodovia, para lá do cume baixo e tintado da floresta, uma nuvem negrejava de forma ainda mais espessa e sombria, uma chama vermelha inflamava-se lúgubre — e Krassílschikov caminhou para o saguão, encontrou às apalpadelas a porta do cômodo de hóspedes. Mas o cômodo estava escuro e silencioso, apenas o relógio de um rublo da parede soava em algum lugar. Ele bateu numa porta, virou à esquerda, tateou e abriu outra, a da isbá: de novo ninguém, apenas moscas zunindo sonolentas e de má vontade na escuridão quente, no teto.

— Parece que morreram! — disse em voz alta, e imediatamente ouviu a voz ligeira, melodiosa e meio infantil de Stiopa, filha do proprietário, que descera da tarimba na escuridão:

— É o senhor, Vassil Likseitch? Estou sozinha aqui, a cozinheira brigou com papai e foi para casa, e papai pegou um trabalhador e foi para a cidade a negócios, dificilmente volta hoje... A tempestade me deixou mortalmente assustada, daí ouvi alguém chegando, fiquei mais assustada ainda... Olá, me perdoe, por favor...

Krassílschikov riscou um fósforo, iluminando os olhos negros e o rostinho moreno dela:

— Olá, bobinha. Também estou indo para a cidade, mas, arre, que fazer, vim esperar. Então quer dizer que você achou que chegaram uns bandidos?

O fósforo começou a se apagar, mas ainda se via aquele rostinho a sorrir embaraçado, o colar de coral no pescocinho, os peitos pequenos debaixo do vestido amarelo de chita... Ela tinha quase a metade da altura dele, e parecia absolutamente uma menina.

— Vou acender a lâmpada agora — ela disse, apressada, ficando ainda mais embaraçada com o olhar penetrante de Krassílschikov, e atirou-se para a lâmpada da mesa. — O senhor foi mandado por Deus, o que eu faria sozinha aqui? — ela disse, melodiosa, erguendo-se nas pontas dos pés e tirando desajeitadamente o vidro do gradeado dentado da lâmpada, de sua rodela de lata.

Krassílschikov acendeu outro fósforo, olhando para sua figura esticada e arqueada.

— Espere, não precisa — disse, de repente, largando o fósforo e enlaçando-a pela cintura. — Espere, venha cá comigo um minutinho...

Ela fitou-o com medo por cima do ombro, baixou os braços e virou-se. Ele a puxou para si — ela não se soltou, apenas jogou a cabeça para trás, de forma assustada e surpresa. De cima para baixo, ele fitou direto e firme seus olhos, através da penumbra, e disse:

— Assustou-se ainda mais?

— Vassil Liksêitch... — ela murmurou, suplicante, e empurrou-lhe os braços.

— Espere. Por acaso eu não agrado você? Sei que sempre fica contente quando eu venho.

— Não há ninguém melhor do que o senhor no mundo – ela proferiu, baixo e ardente.

— Pois então veja...

Ele beijou prolongadamente os lábios dela, e suas mãos deslizaram para baixo.

— Vassil Liksêitch... pelo amor de Cristo... O senhor esqueceu, seu cavalo ficou lá debaixo da varanda... papai está vindo... Ah, não!

Meia hora mais tarde, ele saiu da isbá, levou o cavalo para o pátio, colocou-o sob um toldo, tirou-lhe o freio, deu-lhe grama molhada e segada da telega que ficava no meio do pátio e voltou, olhando para as estrelas tranquilas no céu desanuviado. A escuridão calma da isbá silenciosa era ainda espreitada, de todos os lados, por fulgurações fracas, distantes. Ela estava deitada na tarimba, toda encolhida, com a cabeça enfiada no peito, chorando ardentemente por medo, êxtase e o repentino do que tinha ocorrido. Ele beijou sua face molhada, salgada de lágrimas, deitou de costas e colocou a cabeça dela em seu ombro, segurando um cigarro com a mão direita. Ela estava deitada pacificamente, em silêncio, e ele, fumando, de forma carinhosa e distraída acariciava, com a mão esquerda, seus cabelos, que lhe faziam cócegas no pescoço... Depois ela dormiu subitamente... Deitado, ele olhava para a escuridão, e ria, satisfeito consigo mesmo: "E papai foi para a cidade..." Foi, pois tome! É ruim, ele vai entender tudo na hora — um velhote sequinho e rápido, de *poddiovka* cinza, barba branca como a neve, mas as sobrancelhas espessas ainda completamente negras, o olhar extraordinariamente vivaz, fala como um bêbado, sem parar, e vê detrás de tudo...

Ele ficou deitado sem sono até a hora em que a escuridão da isbá começou a clarear no meio, entre o teto e o chão. Virando a cabeça, viu o leste a branquejar, esverdeado, detrás da janela, e já distinguia na penumbra, no canto, em cima da mesa, a imagem grande de um santo em paramentos eclesiásticos, sua mão erguida a abençoar e o inflexível olhar ameaçador. Fitou-a: deitada, enrodilhada do mesmo jeito, de pernas contraídas, esquecida de tudo no sono! Menininha encantadora e mísera...

Quando o céu ficou completamente claro, e diversas vozes de galo puseram-se a cantar do lado de fora, ele fez o movimento de se levantar. Ela se ergueu de um salto e, meio sentada, de lado, com o peito desabotoado, cabelos emaranhados, cravou nele os olhos que nada entendiam.

— Stiopa — ele disse, cauteloso. — Está na minha hora.

— Já vai? — ela balbuciou, insensata.

E de repente caiu em si e, com os braços em cruz, golpeou o próprio peito:

— Para onde vai? Como ficarei agora, aqui, sem o senhor? O que devo fazer agora?

— Stiopa, eu volto logo...

— Mas papai vai estar em casa, como verei o senhor? Eu iria até a floresta, do outro lado da rodovia, mas como vou me ausentar de casa?

Confrangendo os dentes, ele derrubou-a de costas. Ela abriu largamente os braços, exclamando, com um desespero doce, como que agônico: "Ah!"

Depois ele ficou de pé diante da tarimba, já de *poddiovka*, boné, chicote na mão, de costas para a janela, para o brilho denso do sol que acabara de se mostrar, e ela se pôs de joelhos na tarimba e, soluçando infantilmente e abrindo a boca de forma feia, proferiu, de maneira entrecortada:

— Vassil Liksêitch... pelo amor de Cristo... pelo amor do reino dos céus, case-se comigo! Serei a última de suas escravas! Vou dormir na sua soleira — case-se! Eu iria atrás do senhor, mas quem vai me liberar? Vassil Liksêitch...

— Cale-se — disse Krassílschikov, severo. — Em alguns dias, venho até seu pai e digo que vou me casar com você. Ouviu?

Ela se sentou em cima dos pés, interrompendo imediatamente o choro e abrindo de modo atoleimado os olhos molhados e luminosos:

— Verdade?

— Claro que é verdade.

— Já fiz dezesseis anos na Epifania — ela disse, apressadamente.

— Pois bem, quer dizer que em meio ano pode se casar.

De volta para casa, ele imediatamente começou os preparativos e, ao anoitecer, fora de troica para a ferrovia. Dois dias depois, já estava em Kislovodsk.

5 de outubro de 1938

Musa

Naquela época, eu já não estava na primeira juventude, mas inventei de estudar pintura – sempre tivera paixão por ela – e, largando minha propriedade na província de Tambov, passei o inverno em Moscou: tive aulas com um artista sem talento, porém bastante famoso, um gordo desmazelado que se apropriara de forma excelente de tudo que era devido: cabelos compridos, jogados para trás em volumosos cachos sebentos, cachimbo nos dentes, japona grená de veludo, perneiras cinza sujas — eu as odiava especialmente — nos sapatos, negligência no trato, condescendência ao examinar, com os olhos semicerrados, o trabalho do aluno, e, como se fosse para si mesmo:

— Interessante, interessante... Um sucesso, sem dúvida...

Eu morava na rua Arbat, do lado do restaurante Praga, em um quarto do hotel Capital. De dia trabalhava na casa do artista e na minha, não raro passava as noites em restaurantes baratos, com novos conhecidos da boemia, tanto jovens quanto rodados, porém igualmente adeptos do bilhar e do lagostim com cerveja... Minha vida era desagradável e chata! Aquele artista afeminado, indiligente, seu ateliê "artisticamente" descuidado, atulhado de todo tipo de acessório empoeirado, aquele Capital sombrio... Na memória ficaram: a neve caindo sem parar detrás da janela, os trenós soando pela Arbat, à noite o fedor ácido de cerveja e gás no restaurante de iluminação opaca... Não me lembro por que levava uma vida tão penosa — naquela época, eu estava longe de ser pobre.

Mas eis que, certa vez, em março, quando eu estava trabalhando com lápis, e os postigos abertos de caixilho duplo já não traziam a umidade invernal da neve molhada e da chuva, as ferraduras não tilintavam no calçamento à moda invernal, e os trenós pareciam soar de forma musical, alguém bateu na porta de minha antessala. Gritei: "Quem é?" — mas não se seguiu uma resposta. Esperei, voltei a gritar - de novo silêncio, depois nova batida. Levantei-me, abri: na soleira, havia uma moça alta de chapéu cinza de inverno, casaco cinza reto, botas cinza, fitando obstinadamente, olhos cor de bolota, nos cílios compridos, no rosto e nos cabelos, sob o chapéu, brilhavam gotas de chuva e neve; ela olhou e disse:

— Sou aluna do conservatório, Musa Graf. Ouvi dizer que o senhor é uma pessoa interessante, e vim conhecê-lo. Não tem nada contra?

Bastante espantado, eu respondi, naturalmente, com gentileza:

— Fico muito lisonjeado, seja bem-vinda. Apenas devo prevenir que os boatos que chegaram à senhorita são de veracidade duvidosa: ao que parece, não há nada de interessante em mim.

— Em todo caso, deixe-me entrar, não me detenha diante da porta — ela disse, continuando a me fitar da mesma forma direta. - Se está lisonjeado, receba-me.

E, entrando, pôs-se, como se estivesse em casa, a tirar, na frente do meu espelho cinza-prateado, escurecido em alguns lugares, o chapéu, a ajustar os cabelos cor de ferrugem, despiu e jogou na cadeira o casaco, ficou com um vestido xadrez de flanela, sentou-se no sofá, fungou o nariz molhado de neve e chuva, e comandou:

— Tire minhas botas e pegue o lenço do meu casaco.

Entreguei o lenço, ela esfregou o nariz e esticou as pernas para mim.

— Vi o senhor ontem no concerto de Chor[1] — ela disse, indiferente.

Mantendo o sorriso estúpido de satisfação e perplexidade — que visitante estranha! —, docilmente tirei as botas, uma depois

1. David Solomónovitch Chor (1867-1942), pianista do Trio de Moscou. Visitou a Palestina com Búnin em 1908, tornou-se ativista sionista, radicando-se em Tel Aviv em 1927. (N. do T.)

da outra. O ar vindo dela tinha um aroma fresco, e esse cheiro me agitava, agitava-me a combinação de sua masculinidade com tudo de feminino e jovem que havia em seu rosto, nos olhos diretos, na mão grande e bela — em tudo que eu olhava e sentia, tirando-lhe as botas debaixo do vestido, sob o qual jaziam seus joelhos, arredondados e graúdos, vendo as panturrilhas proeminentes nas meias cinza finas e as plantas dos pés alongados nos calçados envernizados.

Depois ela se sentou confortavelmente no sofá, preparando-se, pelo visto, para não ir embora logo. Sem saber o que dizer, pus-me a interrogar sobre de quem e o que ela ouvira a meu respeito, e quem era ela, onde e com quem vivia. Ela respondeu.

— De quem e o que ouvi não é importante. Vim mais porque o vi no concerto. O senhor é bastante bonito. E eu sou a filha de um médico, não moro longe do senhor, no bulevar Pretchístenki[2].

Ela falava de forma algo inesperada, e sucinta. Novamente sem saber o que dizer, perguntei:

— Quer chá?

— Quero — ela disse. — E mande, caso tenha dinheiro, comprar umas maçãzinhas no Belov — aqui na Arbat. Apenas apresse o empregado do hotel, estou impaciente.

— Mas parece tão tranquila.

— Pareço tanta coisa...

Quando o empregado trouxe o samovar e o saquinho de maçãs, ela preparou o chá, enxugou as xícaras, as colherzinhas... E, depois de comer a maçã e tomar uma xícara de chá, afundou mais no sofá e deu uma palmada ao seu lado:

— Agora sente comigo.

Sentei, ela me abraçou, beijou-me os lábios sem pressa, afastou-se, olhou e, como se se assegurasse de que eu era digno daquilo, fechou os olhos e beijou de novo — com empenho, longamente.

—

2. Atual bulevar Gógol (desde 1924). (N. do T.)

— Pois bem — ela disse, como que aliviada. — Por enquanto, nada mais é possível. Depois de amanhã.

O quarto já estava absolutamente escuro — apenas a meia-luz triste das lanternas das ruas. O que eu sentia é fácil imaginar. De onde, de repente, tamanha felicidade? Jovem, forte, excepcional gosto e forma dos lábios... Como em sonho, eu ouvia o som monótono dos trenós, o bater dos cascos...

— Quero jantar amanhã com o senhor no Praga — ela disse. — Nunca estive lá e, em geral, sou muito inexperiente. Imagino o que o senhor pensa a meu respeito. Mas de fato o senhor é o meu primeiro amor.

— Amor?

— E de que outro jeito chamar isso?

Meu estudo eu, naturalmente, larguei, ela continuou o seu de alguma maneira. Não nos separávamos, vivíamos como recém-casados, percorríamos galerias de quadros, exposições, ouvíamos concertos e até, por algum motivo, conferências públicas... Em maio, mudei-me, por desejo dela, para uma velha propriedade nos arredores de Moscou, onde tinham sido construídas e alugavam-se pequenas *datchas*, e ela passou a ir até mim, regressando a Moscou à uma da manhã. Eu não esperara aquilo de jeito nenhum, uma *datcha* nos arredores de Moscou: nunca vivera em uma *datcha*, sem qualquer ocupação, em uma propriedade tão diferente das nossas da estepe, e num clima daqueles.

O tempo todo chuva, ao redor florestas de pinheiros. Vez por outra, no azul intenso acima deles agrupavam-se nuvens brancas, um trovão sobrevoava, depois uma chuva brilhante começava a derramar através do sol, transformando rapidamente a canícula em vapor perfumado de pinheiro... Tudo era molhado, gorduroso, espelhado... No parque da propriedade, as árvores eram tão grandes que as *datchas* construídas por ali pareciam pequenas perto delas, como as moradias debaixo de árvores de países tropicais. O açude era um imenso espelho negro, recoberto pela metade de lentilha-d'água verde... Eu morava nos confins do parque, na floresta. A construção de minha *datcha* de troncos não foi concluída — paredes não calafetadas, piso não aplainado, estufa sem tampa, quase nenhum móvel. E, devido à umidade constante, minhas botas, jogadas embaixo da cama, revestiram-se de um mofo aveludado.

Só escurecia à meia-noite: a meia-luz do oeste pairava e seguia pairando pelas florestas imóveis, silenciosas. Nas noites de luar, essa meia-luz mesclava-se estranhamente à luz da lua, também imóvel, enfeitiçada. E pela calma que reinava por toda parte, pela limpidez do céu, sempre parecia que não haveria mais chuva. Mas bastava eu adormecer, após acompanhá-la à estação, e de repente ouvia: no telhado voltava a desmoronar a enxurrada com estrondo de trovões, ao redor as trevas e relâmpagos perpendiculares... De manhã, na terra lilás, sombras e manchas ofuscantes de sol forravam as alamedas úmidas, passarinhos chamados papa-moscas gorjeavam, melros chilreavam roucos. Perto do meio-dia, voltava a ficar abafado, vinham nuvens e a chuva começava a cair. Antes do poente, clareava, em minhas paredes de tronco tremia, caindo na janela através da folhagem, a tela cristalina e dourada do sol baixo. Daí eu ia encontrá-la na estação. O trem se aproximava, inumeráveis moradores das *datchas* acorriam à plataforma, cheirava a pedra de carvão da locomotiva e frescor úmido de mato, assomava na multidão ela, com um farnel carregado de petiscos, frutas, uma garrafa de Madeira... Jantávamos amistosamente, face a face. Antes de sua partida tardia, vagávamos pelo parque. Ela se tornava sonâmbula, caminhava com a cabeça apoiada em meu ombro. O açude negro, as árvores seculares, alçando-se ao céu estrelado... A noite enfeitiçante e clara, infinitamente silente, com as sombras infinitamente longas das árvores nas clareiras prateadas, parecendo lagos.

Em junho, ela foi comigo à minha aldeia — sem se casar, pusera-se a viver comigo como esposa, começou a tomar conta da casa. Passou o longo outono sem se entediar, em tarefas cotidianas, lendo. Da vizinhança, quem mais nos frequentava era um certo Zavistóvski, um proprietário rural solitário, pobre, que morava a duas verstas de nós, franzino, ruivo, acanhado, limitado — e não mau músico. No inverno, ele começou a aparecer em nossa casa quase toda noite. Eu o conhecia desde a infância, e agora estava tão acostumado a ele que uma noite sem sua presença era estranha para mim. Jogávamos xadrez, ou ele tocava piano a quatro mãos com ela.

Antes do Natal, fui certa vez à cidade. Regressei já com a lua no céu. E, ao entrar em casa, não a encontrei em lugar nenhum. Sentei-me ao samovar sozinho.

— E onde está a patroa, Dúnia[3]? Foi passear?

— Não sei, senhor. Não está em casa desde o almoço. Vestiu-se e saiu — disse, soturna, passando pela sala de jantar sem levantar a cabeça, minha velha aia.

"Deve ter ido à casa de Zavistóvski — pensei —, deve chegar logo com ele - já são sete horas..." E eu fui ao gabinete e adormeci subitamente - congelara na estrada o dia inteiro. E de forma igualmente instantânea despertei uma hora depois — com uma ideia clara e absurda: "Mas ela me largou! Contratou um mujique na aldeia e partiu para a estação, para Moscou — ela é capaz de tudo! Mas talvez tenha voltado?" Percorri a casa — não, não voltou. Passei vergonha com os criados...

Às dez horas, sem saber o que fazer, vesti uma peliça curta, peguei por algum motivo a espingarda e fui pela estrada grande até a casa de Zavistóvski, pensando: "Como que de propósito, hoje ele também não veio, e ainda tenho toda uma noite terrível pela frente! Será que ela partiu mesmo, me largou? Mas não, não pode ser!" Eu ia, rangendo pelo caminho batido de neve, à esquerda brilhavam os campos nevados, sob a pobre lua pálida...

—

3. Hipocorístico de Evdokía. (N. do T.)

Dobrei na estrada grande, cheguei à propriedade de Zavistóvski: a alameda de árvores nuas que levava a ela pelo campo, depois a entrada no pátio, à esquerda uma casa velha e indigente, a casa estava escura... Subi ao terraço de entrada coberto de gelo, abri com dificuldade a pesada porta de revestimento esfarrapado — na antessala, a estufa acesa avermelhada, calor e trevas... Mas também estava escuro no salão.

— Vikénti Vikéntitch!

E ele, sem ruído, de botas de feltro, apareceu na soleira do gabinete, iluminado também apenas pela lua na janela tripla.

— Ah, é o senhor... Entre, entre, por favor... Eu, como está vendo, estou na penumbra, passando a noite sem luz...

Entrei e sentei-me no sofá com saliências.

— O senhor não imagina, Musa sumiu...

Ele ficou calado. Depois, com voz quase inaudível:

— Sim, sim, entendo...

— Ou seja, o que o senhor entende?

E imediatamente, também sem ruído, também de botas de feltro, com um xale nos ombros, saiu do dormitório contíguo ao gabinete Musa.

— O senhor está de espingarda — ela disse. — Se quiser atirar, não atire nele, mas em mim.

E sentou-se no outro sofá em frente.

Olhei para suas botas, para os joelhos debaixo da saia cinza — tudo era bem visível à luz dourada que caía da janela —, quis gritar: "Não posso viver sem você, só por esses joelhos, pela saia, pelas botas, estou pronto para dar a vida!"

— A questão é clara e acabada - ela disse. — Cenas são inúteis.

— A senhora é monstruosamente cruel — proferi, com dificuldade.

— Dê-me um cigarro — ela disse a Zavistóvski.

Ele foi medrosamente em sua direção, estendeu a cigarreira, pôs-se a tatear os bolsos em busca de fósforos...

— A senhora agora me trate por "senhor" — eu disse, ofegante — e, na minha frente, podia não o tratar por "você".

— Por quê? - ela perguntou, erguendo as sobrancelhas, segurando com afastamento o cigarro.

Meu coração já me dava na garganta, batia nas têmporas. Levantei-me e, cambaleando, fui para fora.

17 de outubro de 1938

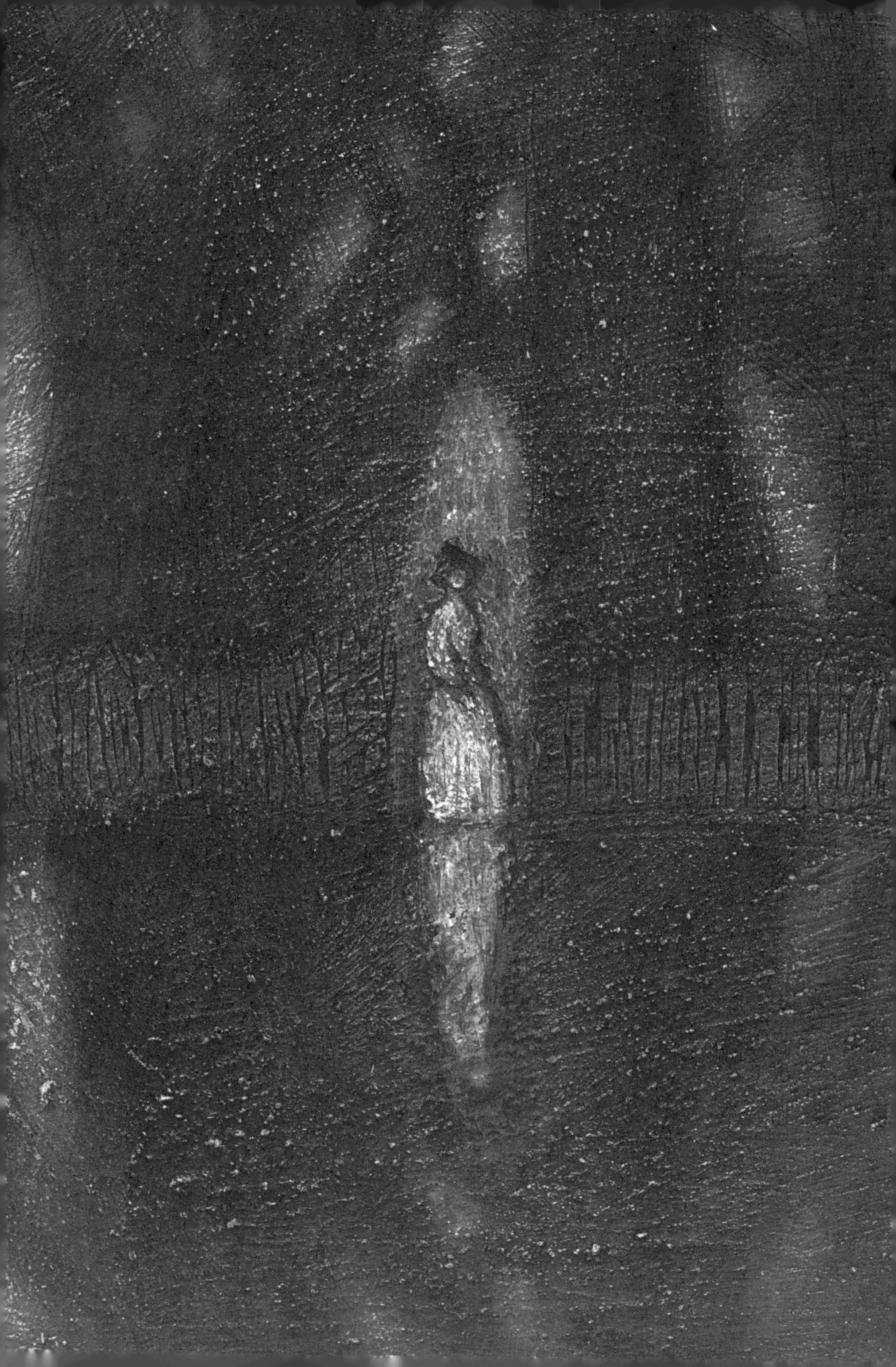

Hora tardia

Ah, como faz tempo que não vou lá, disse para mim mesmo. Desde os dezenove anos. Vivi em tempos na Rússia, senti-a como minha, tinha plena liberdade de viajar para onde me aprouvesse, e não era grande a dificuldade de percorrer umas trezentas verstas. E mesmo assim não ia, sempre adiava. E vinham e passavam anos, décadas. Mas eis que agora não é mais possível adiar: é agora ou nunca. É preciso aproveitar a única e última oportunidade, pois a hora é tardia e ninguém me encontrará.

E eu passei pela ponte sobre o rio, vendo ao longe tudo ao redor à luz da lua na noite de julho.

A ponte era tão conhecida, que era como se eu a tivesse visto ontem: rústica, antiga, arqueada, e parecia nem ser de pedra, mas sim petrificada pelo tempo em indestrutibilidade eterna — na época de colegial, eu achava que ela era ainda da época de Batu Cã[1]. Contudo, da antiguidade da cidade falam apenas alguns vestígios de muralhas urbanas, no barranco sob a catedral, e esta ponte. Todo o resto é velho, provincial, nada mais. Uma coisa era estranha, uma coisa demonstrava que, afinal, algo mudara no mundo desde quando eu era pequeno, jovem: antes o rio não era navegável, mas agora, certamente, tinham-no aprofundado, limpado; a lua estava à minha esquerda, bem distante, sobre o rio, e à sua luz movediça e no brilho cintilante, trêmulo da água, branquejava um vapor com rodas de pás, que parecia vazio — de tão silente —, embora todas as suas vigias estivessem acesas, parecendo olhos de ouro, e todas se refletissem na água como colunas de ouro correndo: era como se o vapor estivesse assentado nelas. Era assim em Iaroslavl, no canal de Suez e no Nilo. Em Paris as noites são úmidas, escuras,

—

1. Fundador do Canato da Horda Azul, reinou de 1225 a 1255. (N. do T.)

um brilho brumoso roseia no céu indevassável, o Sena corre sob as pontes como alcatrão negro, mas acima dele também pairam colunas a correr, refletidas pelas lanternas nas pontes, só que elas são tricolores: brancas, azuis e vermelhas — a bandeira nacional russa. Lá, na ponte, não há lanternas, e ela é seca e empoeirada. Mas adiante, no morro, a cidade escurece em jardins, sobre os jardins ressalta-se a torre de vigia de incêndios. Meu Deus, que felicidade indizível! Na época do incêndio noturno, pela primeira vez beijei a sua mão, e você apertou a minha em resposta - nunca me esquecerei dessa sua concordância secreta. Toda a rua negrejava de gente em uma iluminação sinistra, extraordinária. Eu estava visitando vocês quando, de repente, soou o alarme e todos se precipitaram para as janelas, e depois cruzaram a cancela. Queimava ao longe, para além do rio, mas era terrivelmente quente, ávido, apressado. Tosões de nuvens de fumaça rubro-negras lá se amontoavam densamente, deles se desprendiam, altas, folhas coloradas de chamas, perto de nós elas, tremendo, refletiam-se cúpreas na cúpula do Arcanjo Miguel. E no aperto, na multidão, em meio ao falatório inquieto, ora queixoso, ora alegre do povo simples, que corria por toda parte, senti o cheiro de seus cabelos virginais, do pescoço, do vestido de linho — e de repente decidi e peguei, todo desfalecido, a sua mão...

Depois da ponte, subi o morro, fui até a cidade pela estrada pavimentada.

Na cidade, não havia em lugar nenhum uma única luz, uma alma viva. Tudo era mudo e espaçoso, tranquilo e triste — a tristeza da noite russa da estepe, da cidade da estepe a dormir. Apenas nos jardins, quase inaudíveis, cuidadosamente estremeciam as folhagens com a corrente ritmada do vento fraco de julho que se arrastava de algum lugar dos campos, soprando carinhosamente sobre mim. Eu caminhava — a lua grande também caminhava, rolando e transparecendo na negritude dos galhos, como um círculo espelhado; as ruas largas jaziam nas sombras — apenas nas casas da esquerda, que não eram alcançadas pela sombra, as paredes brancas estavam iluminadas, e um brilho fúnebre transbordava das vidraças negras; mas eu ia pela sombra, pisava o passeio manchado — que estava atapetado, de forma transparente, de rendas negras de seda. Ela tinha um vestido de noite assim, muito elegante, longo e alinhado. Combinava extraordinariamente com seu talhe fino e os jovens olhos negros. Com ele, ela era misteriosa e, de maneira ultrajante, não prestava atenção em mim. Onde fora isso? Visitando quem?

Meu objetivo consistia em chegar à rua Velha. E eu podia ir até lá por outro caminho, mais curto. Mas eu dobrara naquelas ruas espaçosas do jardim porque queria dar uma olhada em meu colégio. E, chegando a ele, voltei a me espantar: lá também tudo ficara com meio século atrás; a cerca de pedra, o pátio de pedra, o grande edifício de pedra do pátio — tudo tão formal e chato como tempos atrás, na minha época. Demorei-me no portão, quis despertar em mim tristeza, pena pelas recordações — e não consegui: sim, ingressara naqueles portões pela primeira vez como um aluno de primeira série de cabelo rente, quepe de pequenas palmas sobre a pala e capotezinho novo de botões de prata, depois como um jovem magro de japona cinza e faceiras calças com presilhas; mas por acaso aquele era eu?

A rua Velha pareceu-me só um pouco mais estreita do que antes. Todo o resto estava inalterado. Pavimento esburacado, nem uma arvorezinha, de ambos os lados casas empoeiradas de mercadores, passeios também esburacados de um jeito que era melhor andar pelo meio da rua, à plena luz da lua... E a noite era quase igual àquela. Só que aquela fora no fim de agosto, quando a cidade inteira cheira a maçãs amontoadas no mercado, e fora tão quente que era um prazer andar só de *kossovorotka* e cinto do Cáucaso... Seria possível recordar aquela noite lá, em algum lugar, como se fosse o céu?

Mesmo assim, não me decidia em ir até a casa de vocês. Ela, provavelmente, tampouco mudara, mas era ainda mais terrível vê-la.

Gente nova, estranha mora lá agora. Seu pai, sua mãe, seu irmão — todos eles sobreviveram a você, a jovem, mas a seu tempo também morreram. E todos os meus também morreram; e não apenas parentes, como muitos, muitos dos quais com que eu, em amizade ou camaradagem, começara a vida; tivesse ou não começado há muito tempo, eles estavam seguros de que ela não teria fim, mas tudo começou, transcorreu e consumou-se à minha vista — tão rápido, e à minha vista! E eu me sentei em um pedestal junto a uma casa de mercador, inexpugnável em suas fechaduras e portões, e comecei a pensar em como ela era naqueles nossos tempos distantes: cabelos escuros arrumados com simplicidade, olhar claro, leve bronzeado do rosto jovem, leve vestido de verão, sob o qual a castidade, firmeza e liberdade do corpo jovem... Foi o começo do nosso amor, um tempo ainda não ensombrecido por nada, de felicidade, proximidade, confiança, ternura enlevada, alegria...

Há algo absolutamente peculiar nas noites quentes e claras das cidades russas de distrito no fim do verão. Que paz, que bem-estar! Vaga pela cidade alegre, à noite, um velho com uma matraca, mas só para seu próprio prazer: não há nada para guardar, durma tranquila, boa gente, quem os guarda é a benevolência de Deus, é o céu alto e resplandecente, para o qual o velho olha despreocupado, vagando pelo pavimento aquecido durante o dia, e apenas esporadicamente, como diversão, emitindo o som dançante da matraca. E foi numa noite dessas, numa hora tardia dessas, quando só eu não dormia na cidade, que você me esperou em seu jardim já seco para o outono, e eu furtivamente me esgueirei nele: abri em silêncio a cancela que você destrancara com antecedência, em silêncio e rápido corri pelo pátio e, detrás do galpão, nas profundezas do pátio, adentrei na penumbra variegada do jardim, onde fracamente branquejava ao longe, no banco sob a macieira, o seu vestido e, caminhando rápido, com susto contente encontrei o brilho dos seus olhos à espera.

E ficamos sentados, sentados em uma perplexidade feliz. Com uma mão eu a abraçava, ouvindo a batida do seu coração, com a outra segurava a sua mão, sentindo você inteira através dela. E já era tão tarde que não se ouvia nem a matraca — o velho sentou-se em algum banco e cochilou com um cachimbo nos dentes, aquecendo-se ao luar. Ao olhar para a direita, vi quão alta e sem pecados a lua cintilava sobre o pátio, e os telhados da casa reluziam com um brilho de peixe. Ao olhar para a esquerda, vi uma vereda recoberta de grama seca, desaparecendo sob outras macieiras e, atrás delas, emergindo baixo de um outro jardim, uma estrela verde solitária, vislumbrando sem paixão e, ao mesmo tempo, com expectativa, dizendo algo em silêncio. Mas o pátio e a estrela eu só vi de relance — só havia uma coisa no mundo: a penumbra ligeira e o cintilar luminoso dos seus olhos na penumbra.

E depois você me acompanhou até a cancela, e eu disse:

— Se existe vida eterna, e nós nos encontrarmos nela, lá ficarei de joelhos e beijarei os seus pés por tudo que você me deu na Terra.

Saí no meio da rua clara e fui até minha hospedaria. Virando-me, vi que tudo ainda era branco na cancela.

Agora, levantando-me do pedestal, voltei pelo mesmo caminho por que viera. Não, além da rua Velha, eu tinha outro objetivo, que precisava terrivelmente admitir para mim mesmo, mas cujo cumprimento eu sabia que era inevitável. E eu fui — para olhar e partir, então para sempre.

De novo, o caminho era conhecido. Sempre reto, depois à esquerda, pelo mercado, e do mercado — pela rua do Mosteiro — à saída da cidade.

O mercado era como outra cidade dentro da cidade. Fileiras de vendas muito cheirosas. A venda das Bebidas, sob um toldo em cima de mesas e bancos compridos, era sombria. Na das Ferragens, em uma corrente sobre a passagem central, está pendurado um ícone do Salvador de olhos grandes, com moldura enferrujada. Na de Farinha, pela manhã, revoadas de pombos sempre corriam, bicavam o pavimento. Ao ir para o colégio — quantos deles! E todos gordos, de papo iridescente - bicavam e corriam, de forma feminina, sacudindo a valer, balançando, puxando monotonamente as cabecinhas, como se não reparassem em você: levantavam voo, sibilando as asas, só quando você quase pisasse algum deles. E, à noite, rápidos e preocupados arrastavam-se ratos escuros, nojentos e terríveis.

A rua do Mosteiro é o trajeto para o campo e para as estradas: para uns, da cidade para casa, para a aldeia, para outros, para a cidade dos mortos. Em Paris, por dois dias destaca-se a casa número tal da rua tal de todas as outras casas pelos acessórios pestilentos da entrada, sua moldura fúnebre de prata, por dois dias jaz na entrada, com uma cobertura fúnebre, uma mesinha com folhas de papel com debrum fúnebre — os polidos visitantes assinam como sinal de compaixão; depois, em determinado prazo final, detém-se na entrada uma enorme, com baldaquim fúnebre, carruagem, cuja madeira é cor de azeviche, como o caixão pestilento, as abas redondas cortadas do baldaquim testemunham as grandes estrelas brancas dos céus, e os cantos do teto são coroados com penachos negros encaracolados — com penas de avestruz do inferno; à carruagem estão atrelados monstros avantajados com xairéis de chifre de carvão e órbitas brancas em anel; na boleia infinitamente alta senta-se e espera a entrega um velho bêbado, também simbolicamente vestido de uniforme teatral de enterro, e um similar chapéu de três pontas, que devia sempre estar rindo internamente dessas palavras solenes! "Requiem aeternam dona eis, Domine, et lux perpetua luceat eis"[2]. — Aqui tudo é diferente. Vinda dos campos, uma brisa sopra pela rua do Mosteiro, e levam ao seu encontro um caixão aberto, em toalhas, balançando o rosto com pó de arroz e uma corola colorida na cabeça, sobre as pálpebras convexas fechadas. Assim também a levaram.

2. Dai-lhes, Senhor, o descanso eterno e brilhe sobre eles a luz eterna. Em latim no original. (N. do T.)

Na saída, à esquerda da rodovia, um mosteiro dos tempos de Aleksei Mikháilovitch[3], portões de fortaleza, sempre fechados, e muros de fortaleza, detrás dos quais brilham os bulbos dourados da catedral. Adiante, completamente no campo, um quadrado bastante espaçoso de outros muros, porém não altos: nele está encerrado todo um bosque, quebrado por longas avenidas que se cruzam, de cujos lados, sob olmos, tílias e bétulas, tudo está coberto de cruzes e memoriais. Lá, os portões estavam escancarados, e avistei a avenida principal, plana, sem fim. Tirei o chapéu timidamente e entrei. Que tarde e que mudo! A lua já estava baixa detrás das árvores, mas tudo ao redor, até onde a vista alcançava, ainda se via com clareza. Todo espaço daquele bosque de mortos, suas cruzes e memoriais, matizava-se na sombra transparente. O vento sossegou na hora anterior à alvorada — manchas claras e escuras, sempre variegadas sob as árvores, adormeceram. No bosque distante, detrás da igreja do cemitério, de repente algo relampejou e, com velocidade furiosa, lançou-se contra mim em um novelo escuro — eu, fora de mim, saltei de banda, toda a minha cabeça imediatamente gelou e apertou, o coração deu um pulo e parou... O que foi aquilo? Passou correndo e sumiu. Mas o coração no peito continuava parado. E assim, com o coração parado, levando-o comigo como uma taça pesada, avancei. Sabia para onde devia ir, caminhei sempre reto pela avenida — e bem no fim dela, já a alguns passos do muro de trás, detive-me: na minha frente, em um lugar plano, entre gramas secas, jazia solitária uma pedra bem estreita, de cabeça para o muro. Detrás do muro, como uma maravilhosa pedra preciosa, fitava uma estrela verde baixa, luminosa como aquela, a de antes, porém muda, imóvel.

19 de outubro de 1938

—

3. Tsar que reinou entre 1645 e 1676. (N. do T.)

PARTE II

Rússia[1]

Às dez da noite, o trem rápido Moscou-Sebastópol parou em uma pequena estação depois de Podolsk, onde não devia parar, e esperou por algo na segunda via. No trem, um cavalheiro e uma dama aproximaram-se da janela abaixada do vagão da primeira classe. Um cobrador de lanterna vermelha cruzava os trilhos, e a dama perguntou:

— Ouça, por que paramos?

O cobrador respondeu que o trem expresso da direção contrária estava atrasado.

A estação estava escura e triste. O crepúsculo ocorrera há tempos, mas no oeste, para além da estação, para além dos campos florestais enegrecidos, ainda luzia, mortiço, o longo ocaso de verão de Moscou. À janela, vinha um cheiro úmido de pântano. No silêncio, ouvia-se, de algum lugar, o rangido ritmado e, de certa forma, também úmido do codornizão.

Ele se apoiou na janela, ela nos seus ombros.

— Certa vez, passei as férias nesse lugarejo — ele disse. — Era professor particular em uma herdade com *datcha*, a cinco verstas daqui. Lugarejo tedioso. Floresta mirrada, pegas, mosquitos e libélulas. Nenhuma vista, em lugar nenhum. Na herdade, só era possível contemplar o horizonte do mezanino. A casa, claro, era no estilo da *datcha* russa, e muito abandonada — os proprietários eram gente empobrecida —, detrás da casa algo similar a um jardim, detrás do jardim algo que não era bem um lago, nem um pântano, recoberto de bunho e nenúfar, e a inescapável chata ao lado da margem pantanosa.

—

1. Em russo, trata-se de um nome próprio, que se escreve e pronuncia de maneira diferente do nome do país. (N. do T.)

— E, claro, a moça entediada da *datcha,* com a qual você navegava por esse pântano.

— Sim, tudo como se deve. Só que a moça não era absolutamente entediada. Navegava com ela mais à noite, e o resultado era até poético. A oeste, o céu era esverdeado a noite inteira, transparente, e lá, no horizonte, como agora, tudo sempre a arder devagar, devagar... Remo eu só encontrei um, parecendo uma pá, e eu remava como um selvagem — ora para a direita, ora para a esquerda. A margem esquerda era escura devido à floresta mirrada, mas, detrás dela, a noite inteira havia essa meia-luz estranha. E por toda parte um silêncio inimaginável — apenas o lamento dos mosquitos e o voo das libélulas. Nunca achei que elas voassem à noite — deu-se que, por algum motivo, voavam. Bem aterrador.

Por fim, o trem da direção contrária silvou, voando com estrondo e vento, fundindo-se em uma faixa dourada de janelas iluminadas, e passou ao lado. O vagão imediatamente arrancou. O cabineiro entrou no compartimento, iluminou-o e pôs-se a preparar os leitos.

— Mas o que houve entre você e essa moça? Um romance real? Por algum motivo, você nunca me falou dela. Como ela era?

— Magra, alta. Usava uma sarafana amarela de chita e, nos pés descalços, alpercatas camponesas trançadas de algum tecido multicolorido.

— Quer dizer, também no estilo russo?

— Acho que mais do que tudo no estilo da pobreza. Não tem o que vestir, vai de sarafana. Além disso, ela era artista, estudara na Escola Stróganov de pintura. E ela mesma era uma pintura, até um ícone. Trança negra comprida, na cintura, rosto moreno com pequenas marcas escuras de nascença, nariz estreito e reto, olhos negros, sobrancelhas negras... Cabelo seco e rijo, levemente cacheado. Tudo isso, com a sarafana amarela e as mangas brancas de musselina da camisa, resultava muito bonito. Tornozelos e começo dos pés nas alpercatas de entrecasca eram todos secos, com os ossos assomando sob a pele morena e fina.

— Conheço esse tipo. Tive uma amiga assim no curso. Devia ser histérica.

— Possivelmente. Ainda mais porque, de rosto, era parecida com a mãe, e a mãe, de uma estirpe de príncipes de sangue oriental, padecia de algo como depressão melancólica. Só saía para ir à mesa. Saía, sentava-se e ficava calada, tossia sem levantar os olhos, e ficava sempre remexendo ora a faca, ora o garfo. Se de repente começava a parar, era de modo tão inesperado e alto que a gente se sobressaltava.

— E o pai?

— Também taciturno e seco, alto; militar reformado. Simples e querido era só o menino, do qual eu era professor.

O cabineiro saiu do compartimento, disse que os leitos estavam prontos, e desejou boa noite.

— E como ela se chamava?

— Rússia.

— Mas que nome é esse?

— Muito simples — Marússia.

— Mas e então, você estava muito apaixonado por ela?

— Claro, e eu tinha a impressão de que terrivelmente.

— E ela?

Ele ficou em silêncio, e deu uma resposta seca:

— Provavelmente, ela também tinha essa impressão. Mas vamos dormir. Fiquei extremamente cansado durante o dia.

— Essa é boa! Só despertou meu interesse à toa. Ora, conte, mesmo que em duas palavras, como seu romance terminou.

— Não foi nada. Fui embora, e fim do caso.

— Mas por que você não se casou com ela?

— Obviamente, pressenti que encontraria você.

— Não, a sério!

— Bem, porque me dei um tiro, e ela se apunhalou...

E, após se lavarem e limparem os dentes, trancaram-se na estreiteza do compartimento, despiram-se e, com deleite de viajante, deitaram-se sob o lençol de linho, fresco e lustroso, e sobre os travesseiros similares, sempre a escorregar da cabeceira levantada.

O olho mágico azul-lilás da porta fitava a escuridão em silêncio. Ela adormeceu logo, ele não dormia, fumava deitado e examinava mentalmente aquele verão...

O corpo dela também tinha muitas pequenas marcas escuras de nascença — essa peculiaridade era encantadora. Como ela usava calçados macios, sem salto, todo seu corpo ondulava sob a sarafana amarela. A sarafana era larga, leve, e nela seu longo corpo de moça estava muito livre. Certa vez, ela molhou os pés na chuva, veio correndo do jardim para a sala de visitas, e ele precipitou-se para descalçá-la e beijar-lhe os pés úmidos e estreitos — ele não experimentou uma felicidade igual em toda sua vida. A chuva fresca e cheirosa rumorejava cada vez mais rápida e densa pela janela aberta para a varanda, na casa escurecida todos dormiam depois do almoço — e de que forma terrível ele e ela ficaram assustados com o galo preto de matiz verde-metálico e grande crista de fogo, que de repente também veio correndo do jardim pelo chão com um grasnido, na mesma hora ardente em que eles se esqueceram de toda cautela. Vendo como eles se ergueram do sofá de um salto, ele, apressado e curvando-se, como que por delicadeza, correu de volta para a chuva, com a cauda brilhante abaixada...

No começo, ela o observava o tempo todo; quando ele puxava conversa, ela enrubescia fortemente e respondia com um balbucio zombeteiro; à mesa, mexia com ele com frequência, dirigindo-se ao pai ruidosamente:

— Não o sirva, papai, é inútil. Ele não gosta de varênique. Aliás, ele não gosta de *okrochka*[2], não gosta de macarrão, despreza leite fermentado, e odeia *tvorog*[3].

---

2. Sopa fria de *kvas* (refresco fermentado de pão de centeio). (N. do T.)

3. Queijo russo similar à ricota. (N. do T.)

De manhã, ele estava ocupado com o menino, ela com os afazeres domésticos – a casa inteira estava por conta dela. Almoçavam à uma, e depois do almoço ela ia para seu quarto no mezanino ou, se não estivesse chovendo, para o jardim, onde ficava, sob uma bétula, seu cavalete e, afugentando os mosquitos, pintava a natureza. Depois passou a sair para a varanda, onde ele, depois do almoço, sentava-se com um livro em uma poltrona torta de junco, ficava em pé, com as mãos nas costas, e fitava-o com vaga zombaria:

— Pode-se saber que sabedoria o senhor se digna a estudar?

— A história da Revolução Francesa.

— Ah, meu Deus! E eu nem sabia que em nossa casa se encontrava um revolucionário!

— E por que a senhorita largou sua pintura?

— Logo, logo vou largar de vez. Convenci-me de minha falta de talento.

— Mostre-me alguma de suas pinturas.

— E o senhor acha que entende algo de pintura?

— A senhorita tem um amor-próprio terrível.

— Cometo esse pecado...

Por fim, ela lhe propôs, certa vez, navegar no lago, dizendo de repente, de forma resoluta:

— Parece que o período chuvoso de nosso lugar tropical acabou. Vamos nos divertir. Verdade que nossa canoa está bastante suja e esburacada no fundo, mas Pétia[4] e eu enchemos todos os buracos de bunho...

O dia estava quente, uma sauna, a grama da margem, salpicada de florzinhas amarelinhas de ranúnculo, era abafadamente aquecida pelo calor úmido, e sobre ela pairavam, baixas, inúmeras mariposas de um verde pálido.

—

4. Apocorístico de Piotr. (N. do T.)

Ele se apropriou do tom constantemente zombeteiro dela e, aproximando-se do bote, disse:

— Por fim a senhorita se rebaixou até mim!

— Por fim o senhor se concentrou para me responder! — ela respondeu, com desembaraço, e pulou na proa do bote, assustando os sapos que chapinhavam na água de todos os lados, mas de repente deu um gritinho selvagem e puxou a sarafana até os joelhos, batendo os pés:

— Cobra! Cobra!

Ele avistou de relance o moreno brilhante de suas pernas nuas, pegou o remo na proa, bateu com ele na cobra d'água que se contorcia no fundo do bote e, fisgando-a, jogou-a na água, longe.

Ela estava pálida, de uma palidez hindu, as marcas de nascença de seu rosto ficaram mais escuras, a negritude dos cabelos e olhos parecia ainda mais negra. Aliviada, ela tomou fôlego:

— Ah, que nojo. Não é à toa que a palavra cobarde parece com cobra. Aqui elas estão por toda parte, no jardim, na casa... E Pétia, imagine, pega-as na mão!

Era a primeira vez que ela lhe falava com simplicidade, e a primeira vez que, de repente, olharam-se diretamente nos olhos.

— Mas como o senhor é bom! Como acertou-a bem!

Ela voltara a si completamente, sorria e, correndo da proa para a popa, sentou-se alegremente. Quando estava assustada, ela o surpreendeu com sua beleza, agora ele pensava, com ternura: sim, ela ainda é apenas uma menininha! Mas, fazendo ar indiferente, ele passou preocupadamente para o bote e, apoiando o remo no fundo gelatinoso, virou-o para a frente, para a proa, e empurrou-o pelo emaranhado confuso de ervas subaquáticas na direção das cerdas verdes do bunho e dos nenúfares em flor, que cobriam tudo à frente em uma camada contínua de folhagem espessa e redonda, botou-o na água e sentou-se no banquinho do meio, remando à direita e à esquerda.

— É bom, verdade? — ela gritou.

— Muito! — ele respondeu, tirando o quepe, e virou-se para ela: – Tenha a bondade de colocá-lo ao seu lado, senão vou deixá-lo cair nessa tina que, desculpe, apesar de tudo continua vazando e cheia de sanguessugas.

Ela depositou o quepe nos joelhos.

— Mas não se preocupe, largue onde for.

Ela apertou o quepe contra o peito:

— Não, vou guardá-lo.

Seu coração voltou a palpitar com ternura, mas ele novamente se virou e pôs-se a enfiar com empenho o remo na água que brilhava em meio ao bunho e ao nenúfar.

Mosquitos grudavam no rosto e nas mãos, tudo ao redor era de um prateado quente ofuscante: o ar vaporoso, a luz movediça do sol, o brancor encrespado das nuvens, a brilharem suavemente no céu e nas clareiras de água entre ilhas de bunho e nenúfar; tudo era tão raso que dava para ver o fundo com as ervas subaquáticas, mas isso de alguma forma não impedia aquela profundidade insondável pela qual se estendia o céu refletido com nuvens. De repente, ela voltou a dar um gritinho — e o bote virou de lado: da popa, ela metera a mão na água e, apanhando um caule de nenúfar, puxou-o para si de um jeito que tombou junto com o bote — ele quase não conseguiu saltar e pegá-la pela axila. Ela gargalhou e, caindo de costas na popa, borrifou-lhe os olhos com a mão molhada. Daí ele voltou a apanhá-la e, sem entender o que estava fazendo, beijou-lhe os lábios risonhos. Ela rapidamente enlaçou-lhe o pescoço e, desajeitada, beijou-lhe a face.

Desde então, começaram a navegar à noite. No dia seguinte, ela o chamou no jardim, depois do almoço, e perguntou:

— Você me ama?

Ele respondeu com ardor, lembrando do beijo da véspera no bote:

— Desde nosso primeiro encontro!

— Eu também — ela disse. — Não, no começo eu odiava — tinha a impressão de que você absolutamente não reparava em mim. Mas, graças a Deus, tudo isso já é passado. Hoje à noite, quando todos estiverem deitados, vá de novo para lá e me espere. Apenas saia de casa com o maior cuidado possível — mamãe segue cada passo meu, é louca de ciúmes.

À noite, ela foi à margem com uma manta na mão. Ele a recebeu desconcertado de tão alegre, apenas perguntou:

— E a manta, para quê?

— Que burro. Vamos passar frio. Bem, sente-se logo e reme para a outra margem...

Ficaram calados o caminho inteiro. Quando chegaram à floresta que ficava do outro lado, ela disse:

— Pois bem. Agora venha comigo. Cadê a manta? Ah, debaixo de mim. Cubra-me, estou com frio, e sente. Assim... Não, espere, ontem nos beijamos de um jeito meio besta, agora primeiro eu vou te beijar, só que calma, calma. E você me abrace... em todo lugar...

Sob sua sarafana havia apenas uma camisa. Com ternura, roçando de leve, beijou-o na ponta dos lábios. Com a cabeça turva, ele a atirou na popa. Ela abraçou-o frenética...

Deitada, em prostração, ela se ergueu e, com um sorriso de cansaço feliz, e uma dor que ainda não sossegara, disse:

— Agora somos marido e mulher. Mamãe disse que não sobreviverá ao meu casamento, mas agora não quero pensar nisso... Sabe, quero nadar, gosto terrivelmente de fazer isso à noite...

Tirou a roupa por cima da cabeça, todo seu longo corpo branquejou na penumbra e ela se pôs a fazer uma trança, erguendo os braços, mostrando as axilas escuras e os peitos erguidos, sem se envergonhar de sua nudez e da pequena saliência escura sob o ventre. Depois de prender a trança, beijou-o rapidamente, ficou de pé, caiu na água de bruços, jogou a cabeça para trás e bateu os pés ruidosamente.

Depois ele, apressando-se, ajudou-a a se vestir e a se enrolar na manta. Na penumbra, seus olhos negros e cabelos negros, em trança, eram uma visão fabulosa. Ele não ousava mais tocá-la, apenas beijava-lhe as mãos e calava com o insuportável da felicidade. Tinha sempre a impressão de que havia alguém na escuridão da floresta da margem, entre os pirilampos que brilhavam em silêncio — alguém parado, à escuta. Por vezes, algo ali farfalhava cuidadosamente. Ela ergueu a cabeça:

— Espere, o que é isso?

— Não tema, deve ser um sapo se arrastando na margem. Ou um ouriço na mata...

— E se for um íbex?

— Que íbex?

— Não sei. Mas apenas pense: sai da floresta um íbex, para e olha... Estou tão bem, com tanta vontade de tagarelar umas bobagens terríveis!

E ele voltava a estreitar contra os lábios suas mãos, às vezes beijava-lhe o peito frio como algo sagrado. Que ser absolutamente novo ela se tornara para ele! E ficou firme, sem se extinguir detrás da negritude da floresta baixa, a meia-luz esverdeada, debilmente refletida na água que branquejava plana ao longe, a vegetação orvalhada da margem exalava um cheio forte, de aipo, mosquitos invisíveis lamuriavam-se de forma misteriosa, súplice — e voavam, voavam com um leve estalido acima do bote e além, sobre aquela água de brilho noturno, as libélulas terríveis, insones. E aqui e ali sempre algo farfalhava, rastejava, abria caminho...

Uma semana depois, de forma hedionda, com vergonha, aturdido pelo horror da separação absolutamente repentina, ele foi expulso da casa.

De alguma forma, depois do almoço, estavam sentados na sala de jantar e, com as cabeças unidas, olhavam as ilustrações de números antigos da revista "Niva"[5].

— Ainda não deixou de me amar? — ele perguntou, baixo, fazendo ar de que estava vendo com atenção.

— Burro. Terrivelmente burro! — ela sussurrou.

De repente, soaram passos leves a correr — e, na soleira, postou-se, de roupão preto e gasto de seda e chinelos surrados de marroquim, sua mãe meio doida. Seus olhos negros cintilavam trágicos. Ela saiu correndo, como se estivesse em um palco, e gritou:

— Entendi tudo! Eu sentia, eu seguia! Imprestável, ela não será sua!

E, erguendo a mão na manga comprida, atirou de forma ensurdecedora com a pistola antiga com que Pétia assustava os pardais, carregando-a apenas com pólvora. Ele, na fumaça, atirou-se na direção dela, agarrou-lhe a mão tenaz. Ela se soltou, acertou-lhe a testa com a pistola, seu sobrolho rasgou-se em sangue, sacudiu a arma para ele e, ao ouvir que vinha gente correndo da casa por causa dos gritos e do tiro, pôs-se a gritar, com espuma nos lábios cor de pombo, de forma ainda mais teatral:

— Só por cima do meu cadáver ela irá com você! Se fugir com você, no mesmo dia me enforco, jogo-me do telhado! Imprestável, fora da minha casa! Mária Víktorovna, escolha: a mãe ou ele!

Ela murmurava:

— A senhora, a senhora, mamãe...

Ele recobrou os sentidos, abriu os olhos — da mesma forma constante, enigmática, sepulcral, o olho mágico azul-lilás da porta fitava-o, e com a mesma velocidade constante, rasgando para a frente, seguia elástico, balançando, o vagão. Já distante, distante ficara aquele apeadeiro triste. E tudo aquilo acontecera já há vinte

5. Popular revista literária publicada entre 1869 e 1918 em São Petersburgo, teve colaboradores como Tolstói, Leskov, Tchékhov, Akhmátova, Górki e o próprio Búnin, dentre muitos outros.

anos inteiros — bosquetes, pegas, pântanos, nenúfares, cobras d'água, cegonhas... Sim, pois ainda havia cegonhas — como se esquecera delas? Tudo fora estranho naquele verão espantoso, estranho também o casal de cegonhas, que voavam de algum lugar de tempos em tempos, na direção do pântano da margem, e o fato de que eles apenas admitiam a ela junto de si e, arqueando os pescoços finos e compridos com curiosidade muito severa, porém benévola, examinavam-na de cima para baixo, quando ela, correndo de forma suave e ligeira na direção deles com suas alpercatas de entrecascas multicoloridas, de repente acocorava-se na sua frente, abrindo no verde úmido e quente da encosta sua sarafana amarela e, com fervor infantil, fitava-lhes as pupilas negras, lindas e ameaçadoras, firmemente presas em anéis de íris cinza-escura. Ele os observava de longe, de binóculo, e via com nitidez suas pequenas cabecinhas brilhantes — até suas narinas ossudas, as fendas dos bicos fortes, grandes, com os quais eles, de um só golpe, matavam as cobras. Seus torsos estreitos, com os tufos felpudos das caudas, estavam fortemente revestidos de uma plumagem de aço, as bengalas escamosas dos pés eram desproporcionalmente compridas e finas — de um, absolutamente negra, de outro, esverdeada. Às vezes, ambas passavam horas inteiras em cima de uma perna só, em imobilidade incompreensível, às vezes saíam saltitando sem mais nem menos, abrindo as asas enormes; ou então passeavam solenemente, avançavam devagar, erguiam as patas em cadência, juntando três dedos em uma bola, e espalhavam, abrindo os dedos, como garras rapaces, balançando as cabecinhas o tempo todo... Aliás, quando ela corria em sua direção, ele já não pensava em nada, nem via — via apenas sua sarafana a se abrir, estremecendo de languidez mortal à ideia do corpo moreno debaixo dela, de suas marcas de nascença escuras. E naquele último dia deles, daquela última vez em que se sentaram lado a lado na sala de estar, no sofá, com aquele tomo antigo de "Niva", ela também segurara nas mãos seu quepe, apertara-o contra o peito, como então, no bote, e dissera, cintilando-lhe nos olhos com os espelhos negros de seus olhos contentes:

— Agora eu te amo tanto que não existe nada mais querido para mim do que até esse cheiro dentro do quepe, o cheiro da tua cabeça e da tua água de colônia nojenta!

***

Em Kursk, no vagão-restaurante, quando, depois do café da manhã, ele estava tomando café com conhaque, a esposa lhe disse:

— Por que você está bebendo tanto? Ao que parece, já é o quinto cálice. Continua triste, lembrando da sua moça de pés ossudos da *datcha*?

— Continuo, continuo — ele respondeu, com um sorriso desagradável. — A moça da *datcha*... *Amata nobis quantum arnabitur nulla*![6]

— Isso é latim? Que quer dizer?

— Você não precisa saber.

— Como você é grosso — ela disse, com um suspiro negligente, e pôs-se a olhar pela janela ensolarada.

27 de setembro de 1940

---

6. Amada por nós como ninguém será. Citação de Catulo, poema 8. Em latim no original. (N. do T.)

A BELDADE

Um funcionário do Tesouro da província, viúvo, de idade, casou-se com uma jovenzinha, uma beldade, filha do comandante militar. Ele era taciturno e discreto, e ela conhecia o seu valor. Ele era magro, alto, de compleição tísica, usava óculos cor de iodo, falava de forma algo roufenha e, se quisesse dizer algo mais alto, esganiçava-se em falsete. E ela não era grande, de compleição excelente e robusta, sempre bem-vestida, muito atenciosa e hábil gestora da casa, tinha um olhar penetrante. Ele parecia tão desinteressante, em todos os aspectos, como uma quantidade de funcionários públicos de província, mas no primeiro matrimônio também se casara com uma beldade, e todos só faziam erguer os braços: por que motivo elas desposavam alguém assim?

E eis que a segunda beldade tranquilamente odiou o filho de sete anos da primeira, fazendo de conta que absolutamente não o notava. Então também o pai, por medo dela, também fingia que era como se não tivesse, nem nunca tivesse tido filho. E o menino, vivaz e carinhoso por natureza, passou, na presença deles, a temer dizer uma palavra, e se ensimesmou por completo, fazendo-se como que inexistente em casa.

Imediatamente depois das bodas, mudaram seu dormitório, do quarto do pai para um sofazinho na sala de estar, um pequeno aposento ao lado da sala de jantar, decorado com mobília de veludo azul. Mas seu sono era intranquilo, toda noite ele derrubava o lençol e o cobertor no chão. E logo a beldade disse à criada:

— Isso é um horror, ele vai estragar todo o veludo do sofá. Nástia[1], faça a cama dele no chão, naquele colchãozinho que eu mandei esconder no baú grande da finada patroa, no corredor.

---

1. Hipocorístico de Anastassia. (N. do T.)

E o menino, em sua rematada solidão em todo o mundo, leva uma vida absolutamente independente, absolutamente isolada da vida da casa inteira, inaudível, imperceptível, solitária no dia a dia: pacificamente senta-se no cantinho da sala de visitas, desenha casinhas na lousa ou, sussurrando, lê, sílaba a sílaba, o mesmo e único livrinho com ilustrações que foi comprado ainda pela finada mãe, olha pela janela... Dorme no chão, entre o sofá e uma dorna com uma palmeira. Faz a própria caminha à noite, e ele mesmo a desfaz, enrola-a de manhã e leva para o corredor, para o baú de mamãe. Lá também estão escondidas todas as suas outras coisinhas.

28 de setembro de 1940

Bobinha

O filho do diácono, um seminarista que fora à aldeia dos pais nas férias, acordou certa feita em uma noite escura e quente com uma cruel excitação corporal e, continuando deitado, inflamou-se ainda mais com a imaginação: de tarde, antes do jantar, espiara, de um salgueiral da costa, sobre a enseada do rio, como as moças tinham ido do trabalho para lá e, tirando as camisas dos corpos brancos suados pela cabeça, com barulho e risos, alçando os rostos, curvando as costas, lançavam-se na água reluzente e quente; depois, sem se controlar, levantou-se, esgueirou-se na escuridão pelo saguão até a cozinha, onde estava escuro e quente, como um forno aquecido, encontrou às apalpadelas, esticando os braços, a tarimba em que dormia a cozinheira, uma moça indigente, sem família, com reputação de bobinha, e ela, de medo, nem sequer gritou. Desde então, viveu com ela na cozinha e pôs no mundo um menino, que começou a crescer com a mãe, na cozinha. O diácono, sua mulher, o próprio padre e toda a sua casa, toda a família do merceeiro, o policial e sua esposa, todos sabiam de quem era aquele menino, e o seminarista, quando vinha nas férias, não podia nem ver aquela vergonha perversa de seu passado: vivera com uma bobinha!

Quando ele concluiu o curso — "brilhante!", como o diácono contou a todos — e novamente veio passar o verão com os pais, antes de entrar na academia, eles já no primeiro feriado convidaram pessoas para o chá, para se orgulharem do futuro acadêmico diante delas. Os convidados também falaram de seu futuro brilhante, tomaram chá, comeram diversas geleias, e o feliz diácono ligou, no meio da conversa animada, um gramofone, que inicialmente chiou, depois passou a gritar ruidosamente.

Todos se calaram e, com sorrisos de satisfação, puseram-se a ouvir os sons empolgantes de "Pela rua calçada[1]" quando, de repente, no aposento, entrou voando e se pôs a dançar e pisotear, desajeitado, fora de compasso, o menino da cozinheira, ao qual a mãe, pensando que comoveria a todos, sussurrara, de boba que era: "Corra, dance, filhinho". Todos ficaram desconcertados com a surpresa, e o filho do diácono, enrubescendo, atirou-se sobre ele como um tigre, e arremessou-o para fora do aposento com tamanha força que o menino caiu na antessala aos trambolhões.

No dia seguinte, o diácono e sua mulher, por exigência dele, enxotaram a cozinheira. Eles eram pessoas bondosas e compassivas, muito acostumadas a ela, de quem gostavam pela resignação e obediência, e pediram de todo jeito ao filho que tivesse piedade. Mas este seguiu inflexível, e eles não ousaram desobedecê-lo. Ao entardecer, a cozinheira, chorando baixo e segurando a trouxa em uma mão, e na outra, a mãozinha do menino, saiu pelo pátio. Ela gastou as vestes, gastou a si mesma, cozinhou-se ao vento e ao sol, secou até ficar pele e ossos, mas era infatigável.

Depois disso, por todo o verão ela andou com ele por aldeias e povoados, mendigando pelo amor de Cristo. Andava descalça, com um saco de aniagem no ombro, apoiada em um bastão alto e, nas aldeias e povoados, curvava-se em silêncio diante de cada isbá. O menino ia atrás dela, também com uma sacola no ombrinho, usando os sapatos velhos dela, quebrados e endurecidos como calçados rotos que despencaram em um barranco.

Ele era um monstro. Tinha um sincipício grande, chato, com pelos vermelhos de javali, narizinho achatado, narinas largas, olhinhos de noz, muito brilhantes. Mas, quando sorria, era muito gracioso.

28 de setembro de 1940

—

1. Canção folclórica russa. (N. do T.)

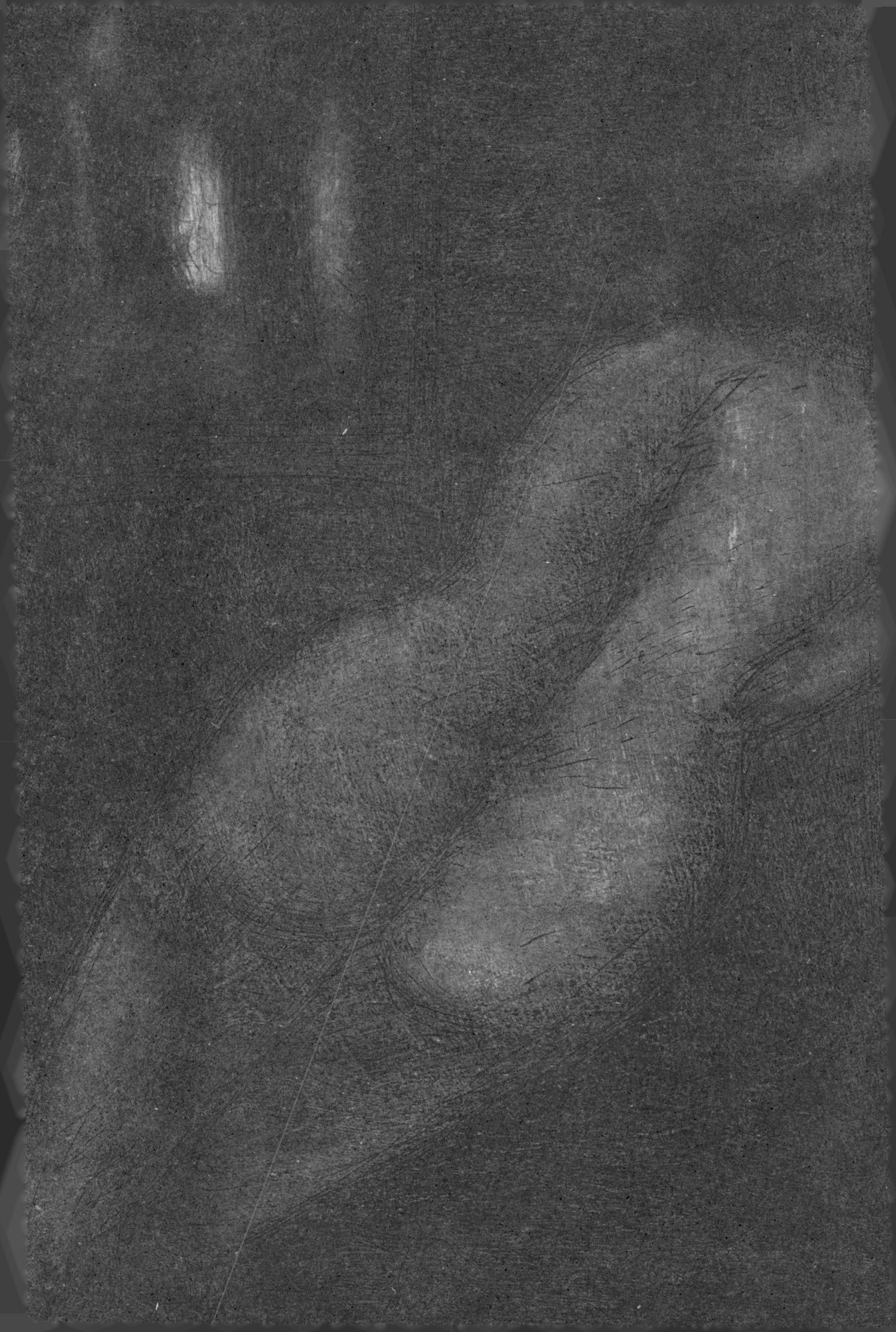

Antígona

Em junho, um estudante saiu da propriedade da mãe e foi para a dos tios — devia visitá-los, saber como estavam passando, como estava a saúde do tio, um general que perdera a perna. O estudante cumpria esta obrigação todo verão, e agora seguia com dócil tranquilidade, lia sem pressa, no vagão de segunda classe, com a coxa jovem e redonda pousada na ponta do sofá, o novo livrinho de Avértchenko[1], observando distraidamente pela janela como desciam e subiam os postes de telégrafo com seus cálices brancos de porcelana com o aspecto de lírios-do-vale. Parecia um jovem oficial — o quepe branco de cinta azul era a única coisa de estudante nele, todo o resto era no padrão militar; a túnica branca, os calções de montar esverdeados, as botas de canos laqueados, a cigarreira com pavio laranja.

Os tios eram ricos. Quando ele ia de Moscou para casa, mandavam buscá-lo na estação um tarantasse pesado, uma parelha de cavalos de trabalho e não um cocheiro, mas sim um trabalhador. E, na estação do tio, ele sempre ingressava, por algum tempo, em uma vida absolutamente diferente, no prazer da grande abundância, começava a se sentir bonito, bem-disposto, amaneirado. Agora também era assim. Com fatuidade involuntária, sentou-se na caleche ligeira de rodas de borracha, atrelada a uma troica veloz de baios, conduzida por um jovem cocheiro de *poddiovka* azul sem mangas e camisa amarela de seda.

Em um quarto de hora, a troica, aspergindo suavemente o som dos guizos e sibilando pela areia em torno do canteiro de flores, voava pelo pátio redondo da vasta propriedade na direção da plataforma da espaçosa casa nova de dois andares. Na plataforma,

—

1. Arkadi Timoféievitch Avértchenko. (N. do T.)

saiu para pegar as coisas um criado grande, de suíças pela metade, colete com listras vermelhas e negras e polainas. O estudante deu um salto habilidoso e improvavelmente grande da caleche: sorrindo e cambaleando ao caminhar, na soleira do vestíbulo apareceu a tia — com um casaco camponês largo de tussor sobre o corpo grande e flácido, rosto largo e caído, nariz de âncora e manchas amarelas sob os olhos castanhos. Ela o beijou familiarmente na bochecha, ele, com alegria fingida, apertou-lhe a mão macia e escura, pensando, rapidamente: "mentir assim por três dias inteiros, e não saber o que fazer de mim no tempo livre!" Respondendo de forma fingida e apressada ao interrogatório solícito e fingido dela sobre a mãe, entrou atrás dela no grande vestíbulo, olhou com ódio alegre para o urso pardo empalhado algo arqueado, de brilhantes olhos de vidro, canhestramente postado na entrada da grande escadaria que levava para o andar de cima, segurando prestimosamente nas patas dianteiras ossudas um prato de bronze para cartões de visita, e de repente até estacou, de grata surpresa: a cadeira com o general corpulento, pálido, de olhos azuis, era impulsionada calmamente em sua direção por uma beldade alta, esbelta, de vestido cinza de linho, avental branco e lenço branco na cabeça, grandes olhos cinzentos, toda resplandecendo juventude, firmeza, limpeza, o brilho das mãos bem cuidadas, o branco opaco do rosto. Beijando a mão do tio, ele conseguiu examinar a elegância extraordinária do vestido dela, das pernas. O general brincou:

— E essa é minha Antígona, minha bondosa guia, embora eu não seja cego como Édipo, especialmente para mulheres formosas. Apresentem-se, jovens.

Ela sorriu de leve, respondendo à vênia do estudante apenas com uma vênia.

O criado grande de suíças pela metade e colete vermelho o conduziu, passando pelo urso, para cima, pela brilhante escada amarelo-escura de madeira, com tapete vermelho no meio e, por um corredor igualmente adaptado, levou-o ao grande quarto de dormir, com toalete de mármore ao lado — dessa vez, um quarto diferente do anterior, com janelas para o parque, e não para o pátio. Mas ele caminhava sem ver nada. Em sua cabeça, continuava a rodopiar a bobagem com a qual fora até a herdade — "meu tio, dos mais honrados preceitos[2]" —, mas já havia também outra coisa: que mulher!

Cantarolando, começou a se barbear, lavar-se e trocar-se, botou calças com presilhas, pensando:

"Então existem mulheres assim! E o que não daria por uma mulher dessas! E como, com tamanha beleza, pode ficar empurrado velhotes e velhotas em cadeiras de rodas!"

E vinham-lhe à cabeça ideias disparatadas: ficar ali por um mês, dois, travar amizade com ela em segredo de todos, ficar próximo, despertar-lhe o amor, depois dizer: "seja minha esposa, serei seu por inteiro, e para sempre. Mamãe, titia, titio, sua perplexidade quando eu lhes declarar nosso amor e nossa decisão de unirmos nossas vidas, sua indignação, depois as persuasões, gritos, lágrimas, maldições, privação de herança — tudo isso, para mim, por sua causa, não é nada..."

Ao descer a escada correndo na direção dos tios — seus aposentos eram embaixo –, ele pensou:

"Mas que absurdo se meteu na minha cabeça! Ficar aqui sob algum pretexto, obviamente, é possível... É possível começar a cortejar imperceptivelmente, simular uma louca paixão... Mas você vai conseguir algo? Se conseguir, e depois? Como se desembaraçar dessa história? Casando de verdade?"

Passou uma hora com os tios no imenso gabinete com uma escrivaninha imensa, uma otomana imensa, coberta de tecido do Turquestão, com tapete na parede acima dela, recoberta de armas orientais entrecruzadas, com mesinhas de fumar incrustadas e, na lareira, um grande retrato fotográfico com moldura de jacarandá,

—
2. Verso inicial do romance em versos *Ievguêni Oniéguin*, de Púchkin. (N. do T.)

sob uma coroa dourada, no qual havia uma rubrica livre, feita a mão: Alexandre[3].

— Como estou feliz, titio e titia, por estar de novo com vocês — disse no fim, pensando na enfermeira. — E como aqui é maravilhoso! Vai dar dó ir embora.

— E quem o está expulsando? — respondeu o tio. — Está com pressa de ir para onde? Fique aqui enquanto não se entediar.

— Obviamente — disse a tia, distraída.

Sentado e conversando, ele esperava o tempo todo: já, já, ela entra — a copeira vem anunciar que o chá está servido na sala de jantar, e ela vem empurrar o tio. Mas serviram o chá no gabinete — trouxeram uma mesa com uma chaleira de prata em um fogareiro, e a própria tia serviu. Depois ele ficou com a esperança de que ela trouxesse algum remédio para o tio... Mas ela nem assim veio.

— Bem, para o diabo com ela — pensou, saindo do gabinete, entrou na sala de jantar, onde uma criada baixava as cortinas das altas janelas com sol, deu uma olhada, por algum motivo, para a direita, para a porta do salão, onde, à luz do cair da tarde, refletiam-se no parquete os copinhos de vidro aos pés do piano, depois foi para a esquerda, para a sala de visitas, atrás da qual encontrava-se a sala de estar; da sala de visitas, saiu à varanda, baixou ao canteiro de flores multicoloridas, contornou-o e caminhou pela alameda sombreada de árvores altas... O sol ainda estava quente, e faltavam ainda duas horas para o jantar.

Às sete e meia, um gongo soou no vestíbulo. Ele foi o primeiro a entrar na sala de jantar, iluminada festivamente por um lustre, onde já estavam postados ao lado da mesa junto à parede um cozinheiro gordo e barbeado, com tudo branco, um lacaio engomado, magricela, de fraque e luvas brancas de malha, e uma pequena copeira, de uma sutileza francesa. Um minuto depois, como uma

—

3. No século XIX, a Rússia foi governada por três tsares com este nome. (N. do T.)

rainha grisalha de leite, cambaleando, entrou a tia, de vestido de seda cor de palha, com rendas cor de creme, com os tornozelos sobre os sapatos apertados de seda, e finalmente ela. Porém, assim que levaram o tio até a mesa, ela saiu de forma suave e sem olhar para trás — o estudante só teve tempo de reparar em uma estranheza de seus olhos: eles não piscavam. O tio fez pequenos sinais da cruz sobre o peito de seu casaco cinza-claro de general, a tia e o estudante benzeram-se devotamente de pé, logo depois se sentaram, abriram os guardanapos brilhantes. Lavado, pálido, com os ralos cabelos úmidos penteados, o tio exibia sua doença desenganada de forma especialmente clara, mas falava e comia muito, e com gosto, dando de ombros ao falar da guerra — era a época da guerra russo-japonesa: por que diabos nós a desencadeamos? O lacaio servia com um desinteresse ofensivo, a copeira, ao ajudá-lo, trocava os talheres luxuosos, o cozinheiro liberava os pratos com a solenidade de uma estátua. Tomaram a sopa de lota-do-rio, quente como fogo, comeram rosbife sangrento, batata nova temperada com funcho. Tomaram vinho branco e tinto do príncipe Golítsyn, velho amigo do tio. O estudante falava, respondia, ecoava com sorrisos alegres, mas, como um papagaio, tendo na cabeça o mesmo disparate de quando trocara de roupa, pensava: mas onde ela janta, será que com a criadagem? E aguardava os minutos em que ela viria novamente, levaria o tio e depois o encontraria, e ele trocaria com ela algumas palavras que fossem. Mas ela veio, empurrou a cadeira e novamente desapareceu para algum lugar.

À noite, os rouxinóis cantavam com cuidado e empenho no parque, entrava pela janela aberta do dormitório o frescor do ar, do orvalho e das flores regadas dos canteiros, esfriava a roupa de cama de linho holandês. O estudante estava deitado no escuro, e já decidira virar-se para a parede e dormir, quando de repente levantou a cabeça, soergueu-se: enquanto se despia, avistara na parede, junto à cabeceira da cama, uma pequena porta, de curiosidade virou a chave dela e encontrou, atrás, uma segunda, testou-a, mas deu-se que ela estava trancada por fora; agora, detrás dessas portas, alguém caminhava suavemente, fazia algo misterioso; e ele prendeu a respiração, escorregou da cama, abriu a primeira porta, aguçou o ouvido: algo soava baixo no chão, atrás da segunda porta... Ele gelou: seria o quarto dela? Ele grudou no buraco da fechadura — felizmente, a chave não estava lá —, avistou uma luz, a borda da mesa do toucador feminino, depois algo branco, que de repente se levantou e cobriu tudo... Não havia dúvida de que era o quarto dela — de quem mais seria? Não instalariam ali a copeira, e Mária Ilínichna, a velha criada da tia, dormia embaixo, ao lado do quarto da tia. E ele pareceu adoecer de imediato por sua proximidade noturna, bem ali, atrás da parede, e sua inacessibilidade. Ficou muito tempo sem dormir, acordou tarde, e logo voltou a sentir, viu mentalmente, imaginou a camisola transparente dela, os pés descalços nos chinelos...

"É o caso de ir embora hoje!" — pensou, acendendo um cigarro. De manhã, cada um tomou café em seu aposento. Ele tomou sentado na larga camisa de noite do tio, em seu roupão de seda, e com triste sentido de inutilidade examinou a si mesmo, abrindo o roupão.

O almoço na sala de jantar foi sombrio e tedioso. Almoçou apenas com a tia, o tempo estava ruim — do lado de fora, as árvores balouçavam ao vento, sobre elas nuvens e nimbos se adensavam...

— Bem, querido, vou deixá-lo — disse a tia, erguendo-se e benzendo-se. — Divirta-se como puder, e perdoe a mim e a seu tio por nossa debilidade, até a hora do chá ficaremos em nossos cantos. Deve chover, senão você poderia andar a cavalo...

Ele respondeu, animado:

— Não se preocupe, tia, a leitura me ocupará...

E foi à sala de estar, cujas paredes eram todas de prateleiras com livros.

Indo até lá pela sala de visitas, pensou que, talvez, mesmo assim deveria mandar selarem um cavalo. Mas, à janela, avistavam-se diversas nuvens de chuva e um azul metálico desagradável entre os nimbos lilases acima das copas oscilantes das árvores. Entrou na aconchegante sala de estar, que cheirava a fumaça de charuto, onde, sob as prateleiras de livros, sofás de couro ocupavam todas as três paredes, examinou umas lombadas de livros maravilhosamente encadernados — e sentou-se, impotente, afundou no sofá. Sim, um tédio infernal. Se simplesmente a visse, conversasse com ela... soubesse qual era sua voz, o seu caráter, se era burra ou, pelo contrário, muito sabida, desempenhando com modéstia seu papel até a hora propícia. Provavelmente, era uma peste muito ciosa de si, e que conhecia seu valor. E, antes de tudo, uma burra... Mas como era bonita! E de novo passar a noite ao seu lado! — Ele se levantou, abriu a porta de vidro que dava para a escadaria de pedra do parque, ouviu o gorjeio dos rouxinóis em seguida do barulho que causara, mas logo veio tamanho vento frio do lado das jovens árvores da esquerda, que ele saltou para dentro do aposento. O aposento escurecera, o vento esvoaçava por aquelas árvores, curvando-lhes a folhagem fresca, e o vidro das portas e janelas cintilava com os respingos agudos da chuva miúda.

— E eles nem se importam! — disse, em voz alta, ouvindo o gorjeio dos rouxinóis, ora distante, ora próximo, que vinha de todos os cantos por causa do vento. E, no mesmo instante, ouviu uma voz pausada:

— Boa tarde.

Ele olhou e ficou perplexo: ela estava no aposento.

— Vim trocar um livro — ela disse, com impassividade cordial. — A única alegria são os livros — acrescentou, com um leve sorriso, e aproximou-se das prateleiras.

Ele balbuciou:

— Boa tarde. Nem ouvi quando a senhorita entrou...

— Tapetes muito macios — ela respondeu e, virando-se, já o examinava prolongadamente com os olhos cinzentos que não piscavam.

— E a senhorita gosta de ler? — ele perguntou, encontrando seu olhar com alguma ousadia.

— Agora estou lendo Maupassant, Octave Mirbeau...

— Bem, é compreensível. Todas as mulheres gostam de Maupassant. Ele sempre fala de amor.

— Mas o que pode ser melhor do que o amor?

A voz dela era modesta, seus olhos sorriam calmamente.

— Amor, amor! — ele disse, suspirando. — Há encontros surpreendentes, porém... Enfermeira, qual seu nome e patronímico?

— Katierina Nikoláievna. E o seu?

— Chame-me simplesmente de Pávlik[4] — ele respondeu, cada vez mais ousado.

— O senhor acha que eu também serviria para sua tia?

— Eu pagaria caro para ter uma tia dessas! Por enquanto, sou apenas seu vizinho infeliz.

— E isso é infelicidade?

— Ouvi-a na noite passada. Deu-se que o seu quarto está ao lado do meu.

Ela riu, indiferente:

— Também ouvi o senhor. Não é bom ficar escutando e espiando.

— Como a senhora é intoleravelmente bela! — ele disse, fitando obstinadamente o cinza variegado de seus olhos, o branco opaco do rosto e o lustro dos cabelos escuros sob o lenço branco.

— O senhor acha? E não quer me deixar ser assim?

— Sim. Apenas suas mãos já podem enlouquecer...

E, com alegre petulância, agarrou com a mão esquerda a mão direita dela. De costas para as prateleiras, ela olhou para a sala de

4. Hipocorístico de Pável. (N. do T.)

visitas, por cima do ombro dele, e não retirou a mão, fitando-o com um risinho estranho, como se esperasse: bem, e o que mais? Ele, sem soltar-lhe a mão, apertou-a com firmeza, puxando-a para baixo, e agarrou-lhe a cintura com a mão direita. Ela novamente olhou por cima do ombro dele e recuou levemente a cabeça, como se defendesse o rosto de um beijo, porém pressionou seu talhe curvado contra ele. Ele, tomando alento com dificuldade, lançou-se para seus lábios semiabertos e empurrou-a para o sofá. Ela, franzindo o cenho, meneou a cabeça, sussurrando: "Não, não pode, deitados não vemos nem ouvimos nada..." — e com olhos mortiços, abriu as pernas devagar... Um minuto depois, ele caiu de cara em seu ombro. Ela ainda ficou parada, confrangendo os dentes, depois soltou-se dele com calma e andou com elegância pela sala de visitas, dizendo, em voz alta e indiferente, sob o barulho da chuva:

— Oh, que chuva! E, em cima, todas as janelas estão abertas...

Na manhã seguinte, ele acordou na cama dela — ela se virara em meio à roupa de cama aquecida e amarrotada à noite, ficando de costas, com o braço nu jogado atrás da cabeça. Ele abriu os olhos e encontrou com alegria seu olhar que não piscava, sentiu o cheiro acre de suas axilas com uma vertigem desvanecedora...

À porta, alguém batia com paciência.

— Quem é? — ela perguntou, tranquila, sem afastá-lo. — É a senhora, Mária Ilínichna?

— Sou eu, Katierina Nikoláievna.

— O que foi?

— Deixe-me entrar, temo que alguém me ouça, saia correndo e assuste a generala...

Quando ele se esgueirou para seu quarto, ela virou a chave da fechadura sem pressa.

— Há algo errado com Sua Excelência, acho que precisa de uma injeção — sussurrou, ao entrar, Mária Ilínichna —, graças a Deus a generala ainda está dormindo, vá logo...

Os olhos de Mária Ilínichna já estavam girando, como uma cobra: enquanto falava, ela de repente avistou sapatos masculinos ao lado da cama — o estudante fugira descalço. E a outra também viu os sapatos e os olhos de Mária Ilínichna.

Antes do almoço, ela foi à generala e disse que precisava partir subitamente: pôs-se a mentir calmamente, dizendo que recebera uma carta do pai - notícias de que seu irmão sofrera uma ferida grave na Manchúria, de que o pai, por sua viuvez, estava completamente sozinho em tamanho pesar...

— Ah, como eu a entendo — disse a generala, que já sabia de tudo por Mária Ilínichna. — Mas, o que fazer, vá. Apenas mande da estação um telegrama ao doutor Krivtsov para que ele venha à nossa casa sem tardar, e fique conosco enquanto encontramos outra enfermeira...

Depois ela bateu na porta do estudante e enfiou um bilhetinho: "Tudo acabou, estou partindo. A velha viu seus sapatos do lado da cama. Não guarde rancor".

Ao almoço, a tia estava apenas um pouco triste, mas falou com ele como se nada tivesse acontecido.

— Você ouviu dizer? A enfermeira está partindo para a casa do pai, o irmão dela teve um ferimento grave...

— Ouvi, tia. Que desgraça essa guerra, quanta desgraça por toda parte. Aliás, o que aconteceu com titio?

— Ah, graças a Deus, nada de sério. Ele é terrivelmente hipocondríaco. Seria o coração, mas tudo isso vem do estômago...

Às três horas, Antígona foi levada de troica para a estação. Ele, sem erguer os olhos, despediu-se dela na plataforma da casa, como se estivesse correndo ao acaso para mandar selarem um cavalo. Ele estava prestes a gritar de desespero. Ela acenou-lhe da caleche com uma luva, estando não mais de lenço, mas com um formoso chapéu.

2 de outubro de 1940

A esmeralda

O negror azul noturno do céu nas nuvens a flutuarem calmamente, brancas por toda parte, porém azuis junto à lua alta. Se você olhar bem, não são as nuvens que flutuam, flutua a lua, e perto dela, junto com ela, a estrela verte uma lágrima dourada: a lua parte suavemente para a altura que não tem fim, levando consigo, cada vez mais alto, a estrela.

Ela está sentada de lado no peitoril da janela aberta e, inclinando a cabeça, olha para cima — o movimento do céu faz sua cabeça girar um pouco. Ele está nos joelhos dela.

— Que cor é essa? Não consigo definir! E o senhor, Tólia[1], consegue?

— Cor de quê, gatinha?

— Não me chame assim, eu já lhe disse mil vezes...

— Sim, senhorita Ksênia Andrêievna.

— Estou falando dessa coisa no meio das nuvens. Que cor linda! É terrível e linda! É, na verdade, celestial, na Terra não tem uma cor assim. Uma esmeralda.

— Como está no céu, é claro que é celestial. Mas por que esmeralda? E o que é uma esmeralda? Nunca vi uma na vida. A senhorita apenas gosta da palavra.

— Sim. Bem, eu não sei — talvez não seja esmeralda, mas safira... Só que uma dessas, com certeza, só existe no paraíso. E quando você olha para tudo isso, como não acreditar que não existe o paraíso, os anjos? O trono de Deus...

— E peras douradas no salgueiro...

— Como você é depravado, Tólia. Mária Serguêievna diz a verdade: a pior moça é mesmo assim melhor do que qualquer rapaz.

1. Hipocorístico de Anatóli. (N. do T.)

— A própria verdade fala pelos lábios dela, gatinha.

O vestidinho dela é de chita, malhado, os sapatos baratos; as panturrilhas e joelhos gordos, de menina, a cabeça redonda, com uma pequena trança ao redor, muito graciosamente jogada para trás. Ele repousa uma mão em seu joelho, com a outra abraça-a pelos ombros e beija-lhe, meio brincando, os lábios entreabertos. Ela se solta calmamente, tira a mão dele de seus joelhos.

— Que foi? Ficamos ofendidos?

Ela comprime a nuca contra o umbral da janela, e ele vê que ela, mordendo os lábios, retém as lágrimas.

— Mas do que se trata?

— Ah, deixe-me...

— Mas o que aconteceu?

Ela sussurra:

— Nada...

E, pulando do peitoril, sai correndo.

Ele dá de ombros:

— É uma santa de tão burra!

3 de outubro de 1940

O VISITANTE

O visitante tocou uma vez, duas – atrás da porta estava quieto, nenhuma resposta. Apertou a campainha novamente, tocando insistente, exigente e demoradamente – ouviram-se passos pesados a correr, e abriu a porta e o fitou com perplexidade uma moça baixa, corpulenta como um peixe, toda cheirando a cozinha; tinha cabelos turvos, brincos baratos de turquesa nos lóbulos grossos das orelhas, rosto finlandês de sardas ruivas, suas mãos estavam cheias de um sangue acinzentado e verdadeiramente gordurosas. O visitante atacou-a rápido, zangado e alegre.

— Por que não abriu? Estava dormindo?

— De jeito nenhum, da cozinha não dá para ouvir nada, o fogão é muito barulhento — ela respondeu, continuando a fitá-lo desconcertada: ele era magro, moreno, dentuço, de barbicha negra rija, olhos penetrantes; um casaco cinza de forro de seda no braço, um chapéu cinza curvado na testa.

— Conheço essa sua cozinha! Com certeza tem um compadre bombeiro com você.

— Não tem ninguém...

— Muito bem, olhe para mim!

Ao falar, ele olhou rapidamente desde a antessala para a sala de estar iluminada pelo sol, com uma poltrona de veludo grená e um retrato de Beethoven, de zigomas largos, no espaço entre as janelas.

— Mas quem é você?

— Como assim?

— A nova cozinheira?

— Sim senhor...

— Fiókla? Fedóssia?

— Nada disso... Sacha.

— Quer dizer que o patrão não está em casa?

— Está na redação, e a patroa foi para a Ilha Vassílievski[1]... para aquela, como se chama? Escola dominical.

— Que chato. Mas tudo bem, amanhã ainda os encontro. Então diga para eles: veio um senhor terrível, moreno, Adam Adámytch. Repita como eu disse.

— Adam Adámytch.

— Está certo, Eva flamenga. Preste atenção para não esquecer. E, enquanto isso...

Olhou mais uma vez ao redor com vivacidade, largou o casaco no cabide ao lado do baú:

— Venha cá logo.

— Para quê?

— Já vai ver.

E em um minuto, com o chapéu na nuca, derrubou-a na arca, ergueu a barra da saia acima das meias vermelhas de seda e dos joelhos rechonchudos cor de beterraba.

— Patrão! Vou gritar para o prédio inteiro ouvir!

— E eu vou te esganar. Sossega!

— Patrão! Pelo amor de Deus... Sou virgem!

— Isso não é problema. Ora, vamos!

E desapareceu em um minuto. Em pé, junto ao fogão, ela chorou baixo, em êxtase, depois começou a arfar cada vez mais alto, arfou por muito tempo, chegando a soluçar, até o almoço, até tocarem a campainha. A patroa, uma jovem de pincenê dourado, enérgica, segura de si, chegou antes. Ao entrar, perguntou de imediato:

— Não veio ninguém?

— Adam Adámytch.

— Não pediu para dizer nada?

— Nada não... Disse que amanhã vem de novo.

— E por que você está toda chorosa?

— É a cebola...

—

1. Em São Petersburgo. (N. do T.)

À noite, na cozinha, que brilhava a limpeza, com os festões novos de papel nas beiradas das prateleiras e o cobre vermelho das panelas limpas, o candeeiro ardia na mesa e estava muito quente porque o fogão ainda não arrefecera, com um cheiro agradável de restos de comida com molho de folha de louro, da gentil vida cotidiana. Esquecendo-se de apagar o candeeiro, ela dormia profundamente detrás de seu tabique — deitara-se sem se trocar e assim adormecera, na doce esperança de que Adam Adámytch voltasse no dia seguinte, de que veria seus olhos terríveis e de que Deus permitiria que o patrão novamente não estivesse em casa.

Mas ele não veio pela manhã. E, ao jantar, o patrão disse à patroa:

— Sabe, Adam partiu para Moscou. Blagosvétlov me contou. Deve ter passado aqui ontem para se despedir.

3 de outubro de 1940

Lobos

A escuridão da noite quente de agosto, estrelas opacas quase invisíveis, cintilando em algum lugar do céu nublado. Uma estrada no campo, macia, imperceptível devido à poeira profunda, pela qual roda uma teleguinha com dois passageiros novos — uma senhorita da pequena nobreza e um jovem colegial. Fulgurações sombrias iluminam por vezes a parelha de cavalos de trabalho que correm uniformemente com as crinas emaranhadas, com arreio simples, e o quepe e os ombros do sujeito de camisa de lona na boleia, revelando por um momento os campos à frente, vazios após o período de trabalho, e um bosquete triste, adiante. Ontem à noite, na aldeia, houve barulho, gritos, latidos e guinchos covardes de cachorros: com ousadia espantosa, quando já estavam jantando nas isbás, um lobo degolou uma ovelha em um quintal, e quase a levou embora — mujiques com bastões acorreram a tempo ao alarido dos cães e pegaram-na de volta, já morta, com o flanco dilacerado. Agora a senhorita dá uns risinhos nervosos, acende fósforos e joga-os na escuridão, gritando alegremente:

— Tenho medo de lobo!

Os fósforos iluminam o rosto longo, rústico do jovem, e o rostinho excitado e de zigomas proeminentes dela. Ela está completamente envolta em um lenço vermelho, à moda ucraniana, o decote largo de seu vestido de chita revela seu peito redondo, robusto. Balançando com o andar da teleguinha, ela acende e larga na escuridão os fósforos, como se não notasse que o colegial a beija ora no pescoço, ora nas faces, buscando-lhe os lábios. Ela o repele com o cotovelo, e ele, de forma intencionalmente alta e simples, tendo em mente o sujeito na boleia, diz-lhe:

— Dê-me os fósforos. Não terei nada para acender o cigarro.

— É para já, para já! — ela grita, e volta a acender um fósforo, depois uma fulguração, e fica ainda mais ofuscante e espessa a escuridão quente, na qual parece que a teleguinha está andando para trás. Finalmente ela lhe cede um longo beijo nos lábios quando, de repente, com um tranco que sacode ambos, a teleguinha parece trombar em algo — o sujeito refreia abruptamente os cavalos.

— Lobos! — ele grita.

Atinge-lhes os olhos o clarão de um incêndio distante, à direita. A teleguinha está diante do bosquete revelado pelas fulgurações. Com o clarão, o bosquete agora ficou escuro e treme todo, oscilante, como treme todo o campo diante dele, no tremor vermelho e sombrio das chamas que se precipitam avidamente pelo céu que, apesar da distância, arde com as sombras de fumaça correndo dentro dele, a cerca de uma versta da teleguinha, enfurecendo-se, cada vez mais quentes e ameaçadoras, abarcando o horizonte cada vez mais altas e largas — seu calor parece já estar chegando ao rosto, às mãos, avista-se até, sobre a negritude da terra, a armação vermelha de um telhado incendiado. E sob os muros da floresta estão postados, em um cinza rubro, três grandes lobos, e em seus olhos faísca um brilho ora transparente e verde, ora vermelho, translúcido e intenso como xarope quente de geleia de cassis. E os cavalos, roncando ruidosamente, de repente galopam selvagemente para o lado, para a esquerda, pelo campo lavrado, o sujeito com as rédeas tomba para trás, e a teleguinha, com estrondo e estalidos, cambaleando, bate nos sulcos...

Em algum lugar, em cima do barranco, os cavalos voltam a empinar, mas ela, de um salto, consegue arrancar as rédeas das mãos do sujeito atordoado. Daí, num ímpeto, voa para a boleia, e corta a face em algo de ferro. Assim, por toda a vida, ficou-lhe uma leve cicatriz no canto dos lábios, e quando lhe perguntavam de onde vinha, ela sorria, com satisfação:

— Coisas de dias há muito passados! — dizia, recordando aquele distante verão, os dias secos de agosto e as noites escuras, a debulha na eira, as medas cheirosas de palha nova e o colegial que não se barbeava, com o qual deitara em cima delas à noite, olhando para os arcos luminosos e instantâneos de estrelas cadentes. — Os lobos assustaram, os cavalos desembestaram — ela disse. — E eu era ardente, desesperada, precipitei-me para detê-los…

Aqueles que ela mais de uma vez ainda amou na vida diziam que não havia nada mais gracioso que aquela cicatriz, que parecia um sorriso sutil e permanente.

7 de outubro de 1940

Cartões de visita

Era começo de outono, o vapor *Gontcharov* corria pelo Volga esvaziado. Desencadeara-se um frio prematuro, um vento gélido soprava forte e rápido pelas vazões cinzentas da vastidão asiática, de suas margens orientais, já desbotadas, na direção da bandeira que tremulava na popa, dos chapéus, quepes e roupas dos que caminhavam pelo convés, franzindo-lhes os rostos, golpeando-lhes mangas e abas. À toa e entediada, acompanhava o vapor uma única gaivota — ora voava, adernando convexamente com as asas afiadas em volta da popa, ora eclipsava-se obliquamente ao longe, de lado, como se não soubesse o que fazer de si naquele deserto do grande rio e do cinzento céu outonal.

E o vapor estava quase vazio — apenas uma corporação de mujiques no convés inferior e, pelo superior, caminhavam para a frente e para trás, encontrando-se e separando-se, três passageiros ao todo: dois da segunda classe, que iam para o mesmo e único lugar, e eram inseparáveis, passeavam sempre juntos, falando o tempo todo de trabalho, e pareciam-se em sua falta de destaque, e o da primeira classe, um homem de trinta anos, escritor que recentemente ganhara fama, e se destacava por uma seriedade não exatamente triste, nem exatamente zangada, e em parte pela aparência: era alto, robusto - até um pouco curvado, como algumas pessoas fortes —, bem vestido e, a seu modo, belo: um moreno daquele tipo oriental que se encontra em Moscou dentre a antiga estirpe dos mercadores; ele provinha dessa estirpe, embora já não tivesse nada em comum com eles.

Ele caminhava solitário, a passo firme, de sapatos caros e sólidos, sobretudo preto de cheviote e casquete inglês xadrez, andando para a frente e para trás, ora ao encontro do vento, ora sob o vento, respirando o ar forte do outono e do Volga. Chegou à popa, parou nela, olhando para a ondulação cinza do rio a se estender e correr detrás do vapor e novamente, virando-se de forma abrupta, foi até a proa, ao vento, curvando a cabeça com o casquete soprado e ouvindo a batida ritmada das pás das rodas, nas quais a água murmurante girava como uma tela transparente. Por fim, de repente deteve-se, e deu um sorriso sombrio: no vão da escada que vinha do convés inferior, da terceira classe, surgira um chapéu preto barato e, embaixo dele, o rosto macilento e gracioso que ele casualmente conhecera na tarde da véspera. Ele foi a seu encontro a passos largos. Subindo por inteiro ao convés, ela também foi até ele, desajeitada, e também com um sorriso, impelida pelo vento, toda entortada por ele, segurando o chapéu com a mão magra, de vestidinho leve, sob o qual viam-se pernas finas.

— Como passou a noite? — ele lhe disse, caminhando, em voz alta e viril.

— Excelente! — ela respondeu, desmedidamente alegre. — Sempre durmo como uma pedra...

Ele reteve a mão dela na sua, grande, e fitou-a nos olhos. Ela encontrou seu olhar com esforço contente.

— Por que dormiu tanto, meu anjo? — ele disse, de modo familiar. — Gente de bem já está almoçando.

— Sonhando o tempo inteiro! — ela respondeu, com uma desenvoltura que não combinava em absoluto com seu aspecto.

— Com o quê?

— E não tenho com o quê?

— Olha, veja! "Assim se afogam as criancinhas que se banham no verão, tem um checheno de tocaia no ribeirão[1]".

— É o checheno que estou esperando! — ela respondeu, com a mesma desenvoltura alegre.

— Melhor irmos tomar vodca e sopa de peixe — ele disse, pensando: ela com certeza não tem dinheiro para almoçar.

—

1. Citação imprecisa do poema *O prisioneiro do Cáucaso*, de Púchkin. (N. do T.)

Ela bateu os pés, coquete:

— Sim, sim, vodca, vodca! Faz um frio dos diabos!

E ingressaram a passos rápidos no refeitório da primeira classe, ela à frente, ele atrás, já examinando-a com alguma avidez.

Lembrara-se dela à noite. Na véspera, tendo-a conhecido por acaso e conversado com ela a bordo do vapor, que se aproximava, ao crepúsculo, de uma margem preta e alta, sob a qual já havia luzes espalhadas, sentara-se depois com ela no convés, em um banco comprido, que corria ao longo das cabines da primeira classe, sob suas janelas de contraventos contínuos, mas ficara pouco, e à noite lamentou-o. Para seu espanto, entendeu à noite que já a desejava. Por quê? Pelo hábito da atração de viagem por encontros casuais com desconhecidas? Agora, sentado com ela no refeitório, batendo os cálices acompanhados de caviar granuloso frio e *kalatch*[2] quente, ele já sabia por que ela tanto o atraía, e esperava com impaciência a consumação do caso. O fato de isso — a vodca e o desembaraço dela — estar em contradição patente com ela fazia com que ele se agitasse internamente ainda mais.

— Pois bem, mais uma, e basta! — ele disse.

— Verdade, basta — ela respondeu, no mesmo tom. — Mas é uma vodca ótima!

Naturalmente, na véspera ela o deixara tocado ao ficar desconcertada quando ele proferiu seu nome, impressionada ao conhecer inesperadamente um escritor famoso — sentir e ver aquele desconcerto fora, como sempre, agradável, isso sempre deixa você bem-disposto com relação à mulher, se ela não for totalmente feia e estúpida, cria imediatamente alguma intimidade entre você e ela, confere ousadia no trato com ela, como se você já tivesse algum direito sobre ela. Mas não apenas isso o excitara: pelo visto, ele também a impressionara como homem, e ela o deixara tocado justamente por toda sua pobreza e candura. Ele já adquirira uma

—

2. Pão de trigo em forma de cadeado. (N. do T.)

falta de cerimônia para com as admiradoras, uma passagem fácil e rápida, dos primeiros minutos após conhecê-las, para uma liberdade de tratamento, supostamente artística, e uma simplicidade afetada nas indagações: quem a senhora é? De onde? Casada ou não? Assim também indagara na véspera – olhara, ao crepúsculo, para as luzes multicoloridas das boias, refletindo-se longamente na água a escurecer em torno do vapor, para as fogueiras que ardiam vermelhas nas balsas, sentira a baforada de fumaça emanada delas, pensando: "Preciso me lembrar disso: nessa fumaça parece subitamente haver cheiro de sopa de peixe", e indagara:

— Posso saber como se chama?

Ela disse rápido seu nome e patronímico.

— Voltando para casa de algum lugar?

— Estava em Sviázhsk, na casa de minha irmã, o marido dela morreu subitamente e ela, o senhor entende, ficou numa situação horrível...

Inicialmente, ficou tão embaraçada que olhava o tempo inteiro para algum lugar, ao longe. Depois passou a responder com mais coragem.

— E a senhora também é casada?

Ela se pôs a sorrir de forma estranha:

— Sim. E, infelizmente, há bem mais de um ano...

— Por que "infelizmente"?

— Por estupidez, casei demasiado cedo. Você nem pisca e a vida já passou!

— Ora, mas isso ainda está longe.

— Infelizmente não está! E eu ainda não experimentei nada, nada da vida!

— Ainda não é tarde para experimentar.

Daí ela de repente sacudiu a cabeça, com um risinho:

— E vou experimentar!

— E quem é o seu marido? Um funcionário público?

Ela abanou a mão:

— Ah, um homem muito belo e bom, mas pena que absolutamente desinteressante... É o secretário do *zemstvo*[3] do nosso distrito.

"Que graciosa e infeliz!" — ele pensou, e sacou a cigarreira:

— Quer um cigarro?

— Muito!

E ela acendeu de forma inábil, mas valente, dando uma tragada rápida, feminina. E nele novamente estremeceu a pena dela, de sua desenvoltura e, junto com a pena, ternura e um desejo voluptuoso de se aproveitar de sua ingenuidade e inexperiência tardia, que, ele já sentia, impreterivelmente combinava-se com extrema ousadia. Agora, sentado no refeitório, ele fitava com impaciência suas mãos magras, o rostinho macilento e, por isso, ainda mais tocante, os vastos cabelos negros, arrumados de qualquer jeito, que ela sempre sacudia, tendo tirado o chapéu preto e removido o casaquinho cinza de cima dos ombros, do vestido de bombazina. Comovia-o e excitava-o a franqueza com que ela lhe falara na véspera de sua vida doméstica, de não ser jovem, e o fato de ela agora de repente ter se encorajado, fazendo e dizendo exatamente aquilo que de modo tão assombroso não combinava com ela. Ela corara ligeiramente com a vodca, até seus lábios pálidos ficaram rosados, os olhos se encheram de um brilho sonolento e zombeteiro.

— Sabe — ela disse, de repente —, já que estávamos falando de sonhos: sabe com o que mais sonhava nos meus tempos de colégio? Em encomendar cartões de visita! Ficamos completamente pobres nessa época, vendemos o resto da propriedade e nos mudamos para a cidade, e eu não tinha absolutamente ninguém para dá-los, mas como eu sonhava! Terrivelmente estúpido...

Ele confrangeu os dentes e pegou com firmeza em sua mãozinha, sob cuja pele fina sentiam-se todos os ossinhos, mas ela, sem absolutamente entendê-lo, levou-a por si só aos lábios dele, como sedutora experiente, e fitou-o languidamente.

—

3. Administração local existente na Rússia entre 1864 e 1918. (N. do T.)

— Venha comigo...

— Vamos... Aqui, na verdade, está um pouco abafado, com fumaça!

E, sacudindo os cabelos, pegou o chapéu.

Ele abraçou-a no corredor. Ela fitou-o por cima do ombro com orgulho e volúpia. Com um ódio de paixão e amor, ele quase mordeu-lhe a face. Ela, por cima do ombro, ofereceu-lhe baquicamente os lábios.

Na meia-luz da cabine, com o gradeado contínuo descido na janela, ela imediatamente, apressando-se em satisfazê-lo e aproveitar até o fim, de forma intrépida, toda aquela felicidade inesperada que de repente caíra em seu quinhão com aquele homem bonito, forte e famoso, desabotoou e pisou o vestido que caíra no chão, ficando, esbelta como um menino, de camisola levinha, ombros e braços nus, e de calcinhas brancas, e ele ficou aflitivamente transpassado com a ingenuidade daquilo tudo.

— Tiro tudo? — ela perguntou, sussurrando, absolutamente como uma menina.

— Tudo, tudo — ele disse, tornando-se cada vez mais soturno.

Dócil e rápida, ela se livrou de toda a roupa de baixo jogada no chão, ficou toda nua, cinzenta-lilás, com aquela peculiaridade do corpo feminino quando ele gela nervosamente, torna-se tenso e frio, cobrindo-se de arrepios, apenas de meias cinza baratas com ligas simples, de sapatos pretos baratos e, ébria de triunfo, fitava-o, pegando os cabelos e retirando-lhes as presilhas. Ele, gelando, foi atrás dela. De corpo, ela se revelara melhor, mais jovem do que fora possível pensar. As clavículas e costelas magras ressaltavam-se, correspondendo ao rosto magro e às canelas finas. Mas as coxas eram até robustas. A barriga, com um umbigo pequeno e fundo, era caída, o triângulo convexo de cabelos escuros e belos embaixo dela correspondia à abundância de cabelos negros da cabeça. Ela tirou as presilhas, os cabelos tombaram espessamente em suas costas magras de vértebras salientes. Ela se curvou para erguer as meias que caíam — os seios pequenos, com mamilos castanhos enregelados e enrugados, pendiam como perinhas esquálidas, encantadores em sua pobreza. E ele a fez experimentar aquela extrema sem-vergonhice que tanto não combinava com ela, e por isso tanto despertara sua pena, ternura, paixão... Entre as barras do gradeado da janela, viradas obliquamente para cima, nada se podia ver, mas ela, com pavor extasiado, fitava-as de esguelha, ouvia o falatório despreocupado dos que passavam pelo convés, bem debaixo da janela, e aquilo aumentava de forma ainda mais terrível o êxtase de sua depravação. Oh, como estão falando e andando perto — e não passa pela cabeça de ninguém o que se passa a um passo deles, naquela cabine branca!

Depois ele a depositou no leito, como morta. Confrangendo os dentes, ela jazia de olhos fechados e já com tranquilidade lúgubre no rosto empalidecido e absolutamente jovem.

Antes do entardecer, quando o vapor atracou onde ela precisava desembarcar, ela se postou em silêncio ao lado dele, com os cílios baixos. Ele beijou-lhe a mãozinha fria com aquele amor que permanece em algum lugar do coração por toda a vida, e ela, sem olhar, correu prancha abaixo, na direção da multidão rude do cais.

5 de outubro de 1940

Zoika[1] e Valéria

No inverno, Levítski passou todo o tempo livre no apartamento de Moscou dos Danilévski, e no verão começou a visitá-los na *datcha*, nas florestas de pinheiro da estrada para Kazan.

Entrara no quinto ano, tinha vinte e quatro de idade, mas entre os Danilévski, só o doutor lhe dizia "colega", e todos os outros chamavam-no de Georges, ou Georgik. Por motivo de solidão e amorosidade, constantemente apegava-se à casa de conhecidos, logo tornava-se um deles, hóspede de um dia para o outro e até da manhã à noite, se as aulas permitissem — e agora era assim com os Danilévski. E lá não apenas a dona da casa, mas até os filhos, a muito gorda Zoika e o orelhudo Grichka[2], tratavam-no como um parente distante e sem-teto. Era de aparência simples e bondoso, prestativo e taciturno, embora respondesse com grande prontidão a qualquer palavra que lhe fosse dirigida.

Quem abria a porta de Danilévski aos pacientes era uma senhora de vestido hospitalar, eles entravam em uma antessala espaçosa, recoberta de tapetes e decorada com mobília antiga pesada, e a mulher punha os óculos, examinava seu diário severamente, de lápis na mão, e para alguns marcava dia e hora da futura consulta, e outros conduzia pelas portas altas da sala de recepção, e lá eles esperavam longamente o chamado ao gabinete vizinho, para interrogatório e exame de um jovem assistente de avental branco como açúcar, e só depois disso iam ao próprio Danilévski, para seu grande gabinete com um leito alto junto à parede traseira, no qual ele fazia alguns subirem e se deitarem na posição mais penosa e desajeitada, devido ao medo: tudo embaraçava os pacientes, não apenas o assistente e a mulher da antessala, onde, com lentidão

---

1. Hipocorístico de Zoia. (N. do T.)

2. Hipocorístico de Grigóri. (N. do T.)

sepulcral, cintilando, ia de um lado para outro o disco de cobre do pêndulo do velho relógio de parede, como toda a organização solene daquele apartamento rico, espaçoso, aquele silêncio expectante da recepção, onde ninguém ousava soltar um suspiro à toa, e todos achavam que aquele era um apartamento absolutamente peculiar, eternamente sem vida, e que o próprio Danilévski, alto, corpulento, rústico, não chegava a sorrir uma vez por ano. Mas estavam enganados: na parte residencial do apartamento, para onde davam portas duplas, à direita da antessala, quase sempre havia barulho de visitas, o samovar não saía da sala de jantar, uma criada corria, levando à mesa ora xícaras e copos, ora vasinhos de geleia, e Danilévski, até na hora das consultas, não raramente corria para lá da antessala, nas pontas dos pés e, enquanto os pacientes aguardavam-no, achando que ele estava terrivelmente ocupado com algum doente grave, sentava-se, tomava chá, e falava deles aos visitantes: "Que esperem um pouquinho, que diabos!" Certa vez, sentado e olhando com um risinho para Levítski, para a magreza seca e certo arqueamento de seu corpo, para suas pernas levemente tortas e barriga caída, para o rosto recoberto de pele fina e sardenta, para os olhos de gavião e os cabelos ruivos, bem encaracolados, Danilévski disse:

— Mas admita, colega: afinal, o senhor tem algum sangue oriental, judeu, por exemplo, ou do Caúcaso?

Levítski respondeu, com sua inabalável prontidão para respostas:

— De jeito nenhum, Nikolai Grigórievitch, não há judeu. Há polonês, há, talvez, o seu, ucraniano — pois também há Levítskis ucranianos —, ouvi meu avô dizer que também haveria turcos, mas, se é verdade, só Alá sabe.

E Danilévski caiu na gargalhada com prazer:

— Pois bem, mesmo assim adivinhei! Pois tomem cuidado, damas e donzelas, ele é turco e não é em absoluto tão modesto quanto vocês acham. E é amoroso, como vocês sabem, à moda turca. De quem é a vez agora, colega? Quem é agora a dama do seu vasto coração?

— Dária Tadíevna — inflamando-se rapidamente como uma chama fina, Levítski respondeu com um sorriso cândido. Com frequência ele corava e sorria dessa forma.

Também ficou encantadoramente embaraçada, de modo que seus olhos de cassis pareceram desaparecer por um instante, a própria Dária Tadíevna, formosa, com uma penugem azulada no lábio superior e ao longo da face, de touquinha preta de seda depois de ter tifo, semideitada na poltrona.

— Pois bem, isso não é segredo para ninguém, e plenamente compreensível — ela disse —, afinal, também tenho sangue oriental...

E Gricha voluptuosamente berrou: "Ah, caiu, caiu!", enquanto Zoika saiu correndo para o aposento vizinho e, com o impulso, caiu de costas no fim do sofá, de olhos abertos.

De fato, no inverno Levítski estivera secretamente apaixonado por Dária Tadíevna, e antes dela experimentara alguns sentimentos também por Zoika. Ela tinha apenas catorze anos, mas já era muito desenvolvida de corpo, especialmente atrás, embora seus joelhos nus azulados sob o saiote curto escocês ainda fossem infantilmente macios e redondos. No ano anterior, tiraram-na do colégio, tampouco lhe deram aulas em casa — Danilévski encontrara nela o germe de uma doença cerebral —, e ela vivia em ócio despreocupado, sem jamais se entediar. Era muito carinhosa com todos, a ponto de lamber os lábios. Tinha a fronte saliente, um olhar ingênuo e alegre nos olhos azuis oleosos, como se sempre estivesse surpresa com algo, e os lábios sempre úmidos. Apesar de toda a robustez de seu corpo, nele havia uma coquetice graciosa de movimentos. Uma fita vermelha, amarrada em seus cabelos com matizes de noz, tornava-a especialmente sedutora. Sentava-se com liberdade nos joelhos de Levítski — de forma aparentemente inocente, infantil — e, provavelmente, sentia o que ele experimentava em segredo ao segurar sua robustez, maciez e peso, afastando os olhos de seus joelhos nus sob o saiote xadrez. Às vezes ele não aguentava, beijava-lhe a face, como se fosse de brincadeira, e ela fechava os olhos, sorrindo de modo lânguido e zombeteiro. Ela certa vez contou-lhe, cochichando, o segredo terrível da mãe que apenas ela no mundo sabia: mamãe estava apaixonada pelo jovem médico Titov! A mãe tinha quarenta anos, mas era esbelta como uma senhorita, e de aparência terrivelmente jovem, e ambos, mamãe e o médico, eram tão bonitos e altos! Depois Levítski tornou-se desatencioso para com ela — Dária Tadíevna começou a aparecer na casa. Zoika, aparentemente, fez-se mais alegre, mais despreocupada, mas não tirava os olhos nem dela, nem de Levítski, frequentemente precipitava-se com um grito para beijá-la, mas a odiava tanto que, quando esta adoeceu de tifo, todo dia aguardava do hospital a notícia feliz de sua morte. Depois passou a esperar a partida dela — e, no verão, quando Levítski, livre dos estudos, começou a visitar a *datcha* deles na estrada para Kazan, onde os Danilévski já passavam o terceiro verão, empreendeu em segredo uma espécie de caça a ele.

E eis que chegou o verão, e ele passou a vir a cada semana, por dois, três dias. Mas daí logo aparece para visitar uma sobrinha do pai, de Khárkov, Valéria Ostrográdskaia, que nem Zoika nem Grichka jamais tinham visto. Levítski foi mandado de manhã cedo a Moscou, para recebê-la na estação Kursk, e ele veio da estação não de bicicleta, mas sentado com ela na teleguinha do cocheiro da estação, cansado, de olhos afundados, com alvoroço contente. Era visível que ele se apaixonara por ela já na estação Kursk, e ela já o tratava de forma imperiosa quando ele estava tirando seus pertences da teleguinha. Aliás, ao correr ao encontro da mãe, no terraço de entrada, ela se esqueceu imediatamente dele, e depois não reparou nele o dia inteiro. A Zoika, ela pareceu incompreensível — após colocar as coisas em seu quarto e se sentar à varanda depois do café da manhã, ela falou muito, mas daí calou-se inesperadamente, pensando em algo íntimo.

Mas ela era uma verdadeira beldade ucraniana! E Zoika aferrou-se a ela com incansável persistência:

— A senhora trouxe botas de marroquim e *plakhta*[3]? Vai usá-las? Posso chamá-la de Váletchka?

Mas mesmo sem o traje ucraniano ela era muito bonita: forte, jeitosa, cabelos escuros e espessos, sobrancelhas de veludo, quase unidas, um carmim escuro e quente no rosto bronzeado, dentes de brilho intenso e lábios cheios, de cereja. Suas mãos eram pequenas, mas também fortes, igualmente bronzeadas, como se tivessem levado um pouco de fumaça. E que ombros! E como transpareciam sobre eles, sob a blusinha branca fina, as fitinhas de seda que seguravam a camisola! A saia era bastante curta, absolutamente simples, mas caía-lhe espantosamente bem. Zoika estava tão maravilhada que nem sequer teve ciúmes de Levítski quando ele parou de ir a Moscou e não saía do lado de Valéria, feliz por ela tê-lo aproximado de si, também ter começado a chamá-lo de Georges e, vez por outra, incumbi-lo de algo. Depois os dias transcorreram absolutamente estivais, quentes, vinham visitas de Moscou com cada vez mais frequência, e Zoika reparou que Levítski fora dispensado, sentava-se cada vez mais perto de mamãe, ajudava-lhe a limpar a framboesa, pois Valéria apaixonara-se pelo doutor Titov, pelo qual a mãe estava secretamente apaixonada. Em geral, algo acontecera a Valéria — quando não havia visitas, ela parara de trocar de blusinhas da moda, como fazia antes, e às vezes, da manhã à noite, andava com o penhoar de mamãe, e tinha um ar enojado. Uma coisa terrivelmente interessante: ela beijara ou não Levítski antes de se apaixonar por Titov? Grichka jurava ter visto ela com Levítski uma vez, antes do almoço, depois do banho, indo pela alameda de abetos, com uma toalha enrolada como

—

3. Saia ucraniana. (N. do T.)

um turbante; Levítski, tropeçando, arrastava outra toalha dela, dizendo algo rápido, bem rápido, ela se deteve e ele de repente tomou-a pelo ombro e beijou-a nos lábios.

— Apertei-me atrás de um abeto, e eles não me viram — dizia Grichka, inflamado, esbugalhando os olhos –, e eu vi tudo. Ela estava terrivelmente bonita, apenas toda vermelha, ainda estava terrivelmente quente e ela, claro, exagerara no banho, pois sempre fica duas horas na água, nadando, eu também vi isso, ela nua é simplesmente uma náiade, e ele falava, falava, de verdade, como um turco.

Grichka jurava, mas ele adorava inventar todo tipo de estupidez, e Zoika acreditava e não acreditava.

Aos sábados e domingos, mesmo os trens chegados de manhã de Moscou à estação estavam superlotados de gente, visitantes de férias das *datchas*. Às vezes caía aquela encantadora chuva com sol, quando os vagões verdes, lavados por ela, brilhavam como novos em folha, as nuvens brancas de fumaça da locomotiva pareciam especialmente macias, e as copas verdes dos pinheiros, elegantes e espessos detrás do trem, giravam em uma altura extraordinária no céu cintilante. Os recém-chegados debatiam-se na areia quente e escavada de trás da estação para agarrarem as teleguinhas de aluguel e, antegozando a *datcha,* marchavam pelas estradas arenosas nas clareiras do bosque, sob faixas de céu. A plena felicidade da *datcha* chegara ao bosque, que cobria infinitamente as redondezas da localidade seca, levemente ondulada. Os moradores das *datchas*, ao levarem os visitantes de Moscou para passearem, diziam que ali só faltavam ursos, declamavam "o bosque escuro cheira a alcatrão e morango[4]", e ficavam chamando uns aos outros, deleitando-se com o bem-estar do verão, com a ociosidade e liberdade no trajar — *kossovorotkas* de barra bordada, por cima da calça, torniquetes longos em cintos coloridos, quepes

—

4. Do poema *Iliá Múromets* (1871), de Aleksei Tolstói (1817-1875). (N. do T.)

de linho: não daria para reconhecer de imediato um conhecido de Moscou, um professor qualquer, ou editor de revista, barbudo, de óculos, usando uma *kossovorotka* e um quepe desses.

No meio de toda essa felicidade campestre, Levítski era duplamente infeliz, sentindo-se, de manhã até a noite, lastimável, ludibriado, supérfluo. Dia e noite, pensava em uma mesma e única coisa: por que, por que tão rápida e impiedosamente ela o aproximara de si, fizera dele algo entre um amigo e um escravo, depois um amante que devia se satisfazer com a rara e sempre inesperada felicidade de apenas beijos, depois tratava-o ora por "você", ora por "senhor" e, como crueldade não lhe faltava, tão facilmente parara até de reparar nele a partir do primeiro dia em que conhecera Titov? Ele ardia de vergonha também por sua impudica permanência na propriedade. Amanhã mesmo devia desaparecer, fugir para Moscou, esconder-se de todos com aquela infelicidade ultrajante do amor enganado de *datcha,* que se tornara evidente até para a criadagem da casa! Mas, a essa ideia, a lembrança do veludo de seus lábios de cereja trespassava-o de forma a paralisar-lhe braços e pernas. Se ele estava sentado na varanda, sozinho, e ela passava ao lado por acaso, com simplicidade exagerada ela lhe dizia, de passagem, algo especialmente insignificante — "Mas onde está a titia? O senhor não a viu?" —, e ele se apressava a responder-lhe em um tom de quem estava prestes a se desfazer em pranto, de tanta dor. Certa vez, passando, ela viu Zoika em seus joelhos – o que ela tinha a ver com aquilo? Mas ela de repente faiscou os olhos, furiosa, gritou: "Não ouse, mocinha vil, trepar nos joelhos de um homem!" — e ele foi tomado pelo êxtase: era ciúme, ciúme! E Zoika aproveitava cada minuto possível em um aposento vazio para, de passagem, agarrá-lo pelo pescoço e sussurrar, cintilando os olhos e lambendo os beiços: "Queridinho, queridinho, queridinho!" Certa vez, ela capturara os lábios dele com sua boca úmida com tamanha habilidade que o dia inteiro ele não conseguiu se lembrar dela sem um estremecimento de volúpia — e horror: o que é isso que eu tenho? Como agora vou olhar nos olhos de Nikolai Grigórievitch e Klávdia Aleksándrovna?

O pátio da *datcha*, que parecia uma herdade, era grande. À direita da entrada ficava a velha estrebaria vazia, com um palheiro no andar de cima, depois um anexo comprido para a criadagem, ligado à cozinha, detrás da qual viam-se bétulas e tílias, à esquerda, na terra firme, acidentada, cresciam espaçadamente velhos pinheiros, nos relvados entre eles erguiam-se um passo do gigante[5] e balanços, à frente, já às portas da floresta havia um campo plano de *croquet*. A casa, também grande, ficava exatamente em frente à entrada, o grande espaço atrás dela era ocupado por uma mescla de floresta e jardim, com uma alameda sombria e grandiosa de abetos antigos indo pelo meio dessa mescla, da varanda traseira ao balneário da represa. E os donos da casa, sozinhos ou com visitas, sentavam-se sempre na varanda dianteira, que avançava até a casa e estava protegida do sol. Naquela manhã quente de domingo, estavam sentados nesta varanda apenas a dona da casa e Levítski. A manhã, como sempre que há visitas, parecia especialmente festiva, e havia muitas visitas, e as criadas, reluzindo os vestidos novos, volta e meia corriam pelo pátio, da cozinha para a casa, e da casa para a cozinha, onde trabalhava-se apressadamente para o café da manhã. Vieram cinco: um escritor de rosto escuro, bilioso, sempre demasiado sério e severo, mas amante apaixonado de todos os jogos; um professor de perna curta, parecido com Sócrates que, aos cinquenta anos, acabara de se casar com uma aluna de vinte anos e viera com ela, uma loirinha fininha; uma dama muito bem-vestida, apelidada de Vespa por sua altura e magreza, raiva e ressentimento; e Titov, que Danilévski apelidara de *gentleman* insolente. Agora todos os convidados, Valéria e o próprio Danilévski estavam sob os pinheiros, ao lado da floresta, à sua sombra transparente; as

---

5. Espécie de balanço formado por um poste vertical encimado por um disco giratório, ao qual estão presas garras que, quando pegas, permitem dar grandes passadas ao redor do poste. (N. do T.)

crianças, o escritor e a mulher do professor brincavam no passo do gigante, e o professor, Titov, Valéria e a Vespa corriam, batiam os martelos nas bolas de *croquet*, chamavam uns aos outros, discutiam, brigavam. Levítski e a dona da casa escutavam-nos. Levítski quis ir para lá — Valéria expulsou-o imediatamente: "A titia está limpando as ginjas sozinha, faça o favor de ir ajudá-la!" Ele deu um sorriso desajeitado, ficou parado, viu como ela, de martelo na mão, curvava-se para a bola de *croquet*, como sua saia de tussor pendia sobre as panturrilhas duras, em meias finas de seda cor de palha, o quão cheios e pesados seus peitos puxavam a blusinha transparente, sob a qual apontavam os ombros redondos do corpo bronzeado, que pareciam rosados devido ao rosado das alças da camisola — e caminhou para a varanda. Ele estava especialmente lastimável naquela manhã, e a dona da casa, como sempre, equilibrada, tranquila, luminosa em seu rosto jovem e no olhar dos olhos límpidos, também a ouvir com dor secreta no coração as vozes sob os pinheiros, fitou-o de esguelha.

— Agora não dá para lavar as mãos — ela disse, cravando um garfinho dourado em uma ginja com os dedos ensanguentados —, e o senhor, Georges, sempre dá um jeito de ficar especialmente sujo... Querido, por que está sempre de túnica, está quente, poderia perfeitamente andar só de camisa e cinta. E faz dez dias que não se barbeia...

Ele sabia que suas faces caídas estavam recobertas de cerdas avermelhadas, que gastara horrivelmente sua única túnica branca, que suas calças de estudante estavam lustrosas e as botas, sujas, sabia como ficava corcunda com seu peito estreito e barriga caída, e respondeu, corando:

— Verdade, verdade, Klávdia Aleksándrovna, não fiz a barba, como um foragido dos trabalhos forçados, larguei-me completamente no geral, aproveitando-me desavergonhadamente da sua bondade, perdoe-me, pelo amor de Deus. Agora mesmo vou me colocar em ordem, ainda mais porque já passou da hora de ir a

Moscou, já fiquei tanto tempo aqui que vocês não podem me ver nem pintado. Estou firmemente decidido a partir amanhã mesmo. Um camarada convida-me para ir à sua casa, em Moguiliov — ele escreve que é uma cidade surpreendentemente pitoresca...

E curvou-se ainda mais sobre a mesa, ao ouvir, do campo de *croquet*, o grito imperioso de Titov com Valéria:

— Não, não, minha senhora, isso é contra as regras! Não sabe botar o pé na bola, bate nela com o martelo — a culpa é sua. Mas não pode tocar a bola duas vezes...

No almoço, teve a impressão de que todos sentados à mesa tinham se instalado dentro dele – comiam, falavam, brincavam e gargalhavam dentro dele. Depois do almoço, todos foram descansar à sombra da alameda de bétulas, densamente semeada de agulhas caídas das coníferas, e as empregadas levaram para lá tapetes e almofadas. Ele cruzou o pátio quente na direção da estrebaria vazia, subiu pela escada da parede até a penumbra do sótão, onde havia feno velho, e desabou nele, tentando decidir algo, pôs-se a fitar, deitado em cima da barriga, a mosca que pousara no feno, bem na frente de seus olhos, e inicialmente cruzara as patinhas dianteiras, como se se lavasse, e depois, algo artificialmente, pusera-se com esforço a erguer as traseiras. De repente, alguém entrou correndo no sótão, escancarou e bateu a porta – e, virando-se, ele viu, à luz da claraboia, Zoika. Ela pulou em sua direção, afundou no feno e, ofegante, sussurrou, também deitada de barriga e fitando-o nos olhos, aparentemente assustada:

— Georgik, queridinho, tenho que lhe dizer uma coisa que lhe interessa terrivelmente, é notável!

— Que foi, Zóietchka? — ele perguntou, erguendo-se.

— O senhor vai ver! Só que primeiro me dê um beijo por isso – sem falta!

E bateu os pés no feno, revelando as coxas cheias.

— Zóietchka — ele começou, sem forças, devido à exaustão espiritual, para reprimir sua comoção doentia —, Zóietchka, só a senhorita me ama, e eu também a amo muito… Mas não dá, não dá...

Ela bateu os pés ainda mais:

— Dá, dá, sem falta!

E caiu de cabeça no peito dele. Ele viu, sob a fita vermelha, o brilho jovem de seus cabelos de noz, sentiu o cheiro e apertou o rosto contra eles. De repente ela soltou um grito, "ai!", baixo e penetrante, e pegou o próprio traseiro, pela saia.

Ele deu um pulo:

— Que foi?

Ela, caindo de cabeça no feno, desatou a chorar:

— Algo me deu uma picada terrível lá… Veja, veja rápido!

E subiu a saia até as costas, tirando as calcinhas de seu corpo cheio:

— O que tem aí? Sangue?

— Mas não tem absolutamente nada, Zóietchka!

— Como nada? — ela gritou, voltando a cair no choro. — Sopre, sopre, é uma dor terrível!

E ele, soprando, beijou avidamente, algumas vezes, o frio macio da larga vastidão de seu traseiro. Ela pulou, em êxtase louco, com olhos e lágrimas a cintilar:

— Enganei, enganei, enganei! E veja qual é o terrível segredo: Titov dispensou-a! Uma dispensa completa! Eu e Grichka ouvimos tudo na sala de visitas: eles caminhavam pela varanda, nós ficamos sentados no chão, atrás das poltronas, e ele lhe disse, de uma forma terrivelmente ofensiva: "Minha senhora, não sou um daqueles que podem ser levados pelo bico. E, ademais, eu não a amo. Amarei, se a senhora fizer por merecer, mas por enquanto não há explicações a dar". Não é legal? Disso é que ela precisa!

E, pulando, disparou pela porta, e escada abaixo.

Ele olhou na direção dela:

— Sou um imprestável, que enforcar seria pouco! — disse, em voz alta, ainda sentindo o corpo dela em seus lábios.

Ao entardecer, a herdade estava calma, instaurara-se uma serenidade, uma sensação de vida familiar — os visitantes partiram às seis horas... Um crepúsculo tépido, o cheiro medicinal das tílias em flor detrás da cozinha. Um cheiro doce de fumaça e comida vindo da cozinha, onde preparavam o jantar. E a felicidade pacífica que vinha daquilo tudo — o crepúsculo, os aromas —, e a tormenta ainda promissora da presença dela, de sua existência ao lado dele... a tormenta de amor por ela que dilacerava a alma — e sua implacável indiferença, ausência... Onde está ela? Ele desceu da varanda dianteira ao ouvir gritinhos ritmados, com intervalos, e o rangido do balanço sob os pinheiros, aproximou-se — sim, era ela. Ele se deteve, vendo como ela esvoaçava largamente para cima e para baixo, puxando as cordas com cada vez mais força, tentando voar o mais alto possível, e fazendo de conta que não reparava nele. Com um guincho das argolas, ela subiu voando de forma arrepiante, desapareceu nos ramos e, como se tivesse sido atingida por um tiro, precipitou-se para baixo, coxeando e agitando a barra do vestido. Queria agarrá-la! Agarrar e estrangular, violentá-la!

— Valéria Andrêievna! Cuidado!

Como se não escutasse, ela deu um impulso ainda mais forte...

No jantar, na varanda, sob uma lâmpada quente e brilhante, riram dos convidados, discutiram a respeito deles. Ela também ria, artificial e maldosa, comendo avidamente ricota com creme azedo, novamente sem um único olhar na direção dele. Apenas Zoika ficava calada e fitava-o de esguelha o tempo todo, brilhando os olhos de quem era a única a saber de algo, junto com ele.

Todos se dispersaram e foram deitar cedo, não sobrou uma luz sequer na casa. Por toda parte estava escuro e morto. Tendo se esgueirado, sem ser notado, logo após o jantar, para seu quarto, cuja porta dava para a varanda dianteira, ele se pôs a enfiar a roupa de baixo na mochila, pensando: pego de mansinho minha bicicleta, monto nela, e rumo à estação. Perto da estação, deito em algum lugar na areia do bosque, até o primeiro trem da manhã... Mas não, não dá. Sabe Deus no que vai dar — fugir como um moleque, à noite, sem me despedir de ninguém! Tenho que esperar até amanhã — e partir despreocupadamente, como se nada tivesse acontecido: "Adeus, caro Nikolai Grigórievitch, adeus, cara Klávdia Aleksándrovna! Obrigado, obrigado por tudo! Sim, sim, vou para Moguiliov, dizem que é uma cidade espantosamente bela... Zóitechka, fique bem, querida, cresça e divirta-se! Gricha, deixe-me apertar sua mão 'honrada'! Valéria Andrêievna, tudo de bom, não guarde rancor..." Não, não guarde rancor, não tem nada a ver, é estúpido e sem tato, parece uma alusão a algo...

Sentindo que não havia a menor esperança de adormecer, ele desceu em silêncio da varanda, decidido a ir para a estrada que levava à estação e torturar-se, caminhando três verstas. Mas deteve-se no pátio: a penumbra quente, o silêncio doce, a brancura láctea do céu de inumeráveis estrelas miúdas... Ele caminhou pelo pátio, voltou a se deter, ergueu a cabeça: o firmamento estrelado afastando-se cada vez mais, e lá, uma terrível escuridão negra e azul, um abismo... e sossego, silêncio, um deserto ininteligível, grandioso, a beleza sem vida e sem finalidade do mundo... a religiosidade silente, eterna da noite... e ele estava sozinho, face a face com aquilo tudo, no precipício entre céu e Terra... Internamente, sem palavras, pôs-se a rezar por alguma graça celestial, por alguma piedade por si mesmo, sentindo, com amarga alegria, sua comunhão com o céu e já alguma renúncia a si mesmo, a seu corpo... Depois, tentando reter dentro de si esses sentimentos, olhou para a casa: as estrelas refletiam-se, com brilho achatado, nas vidraças negras das janelas — nas vidraças da janela dela... Dormia ou estava deitada, avaliando, embotada, o mesmo e único pensamento em Titov? Sim, agora era a vez dela...

Ele contornou a casa grande, indefinida na penumbra, foi até a varanda traseira, até a clareira entre ela e duas fileiras, aterrorizantes à noite por sua altura e negritude, de abetos imóveis, com as copas afiadas nas estrelas. No escuro, sob os abetos, estavam espalhadas as luzinhas verde-amarelas dos vagalumes. E algo branquejava vagamente na varanda…

Ele se deteve, olhou, e de repente estremeceu de medo, com o inesperado: da varanda, soou uma voz baixa e plana, sem expressão:

— Por que fica vagando à noite?

Perplexo, ele avançou e distinguiu de imediato: ela estava deitada no balanço, com o velho xale prateado que todos os hóspedes dos Danilévski que ficavam para pernoitar usavam à noite. Com desconcerto, ele também perguntou:

— E a senhora, por que não dorme?

Ela não respondeu, ficou calada, ergueu-se e foi até ele em silêncio, ajustando o xale escorregadio no ombro:

— Vamos…

Ele a seguiu, primeiro atrás, depois ao lado, na escuridão da alameda, que parecia ocultar algo em sua imobilidade sombria. O que era aquilo? Ele estava de novo com ela, a sós, a dois, naquela alameda, a que horas? E novamente aquele xale, eternamente escorregando de seus ombros, com seu pelo de seda a picar-lhe as pontas dos dedos quando ele o arrumava para ela… Dominando uma convulsão na garganta, ele proferiu:

— Por que, para que a senhora me atormenta de forma tão terrível?

Ela meneou a cabeça:

— Não sei. Cale-se.

Ele criou coragem, levantou a voz:

— Sim, por que e para quê? Para que a senhora…

Ela pegou-lhe a mão pendente e apertou-a:

— Cale-se…

— Vália[6], não estou entendendo nada…

---

6. Hipocorístico de Valéria. (N. do T.)

Ela largou a mão dele, olhou para a esquerda, para o abeto no fim da alameda, para o triângulo negro e largo de seu manto:

— Lembra-se deste lugar? Aqui beijei você pela primeira vez. Beije-me aqui pela última vez...

E, caminhando rapidamente sob os ramos dos abetos, jogou com ímpeto o xale no chão.

— Venha comigo!

Imediatamente depois do último instante, ela o afastou de forma abrupta e enojada, e ficou deitada como estava, apenas baixando os joelhos erguidos e abertos, e largando os braços ao lado do corpo. Ele jazia estendido ao seu lado, com a face grudada nas agulhas das coníferas, nas quais jorravam suas lágrimas quentes. No silêncio congelado de noites e bosques, como uma fatia imóvel de melão, avermelhava a lua tardia, baixa sobre o campo nublado.

Em seu quarto, ele olhou para o relógio com os olhos inchados de lágrimas, e assustou-se: vinte para as duas! Apressando-se e tentando não fazer barulho, desceu a bicicleta da varanda, empurrando-a rápida e silenciosamente pelo pátio. No portão, montou no selim e, curvando-se abruptamente, fez as pernas trabalharem furiosamente, saltando os buracos de areia da clareira, em meio à escuridão espessa dos troncos que corria de seus dois lados, em que transparecia o céu pré-alvorada. "Vou me atrasar!" E trabalhou com ainda mais ardor, enxugando a testa suada com a dobra do braço: o trem expresso de Moscou passava pela estação — sem parar — às duas e quinze, restavam-lhe apenas alguns minutos. De repente, à meia-luz do amanhecer, que ainda parecia o crepúsculo, avistou, no fim da clareira, a escura estação ferroviária. Estava lá! Dobrou resolutamente na estrada, à esquerda, ao longo da linha do trem, dobrou à direita, na passagem de nível, sob a barreira, depois novamente à esquerda, entre os trilhos, e disparou, batendo nos dormentes, ladeira abaixo, na direção da locomotiva que prorrompia debaixo, com estrondo e luzes ofuscantes.

13 de outubro de 1940

Tânia

Ela trabalhava de empregada na casa de uma parente, a pequena proprietária Kazakova, chegara aos dezoito anos, era de pequena estatura, o que se notava em particular quando ela, sacudindo suavemente a saia e erguendo de leve os peitos pequenos sob a blusinha, caminhava descalça ou, no inverno, de botas de feltro, seu rostinho simples era apenas bonitinho, e os olhos cinzentos de camponesa, formosos apenas devido à juventude. Nessa época distante, ele se gastou de forma especialmente louca, levou uma vida errante, teve muitos encontros e relações amorosas casuais — e como casual tratou também a relação com ela...

***

Ela logo se reconciliou com aquela coisa fatal, espantosa que de repente lhe acontecera em uma noite de outono, chorou por alguns dias, mas a cada dia se convencia mais de que o que acontecera não fora uma desgraça, mas uma felicidade, que ele se tornava cada vez mais gentil e querido para ela; nos momentos de intimidade, que logo começaram a se repetir com frequência cada vez maior, já o chamava de Petrucha, e falava daquela noite como de um passado recôndito em comum.

Inicialmente ele acreditava e não acreditava:

— É verdade que naquela hora você não estava fingindo dormir?

Mas ela só arregalava os olhos:

— Mas o senhor não sentiu que eu estava dormindo, por acaso não sabe como rapazes e moças dormem?

— Se eu soubesse que estava dormindo de verdade, não teria tocado em você de jeito nenhum.

— Ora, eu não pressenti nada, nada, quase até o último minutinho! Mas como o senhor teve a ideia de vir até mim? Veio e nem sequer olhou para mim, só já à noite perguntou: "você, ao que parece, foi contratada recentemente, seu nome, ao que parece, é Tânia?" E depois passou tanto tempo olhando como se não me desse nenhuma atenção. Quer dizer, estava fingindo?

Ele respondeu que, naturalmente, estava fingindo, mas disse uma mentira: para ele, tudo também ocorrera de forma absolutamente inesperada.

Ele passara o começo do outono na Crimeia e, a caminho de Moscou, visitara Kazakova, passara duas semanas e os dias pobres do começo de novembro na simplicidade relaxante de sua propriedade, e preparava-se para partir. Naquele dia, despedindo-se do campo, cavalgara da manhã à noite com uma espingarda no ombro e um galgo pelos campos desertos e bosquetes nus, não encontrara nada e voltou para a propriedade cansado e faminto, comeu ao jantar uma frigideira de almôndegas com creme azedo, tomou uma garrafinha de vodca e uns copos de chá, enquanto Kazakova, como sempre, falava do finado marido e dos dois filhos que serviam em Oriol. Às dez horas, a casa, como sempre, já estava escura, ardia apenas uma vela no gabinete atrás da sala de visitas em que ele ficava quando vinha. Quando ele entrou no gabinete, ela estava ajoelhada na otomana que lhe servia de leito com uma vela na mão, passando a vela acesa ao longo da parede de troncos. Ao vê-lo, ela depositou a vela na mesa de cabeceira e, erguendo-se de um salto, precipitou-se para fora.

— O que é isso? — ele disse, pasmado. — Espere, o que você estava fazendo ali?

— Queimando um percevejo — ela respondeu, sussurrando rápido. — Estava arrumando a sua cama, olhei, tinha um percevejo na parede...

E saiu correndo, com um riso.

Ele olhou na direção dela e, sem se despir, tirando apenas as botas, deitou-se na manta estendida na otomana, esperando ainda dar uma fumada e uma pensada — dormir às dez horas não era habitual —, e adormeceu imediatamente. Acordou por um minuto, perturbado, no sono, pela luz trêmula da vela, soprou-a e voltou a adormecer. Ao abrir os olhos de novo, detrás das duas janelas que davam para o pátio, e da janela lateral que dava para o jardim, cheia de luz, fizera-se uma noite enluarada de outono; vazia e solitariamente linda. Encontrou na penumbra, ao lado da otomana, os chinelos, e foi até a antessala vizinha ao gabinete, para sair para o terraço traseiro - tinham esquecido de deixar-lhe o que era necessário para a noite. Mas a porta da antessala estava trancada por fora, e ele caminhou pela casa, que o pátio iluminava misteriosamente, até o terraço de entrada. A saída para lá era através da antessala principal e de um grande saguão de troncos; nesta antessala, contra uma janela alta sobre um velho baú, havia um tabique, e atrás dele um quarto sem janelas, em que sempre ficavam as empregadas. A porta do tabique estava entreaberta, atrás dela estava escuro. Ele acendeu um fósforo e viu-a dormindo. Estava deitada de costas na cama de madeira, apenas de camisola e anágua de bombazina — seus seios pequenos arredondavam debaixo da camisola, as pernas estavam descalças e nuas até os joelhos, o braço direito, largado na direção da parede, e o rosto no travesseiro parecia morto... O fósforo apagou. Ele ficou parado — e cuidadosamente aproximou-se da cama...

***

Ao sair para o terraço pelo saguão escuro, ele pensava, febril:

— Que estranho, que inesperado! Será que ela estava dormindo de verdade?

Ficou parado no terraço, caminhou pelo pátio... E que noite mais estranha. O pátio amplo, vazio, fortemente iluminado pela lua alta. De frente galpões, recobertos com palha velha, petrificada — o estábulo, o barracão dos veículos, a estrebaria. Detrás de seus telhados, no horizonte, ao norte, dispersavam-se lentamente misteriosas nuvens noturnas — montanhas de neve mortas. Sobre a cabeça, elas eram apenas leves e brancas, e a lua alta, lacrimejando diamantes nelas, volta e meia emergia com um clarão azul-escuro, nas profundezas estreladas do céu, e parecia abrilhantar com ainda mais força os telhados e o pátio. E tudo ao redor era de algum modo estranho em sua existência noturna, apartado de tudo humano, radiante à toa. Ainda era estranho porque parecia ser a primeira vez em que ele via todo aquele mundo noturno, lunar...

Ele se sentou junto ao barracão dos veículos, no estribo de um tarantasse, cheio de lama seca. Fazia um calor outonal, cheirava a jardim de outono, a noite era solene, impassível e serena, e de alguma forma surpreendente unia-se com os sentimentos que ele trazia daquela união inesperada com uma criatura feminina meio infantil...

Ela soluçara baixo ao voltar a si, como se apenas naquele minuto tivesse entendido o que ocorrera. Mas e se não fosse "como se", porém de fato? Todo o corpo dela se entregara a ele, como se estivesse sem vida. Primeiro ele a acordou aos sussurros: "Ouça, não tenha medo..." Ela não ouviu, ou fingiu não ouvir. Ele beijou-a com cuidado na face quente — ela não respondeu de maneira nenhuma ao beijo, e ele entendeu que, com o silêncio, ela dava consentimento a tudo que poderia vir em seguida. Ele separou as pernas dela, seu calor macio, ardente — ela apenas suspirou no sono, esticou-se débil e botou a mão atrás da cabeça...

— Mas e se não houve fingimento? — ele pensou, erguendo-se do estribo e fitando a noite, alvoroçado.

Quando ela se pôs a chorar, doce e dorida, ele, com uma sensação não apenas de gratidão animal pela felicidade inesperada que ela inconscientemente lhe concedera, mas também por êxtase, por amor, começou a beijar-lhe o pescoço, o peito, que emanavam um inebriante aroma campestre, virginal. E ela, soluçando, de repente respondeu-lhe com inconsciente arroubo feminino — abraçou e estreitou contra si a cabeça dele, com força, e também com aparente gratidão. Quem era ele, ela ainda não entendera na sonolência, mas tanto fazia — era aquele com o qual, em algum momento, tivera que se unir pela primeira vez, na intimidade mais misteriosa e beatificamente mortal. Esta intimidade, mútua, consumara-se, e já não podia ser desfeita por nada do mundo, ele a levava consigo para sempre, e aquela noite extraordinária recebia-o em seu incompreensível reino luminoso, junto com ela, com esta intimidade...

Como, ao ir embora, poderia ele lembrar-se dela apenas casualmente, esquecer-lhe a vozinha gentil e cândida, seus olhos ora alegres, ora tristes, mas sempre amorosos, devotados, como poderia ele amar outras e conferir a estas muito mais importância do que a ela?

***

No dia seguinte, ela trabalhava sem levantar os olhos. Kazakova perguntou:

— Por que está assim, Tânia?

Ela respondeu, submissa:

— Pesares não me faltam, patroa...

Kazakova disse a ele, quando ela saiu:

— Sim, é claro: órfã de mãe, o pai é um mujique indigente, devasso...

Ao entardecer, quando ela estava colocando o samovar no terraço, ele, de passagem, disse-lhe:

— Não fique pensando, eu me apaixonei por você há tempos. Pare de chorar, de se esfalfar, isso não ajuda em nada...

Ela respondeu em voz baixa, piscando entre lágrimas e enfiando lascas incandescentes no samovar:

— Se fosse verdade que se apaixonou, tudo seria mais fácil...

Depois passou a fitá-lo às vezes, como se perguntasse timidamente com o olhar: verdade?

Certa noite, quando ela foi fazer-lhe a cama, ele se aproximou dela e abraçou-a pelo ombro. Ela o fitou assustada e, corando por inteiro, sussurrou:

— Vá embora, pelo amor de Deus. Olhe que a velha vai entrar...

— Que velha?

— A velha criada, como se não soubesse!

— Hoje à noite vou ao seu quarto...

Ela pareceu queimar — antes de tudo, a velha causava-lhe pânico:

— Oh, o que quer, o que quer? Vou ficar louca de medo!

— Ora, não precisa, não tema, não vou — ele disse, apressadamente.

Agora ela já voltara a trabalhar como antes, rápida e solícita, novamente pusera-se a rodopiar pelo pátio e pela cozinha, como fazia antes, e por vezes, aproveitando um instante adequado, lançava a ele olhares furtivos, que já eram embaraçados e contentes. E certa manhã, bem cedinho, quando ele ainda estava dormindo, ela foi enviada à cidade para fazer compras. No almoço, Kazakova disse:

— Que fazer, mandei o estaroste com um trabalhador ao moinho, não tenho ninguém para buscar Tânia na estação. Será que você iria?

Reprimindo a alegria, ele respondeu com descaso fingido:

— Como não, vou de bom grado.

A velha criada, que estava servindo a mesa, franziu o cenho:

— Minha senhora, mas por que quer cobrir a moça de vergonha para sempre? Depois disso, o que não vão começar a falar dela em toda a aldeia?

— Pois vá você mesma — disse Kazakova. — Que vamos fazer, ela vai ter que vir a pé da estação?

Por volta das quatro ele saiu, de charabã, com a velha égua negra e alta e, temendo chegar atrasado para o trem, atiçou-a velozmente depois da aldeia, galopando pela estrada untuosa, granulosa, que congelara e depois umedecera — os últimos dias tinham sido molhados, nublados, e naquele dia a neblina estava especialmente densa: ainda quando ele estava atravessando a aldeia, parecia que a noite estava chegando e, nas isbás, já se avistavam luzes vermelhas esfumaçadas, algo ferozes detrás do cinzento da neblina. Adiante, no campo, fez-se um escuro quase completo e, por causa da neblina, já impenetrável. Ao seu encontro, arrastava-se um vento frio e uma bruma úmida. Mas o vento não dispersou a neblina, pelo contrário, tornou-a ainda mais espessa com sua fumaça fria, cinza escura, sufocava com sua umidade cheirosa, e parecia que para além de sua impenetrabilidade não havia nada — era o fim do mundo e de tudo vivo. Quepe, cafetã, cílios, lábios, tudo estava coberto de minúsculas miçangas molhadas. A égua negra avançava largamente, o charabã, marchando pelos outeiros escorregadios, batia-lhe no peito. Ele se ajeitou e acendeu um cigarro — a fumaça doce, perfumada, quente, humana da *papirossa*[1] misturou-se com o cheiro primitivo da neblina, do outono tardio, do campo nu e molhado. E tudo escureceu, tudo ensombreceu ao redor, acima e abaixo — quase não se via o pescoço comprido do cavalo, a enegrecer vagamente, suas orelhas atentas. E sempre aumentava a sensação de proximidade do cavalo — único ser vivo naquele deserto, na hostilidade mortal de tudo aquilo, à direita e à esquerda, à frente e atrás, de todo aquele desconhecido tão sinistramente escondido naquelas trevas esfumaçadas e cada vez mais densas que corriam sobre ele...

Quando ele entrou na aldeia da estação, foi tomado pelo deleite com as moradias, as luzes penosas nas janelinhas miseráveis, seu aconchego carinhoso e, na estação, tudo aquilo parecia um mundo

—

1. Cigarro feito com piteira de papelão. (N. do T.)

completamente diferente, vivo, animado, urbano. Ele nem teve tempo de prender o cavalo quando, retumbante, o trem cintilou na estação com suas janelas iluminadas, emanando um cheiro sulfuroso de carvão. Ele correu pela estação com o sentimento de quem estava aguardando a jovem esposa, e imediatamente viu quando ela chegou, com trajes urbanos, pelas portas do outro lado, logo após o vigia da estação, arrastando dois sacos de compras: a estação estava suja, fedia aos lampiões de parafina que lhe davam uma iluminação fosca, e ela cintilava toda, com os olhos excitados, o rosto jovialmente alvoroçado pela viagem rara, e o vigia lhe disse algo, chamando-a de "senhorita". E ela de repente cruzou seu olhar com o dele, e até estacou, de desconcerto: o que era aquilo, por que ele estava ali?

— Tânia — ele disse, apressadamente —, olá, vim buscá-la, não havia ninguém para mandar...

Ela nunca tivera uma tarde tão feliz na vida! "Ele mesmo veio me buscar, e estou vindo da cidade, tão bem-vestida e bonita como ele não poderia imaginar, pois sempre me viu só de anágua velha, de blusinha pobre de chita, eu estou com cara de modista com este lencinho branco de seda, estou com um vestido novo marrom de lã sob uma jaqueta de feltro, tenho meias brancas de algodão e botinas novas com salto de cobre!" Toda tremendo por dentro, começou a falar com ele no tom de convidada e, erguendo a bainha, seguiu-o com passinhos de dama, maravilhando-se, condescendente: "Oh, Senhor, como está escorregadio, os mujiques sujaram tudo!" Toda paralisada de medo alegre, ergueu o vestido bem acima da anágua de calicô, para se sentar na anágua, e não no vestido, entrou no charabã e se sentou ao lado dele, como se fosse sua igual, afastando-se desajeitadamente dos sacos a seus pés.

Ele tocava o cavalo em silêncio, impulsionando-o para a bruma gelada da noite e da neblina, passando pelas luzinhas baixas das isbás, que cintilavam aqui e ali, pelos buracos daquela torturante estrada campestre em novembro, e ela não ousava proferir palavra, aterrorizada com o silêncio dele: não estaria zangado com algo? Ele entendeu isso, e ficou calado de propósito. E, de repente, após sair da cidade, tendo já mergulhado em trevas absolutas, desacelerou o passo do cavalo, tomou as rédeas na mão esquerda e, com a direita, apertou-lhe o ombro direito na jaqueta salpicada da miçanga fria e molhada, balbuciando e rindo:

— Tânia, Tânietchka...

E ela jogou-se toda para ele, apertou o lenço de seda contra a face dele, com o rosto macio incandescente, os cílios cheios de lágrimas ardentes. Ele encontrou-lhe os lábios molhados de lágrimas de alegria e, parando o cavalo, ficou muito tempo sem conseguir largar deles. Depois, como cego, sem enxergar patavina na neblina e trevas, saiu do charabã, jogou o cafetã no chão e puxou-a para si pela manga. Entendendo tudo de súbito, ela imediatamente pulou em sua direção e, erguendo todo seu querido traje, vestido novo e anágua, com rápida solicitude, deitou-se às apalpadelas no cafetã, entregando-lhe para sempre não apenas seu corpo, agora plena propriedade dele, mas também sua alma.

***

Ele adiou novamente a partida.

Ela sabia que era por sua causa, via como ele era carinhoso com ela, já a tratava como uma íntima, como a amiga secreta da casa, e parou de ter medo, de estremecer quando ele se aproximava dela, como estremecera no começo. Ele se tornou mais tranquilo e simples nos instantes de amor – ela rapidamente se adaptou a ele. Ela mudou por inteiro, com a rapidez de que a juventude é capaz, tornou-se equilibrada, despreocupadamente feliz, já o chamava facilmente de Petrucha e por vezes até fingia que ele a chateava com seus beijos: “Ah, Deus, o senhor não me dá sossego! Basta me ver sozinha — e corre para mim!” E isso lhe proporcionava especial alegria: quer dizer que ele me ama, quer dizer que ele é meu por inteiro, se eu posso falar assim com ele! E havia mais uma felicidade: manifestar-lhe seus ciúmes, seu direito sobre ele.

— Graças a Deus que não tem trabalho na eira, senão, se tivesse garotas, eu lhe daria uma lição por ir atrás delas! — ela dizia.

E acrescentava, perturbando-se de repente, com uma tentativa tocante de sorriso:

— Ah, só eu sou pouco para o senhor?

O inverno chegou cedo. Depois das neblinas, desencadeou-se o gelado vento norte, congelando os montículos das estradas untuosas, petrificando a terra, queimando a última grama do jardim e do pátio. Vieram nuvens brancas de chumbo, o jardim completamente nu murmurava inquieto, apressado, como se fugisse para algum lugar, à noite a lua branca mergulhava no turbilhão de nuvens. A propriedade e a aldeia pareciam desesperadamente pobres e rudes. Depois começou a cair ligeiramente a neve, embranquecendo a lama gelada como açúcar em pó, e a herdade e seus campos visíveis ficaram branco-cinzentos e espaçosos. Na aldeia, terminavam o último trabalho — armazenavam batatas no porão para o inverno, escolhendo-as e jogando fora as podres. Certa feita, ele foi passear pela aldeia, usando uma *poddiovka* de pele de raposa e botando um chapéu de peles. O vento norte sacudia-lhe os bigodes, queimava-lhe as faces. Acima de tudo pairava o céu lúgubre, o campo branco-cinzento em declive detrás do riacho parecia muito próximo. Na aldeia, montes de sacos de batatas jaziam no chão, junto às soleiras. Estavam sentadas nos sacos, trabalhando, mulheres e moças, envoltas em xales de cânhamo, de japonas esfarrapadas, botas rotas de feltro, de caras e mãos azuladas — e ele pensou, com horror: debaixo das barras das saias, suas pernas estão absolutamente nuas!

Quando ele chegou em casa, ela estava na antessala, passando um trapo no samovar fervente para levá-lo à mesa, e disse-lhe imediatamente, a meia-voz:

— O senhor deve ter ido à aldeia, lá as garotas estavam separando as batatas... Pois bem, passeie, passeie, procure qual é a melhor para o senhor!

E, contendo as lágrimas, pulou para o saguão. Ao entardecer, a noite caía densa, densa e, ao passar correndo por ele, no salão, ela o fitou com irresistível alegria infantil e, provocando, sussurrou:

— Então, passeando muito agora? E ainda vai ter mais — os cachorros estão rodando por todo o pátio —, vai ter uma nevasca tão forte que não vai dar para colocar nem o nariz fora de casa!

"Senhor — ele pensou —, onde vou arrumar coragem para dizer que logo, logo vou embora!"

E teve uma vontade apaixonada de estar o mais rápido possível em Moscou. O frio, a neve, os casais de pombinhos tilintando como sininhos na praça em frente à capela Íverskaia, as lâmpadas bem altas na rua Tverskaia, em redemoinhos de neve... No Teatro Bolchói brilham os lustres, a música de cordas transborda, e ei-lo, largando o casaco de pele coberto de neve nas mãos de um porteiro, enxugando com um lenço os bigodes úmidos de neve, a entrar de forma costumeira, animada, pelo tapete vermelho, no salão movimentado, no falatório, no cheiro de comida e fumaça de cigarro, na azáfama de lacaios e nas ondas de cordas, a cobrirem tudo, ora devassas e lânguidas, ora gabolas e tempestuosas...

Por todo o jantar ele não conseguiu levantar os olhos até o vaivém despreocupado dela, até seu rosto tranquilizador.

Tarde da noite ele calçou botas de feltro, um velho sobretudo de guaxinim do finado Kazakov, botou um chapéu e, pelo terraço traseiro, saiu para a tempestade de neve — para tomar ar e olhar para ela. Porém, sob o alpendre do terraço já se formara um monte de neve, ele tropeçou nele e ficou com as mangas cheias de gelo, e depois foi um verdadeiro inferno, uma fúria branca a se precipitar. Com dificuldade, afogando-se, ele contornou a casa, chegou ao terraço dianteiro e, batendo os pés, sacudindo-se, entrou no saguão escuro, que uivava com a tempestade, depois na antessala quente, onde uma vela ardia em cima do baú. Descalça, ela deu um pulo detrás do tabique, com a mesma anágua de bombazina, e ergueu os braços:

— Meu Deus! Mas de onde o senhor veio?

Ele largou sobretudo e chapéu no baú, cobrindo-o de neve e, em arroubo enlouquecido de ternura, tomou-a nos braços. Com igual arrebatamento ela se soltou, pegou uma vassoura e se pôs a bater-lhe nas botas brancas de neve e arrancá-las dos pés:

— Meu Deus, aqui também está cheio de neve! O senhor vai pegar um resfriado mortal!

***

À noite, em meio ao sono, ele às vezes ouvia o ruído monótono de uma pressão monótona sobre a casa, depois a neve esvoaçava tempestuosamente, matraqueando nos contraventos, sacudindo-os – e caía, afastava-se, com um rumor soporífero... A noite parecia infinita e doce — o calor da cama, o calor da casa velha, solitária na escuridão branca do mar de neve a correr...

De manhã, parecia que o vento da noite escancarava os contraventos com seus golpes, batia-os contra as paredes — ele abriu os olhos, e não, já estava claro, e via-se por toda parte, a partir da janela coberta de neve, uma brancura branca, branca, que chegava até o peitoril, e no teto jazia seu reflexo branco. Tudo ainda rumorejava, corria, mas com mais calma, já à maneira diurna. Da cabeceira da otomana avistavam-se, no lado oposto, duas janelas com caixilho duplo, enegrecido pelo tempo, em quadrados pequenos, e uma terceira, à esquerda da otomana, a mais branca e clara de todas. No teto, aquele reflexo branco, e no canto tremia, apitava e batia a tampa da estufa, soprada pelo fogo que se inflamava – que beleza, ele dormia, não ouvia nada, e Tânia, Tânietchka, fiel, amorosa, abrira os contraventos, depois entrara silenciosamente, de botas de feltro, toda fria, com neve nos ombros e na cabeça, coberta com um lenço de cânhamo e, de joelhos, acendera a estufa. E ele nem teve tempo de pensar e ela entrou, trazendo a bandeja do chá, já sem lenço. Com um sorriso quase imperceptível, botando a bandeja na mesinha de cabeceira, ela fitou-lhe os olhos de clareza matinal, que pareciam surpresos de sono:

— Como o senhor dormiu tanto?

— Mas que horas são?

Ela olhou para o relógio da mesinha e não respondeu de imediato — não distinguiu de imediato que horas eram:

— Dez... Dez para as nove.

Olhando para a porta, ele puxou-a para si, pela saia. Ela se afastou, retirando-lhe a mão:

— De jeito nenhum, estão todos acordados...

— Ora, só um minuto!

— A velha vai entrar...

— Ninguém vai entrar — só um minuto!

— Ah, é o nosso castigo!

Tirando rapidamente, um depois do outro, os pés com meias de lã das botas de feltro, ela deitou, olhando para a porta... Ah, aquele cheiro camponês da cabeça dela, a respiração, o friozinho da maçã das faces! Ele sussurrou, zangado:

— De novo está beijando de lábios fechados! Quando vou fazê-la aprender?

— Não sou uma fidalga... Espere, vou deitar mais embaixo... Bem, vamos logo, estou morta de medo.

E cravaram os olhos um no outro — de forma fixa e insana, na expectativa.

— Petrucha...

— Cale-se. Por que você sempre fala nessa hora?

— Mas quando vou falar com o senhor, se não for nessa hora? Não vou mais fechar os lábios... Jure que não tem ninguém em Moscou...

— Não me aperte o pescoço assim.

— Ninguém vai amá-lo tanto na vida. O senhor se apaixonou por mim, e foi como se eu me apaixonasse por mim, não caibo em mim de contente... Mas se me largar...

Saltando com o rosto quente na tempestade de neve, sob o alpendre do terraço traseiro, ela parou, acocorou-se por um momento, depois precipitou-se na direção do turbilhão branco, para o terraço dianteiro, afundando acima dos joelhos nus.

A antessala cheirava a samovar. A velha criada, sentada no baú sob a janela alta e com neve, sorvia de um pires e, sem se afastar dele, fitou-a de soslaio:

— Onde você foi se enfiar? Cobriu-se toda de neve.

— Fui servir chá a Piotr Nikoláitch.

— Serviu no aposento da criadagem? Conhecemos esse seu chá!

— Pois, se conhece, passar bem. A patroa acordou?

— Deu pela falta dela? Antes de você.

— E a senhora está sempre brava!

E, suspirando feliz, ela foi para detrás do tabique, atrás de sua xícara, e lá, quase inaudível, pôs-se a cantar:

Quando saio ao jardim,
Ao verde jardim,
Ao verde jardim passear,
Meu amor encontrar...

***

De dia, sentado no gabinete com um livro, ouvindo sempre aquele ruído ora fraco, ora ameaçadoramente crescente em volta da casa, que afundava cada vez mais no meio da neve branca que vinha de todos os lados, ele pensou: assim que acalmar vou embora.

À tarde, aproveitou um instante para dizer a ela que fosse ao seu quarto tarde da noite, quando tudo na casa estivesse profundamente adormecido — para passar a noite inteira, até a manhã. Ela balançou a cabeça, pensou e disse: está bem. Aquilo dava muito medo, mas era mais doce por isso.

Ele sentia o mesmo. E agitava-o ainda uma dó dela: ela não sabia que seria a última noite deles!

À noite, ele ora cochilava, ora acordava inquieto: ela se decidira a vir? Um breu na casa, barulho ao redor deste breu, contraventos a sacudir, a estufa volta e meia a uivar... De repente, ele caiu em si, em pânico: não ouvira — ouvi-la na cautela de criminoso com a qual ela atravessara a escuridão densa da casa era impossível —, não ouvira, mas sentira que ela, invisível, já estava junto à otomana. Ele esticou os braços. Em silêncio, ela mergulhou no cobertor, em sua direção. Ele ouviu como o coração dela batia, sentiu seus pés descalços gelados e cochichou as palavras mais ardentes que pôde encontrar e proferir.

Ficaram deitados assim por muito tempo, peito contra peito, beijando-se com uma força de fazer os dentes doerem. Ela se lembrou de que ele a mandara não fechar a boca e, tentando satisfazê-lo, abriu-a como um filhote de gralha.

— Você provavelmente não dormiu nada?

Ela respondeu com um sussurro feliz:

— Nem um minutinho. Esperei o tempo todo...

Tateando a mesinha em busca de fósforos, ele acendeu a vela. Ela exclamou, em pânico:

— Petrucha, o que é isso que o senhor fez? De repente a velha acorda, vê luz...

— O diabo que a carregue — ele disse, olhando para o rostinho corado dela. — O diabo que a carregue, quero ver você...

Ele a segurou, sem tirar os olhos dela. Ela sussurrou:

— Estou com medo — por que o senhor está me olhando desse jeito?

— Porque não há ninguém melhor do que você no mundo. Essa cabecinha com essa trança pequena ao redor, como uma jovem Vênus...

Os olhos dela reluziam de riso, de felicidade:

— Quem é essa Vênus?

— Uma assim… E essa camisolinha...

— Compre-me uma de calicô… É certeza, é verdade que o senhor me ama muito?

— Não amo nem um pouco. E de novo você está com um cheiro que não sei se é de codorniz ou de cânhamo seco…

— Por que gosta disso? E o senhor dizia que eu sempre falo nessa hora… mas agora… é o senhor quem está falando…

Ela passou a apertá-lo contra si com ainda mais força, queria dizer-lhe algo e não conseguia mais…

Depois ele apagou a vela e ficou longamente deitado em silêncio, fumando e pensando: mesmo assim, tenho que dizer, é horrível, mas tenho! E, quase inaudível, começou:

— Tânietchka…

— Que foi? — ela perguntou, de forma igualmente misteriosa.

— É que tenho que partir…

Ela até se levantou:

— Quando?

— De qualquer jeito, é logo… bem logo… Tenho negócios inadiáveis…

Ela desabou no travesseiro:

— Meu Deus!

Esses tais negócios dele em algum lugar, lá, em uma tal de Moscou, inspiravam nela uma espécie de assombro. Porém, mesmo assim, como separar-se dele por causa desses negócios? E ela ficou calada, buscando na cabeça, com rapidez e impotência, uma saída daquele horror insolúvel. Não havia saída. Tinha vontade de gritar: "Leve-me com o senhor!" Mas não ousava — seria aquilo possível?

— Pois não posso viver aqui para sempre...

Ela escutava e concordava: "sim, sim..."

— Não posso levar você comigo...

Ela de repente proferiu, desesperada:

— Por quê?

Ele pensou rápido: "Sim, por que, por quê?" E respondeu, apressado:

— Não tenho casa, Tânia, a vida inteira fico mudando de lugar em lugar... Em Moscou vivo em quartos de aluguel... E nunca vou me casar com ninguém...

— Por quê?

— Porque nasci assim.

— E nunca vai se casar com ninguém?

— Com ninguém, nunca! E lhe dou a palavra de honra, meu Deus, que é indispensável, tenho negócios muito importantes e inadiáveis. No Natal venho sem falta!

Ela apertou a cabeça contra ele, deitou-se, despejando lágrimas cálidas em seu braço, e sussurrou:

— Bem, eu me vou... Logo vai começar a clarear...

E, levantando-se, começou a benzê-lo no escuro:

— Que a Rainha dos Céus o guarde, que a Mãe de Deus o guarde!

Após correr para detrás de seu tabique, sentou-se na cama e, estreitando as mãos contra o peito e vertendo lágrimas que caíam pelos lábios, começou a sussurrar, sob o ruído surdo da nevasca no saguão:

— Deus Pai! Rainha dos Céus! Faça, Senhor, que não acalme por pelo menos mais dois dias!

***

Dois dias depois, ele partiu — amainados, turbilhões ainda rodopiavam pelo pátio, mas ele não podia mais prolongar o sofrimento secreto de ambos, e não se rendeu às exortações de Kazakova para esperar pelo menos até amanhã.

A casa e toda a propriedade ficaram vazias, mortas. E não havia nenhuma possibilidade de imaginar Moscou, ele lá, a vida dele lá, seus negócios.

***

No Natal, ele não veio. Que dias foram aqueles! Em que tormenta de expectativa insolúvel, em que penoso fingimento para si mesma, como se não houvesse qualquer expectativa, passava o tempo, da manhã à noite! E por todo o período do Natal à Epifania ela andou com sua melhor roupa – aquele vestido e aquelas botinas com as quais ele a encontrara naquele outono, na estação, naquela tarde inesquecível.

Na Epifania ela por algum motivo acreditava que logo, logo, por detrás do morro, assomaria um trenó de mujique, que ele alugaria na estação, sem ter mandado carta pedindo que lhe enviassem cavalos, e não levantou o dia inteiro de cima do baú da antessala, olhando para o pátio até doerem os olhos. A casa estava vazia — Kazakova fora visitar vizinhos, a velha almoçou nas dependências de empregados e ficou lá depois do almoço, deliciando-se em falar maledicências com a cozinheira. E ela não foi nem almoçar, dizendo que estava com dor de barriga...

Mas daí começou a anoitecer. Ela olhou mais uma vez para o pátio vazio com uma brilhante camada de neve gelada, e levantou-se, dizendo firme para si mesma: "é o fim, não preciso de mais ninguém, não quero esperar por ninguém!" E partiu, tensa, com um andar de passeio, pelo salão, pela sala de visitas, à luz invernal, com o crepúsculo amarelo nas janelas, cantando em voz alta e despreocupada — com o alívio da vida terminada:

Quando saio ao jardim,

Ao verde jardim,
Ao verde jardim passear,
Meu amor encontrar...

Exatamente no verso sobre o amor, entrou no gabinete, avistou sua otomana vazia, a poltrona vazia ao lado da escrivaninha, onde outrora ele se sentara com um livro nas mãos, e desabou na poltrona, de cabeça na escrivaninha, soluçando e gritando: "Rainha dos Céus, mande-me a morte!"

***

Ele veio em fevereiro — quando ela já enterrara em si por completo qualquer esperança de vê-lo pelo menos mais uma vez na vida.

E era como se tudo de antes retornasse.

Ele ficou espantado ao vê-la — tinha emagrecido e empalidecido toda, seus olhos estavam muito hesitantes e tristes. Ela também ficou surpresa no primeiro momento: ele também lhe parecia outro, envelhecido, estranho e até desagradável — seus bigodes pareciam maiores, a voz, mais rude, seu riso e conversa, enquanto tirava o sobretudo na antessala, eram desmedidamente altos e artificiais, ela ficou desconfortável ao fitá-lo nos olhos... Mas ambos tentaram ocultar tudo isso um do outro, e logo tudo correu aparentemente como antes.

Depois novamente começou a se aproximar uma época terrível — a época de sua nova partida. Sobre um ícone, ele jurou-lhe que viria na Semana Santa, e depois para o verão inteiro. Ela acreditou; mas pensou: "E no verão, o que vai ser? De novo o mesmo de agora?" Esse agora para ela já era pouco — era preciso ou completamente, completamente aquilo de antes, e não uma repetição, ou uma vida indivisível dele, sem separações, sem novos tormentos, sem a vergonha de esperas inúteis. Mas ela tentou expulsar de si essa ideia, tentou imaginar toda a alegria do verão, quando seriam tão livres por toda parte... — noite e dia, no jardim, no campo, na eira, e ele ficaria muito, muito tempo ao seu lado...

***

A noite da véspera de sua nova partida já era pré-primaveril, clara e com vento. Atrás da casa, o jardim estava agitado, e de lá vinha, carregado pelo vento, o latido raivoso, impotente e entrecortado dos cachorros, em cima de um buraco nos abetos: lá estava uma raposa que fora capturada em uma armadilha e fora trazida ao pátio senhorial pelo guarda-florestal de Kazakova.

Ele estava deitado de costas na otomana, de olhos fechados. Ela de lado, junto a ele, com a mão sob a cabecinha triste. Ambos estavam calados. Por fim, ela sussurrou:

— Petrucha, está dormindo?

Ele abriu os olhos, fitou a leve penumbra do quarto, iluminado à esquerda pela luz dourada da janela lateral:

— Não. Que foi?

— O senhor não me ama mais, arruinou-me à toa — ela disse, calma.

— Por que à toa? Não diga estupidez.

— Pecado seu. Para onde vou agora?

— E por que você tem que ir para algum lugar?

— De novo, de novo o senhor vai partir para a sua Moscou, e o que vou fazer sozinha aqui?

— Ora, a mesma coisa que fazia antes. E depois — eu lhe disse, com firmeza: venho na Semana Santa, para o verão inteiro.

— Sim, pode ser que venha... Só que antes o senhor não me falava assim: "E por que você tem que ir para algum lugar?" O senhor me amava de verdade, dizia que nunca tinha visto ninguém mais querida do que eu. E por acaso eu era assim?

Não, não era assim, ele pensou. Mudara terrivelmente.

— Meu tempinho passou — ela disse. — Antes eu me esgueirava na sua direção, tinha um medo mortal, e ficava contente: ora, graças a Deus a velha dormiu. E agora nem tenho medo dela...

Ele deu de ombros:

— Não estou entendendo você. Dê-me a *papirossa* da mesinha...

Ela deu. Ele acendeu:

— Não entendo o que você tem. Você simplesmente está doente...

— Deve ser por isso que não sou mais sua querida. E qual a minha doença?

— Você não está me entendendo. Eu disse que você está doente de espírito. Pois pense, por favor, o que aconteceu, de onde você tirou que eu não a amo mais? E por que fica repetindo sempre a mesma coisa: era assim, era assim...

Ela não respondeu. A janela brilhava, o jardim era barulhento, vinha um latido entrecortado, raivoso, desesperado, choroso... Ela desceu de mansinho da otomana e, apertando a manga contra os olhos, balançando a cabeça, foi suavemente, de meias de lã, à sala de visitas. Ele chamou-a, baixo e severo:

— Tânia.

Ela se virou, respondeu quase inaudível:

— O que quer?

— Venha cá.

— Para quê?

— Estou dizendo, venha.

Ela foi, submissa, de cabeça curvada para que ele não visse que todo o seu rosto estava em lágrimas.

— Bem, o que quer?

— Sente-se e não chore. Beije-me — hein?

Ele se sentou, ela se sentou ao seu lado e abraçou-o, soluçando baixo. "Meu Deus, que vou fazer! — ele pensou, em desespero. — De novo essas tépidas lágrimas infantis num rosto infantil... Ela nem sequer desconfia da força de meu amor por ela! E o que posso fazer? Levá-la comigo? Para onde? Para que vida? E no que isso vai dar? Prender-me, arruinar-me para sempre?" E começou a sussurrar rapidamente, sentindo que suas próprias lágrimas faziam cócegas em seu nariz e lábios:

— Tânietchka, minha alegria, não chore, ouça: venho na primavera, para o verão inteiro, e é verdade que vou com você "ao verde jardim" - escutei essa sua cançoneta e nunca vou esquecê-la —, vamos de charabã para a floresta; lembra como viemos da estação de charabã?

— Ninguém vai me deixar ir com você! — ela susurrou amargamente, enfiando a cabeça em seu peito, e chamando-o pela primeira vez de "você". — E você não vai comigo a lugar nenhum...

Mas ele já ouvia uma felicidade acanhada, uma esperança na voz dela.

— Vou, vou, Tânietchka! E não ouse mais me chamar de "senhor". E não ouse chorar...

Pegou-a pelas pernas com meias de lã e colocou-a sentada, levinha, em seus joelhos:

— Então diga: "Petrucha, eu te amo muito!"

Ela repetia, embotada, soluçando com as lágrimas:

— Eu te amo muito...

Isso foi em fevereiro do terrível ano de 1917. Foi a última vez na vida em que ele esteve na aldeia.

22 de outubro de 1940

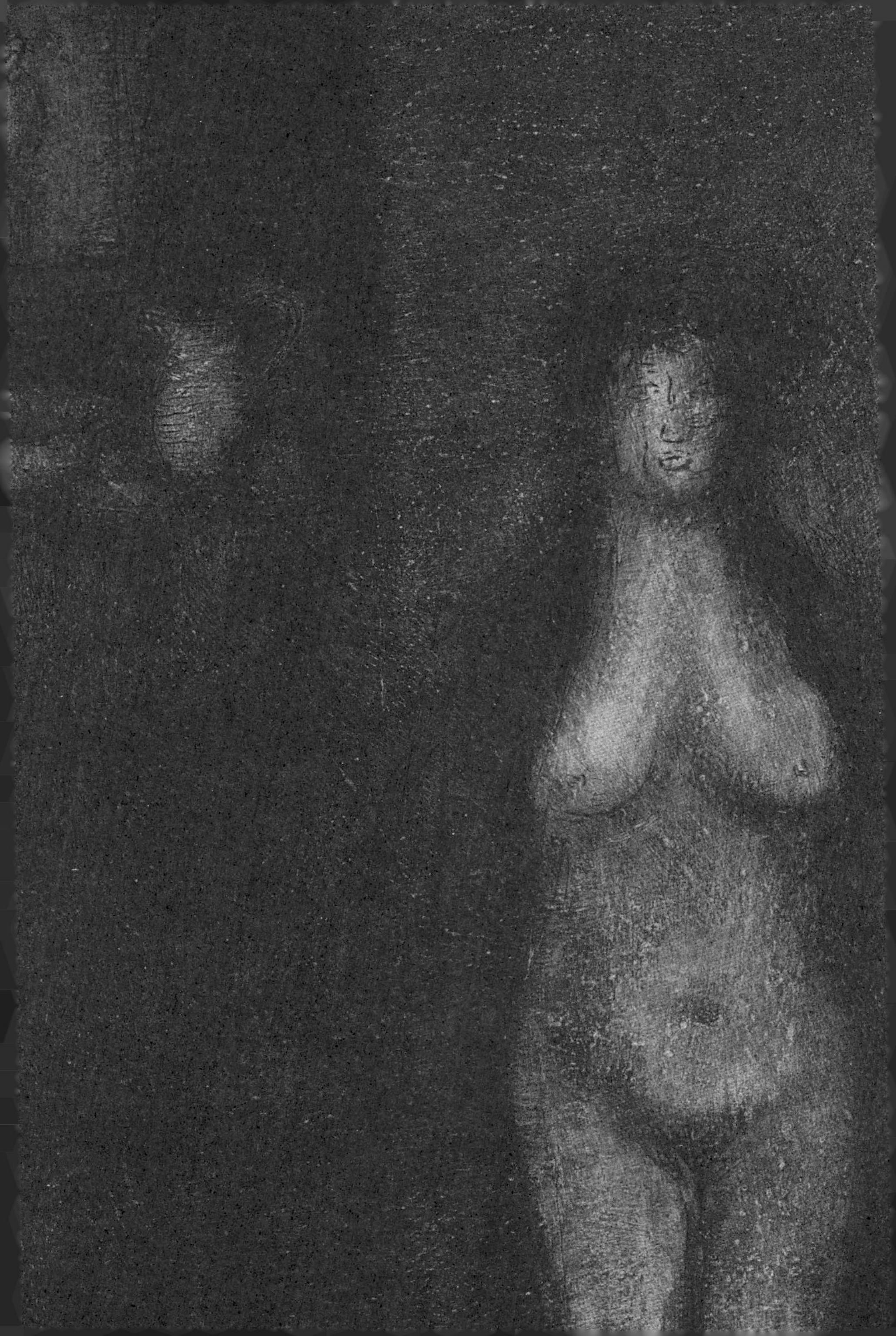

Em Paris

Quando ele estava de chapéu — caminhando pela rua ou parado no vagão do metrô — e não se via que seus cabelos rentes arruivados estavam ficando bem grisalhos, pelo frescor de seu rosto magro, barbeado, pelo porte aprumado da figura magra, alta, de longo sobretudo impermeável, era possível dar-lhe não mais do que quarenta anos. Apenas seus olhos claros fitavam com uma tristeza seca, e ele falava e se portava como alguém que passara por muita coisa na vida. Certa época ele alugara uma fazenda na Provença, ouvira piadas provençais cáusticas e, em Paris, gostava de às vezes inclui-las, com um risinho, em sua fala sempre concisa. Muitos sabiam que a esposa largara dele ainda em Constantinopla, e que desde então ele vivia com uma ferida constante na alma. Ele nunca e a ninguém revelou o segredo desta ferida, mas às vezes aludia a ela — brincava de forma desagradável se a conversa se referia a mulheres:

— *Rien n'est plus difficile que de reconnaître un bon melon et une femme de bien*[1].

Certa vez, numa noite úmida parisiense de fim de outono, ele foi jantar em uma pequena cantina russa em uma travessa escura perto da rua Passy. Junto à cantina havia algo como uma loja de alimentos — ele parou inconscientemente diante de sua vitrine larga, detrás da qual avistavam-se, no peitoril, garrafas em cone cor-de-rosa com vodca de sorva, e amarelas, em cubo, com garrafas da vodca *zubrowka*[2], um prato com pastéis fritos, um prato com croquetes picados que tinham ficado cinzentos, uma caixa de halva, uma caixa de espadilhas, depois um balcão cheio

---

1. Nada é mais difícil do que reconhecer um bom melão e uma mulher de bem. Em francês no original. (N. do T.)

2. Vodca de grama de búfalo. (N. do T.)

de petiscos, detrás do balcão a dona da casa, com um rosto russo antipático. A loja estava iluminada, e ele foi atraído para esta luz da alameda escura de calçamento frio, que parecia sebento. Ele entrou, cumprimentou a dona e passou para um aposento ainda vazio, fracamente iluminado, adjacente à loja, onde branquejavam mesinhas recobertas de papel. Lá ele pendurou, sem pressa, seu chapéu cinza e sobretudo comprido em um gancho de um cabideiro, sentou-se a uma mesinha no canto mais afastado e, esfregando distraidamente as mãos ruivas e peludas, começou a ler a lista interminável de petiscos e pratos, em parte impressa, em parte escrita com uma tinta lilás borrada em uma folha gordurosa. De repente seu canto se iluminou, e ele viu se aproximar uma mulher indiferentemente cortês de trinta anos, cabelos negros com uma risca reta, olhos também negros, de avental branco com entremeios e vestido negro.

— *Bonsoir, monsieur*[3] — ela disse, com voz agradável.

Ela pareceu-lhe tão bonita que ele se atrapalhou, e respondeu, desajeitado:

— *Bonsoir*... Mas a senhora não é russa?

— Russa. Perdão, criei o hábito de falar com os clientes em francês.

— Mas vêm muitos franceses aqui?

— Muitos mesmo, e todos pedem sempre *zubrowka*, panquecas, até borche. O senhor já escolheu algo?

— Não, aqui tem tanta coisa... Aconselhe-me algo.

Ela se pôs a enumerar, em tom decorado:

— Hoje temos sopa de repolho à marinheira, almôndegas à cossaca... dá para ter vitela à milanesa ou, se quiser, espetinho à moda de Kars...

— Maravilha. Por favor, traga sopa de repolho e almôndegas.

—

3. Boa noite, senhor. Em francês no original. (N. do T.)

Ela ergueu o bloco pendurado na cintura e anotou com um pedaço de papel. Suas mãos eram muito brancas, e de formato nobre, o vestido era gasto, mas, ao que parecia, de boa casa.

— Quer uma vodcazinha?

— De bom grado. A umidade lá fora está terrível.

— Que petisco deseja? Tem um maravilhoso arenque do Danúbio, caviar vermelho de fornecimento recente, pepinos em conserva pouco salgados...

Voltou a olhar para ela: um avental branco muito bonito com entremeios sobre o vestido negro, sob o qual se sobressaíam lindamente os seios fortes de mulher jovem... lábios cheios sem pintura, mas frescos, na cabeça, uma trança arranjada com simplicidade, mas a pele da mão branca era bem cuidada, as unhas, brilhantes e quase rosadas - evidentemente uma manicure...

— Que petisco desejo? — ele disse, rindo. — Por obséquio, apenas arenque com batata quente.

— E que vinho deseja?

— Tinto. Normal — o que vocês sempre servem.

Ela marcou no bloco e botou na mesa dele uma garrafa d'água da mesa vizinha. Ele balançou a cabeça:

— Não, *merci*[4], nunca bebo água, nem vinho com água. *L'eau gâte le vin comme la charrette le chemin et la femme l'âme*[5].

— Que bela opinião a nosso respeito! — ela respondeu, indiferente, e foi buscar a vodca e o arenque. Ele olhou na direção dela — o equilíbrio com que se portava, como seu vestido negro balançava no caminho... Sim, cortesia e indiferença, todos os modos e movimentos de uma empregada humilde e digna. Mas os sapatos eram bons e caros. De onde? Havia, provavelmente, um *ami*[6] mais velho, abastado... Há muito tempo ele não estava tão

---

4. Obrigado. Em francês no original. (N. do T.)

5. A água estraga o vinho como a carroça, a estrada, e a mulher, a alma. Em francês no original. (N. do T.)

6. Amigo. Em francês no original. (N. do T.)

animado como naquela noite, graças a ela, e esse último pensamento causou-lhe alguma irritação. Sim, ano após ano, dia após dia, em segredo você só espera uma coisa – um encontro amoroso feliz, você vive essencialmente na esperança deste encontro – e é tudo em vão...

No dia seguinte, ele voltou lá e se sentou à sua mesinha. Ela estava inicialmente ocupada, tirava o pedido de dois franceses e repetia em voz alta, anotando em seu bloco:

— *Caviar rouge, salade russe... Deux chachlyks*[7]...

Depois saiu, voltou e foi até ele com um leve sorriso, já como uma conhecida:

— Boa noite. Que bom que gostou de nós.

Ele se levantou, alegre:

— Tudo de bom para a senhora. Gostei muito. Qual é a sua graça?

— Olga Aleksándrovna. E a sua, posso saber?

— Nikolai Platónitch.

Apertaram-se as mãos, e ela ergueu o bloco.

— Hoje temos um maravilhoso *rassólnik*[8]. Nosso cozinheiro é excelente, trabalhava no iate do grão-duque Aleksandr Mikháilovitch.

— Maravilha, se tem *rassólnik*, é *rassólnik*... E a senhora trabalha aqui faz tempo?

— Três meses.

— E antes, onde?

— Antes era vendedora na Printemps.

— Com certeza perdeu o emprego por corte de pessoal?

— Sim, por vontade própria não teria saído.

Ele pensou, com satisfação, que significava que não havia um *ami*, e perguntou:

— A senhora é casada?

---

7. Caviar vermelho, salada russa... Dois espetinhos... Em francês no original. (N. do T.)

8. Sopa de carne ou peixe com pepinos salgados. (N. do T.)

— Sim.

— E o seu marido faz o quê?

— Trabalha na Iugoslávia. Ex-membro do movimento branco[9]. O senhor, provavelmente, também?

— Sim, participei da guerra mundial e da guerra civil.

— Isso é visível de cara. E, provavelmente, general — ela disse, rindo.

— Ex. Agora escrevo a história dessas guerras por encomenda de várias editoras estrangeiras... Mas como está sozinha?

— Assim, sozinha...

Na terceira noite, ele perguntou:

— A senhora gosta de cinema?

Ela respondeu, colocando uma terrina de borche na mesa:

— Às vezes é interessante.

— Pois agora, no cinema Étoile, está passando um filme que dizem ser ótimo. Quer assistir comigo? A senhora tem, naturalmente, dias de folga?

— *Merci*. Estou livre às segundas.

— Pois então vamos na segunda. Hoje é o quê? Sábado? Quer dizer depois de amanhã. Está certo?

— Sim. Amanhã, pelo visto, o senhor não vem?

— Não, vou sair da cidade, à casa de conhecidos. Mas por que pergunta?

— Não sei... É estranho, mas, de alguma forma, já me acostumei ao senhor.

Ele a fitou com gratidão e corou:

— E eu à senhora. Sabe, há tão poucos encontros felizes no mundo...

E apressou-se em mudar de assunto:

— Pois bem, depois de amanhã. Onde nos encontramos? Onde a senhora mora?

---

9. Adversários dos bolcheviques na guerra civil que se seguiu à revolução de outubro de 1917. (N. do T.)

— Perto do metrô Motte-Picquet.

— Veja que cômodo — bem no caminho do Étoile. Vou esperá-la na saída do metrô, exatamente às oito e meia.

— *Merci.*

Ele fez uma reverência, brincando:

— *C'est moi qui vous remercie*[10]. Ponha as crianças para dormir — ele disse, sorrindo, para saber se ela tinha filhos — e vá.

— Graças a Deus não tenho esse bem — ela respondeu, e levou os pratos dele suavemente para a cozinha.

Ele estava tocado, mas também franziu o cenho ao ir para casa. "Já me acostumei ao senhor..." Sim, talvez aquele fosse o tão longamente esperado encontro feliz. Só que tarde, tarde. *Le bon Dieu envoie toujours des culottes à ceux qui n'ont pas de derrière*[11]...

Na noite de segunda-feira choveu, o céu em trevas sobre Paris ficou vermelho e turvo. Esperando cear com ela em Montparnasse, ele não jantou, foi a um café na Chaussée de la Muette, comeu um sanduíche de presunto, tomou uma caneca de cerveja e, após fumar, pegou um táxi. Na entrada do metrô Étoile, parou o chofer e saiu para a calçada na chuva — o chofer gordo, de faces rubras, confiando, pôs-se a esperá-lo. Do metrô, vinha um vento de sauna, um povo espesso e escuro subia pelas escadas, abrindo guarda-chuvas no caminho, um jornaleiro gritava com força, ao seu lado, com um grasnido de pato, as manchetes das edições vespertinas. De súbito, na multidão que subia, apareceu ela. Ele avançou em sua direção com alegria:

— Olga Aleksándrovna...

Com trajes elegantes e da moda, ela ergueu para ele, com uma liberdade que não tinha na cantina, os olhos negros pintados, estendeu, com movimento de dama, o braço, no qual estava pendurada uma sombrinha, pegando com a outra mão a bainha do

10. Sou eu que agradeço. Em francês no original. (N. do T.).

11. O bom Deus sempre envia calças a quem não tem traseiro. Em francês no original. (N. do T.)

longo vestido de noite — ele ficou ainda mais contente: "Vestido de noite – quer dizer que ela também acha que vamos a algum lugar depois do cinema." E, virando a borda da luva dela, beijou-lhe o pulso da mão branca.

— Coitado, esperou muito?

— Não, acabei de chegar. Vamos mais rápido de táxi... E, com uma agitação que não experimentava há tempos, entrou depois dela na penumbra do carro, que cheirava a feltro úmido. Em uma curva, o carro deu um solavanco forte, seu interior foi iluminado por um instante por um farol — sem querer, ele a segurou pela cintura, sentiu o cheiro do pó de suas faces, avistou seus joelhos firmes sob o vestido negro de noite, o brilho dos olhos negros e os lábios cheios de batom vermelho: uma mulher completamente diferente estava agora sentada ao seu lado.

No salão escuro, olhando para a brancura cintilante da tela, na qual voavam obliquamente e caíam nas nuvens aeroplanos esticados a zunir, eles conversavam baixo:

— A senhora mora sozinha ou com alguma amiga?

— Sozinha. Na realidade, é um horror. O hotelzinho é limpo, quente, mas, sabe, um daqueles aos quais você pode ir com uma garota por uma noite, ou algumas horas… Sexto andar, elevador, naturalmente, não tem, o carpete vermelho da escadaria termina no quarto andar… À noite, com chuva, é uma angústia terrível. Você abre a janela, nenhuma alma em lugar nenhum, uma cidade totalmente morta, só se vê uma lanterna distante debaixo da chuva… E o senhor, naturalmente, também é solteiro, e também mora em um hotel?

— Tenho um pequeno apartamento em Passy. Também moro sozinho. Um parisiense antigo. Certa época morei na Provença, aluguei uma fazenda, queria me afastar de tudo e de todos, viver do trabalho de minhas mãos — e não aguentei o trabalho. Tomei um cossaco como assistente, revelou-se um bêbado, um homem sombrio, terrível quando se embriagava, criei galinhas, coelhos, morreram, uma mula uma vez quase me degolou — um animal muito malvado e inteligente... E, principalmente, a solidão completa. Minha esposa me largou ainda em Constantinopla.

— Está brincando?

— De jeito nenhum. Uma história muito corriqueira. *Qui se marie par amour a bonnes nuits et mauvais jours*[12]. E eu tive muito pouco de uma coisa e de outra. Largou-me no segundo ano de casamento.

— Onde ela está agora?

— Não sei...

Ela ficou calada por muito tempo. Pela tela, corria estupidamente, com os pés esticados em sapatos absurdamente imensos e rotos, e com um chapéu de coco colocado de lado, um imitador de Chaplin.

— Sim, com certeza o senhor é muito solitário — ela disse.

— Sim. Mas que fazer, é preciso ter paciência. *Patience — médecine des pauvres*[13].

— Uma *médecine* muito triste.

— Sim, não é alegre. A tal ponto — ele disse, rindo — que algumas vezes até dei uma olhada na *Rússia Ilustrada*, sabe, lá onde há uma seção em que publicam algo como anúncios matrimoniais e de amor: "Moça russa da Lituânia está entediada e gostaria de se corresponder com um parisiense russo sensível, e pede que envie um cartão com uma foto... Dama séria de cabelo castanho, não moderna, mas atraente, viúva com filho de nove anos, busca correspondência com objetivo sério com um cavalheiro sóbrio, de não menos de quarenta anos, materialmente provido como chofer, ou qualquer outro trabalho, apreciador do aconchego familiar. Instrução não é obrigatória..." Entendo-a plenamente — não é obrigatória.

— Mas por acaso o senhor não tem amigos, conhecidos?

12. Quem se casa por amor tem boas noites e maus dias. Em francês no original. (N. do T.)
13. A paciência é a medicina dos pobres. Em francês no original. (N. do T.)

— Amigos não. E os conhecidos são um consolo ruim.

— Quem cuida do seu lar?

— Meu lar é modesto. Faço meu café, também preparo meu desjejum. À tarde vem a *femme de ménage*[14].

— Coitado! — ela disse, apertando-lhe a mão.

E ficaram muito tempo sentados assim, de mãos dadas, unidos pela penumbra, pela proximidade dos lugares, fazendo de conta que olhavam para a tela, na direção da qual uma faixa esfumaçada, alva e azul de luz vinda da cabine passava por cima de suas cabeças, até a parede traseira. O imitador de Chaplin, cujo chapéu coco quebrado, de medo, saíra da cabeça, voava furioso na direção de um poste telegráfico, nos destroços de um automóvel antediluviano, com uma fumegante chaminé de samovar. O alto-falante urrava musicalmente a toda voz, e embaixo, do fosso do salão com fumaça de cigarro — eles estavam sentados no balcão — rugia, junto com os aplausos, uma gargalhada alegre e desesperada. Ele se inclinou para ela:

— Sabe o quê? Vamos a algum lugar, a Montparnasse, por exemplo, aqui está terrivelmente chato, e não dá para respirar.

Ela assentiu com a cabeça e começou a calçar as luvas.

Voltando a se sentar na penumbra de um carro, e olhando para as janelas faiscando na chuva, volta e meia iluminadas pelos diamantes multicoloridos das luzes dos faróis e da reverberação dos anúncios, ora cor de sangue, ora de mercúrio, no negro das alturas, ele voltou a virar a borda da luva dela e beijar-lhe longamente a mão. Ela também olhou para ele, com os olhos a faiscarem nos cílios firmes, de carvão, e, de forma amorosa e triste, estendeu para ele o rosto, de lábios cheios, com um doce gosto de batom.

No café Coupole, começaram com ostras e Anjou, depois pediram perdiz e Bordeaux tinto. No café, com o Chartreuse amarelo, ambos ficaram levemente embriagados. Fumaram muito,

---

14. Faxineira. Em francês no original. (N. do T.)

o cinzeiro estava cheio das bitucas vermelhas dela. No meio da conversa, ele fitava-lhe o rosto inflamado e pensava que ela era uma autêntica beldade.

— Mas diga a verdade — ela disse, removendo pedaços de tabaco da ponta da língua com beliscos —, o senhor já teve encontros nesses anos?

— Tive. Mas a senhora adivinha de que tipo. Hotéis noturnos... E a senhora?

Ela ficou em silêncio:

— Houve uma história muito pesada... Não, não quero falar disso. Um moleque, um cafetão, em resumo... Mas como o senhor se separou da esposa?

— Uma vergonha. Também era um moleque, um belo greguinho, extraordinariamente rico. E em um mês, dois, não havia nem traço da moça pura, comovente, que simplesmente rezava pelo Exército Branco, por todos nós. Começou a jantar com ele na taberna mais cara de Pera, a receber dele gigantescas cestas de flores... "Não entendo, como você pode ter ciúmes de mim com ele? Você está ocupado o dia inteiro, eu me divirto com ele, para mim ele é só um menino gentil, e nada mais..." Menino gentil! E ela mesma tinha vinte anos. Não foi fácil me esquecer dela — da de antes, de Ekaterinodar[15]...

Quando trouxeram a conta, ela examinou-a com atenção e mandou que não desse mais de dez por cento de serviço. Depois disso, pareceu ainda mais estranho para ambos separarem-se em meia hora.

— Vamos à minha casa — ele disse, triste. — Ficamos sentados, conversamos mais...

— Sim, sim — ela respondeu, levantando-se, tomando-o pelo braço e apertando-o contra si.

—

15. Atual Krasnodar, na Rússia. (N. do T.)

O chofer da noite, russo, levou-os a uma travessa solitária, à entrada de um edifício alto, ao lado do qual, à luz metálica de um lampião de gás, a chuva caía em uma lixeira de lata. Entraram no vestíbulo iluminado, depois no elevador apertado, e subiram devagar, abraçando-se e beijando-se em silêncio. Ele conseguiu colocar a chave na fechadura de sua porta antes de a luz elétrica apagar, e levou-a à antessala, depois à pequena sala de jantar, onde ardia no lustre, fastidiosa, apenas uma pequena lâmpada. Os rostos dos dois já estavam cansados. Ele propôs beberem mais vinho.

— Não, meu caro — ela disse —, não posso mais.

Ele se pôs a pedir:

— Vamos tomar só uma taça de branco, do lado de fora da janela tenho um Pouilly excelente.

— Tome, querido, mas eu vou me lavar e me trocar. E dormir, dormir. Não somos crianças, acho que o senhor sabia muito bem que, uma vez que concordei em vir junto... E para que vamos nos separar?

De nervoso, ele não conseguiu responder, conduziu-a em silêncio ao quarto, acendeu a luz deste e do banheiro, cuja porta dava para o quarto. Lá as lâmpadas ardiam com força, a calefação aquecia tudo e, ademais, a chuva batia no teto de forma fugidia e cadenciada. Ela começou imediatamente a tirar o vestido longo pela cabeça.

Ele saiu, tomou duas taças seguidas do vinho amargo, congelado e, sem conseguir se conter, foi novamente ao quarto. No quarto, no espelho grande da parede oposta, refletia-se intensamente o banheiro iluminado. Ela estava de costas para ele, toda nua, firme, curvada sobre a pia, lavando pescoço e peito.

— Aqui não pode — ela disse e, jogando o roupão de banho, sem cobrir os seios cheios, a barriga branca e forte e as ancas brancas e tesas, aproximou-se e abraçou-o como esposa. E ele também a abraçou como a uma esposa, todo o seu corpo gelado, beijando o seio ainda molhado, cheirando a sabonete de banheiro, os olhos e os lábios, dos quais ela já tirara o batom...

Um dia depois, após se demitir do emprego, ela se mudou para a casa dele.

Certo inverno, ele a convenceu a ter um cofre em seu nome no Crédit Lyonnais e botar lá tudo que tinham ganhado:

— Precaução nunca é demais — ele disse. — *L'amour fait danser les ânes*[16], e eu me sinto como se tivesse vinte anos. Mas muita coisa pode acontecer...

No terceiro dia da Páscoa, ele morreu no vagão de um metrô — lendo um jornal, de repente atirou a cabeça para o encosto do assento e revirou os olhos...

Quando ela, de luto, regressava do cemitério, era um belo dia de primavera, aqui e ali nuvens primaveris pairavam no suave céu de Paris, e tudo dizia algo da vida jovem, eterna — e de seu fim.

Em casa, ela se pôs a arrumar o apartamento. No corredor, no armário, avistou seu antigo capote de verão, cinza de forro vermelho. Tirou-o do cabide, apertou-o contra o rosto e sentou-se no chão, tremendo toda com o pranto e gritando, implorando clemência.

26 de outubro de 1940

—

16. O amor faz os asnos dançarem. Em francês no original. (N. do T.)

Gália[1] Gánskaia

Um artista e um ex-marinheiro estavam sentados no terraço de um café parisiense. Era abril, e o artista estava deslumbrado: como era maravilhosa Paris na primavera e como eram encantadoras as parisienses nos primeiros trajes primaveris.

— E, nos meus tempos dourados, Paris na primavera era, naturalmente, ainda mais maravilhosa — ele disse. — E não porque eu era jovem – a própria Paris era absolutamente outra. Pense: nenhum automóvel. E Paris vivia como se fosse agora!

— E eu, por algum motivo, lembro-me de uma primavera em Odessa — disse o marinheiro. — Você, como odessense, conhece ainda melhor do que eu todo o seu fascínio absolutamente especial — aquela mescla do sol já ardente e do frescor marítimo ainda invernal, o céu resplandecente e as nuvens marítimas primaveris. E, em dias como esses, a elegância primaveril das mulheres na rua Deribássovskaia...

O artista, acendendo um cachimbo, gritou: "*Garçon, un demi!*[2]" — e virou-se para ele, animado:

— Desculpe, eu o interrompi. Imagine: falando de Paris, também pensei em Odessa. Você está absolutamente certo — a primavera de Odessa realmente é algo de especial. Só que eu sempre me lembro de forma inseparável das primaveras de Paris e Odessa, para mim elas se revezavam, enfim, você sabe com que frequência eu vinha a Paris na primavera, naquela época... Lembra-se de Gália Gánskaia? Você a viu em algum lugar, e me disse que nunca encontrou moça mais encantadora. Não se lembra? Tanto faz. Agora, falando da Paris atual, lembrei-me exatamente dela e

—

1. Hipocorístico de Galina. (N. do T.)

2. Garçom, uma caneca de cerveja. Em francês no original. Na França, um *demi* equivale a um quarto de litro de cerveja. (N. do T.)

da primavera em Odessa em que ela veio ao meu ateliê. Em cada um de nós, provavelmente, encontra-se uma lembrança amorosa especial, ou um pecado amoroso especialmente grave. Desta forma, Gália é, aparentemente, minha lembrança mais maravilhosa e meu pecado mais grave, ainda que, Deus está vendo, tenha sido involuntário. Agora o caso já é tão antigo que posso lhe contar com absoluta franqueza...

Conheci-a quando eu ainda era adolescente. Ela cresceu sem mãe, com o pai, que a mãe já largara há tempos. Era um homem muito abastado, mas, de profissão, artista fracassado, um amador, como se diz, mas tão apaixonado que, além da pintura, não se interessava por nada mais no mundo, e por toda a vida ocupou-se apenas de ficar ao cavalete e atravancar a casa — ele tinha uma propriedade em Otrada — de quadros velhos e novos, comprando tudo que lhe agradava, por toda parte, onde fosse possível. Era um homem muito bonito, corpulento, alto, com uma maravilhosa barba de bronze, meio polonês, meio ucraniano, com modos de grande fidalgo, orgulhoso e requintadamente cortês, interiormente muito fechado, mas fazendo ares de pessoa muito aberta, especialmente conosco: certa época, todos nós, jovens artistas da Odessa, íamos à sua casa em bando, todo domingo, por dois anos seguidos, e ele sempre nos recebia de braços abertos, tratando-nos, apesar da diferença de idade, com total camaradagem, falando sem parar de pintura, regalando-nos fartamente. Gália tinha então treze, catorze anos, e nós nos maravilhávamos com ela, naturalmente, apenas como menina: era excepcionalmente gentil, vivaz, graciosa, um rostinho com caracóis ruivos ao longo da face, como um anjo, mas tão coquete que o pai certa vez nos disse, quando ela entrou correndo por algum motivo no ateliê, cochichou-lhe algo no ouvido e imediatamente pulou para fora:

— Ah, ah, que garota é essa que está crescendo, meus amigos! Temo por ela!

Depois, com a rudeza da juventude, todos nós, subitamente, sem exceção, como se tivéssemos combinado, deixamos de ir à sua casa, algo nos enchera em Otrada — provavelmente suas conversas incessantes sobre arte e sobre como finalmente ele descobrira mais um segredo notável de como era preciso pintar. Exatamente nessa época, eu passei duas primaveras em Paris, imaginei-me um segundo Maupassant no que se referia aos casos de amor e, de volta a Odessa, circulava como o mais vulgar almofadinha: cartola, sobretudo cor de ervilha até o joelho, luvas cor de creme, botinas semienvernizadas com botões, uma bengala assombrosa e, a isso, somavam-se bigodes ondulados, também como Maupassant, e uma maneira absolutamente baixa de lidar com as mulheres, chegando à irresponsabilidade. E eis que eu certa vez, em um maravilhoso dia de abril, vou pela Deribássovskaia, cruzo a Preobrazhénskaia e, na esquina, junto ao café Liebmann, encontro de repente Gália. Você se lembra do prédio de esquina de cinco andares em que ficava esse café — na esquina da Preobrazhénskaia e da praça da Catedral, famosa porque, na primavera, em dias de sol, por algum motivo suas cornijas sempre estavam recobertas de estorninhos a chilrear? Isso era extraordinariamente gracioso e alegre. Pois imagine: primavera, por toda parte uma quantidade de gente bem-vestida, despreocupada e amistosa, esses estorninhos, jorrando seu chilreio incansável como uma chuva ensolarada — e Gália. E já não é uma adolescente, um anjo, mas uma moça espantosamente formosa e esbelta, toda de roupa nova, cinza-clara, primaveril. O rostinho sob o chapéu cinza meio encoberto por um véu cinzento, atráves do qual cintilam olhos de água-marinha. Bem, naturalmente exclamações, indagações e recriminações: como vocês todos se esqueceram de papai, como faz tempo que não vão à nossa casa! Imediatamente compro para ela, de uma moça esfarrapada, um buquezinho de violetas, e ela, com um rápido sorriso de gratidão no olhar, de imediato, como cabe a todas as mulheres, leva-o a seu rosto. "— Quer sentar, quer chocolate?" "— Com prazer." Ergue o véu, toma o chocolate, fita-me festivamente e sempre me interroga sobre Paris, e eu sempre olho para ela. "— Papai trabalha de manhã à noite, e o senhor, trabalhou muito ou se arrastou atrás das parisienses?" "— Não, não me arrastei, trabalhei e pintei umas coisinhas decentes. Quer ir ao meu ateliê? A senhorita pode, afinal, é filha de um artista, e eu moro a dois passos daqui." Ela se alegra terrivelmente: "— Claro que posso! E depois, nunca estive em nenhum ateliê, a não ser o de papai!" Baixa o véu, pega a sombrinha, eu a tomo pelo braço, no meio do caminho ela me acerta o pé e ri. "— Gália — digo —, posso chamá-la de Gália?" Com rapidez e seriedade, responde: "O senhor pode." "— Gália, o que aconteceu com a senhorita?" "— Como assim?" "— A senhorita sempre foi encantadora, mas agora é simplesmente um assombro de encantadora!" Volta a me acertar o pé e diz, meio brincando, meio a sério: "O melhor ainda está por vir!" "— Você se lembra da escada escura, estreita, que ia do pátio até o meu mirante?" Lá ela de repente se acalma, vai farfalhando o saiote baixo de seda, e olha ao redor. Entra no ateliê até com certa reverência, e sussurra: "Co-omo tudo aqui é bonito, misterioso, que sofá terrivelmente grande! E quantos quadros o senhor pintou, e todos são Paris..." E se põe a andar de quadro em quadro, com admiração muda, obrigando-se a ser, até exageradamente, paciente, atenta. Observa, suspira: "Sim, quantas obras maravilhosas o senhor criou!" "— Quer um cálice de vinho do Porto e biscoitos? "— Não sei..." Tomo a sombrinha dela, jogo-a no sofá, pego a sua mãozinha com a luva branca de pelica: "Posso beijar?" "— Mas estou de luva..." Desabotoo a luva, beijo o começo da palma pequena. Ela baixa o véu, fita sem expressão com seus olhos de água-marinha, fala baixo: "Bem, está na minha hora." "— Não, eu digo, primeiro vamos nos sentar um pouco, eu ainda não a examinei direitinho." Sento-me e coloco-a no meu joelho — sabe aquele maravilhoso peso das mulheres, mesmo das levinhas? Ela pergunta, algo enigmática: "Eu lhe agrado?" Examino-a por inteiro, examino as violetas que ela prendeu em sua jaqueta nova, e até rio de comoção: "E essas violetas, digo, agradam-lhe?" "— Não entendo." "— Como não entende? A senhorita é exatamente como essas violetas." Ela baixa os olhos, ri: "No colégio, chamávamos essas comparações de moças com diversas flores de literatice." "— Pois seja, mas como dizer de outra forma?" "— Não sei..." E balança de leve as perninhas elegantes a pender, os labiozinhos infantis estão entreabertos, brilhando... Levanto o véu, ela afasta a cabecinha, beijo — ela afasta um pouco mais. Subo pela meia verde de seda escorregadia até o fecho, até o elástico, solto-o, beijo o corpo rosado e quente no começo da coxa, depois novamente na boquinha - ela passa a morder-me de leve os lábios... O marinheiro sacudiu a cabeça com um risinho:

— *Vieux satyre*[3]!

— Não fale besteira — disse o artista. — Tudo isso, para mim, é muito doloroso de recordar.

— Pois bem, conte o que veio depois.

— Depois veio que não a vi por um ano inteiro. Certa vez, também na primavera, fui finalmente a Otrada, e fui recebido por Gánski com uma alegria tão tocante que fiquei vermelho de vergonha por nós o termos abandonado de forma tão porca. Envelhecera muito, a barba estava prateada, mas seguia com a mesma animação nas conversas sobre pintura. Com orgulho, começou a me mostrar seus novos trabalhos — imensos cisnes dourados voando sobre dunas azuis; tentava, pobrezinho, não ficar para trás dos tempos. Menti descaradamente: maravilhoso, maravilhoso, o senhor deu um grande passo adiante! Ele ficou firme, mas radiante como um menino. "— Pois bem, fico contente, fico contente, mas agora vamos comer!" "— E onde está sua filha?" "— Foi para a cidade. O senhor não vai reconhecê-la! Não é uma menina, já é uma moça e, principalmente, totalmente outra: cresceu, esticou, virou um choupo!" Que fiasco, pensei, vim visitar o velho só porque tinha

—

3. Velho sátiro. Em francês no original. (N. do T.)

uma vontade terrível de vê-la e, como que de propósito, ela está na cidade. Comi, beijei a barba macia e perfumada, prometi vir no domingo seguinte sem falta, saí — e ela veio ao meu encontro. Deteve-se alegre: "O senhor? O que o trouxe? Esteve com papai? Ah, como estou contente!" "— E eu ainda mais, eu disse, papai me disse que agora não dá mais para reconhecê-la, não é mais um arbusto, mas um choupo inteiro — é isso mesmo." E de fato era isso: ela nem parecia uma senhorita, mas uma jovem mulher. Ela riu e girou no ombro a sombrinha aberta. A sombrinha era branca, rendada, o vestido e o chapéu também eram brancos e rendados, os cabelos, com o chapéu de banda, tinham encantadores matizes ruivos, nos olhos já não havia a ingenuidade de antes, o rostinho se alongara... "— Sim, de altura sou até um pouco mais alta do que o senhor." Só fiz menear a cabeça: verdade, verdade... "— Vamos para o mar, eu disse." "— Vamos." Fomos por uma travessa entre os jardins, eu via que ela sentia o tempo inteiro que, ao dizer o que me dava na telha, eu não tirava os olhos dela. Ela ia, sacudindo os ombros harmoniosamente, de sombrinha aberta, segurando a saia rendada com a mão esquerda. Saímos em um barranco — soprava um vento fresco. Os jardins já se vestiam, enlanguesciam sob o sol, e o mar era como o do norte, baixo, gelado, revirando em abruptas ondas verdes, todo encarapitado, afundando à distância em um lodo cinzento, em suma, o Ponto Euxino. Ficamos em silêncio, parados, olhando como se esperássemos algo; ela, evidentemente, pensava na mesma coisa que eu — como ela se sentara em meus joelhos um ano atrás. Tomei-a pela cintura e apertei-a contra mim com tamanha força que ela se curvou, apanhei-lhe os lábios — ela tentou se soltar, girou a cabeça, desviou-se e de repente se rendeu, entregou-os a mim. E tudo isso em silêncio — nenhum som nem de mim, nem dela. Depois libertou-se de repente e, ajeitando o chapéu, disse, com simplicidade e convicção: "Ah, que imprestável o senhor é. Que imprestável". Virou-se e, sem olhar para trás, saiu rapidamente pela alameda.

— Mas aconteceu ou não alguma coisa entre vocês naquela vez do ateliê? — perguntou o marinheiro.

— Não foi até o fim. Beijamo-nos terrivelmente, e assim por diante, mas então fui tomado por pena: ela estava toda vermelha, como fogo, toda despenteada, e eu via que ela já não se controlava, de uma forma completamente infantil — e estava com medo, e desejava terrivelmente aquilo que dava medo. Fiz de conta que estava ofendido: "não precisa, não precisa, se não quer, não precisa..." Comecei a beijar com ternura as mãozinhas, ela se acalmou...

— Mas como é que depois disso você ficou um ano inteiro sem vê-la?

— O diabo é que sabe como. Eu estava com medo de que, em uma segunda vez, não teria pena.

— Você foi um mau Maupassant.

— Pode ser. Mas espere, deixe-me contar até o fim. Não a vi por mais meio ano. Passou o verão, todos começaram a voltar das *datchas,* embora fosse quando se devia ficar na *datcha* — aquele outono da Bessarábia tem algo de divino na tranquilidade dos dias monotonamente quentes, na clareza do ar, na beleza do azul uniforme do mar e no amarelo seco dos campos de milho. Eu também voltei da *datcha,* passei mais uma vez pelo Liebmann e, imagine, encontrei-a de novo. Aproximou-se de mim como se nada tivesse acontecido e começou a gargalhar, abrindo a boca de forma encantadora: "Que lugar fatal, de novo o Liebmann!"

— Por que está tão alegre? Estou terrivelmente feliz por vê-la, mas o que a senhorita tem?

— Não sei. Depois do mar, estou nas nuvens com o prazer de correr pela cidade. Fiquei bronzeada, e estiquei ainda mais, verdade?

Olhei — era verdade e, principalmente, havia tamanha alegria e liberdade na fala, no riso e em todo o seu trato que era como se ela tivesse se casado. E de repente ela disse:

— Ainda tem vinho do Porto e biscoitos?

— Tenho.

— Quero ver de novo o seu ateliê. Posso?

— Senhor meu Deus! Como não?

— Bem, então vamos. E rápido, rápido!

Apanhei-a na escada, ela novamente se curvou, novamente balançou a cabeça, mas sem grande resistência. Levei-a ao ateliê, beijando o rosto atirado para trás. No ateliê, ela sussurrou, misteriosa:

— Mas ouça, isso é uma loucura... Eu perdi a cabeça...

Mas ela mesma já tirara o chapéu de palha e jogara-o na poltrona. Os cabelos ruivos estavam erguidos no cocuruto e presos em um pente vertical de tartaruga, uma franja ondulada na testa, no rosto, um bronzeado leve e uniforme, os olhos fitavam com uma alegria insana... Comecei a despi-la de qualquer jeito, ela apressadamente começou a me ajudar. Em um minuto, arranquei-lhe a blusa branca de seda e, entenda, meus olhos simplesmente escureceram à vista de seu corpo rosado com um bronzeado nos ombros brilhantes e os seios leitosos erguidos pelo espartilho, com os mamilos escarlates salientes, depois com a rapidez com que ela arrancou a saia caída, uma depois da outra, as perninhas esbeltas de sapatinhos dourados, com rendilhadas meias cor de creme, com aquelas, sabe, calcinhas largas de cambraia com uma abertura do lado, como se usava naquela época. Quando a atirei selvagemente nas almofadas do sofá, seus olhos enegreceram e se arregaçaram ainda mais, os lábios se escancararam ardentes — como agora vejo, ela estava extraordinariamente apaixonada... Mas deixemos disso. Veja o que aconteceu depois de duas semanas, ao longo das quais ela esteve em minha casa quase todo dia. Inesperadamente ela veio correndo em uma manhã e disse, direto da soleira:

— Dizem que você está partindo para a Itália em alguns dias?

— Sim. O que é que tem?

— Por que não me disse uma palavra a respeito? Queria partir em segredo?

— Deus me livre. Exatamente hoje estava me preparando para ir à sua casa e contar.

— Na frente do papai? Por que não a sós comigo? Não, você não vai a lugar nenhum!

Estourei, de forma estúpida:

— Sim, eu vou.

— Não, não vai.

— Estou lhe dizendo que vou.

— É a sua última palavra?

— A última. Mas entenda que vou voltar em um mês, no máximo em um mês e meio. E em geral, ouça, Gália...

— Não sou Gália para o senhor. Agora eu o entendi — entendi tudo, tudo! E se agora o senhor começar a me jurar que não vai para lugar nenhum, nunca, jamais, agora, para mim, tanto faz. A questão não é mais essa!

E, abrindo a porta, bateu-a no mesmo impulso, e estalou os saltos escada abaixo. Quis me precipitar em seu encalço, mas me contive: não, que ela voltasse a si, à noite eu me dirigiria a Otrada, diria que não queria desgostá-la, que não iria para a Itália, e nós faríamos as pazes. Mas, às cinco horas, de repente entrou em minha casa, com olhos ferozes, o artista Siniani:

— Já sabe? A filha de Gánski se envenenou! Até a morte! Com uma coisa, sabe o diabo qual, rara, instantânea, que surrupiou do pai — lembra-se, aquele velho idiota mostrou-nos todo um armarinho de venenos, imaginando ser Leonardo da Vinci. Que povo doido são esses malditos polacos e poloneses! O que aconteceu com ela de repente é inconcebível!

— Eu quis me dar um tiro — disse o artista, em voz baixa, após se calar e encher o cachimbo. — Não enlouqueci por pouco...

28 de outubro de 1940

HEINRICH

Em uma noite fria de contos de fada, com uma geada lilás nos jardins, o cocheiro Kassátkin conduzia aceleradamente Glébov em um trenó alto e estreito pela avenida Tverskaia abaixo, na direção do hotel Loskútnaia — passaram no mercado Ielissêiev atrás de frutas e vinho. Ainda estava claro sobre Moscou, o céu limpo e transparente esverdeava para o oeste, os topos dos campanários apareciam sutilmente, mas abaixo, na bruma cinzenta e gelada, já escurecia e, imóveis e suaves, cintilavam as luzes dos lampiões recém-acendidos.

Na entrada do Loskútnaia, levantando a colcha de pele de lobo, Glébov ordenou a um Kassátkin recoberto de poeira de neve que fosse buscá-lo em uma hora.

— Leve-me à estação Brest.

— Sim, senhor — respondeu Kassátkin. — Quer dizer que está indo para o exterior?

— Para o exterior.

Virando abruptamente o trotador velho e alto, raspando as tiras de ferro do patim do trenó, Kassátkin balançou o chapéu em desaprovação:

— Querer é poder!

O vestíbulo grande e algo abandonado, o elevador espaçoso e o menino Vássia[1], de olhos de cores diferentes e sardas ruivas, cortesmente postado com seu uniformezinho, enquanto o elevador arrastava-se devagar para cima — de repente dava pena abandonar tudo aquilo, que há tanto tempo era conhecido, habitual. "E, na verdade, por que estou indo?" Mirou-se no espelho: jovem, vigoroso, pura alta linhagem, olhos brilhantes, geada nos belos

1. Hipocorístico de Vassíli. (N. do T.)

bigodes, bem-vestido e com leveza... Nice agora era maravilhosa, Heinrich era um camarada excelente... e, sobretudo, sempre parecia que em algum lugar haveria algo especialmente feliz, um encontro qualquer... você para em algum lugar no caminho — quem morou aqui antes de você, o que estava pendurado ou jazia neste guarda-roupa, de quem eram esses grampos femininos esquecidos na mesinha de cabeceira? Novamente haveria cheiro de gás, café e cerveja na estação de Viena, os rótulos das garrafas dos vinhos austríacos e italianos nas mesinhas do ensolarado vagão-restaurante nas neves de Semmering, os rostos e roupas dos homens e mulheres europeias que enchiam aquele vagão no almoço... Depois a noite, a Itália... De manhã, no caminho para Nice, ao longo do mar, ora trechos na escuridão barulhenta e fumegante dos túneis e as lâmpadas debilmente acesas no teto do compartimento, ora as paradas e uma estridência suave e incessante nas pequenas estações de rosas floridas, ao lado da baía lânguida no sol tépido, como uma liga de pedras preciosas... E caminhou rapidamente pelos corredores quentes do Lokústnaia.

O quarto também estava quente, agradável. Na janela, ainda brilhava o crepúsculo, o céu transparente, côncavo. Tudo estava arrumado, as malas, prontas. E de novo ficou um pouco triste — dava pena abandonar o quarto de costume e toda a vida moscovita no inverno, Nádia[2] e Li...

Nádia devia chegar logo, logo, para se despedir. Ele apressadamente escondeu o vinho e as frutas na mala, largou o casaco e o chapéu no sofá detrás da mesa redonda e logo ouviu uma batida rápida na porta. Nem teve tempo de abrir e ela entrou e abraçou-o, toda fria e suavemente perfumada, de peliça de esquilo e chapeuzinho de esquilo, em todo frescor de seus dezesseis anos, do frio, do rostinho corado e olhos verdes cintilantes.

— Você vai?

—

2. Hipocorístico de Nadiejda. (N. do T.)

— Vou, Nadiucha...

Ela suspirou e caiu na poltrona, desabotoando o sobretudo.

— Sabe, eu, graças a Deus, adoeci à noite... Ah, como eu queria acompanhá-lo à estação! Por que você não me deixa ir?

— Nadiucha, você sabe que isso é impossível, vão me acompanhar pessoas que você não conhece, você vai se sentir supérflua, solitária...

— Mas para ir com você, tenho a impressão de que eu daria a vida!

— E eu? Mas você sabe que isso é impossível...

Ele se sentou bem perto dela na poltrona, beijou-lhe o pescoço quente, e sentiu as lágrimas dela na sua face.

— Nadiucha, o que é isso?

Ela ergueu o rosto e sorriu com esforço:

— Não, não vou... Não quero limitá-lo como mulher, você é poeta, a liberdade é indispensável para você.

— Você é a minha sabichona — ele disse, comovendo-se com sua seriedade e perfil infantil: a pureza, a maciez e o rubor ardente das faces, o corte triangular dos lábios entreabertos, a ingenuidade questionadora dos cílios erguidos em lágrimas. — Para mim, você não é que nem as outras mulheres, você mesma é poetisa.

Ela bateu o pé no chão:

— Não ouse me falar de outras mulheres!

E, com os olhos a desfalecer, cochichou-lhe no ouvido, acariciando-o com a pele e a respiração:

— Um minutinho... Hoje ainda dá...

***

A entrada da estação Brest brilhava na escuridão azul da noite gelada. Ao entrar na estação barulhenta atrás do carregador apressado, ele imediatamente avistou Li: fina, comprida, de sobretudo de astracã reto e cor de óleo e uma grande boina preta de veludo, sob a qual pendiam, ao longo da face, madeixas negras, em longos caracóis; com as mãos em um grande regalo de astracã, ela fitava com raiva com seus olhos negros, terríveis em sua magnificência.

— Mesmo assim vai embora, seu imprestável — ela disse, indiferente, tomando-o pelo braço, e apressando-se com ele, em suas botas altas cinzentas, atrás do carregador. — Espere, você vai lamentar, não vai encontrar outra assim, vai ficar com sua poetisa bobinha.

— Essa bobinha ainda é criança de tudo, Li, como você comete o pecado de pensar Deus sabe o quê?

— Cale-se. Eu não sou bobinha. E se for verdade esse "Deus sabe o quê", vou jogar ácido sulfúrico em você.

Debaixo do trem preparado, iluminado de cima por esferas elétricas baças, vinha um vapor cinzento tépido e sibilante, que cheirava a borracha. O vagão internacional destacava-se por seu exterior amarelado. Dentro, em seu corredor estreito com tapete vermelho, no brilho colorido das paredes recobertas de couro estampado, e no revestimento grosso e granulado das paredes, já se estava no estrangeiro. O cabineiro polonês, com a japona marrom do uniforme, abriu a porta para um pequeno compartimento, muito quente, com uma cama apertada, já feita, suavemente iluminado por uma lâmpada de mesa em um abajur vermelho de seda.

— Como você é feliz! — disse Li. — Aqui você tem até sua própria privada. E ao lado, quem? Talvez uma praga de companheira de viagem?

E empurrou a porta do compartimento vizinho:

— Não, está trancado. Bem, o seu Deus é feliz! Beije-me logo, já vem o terceiro sinal...

Ela tirou do regalo a mão azulada e pálida, refinadamente magra, de unhas compridas e pontudas e, contorcendo-se, abraçou-o impetuosamente, cintilando os olhos de forma desmedida, beijando e mordendo ora os lábios, ora a face, e sussurrando:

— Eu te adoro, adoro, seu imprestável!

***

Detrás da janela negra, grandes fagulhas de cor laranja lançavam-se para trás como uma bruxa de fogo, faiscavam, iluminadas pelo trem, encostas nevadas e brenhas negras da floresta de pinheiros, misteriosas e lúgubres em sua imobilidade, no enigma de sua vida noturna de inverno. Ele fechou o aquecedor incandescente que ficava debaixo da mesinha, baixou a cortina da janela fria e bateu na porta ao lado do lavabo que unia seu compartimento ao vizinho. A porta se abriu e, rindo, entrou Heinrich, muito alta, de vestido cinza, cabelos ruivo-limão de penteado grego, traços do rosto finos, como os de uma inglesa, olhos vivos, de um marrom âmbar.

— E então, despediu-se? Ouvi tudo. O que mais gostei foi quando ela forçou a minha porta e me xingou de praga.

— Vai começar a ter ciúmes, Heinrich?

— Não vou começar, vou continuar. Se ela não fosse tão perigosa, eu teria exigido que fosse dispensada há tempos.

— Mas a questão é essa, é perigosa, tente dispensar de imediato alguém assim! E depois, eu afinal aguento o seu austríaco, e o fato de que, depois de amanhã, você vai passar a noite com ele.

— Não, não vou passar a noite com ele. Você sabe muito bem que estou indo, antes de tudo, para me desfazer dele.

— Poderia fazer isso por escrito. E podia muito bem ir direto comigo.

Ela suspirou e sentou-se, ajustando com os dedos brilhantes os cabelos, tocando-os suavemente, cruzando as pernas de sapatos de camurça com fivelas prateadas:

— Não, meu amigo, quero separar-me de um jeito que me dê a possibilidade de continuar trabalhando com ele. Ele é um homem calculista, e aceitará uma separação amigável. Quem ele encontrará que poderia, como eu, abastecer sua revista com todos os escândalos teatrais, literários e artísticos de Moscou e Petersburgo? Quem irá traduzir e organizar suas novelas geniais? Hoje é dia quinze. Quer dizer, você estará em Nice no dezoito, e eu não depois do vinte, vinte e um. E chega disso, você e eu somos antes de tudo bons amigos e camaradas.

— Camaradas... — ele disse, fitando alegremente seu rosto fino com manchas escarlate transparentes nas faces. — Claro, camarada melhor do que você, Heinrich, nunca terei. Só com você estou sempre leve, livre, posso falar realmente de tudo como com um amigo, mas sabe qual é a desgraça? Cada vez me apaixono mais por você.

— E onde você esteve ontem à tarde?

— À tarde? Em casa.

— Mas com quem? Ora, que Deus o tenha. Mas à noite você foi visto no Strelna, estava com um grande grupo em um gabinete em separado, com ciganos. E isso já é de mau tom — os Stiopas, as Gruchas[3], seus olhos fatais...

— E beberrões vienenses tipo Przybyszewski?

— Meu amigo, são acasos, e absolutamente não são da minha alçada. É verdade que essa Macha[4] é tão bonita como dizem?

— Ciganos também não são da minha alçada, Heinrich. E Macha...

— Ora, ora, descreva-a.

— Não, a senhora definitivamente está ficando ciumenta, Elena Heinrichovna. O que há aqui para descrever, você não viu ciganos? Muito magra, e nem sequer bonita — cabelos finos de alcatrão, rosto bem rude de café, brancos dos olhos azulados e insanos, clavículas de cavalo com um colar grande e amarelo, barriga chata... isso, aliás, fica muito bonito com um vestido longo de seda cor de casca de cebola dourada. E, sabe, quando ela pega na mão o xale de seda velha e pesada e vai, ao som dos pandeiros, faiscar os pequenos sapatinhos debaixo da barra do vestido, sacudindo os longos brincos prateados — é simplesmente uma desgraça! Mas vamos jantar.

3. Hipocorístico de Agrippina. (N. do T.)

4. Hipocorístico de Maria. (N. do T.)

Ela levantou-se, rindo de leve:

— Vamos. Você é incorrigível, meu amigo. Mas fiquemos satisfeitos com o que Deus dá. Veja como estamos bem. Dois quartinhos maravilhosos!

— E um completamente supérfluo...

Ela jogou nos cabelos um lenço de malha de Oremburgo, ele botou um casquete de viagem e ambos, balançando, caminharam pelo túnel interminável dos vagões, atravessando pequenas pontes de ferro tilintantes nas passagens frias, rangentes e cobertas de pó de neve entre um vagão e outro.

Ele voltou sozinho — ficou sentado, fumando, enquanto ela saiu à frente. Ao regressar, sentiu, no compartimento aquecido, a felicidade de uma noite completamente familiar. Ela jogara o canto do cobertor e lençóis na cama, pegara a roupa de dormir dele, botara vinho na mesinha, colocara as peras em uma caixa de ripas e estava em pé, com os grampos nos lábios, levando os braços nus aos cabelos e exibindo os seios cheios, na frente do espelho do lavabo, já só de camisola e os pés descalços em chinelos de noite, com cobertura de raposa polar. Sua cintura era fina, as coxas graúdas, os tornozelos leves, bem torneados. Ele beijou-a longamente em pé, depois sentaram-se na cama e se puseram a tomar vinho do Reno, voltando a se beijarem com os lábios gelados pelo vinho.

— E Li? — ela disse. — E Macha?

***

À noite, deitado ao lado dela no escuro, ele disse, com tristeza brincalhona:

— Ah, Heinrich, como amo essas noites no vagão, essa escuridão no vagão sacolejante, as luzes da estação faiscando detrás da cortina — e a senhora, a senhora, "mulher humana, rede de sedução do homem". Essa "rede" é algo verdadeiramente inexplicável, divino e diabólico, e quando escrevo a esse respeito, tentando exprimi-la, sou recriminado por sem-vergonhice, por excitação baixa... Almas vis! Está bem dito em um livro antigo: "O criador tem o mesmo pleno direito a ser ousado em suas representações verbais do amor e seus personagens que, em sua época, foi concedido neste caso a pintores e escultores: apenas armas vis veem vileza até no lindo ou no terrível".

— E os seios de Li — perguntou Heinrich –, naturalmente, são pontudos, pequenos, apontando em direções diferentes? Sinal seguro de histeria.

— Sim.

— Ela é burra?

— Não... Aliás, não sei. Às vezes parece muito inteligente, racional, simples, leve e alegre, pega tudo à primeira palavra, mas às vezes solta um disparate tão grandiloquente, vulgar ou malvado, colérico, que fico sentado a escutá-la com a tensão e o embotamento de um idiota, como um surdo-mudo... Mas você já me encheu com Li.

— Enchi porque não quero mais ser sua camarada.

— Eu também não quero mais isso. E digo mais uma vez: escreva àquele pulha de Viena que você vai vê-lo na viagem de volta, mas agora não está bem, precisa descansar de uma gripe em Nice. E vamos, sem nos separar, não para Nice, mas para outro lugar, para a Itália...

— E por que não para Nice?

— Não sei. De repente, perdi a vontade. O principal é que vamos juntos!

— Querido, já falamos disso. E por que Itália? Você me assegurou que odeia a Itália.

— Sim, verdade. Zanguei-me com a Itália por causa de nossos estetas tagarelas. "Amo em Florença apenas o *trecento*..." E o sujeito nasceu em Beliov, e só esteve em Florença uma semana em toda a vida. *Trecento, quattrocento*... E passei a odiar todos esses Fra Angelico, Ghirlandaio, *trecento, quattrocento,* e até Beatriz e o

Dante de cara seca, de gorro de mulher e coroa de flores... Bem, se não for para a Itália, então vamos para algum lugar no Tirol, na Suíça, nas montanhas em geral, para uma aldeola de pedra entre aqueles diabos de granito cor de neve que apontam para o céu.... Imagine só: o ar pungente, úmido, aquelas choupanas selvagens de pedra, telhados íngremes, amontoados ao lado de uma ponte de pedra corcunda, sob esta o rumorejar rápido do riacho leitoso e esverdeado, o badalar dos sinos de um rebanho de ovelhas apertado, bem apertado, uma farmácia e loja de varas para escalada, um hotelzinho terrivelmente quente com chifres ramificados de veado em cima da porta, como se tivessem sido esculpidos deliberadamente de pedra-pomes... em suma, o fundo de um desfiladeiro, onde há mil anos essa selvageria de montanha, alheia ao mundo inteiro, vive, pare, casa-se, enterra, e pelos séculos dos séculos, no alto, fita por detrás do granito, atrás dela, uma montanha eternamente branca, como um gigantesco anjo morto... E as garotas de lá, Heinrich! Cheias, de cara vermelha, corpete preto, meias vermelhas de lã...

— Oh, esses meus poetas! — ela disse, com um bocejo carinhoso. — E de novo garotas, garotas... Não, faz frio na aldeola, querido. E não quero mais garota nenhuma...

***

Em Varsóvia, ao entardecer, quando estavam se deslocando para a estação Viena, soprava contra eles um vento úmido com uma chuva rala e bastante fria, tremia o bigode lituano do cocheiro enrugado, que estava sentado na boleia da caleche espaçosa e atiçava, zangado, a parelha de cavalos, seu quepe de couro gotejava, as ruas pareciam provincianas.

Ao amanhecer, erguendo a cortina, ele avistou uma planície empalidecida pela neve líquida, na qual avermelhavam casinhas de tijolos. Pararam imediatamente depois, e ficaram por bastante tempo na estação grande, na qual, depois da Rússia, tudo parecia muito pequeno — os vagõezinhos nas trilhas, os trilhos estreitos, os postes de ferro das lanternas —, e negrejavam por toda parte montes de carvão; um pequeno soldado de espingarda, quepe alto em forma de cone, usando um capote curto azul-rato caminhava, atravessando as trilhas, vindo da garagem das locomotivas; pelo assoalho de madeira sob as janelas caminhava um varapau bigodudo de japona xadrez com colarinho de pele de lebre e chapéu tirolês verde com uma peninha verde atrás. Heinrich acordou e, com um sussurro, pediu para baixar a cortina. Ele baixou e deitou-se no calor dela, debaixo do cobertor. Ela depositou a cabeça em seu ombro e se pôs a chorar.

— Heinrich, o que você tem? — ele disse.

— Não sei, querido — ela respondeu, baixo. — Choro com frequência ao crepúsculo. Você acorda, e de repente fica com pena de si mesma... Em algumas horas você vai embora, eu fico sozinha, vou ao café esperar meu austríaco... E à noite, de novo café e orquestra húngara, esses violinos que dilaceram a alma...

— Sim, sim, e o *cimbalom* estridente... Pois eu digo: mande o austríaco para o diabo, e sigamos em frente.

— Não, querido, não dá. De que vou viver se brigar com ele? Mas juro que não terei nada com ele. Sabe, da última vez que saí de Viena, já esclareci, como dizem, minhas relações com ele — à noite, na rua, sob um lampião de gás. E você não pode imaginar o ódio em seu rosto! Com o gás e a raiva, o rosto ficou verde-pálido, azeitona, pistache... Mas, principalmente, como poderei agora, depois de você, depois desse compartimento que nos tornou tão íntimos...

— Ouça, é verdade?

Ela estreitou-o contra si e se pôs a beijar tão forte que ele perdeu o fôlego.

— Heinrich, não estou te reconhecendo.

— Nem eu a mim mesma. Mas venha, venha cá.

— Espere...

— Não, não, nesse minuto!

— Só uma palavra: diga, exatamente quando você vai sair de Viena?

— Hoje à noite, hoje à noite mesmo!

O trem já avançava, as esporas dos guardas de fronteira passavam suavemente pela porta, verdejando pelo tapete.

***

E veio a estação de Viena, e o cheiro de gás, café e cerveja, e Heinrich partiu, elegante, sorrindo com tristeza, para um landau aberto puxado por um delicado rocim europeu, com um cocheiro de nariz vermelho, pelerine e cartola envernizada na boleia alta, que tirou a manta do rocim e se pôs a assobiar e a bater com o açoite longo, quando ele começou a arrastar suas pernas aristocráticas, longas e alquebradas e a correr de viés com sua cauda cortada curta atrás de um bonde amarelo. Veio Semmerling e toda a festividade estrangeira de um meio-dia nas montanhas, a janela esquerda quente do vagão restaurante, o buquezinho de flores, a água mineral Apollinaris e o vinho tinto Vöslau no branco ofuscante da mesinha ao lado da janela e no branco ofuscante do brilho dos picos nevados, elevando-se, com suas vestimentas solenes e alegres, no índigo paradisíaco do céu, a um passo do trem, serpenteando pelos despenhadeiros sobre o abismo estreito, onde a sombra do inverno era azul, fria e ainda matinal. Veio o entardecer gelado, eternamente casto, puro, tornando-se mortalmente escarlate e azul à chegada da noite em uma passagem que afogava, com todos seus abetos verdes, em uma grande profusão de neve fresca e fofa. Depois veio uma longa parada em uma garganta escura ao lado da fronteira italiana, junto a montanhas negras do inferno de Dante, e uma luz vermelha-inflamada, esfumaçada, à entrada da boca fuliginosa de um túnel. Depois, algo completamente diferente, em nada semelhante ao que viera antes: uma estação italiana velha, de um rosa desbotado, e o orgulho de galo e as penas de galo nos capacetes dos soldadinhos de pernas curtas da estação e, em vez de um bufê de estação, um moleque solitário, empurrando preguiçosamente junto ao trem uma carrocinha em que havia apenas laranjas e garrafas. E adiante o trem já corria para baixo, para baixo, sempre acelerando, com o vento da planície lombarda, pontilhada ao longe, na escuridão, com as luzes carinhosas da gentil Itália, a bater cada vez mais suave, mais quente nas janelas abertas. E, antes do entardecer do dia seguinte, completamente estival, a estação de Nice, a multidão sazonal em suas plataformas... No crepúsculo azul, quando, até Cabo de Antibes, dissolvendo-se a oeste em um espectro cinza, inúmeras luzes costeiras estendiam-se em uma cadeia curva de diamantes, ele ficou apenas de fraque na varanda do quarto de seu hotel no cais, pensando que em Moscou agora faziam vinte graus negativos, esperando que agora batessem em sua porta e trouxessem um telegrama de Heinrich. Jantando no refeitório do hotel, sob lustres reluzentes, no aperto de fraques e vestidos femininos de noite, novamente esperava que logo, logo, um menino com um casaquinho de uniforme azul, cinto e luvas brancas de malha polidamente lhe trouxesse um telegrama em uma bandeja; tomou distraidamente a sopa rala com raízes, o Bordeaux tinto e esperou; tomou café, fumou no vestíbulo e novamente esperou, agitando-se e espantando-se cada vez mais: o que é que eu tenho, desde a primeira juventude não experimentava nada parecido! Mas nada de telegrama. Brilhando, faiscando, os elevadores deslizavam para cima e para baixo, meninos corriam para a frente e para trás, levando cigarros, charutos e vespertinos, uma orquestra atacou no estrado — e nada de telegrama, e já eram dez horas, e o trem de Viena devia trazê-la às doze. Depois do café, ele tomou cinco cálices de conhaque e, extenuado, enojado, subiu de elevador para seu quarto, fitando com raiva o menino de uniforme: "Ah, que canalha não vai crescer esse moleque manhoso, prestimoso, já totalmente depravado! E quem é que inventa para todos esses moleques esses chapeuzinhos e casaquinhos estúpidos, ora azuis, ora marrons, com dragonas, frisos!" De manhã também não havia telegrama. Ele tocou a sineta, um jovem lacaio de fraque, um belo italiano de olhos de gazela, trouxe-lhe o café: "*Pas de lettres, monsieur, pas de telegrammes*[5]". Ele ficou de pé, de pijama, junto à porta aberta para a varanda, apertando os olhos por causa do sol e das agulhas douradas dançantes do mar, olhando para o cais, para a multidão espessa de passantes, ouvindo o canto italiano que se erguia de baixo, de sob a varanda, enlanguescendo de felicidade e, com prazer, pensou:

"Para o diabo com ela. Entendi tudo".

Foi para Monte Carlo, jogou por muito tempo, perdeu duzentos francos, voltou de sege de aluguel para matar o tempo — marchou por quase três horas: top-top, top-top, ui! E o açoite disparou abrupto no ar... O porteiro deu um sorriso largo e alegre:

— *Pas de telegrammes, monsieur*!

Vestiu-se atoleimadamente para o jantar, pensando em uma mesma e única coisa.

"Se agora batessem na porta de repente e ela entrasse subitamente, apressada, agitada, explicando no trajeto por que não telegrafara, por que não viera antes, eu, aparentemente, morreria de felicidade! Eu lhe diria que nunca na vida amara tanto alguém no mundo como ela, que Deus me perdoaria muita coisa por um amor daqueles, perdoaria até Nádia — leve tudo de mim, tudo, Heinrich! Sim, mas Heinrich agora jantava com seu austríaco. Ah, com que enlevo eu daria o mais selvagem bofetão e quebraria na sua cabeça a garrafa de champanhe que eles agora estão tomando juntos!"

Depois do jantar, caminhou em meio à multidão espessa pelas ruas, no ar quente, na doce fedentina dos charutos italianos baratos, saiu no cais, no negro azeviche do mar, olhou para o colar precioso de sua curva negra, que sumia tristemente à direita, ao

---

5. Nenhuma carta, senhor, nenhum telegrama. Em francês no original. (N. do T.)

longe, entrou em bares e bebeu de tudo, ora conhaque, ora gim, ora uísque. De volta ao hotel, branco como giz, de gravata branca, de colete branco, de cartola, aproximou-se do porteiro, solene e negligente, balbuciando com os lábios mortos:

— *Pas de telegrammes*?

E o porteiro, fazendo de conta que não notava nada, respondeu com alegre prontidão:

— *Pas de telegrammes, monsieur*!

Estava tão bêbado que adormeceu, tirando apenas a cartola, o casaco e o fraque — caiu de costas e imediatamente voou de forma vertiginosa para a escuridão sem fim, salpicada de estrelas de fogo.

No terceiro dia, dormiu pesado depois do almoço e, ao acordar, examinou de repente toda a sua conduta penosa e vergonhosa, de forma sóbria e firme. Pediu chá no quarto e se pôs a tirar as coisas do guarda-roupa e botar nas malas, tentando não pensar mais nela, nem lamentar sua viagem insensata e estragada. Antes de anoitecer desceu ao vestíbulo, pediu que aprontassem a conta, foi até a Cook e pegou uma passagem para Moscou, através de Veneza, no trem da noite: fico um dia em Veneza e às três da manhã, em viagem direta, sem paradas, estou em casa, no Lokústnaia... Como ele é, esse austríaco? Segundo os retratos e os relatos de Heinrich, alto, magro, com um olhar sombrio e decidido — claro que simulado — no rosto curvado de lado sob um chapéu de abas largas... Mas por que pensar nele? Como se fosse pouco o que ainda haveria na vida! Amanhã Veneza. De novo canto e violões dos cantores de rua no cais, embaixo do hotel — destacava-se a voz rascante e indiferente de uma mulher morena, de cabeça descoberta, com um xale nos ombros, secundando um tenor de chapéu de mendigo e pernas curtas, que, do alto, parecia um anão... um velhote em andrajos ajudava pessoas a entrarem em uma gôndola — no ano passado, ele o ajudara a entrar com uma siciliana de olhos de fogo, brincos balouçantes de cristal e um ramo amarelo de mimosas florescentes nos cabelos cor de óleo... o cheiro da água pútrida do canal, a gôndola funebremente envernizada por dentro, com uma acha dentada e rapace na proa, seu sacolejo e o jovem remador em pé, no alto, à proa, com a cintura fina enlaçada por uma echarpe vermelha, monotonamente avançando, apoiado no remo comprido, botando a perna esquerda para trás, de forma clássica...

***

Entardecia, o mar pálido da tarde jazia tranquilo e plano, uma liga esverdeada com brilho opala, sobre ele as gaivotas esganiçavam-se de forma raivosa e lastimável, farejando o mau tempo de amanhã, o poente esfumaçado e azul no Cabo de Antibes era turvo, nele pairava e apagava-se o disco do pequeno sol, laranja-de-sangue. Ele o fitou longamente, esmagado por uma angústia uniforme e sem esperança, depois voltou a si e caminhou rápido para o hotel. "*Journaux étrangers*[6]!" — gritava o jornaleiro que corria na direção oposta e, no trajeto, impingiu-lhe o Novo Tempo. Ele se sentou em um banco e, à luz evanescente do crepúsculo, pôs-se a folhear e olhar distraído as páginas ainda frescas do jornal. E de repente deu um pulo, aturdido e ofuscado, como em uma explosão de magnésio:

"Viena. 17 de dezembro. Hoje, no restaurante *Franzensring*, o célebre escritor austríaco Arthur Spiegler matou com um tiro de revólver a jornalista russa e tradutora de muitos novelistas austríacos e alemães contemporâneos que trabalhava sob o pseudônimo de 'Heinrich'".

10 de novembro de 1940

—

6. Jornais estrangeiros. Em francês no original. (N. do T.)

Natalie

I.

Naquele verão, usei pela primeira vez o quepe de estudante, e estava feliz, com aquela felicidade especial do começo da vida jovem livre, que acontece apenas nessa época. Eu crescera em uma severa família aristocrática, no campo, e na juventude, sonhando ardentemente com o amor, era ainda puro de alma e de corpo, enrubescia com as conversas livres dos camaradas de colégio, e eles franziam o cenho: "Meschérski, você deveria ir para um convento!" Naquele verão eu já não coraria. Ao ir para casa nas férias, decidi que para mim também chegara o tempo de, como todos, violar minha pureza, buscar amor sem romantismo e, por força desta decisão e do desejo de exibir a faixa azul de meu quepe, comecei a sair em busca de encontros amorosos nas propriedades vizinhas, de parentes e conhecidos. Assim fui parar na propriedade de meu tio materno, o ulano reformado e viúvo há tempos Tcherkássov, pai de uma filha única, minha prima Sônia[1]...Cheguei tarde, e apenas Sônia me recebeu na casa. Quando saltei do tarantasse e entrei correndo na antessala escura, ela saiu de lá de roupãozinho de flanela, segurando alto uma vela na mão esquerda, ofereceu-me a face para o beijo e disse, balançando a cabeça com sua zombaria habitual:

— Ah, jovem que se atrasa sempre e em todo lugar!

— Bem, mas dessa vez não foi de jeito nenhum por culpa minha — respondi. — Quem se atrasou não foi o jovem, foi o trem.

— Mais baixo, estão todos dormindo. Ficaram a tarde inteira morrendo de impaciência, de expectativa, e finalmente desistiram

—

1. Hipocorístico de Sofia. (N. do T.)

de você. Papai foi dormir colérico, xingando você de estouvado, e Efrem, que evidentemente ficou na estação até o trem matinal, de velho burro. Natalie saiu ofendida, os criados também se dispersaram, apenas eu me revelei paciente e fiel a você. Bem, troque-se e vamos cear.

Eu respondi, contemplando-lhe os olhos azuis e o braço erguido e exposto até o ombro:

— Obrigado, cara amiga. Agora é especialmente agradável para mim assegurar-me da sua fidelidade — você se tornou uma completa beldade, e tenho as mais sérias intenções para com você. Que braço, que pescoço, e como é sedutor esse roupãozinho leve, debaixo do qual, certamente, não tem nada!

Ela riu:

— Quase nada. Mas você também virou uma coisa, e amadureceu muito. Olhar vivo e bigodinhos pretos vulgares... Mas o que houve com você? Nesses dois anos em que não o vi, você se transformou, de um menininho que sempre corava de timidez, em um descarado interessante. E isso nos agouraria muitos confortos amorosos, como diziam nossas avós, se não fosse por Natalie, pela qual amanhã de manhã você vai se apaixonar até a tumba.

— Mas quem é Natalie? — perguntei, entrando atrás dela na sala de jantar iluminada por uma forte lâmpada de teto, com as janelas abertas para a negritude quente e silenciosa da noite de verão.

— É Natacha[2] Stankévitch, minha amiga de colégio, que veio ficar comigo. E veja que ela é uma verdadeira beldade, não é como eu. Imagine: uma cabecinha encantadora, os assim chamados cabelos "dourados" e olhos negros. E nem são olhos, porém sóis negros, para dizer como os persas. Os cílios, naturalmente, são imensos e também negros, e uma espantosa cor dourada no rosto, nos ombros e todo o resto.

—

2. Hipocorístico de Natália. (N. do T.)

— Que resto? – perguntei, cada vez mais fascinado com o tom de nossa conversa.

— E amanhã nós vamos nadar juntas — aconselho-o a se enfiar nos arbustos para ver. E tem a compleição de uma jovem ninfa...

Na mesa da sala de jantar havia almôndegas frias, um pedaço de queijo e uma garrafa de vinho tinto da Crimeia.

— Não se irrite, não tem mais nada — ela disse, sentando-se e servindo vinho para mim e para si. — Tampouco tem vodca. Bem, Deus permita, vamos pelo menos brindar com vinho.

— E que Deus permita exatamente o quê?

— Que eu encontre logo um noivo que queira ser "do nosso quintal". Pois já estou com vinte e um anos, e não posso me casar e ir para outro lugar de jeito nenhum: com quem papai vai ficar?

— Bem, Deus permita!

E nós brindamos e, tomando lentamente a taça inteira, ela novamente passou a olhar para mim com um risinho estranho, para como eu usava o garfo, e pôs-se a falar, como se fosse consigo mesma:

— Não, você não está nada mal, parece um georgiano e está bastante bonito, antes era muito magro, de cara verde. Em geral, mudou muito, ficou mais leve, agradável. Só os olhos são fugidios.

— Isso é porque você me perturba com seus encantos. Pois você também não é absolutamente a mesma de antes...

E examinei-a alegremente. Estava sentada do outro lado da mesa, toda trepada na cadeira, com a perna recolhida embaixo de si, joelho contra joelho, um pouco de lado para mim, e sob a lâmpada brilhava o bronzeado regular de seus braços, reluziam os olhos lilases e risonhos, e os cabelos espessos e macios, arrumados para a noite em uma grande trança, irradiavam um castanho avermelhado; o colarinho aberto do roupãozinho revelava o pescoço redondo e amorenado, e o começo do seio a crescer, no qual também havia um bronzeado triangular: em sua face esquerda, havia uma pinta, com um belo caracol de cabelo negro.

— Bem, e como está papai?

Continuando a fitar com o mesmo risinho, ela sacou do bolso uma pequena cigarreira prateada e uma caixinha prateada com fósforos, e acendeu o cigarro com uma habilidade até excessiva, ajeitando a anca dobrada debaixo de si:

— Papai, graças a Deus, é um bravo. Continua reto, firme, batendo as muletas, arma o topete grisalho, pinta em segredo os bigodes e suíças com algo castanho escuro, olha intrepidamente para Khrístia... Só que, ainda mais do que antes, e com ainda mais insistência, treme e balança a cabeça. Parece nunca concordar com ninguém – ela disse, e riu.

— Quer um cigarro?

Acendi um, embora então ainda não fumasse, ela voltou a servir a mim e a si mesma, e olhou para a escuridão, para além da janela aberta.

— Sim, por enquanto, graças a Deus por tudo. E é um verão maravilhoso — que noite, hein? Só que os rouxinóis já se calaram. E estou muito contente com você, de verdade. Mandei buscarem-no ainda às seis horas, por medo de que o louco do Efrém se atrasasse para o trem. Esperei por você com mais impaciência do que todos. E depois fiquei até satisfeita por todos se dispersarem e você se atrasar, pois nós, se você viesse, ficaríamos a sós. Por algum motivo, achava que você tinha mudado muito, isso sempre acontece com gente como você. E você não sabe o prazer que é ficar sentada sozinha em casa, em uma noite de verão, esperando alguém vir de trem, e finalmente ouvir que está vindo, as sinetas tinem, estão chegando ao terraço de entrada...

Peguei sua mão com firmeza por cima da mesa e segurei-a na minha, também sentindo atração por todo seu corpo. Com alegre tranquilidade, ela soltava aneizinhos de fumaça pelos lábios. Larguei a mão e disse, como se estivesse brincando:

— Você fala de Natalie... Nenhuma Natalie se compara a você... A propósito, quem ela é, de onde?

— De Vorónezh, como nós, de uma família maravilhosa, outrora muito rica, hoje simplesmente indigente. Em casa falam inglês e francês, mas não há nada para comer... Uma moça muito tocante, esbelta, ainda franzina. Inteligente, mas muito fechada, você não entende de chofre se é inteligente ou burra... Esses Stankévitch são vizinhos próximos do seu queridíssimo primo Aleksei Meschérski, e Natalie diz que ele passou a visitá-los com frequência e a se queixar de sua vida de solteiro. Mas ele não lhe agrada. E depois é rico, vão achar que ela se casou por dinheiro, sacrificou-se pelos pais.

— Certo — eu disse. — Mas voltemos aos negócios. Natalie, Natalie, mas e meu romance com você?

— Natalie, de qualquer forma, não atrapalha nosso romance — ela respondeu. — Você vai perder a cabeça de amor por ela, mas vai me beijar. Vai chorar no meu peito por causa da crueldade dela, e eu vou consolá-lo.

— Mas você sabe que há muito tempo estou apaixonado por você.

— Sim, mas era uma paixonite comum de primo e, além disso, sorrateira demais, você então era só ridículo e chato. Mas fique com Deus, perdoo pela estupidez de antes e estou pronta para começar nosso romance amanhã mesmo, apesar de Natalie. Mas enquanto isso vamos dormir, amanhã tenho que acordar cedo para cuidar da casa.

E ela se levantou, fechando o roupãozinho, pegou na antessala a vela quase apagada e conduziu-me a meu quarto. E, na soleira do quarto, alegre e maravilhado com aquilo com que, em meu interior, maravilhara-me e alegrara-me por toda a ceia — o êxito tão feliz de minhas esperanças amorosas, que de repente me cabia na casa dos Tcherkássov —, eu longa e avidamente beijei-a e apertei-a contra o dintel, enquanto ela fechou os olhos, sombriamente, baixando cada vez mais a vela a gotejar. Separando-se de mim com o rosto rubro, ela me ameaçou com o dedo e disse, baixo:

— Mas agora veja: amanhã, na frente de todos, não ouse me devorar com "olhares apaixonados"! Deus me livre de papai notar algo. Ele tem um medo terrível de mim, e eu um ainda maior dele. E também não quero que Natalie note algo. Afinal, sou muito tímida, não me julgue, por favor, pelo jeito de me comportar com você. E, se não cumprir minhas ordens, você imediatamente se tornará repulsivo para mim...

Despi-me e caí na cama com uma vertigem, mas adormeci doce e instantaneamente, derrubado pela felicidade e pelo cansaço, sem desconfiar em absoluto que grande desgraça me esperava adiante, que as piadas de Sônia revelariam não serem piadas.

Posteriormente, lembrei-me mais de uma vez, como um presságio funesto, de que, ao entrar em meu quarto e pegar um fósforo para acender a vela, um grande morcego arrojou-se contra mim. Ele se arrojou contra o meu rosto, tão de perto que, mesmo à luz do fósforo, vi com clareza seu abjeto veludado escuro e a fuça orelhuda, de nariz arrebitado, predatório como a morte, que depois, com suave estremecimento, contorcendo, mergulhou na negritude da janela aberta. Mas então esqueci-me dele por completo.

II.

Vi Natalie pela primeira vez na manhã do dia seguinte, só de relance: ela de repente surgiu, da antessala, na sala de jantar, deu uma olhada — ainda não estava penteada, e apenas com uma leve camisolinha infantil de cor laranja — e, cintilando com esse laranja, o resplandecer dourado dos cabelos e dos olhos negros, desapareceu. Nesse instante, eu estava sozinho na sala de jantar, recém acabara de tomar café — o ulano terminara antes e saíra — e, levantando-me da mesa, virei-me casualmente...

Eu acordara naquela manhã bem cedo, quando a casa inteira ainda estava em absoluto silêncio. A casa tinha tantos aposentos que eu às vezes me perdia neles. Acordei em um quarto distante, cujas janelas davam para a parte umbrosa do jardim, depois de dormir profundamente, lavei-me com satisfação, vesti só roupa limpa — foi especialmente agradável trajar uma *kossovorotka* nova de seda vermelha —, penteei lindamente meus cabelos negros molhados, cortados na véspera em Vorónieзh, saí em um corredor, virei em outro e vi-me diante da porta do gabinete e dormitório do ulano. Sabendo que no verão ele acordava às cinco horas, bati. Ninguém respondeu, e eu abri a porta, dei uma olhada e, com satisfação, certifiquei-me da imutabilidade daquele velho aposento espaçoso de janela italiana tripla sob um centenário choupo prateado: à esquerda, uma parede inteira de prateleiras de livros de carvalho; entre elas, em um lugar, estava pendurado um relógio de mogno, com o disco de cobre do pêndulo imóvel; em outro havia um monte de cachimbos com chibuques de miçanga, e sobre eles pendia um barômetro; em um terceiro, estava enfiado um birô dos tempos do meu avô, com um feltro desbotado jogado em cima da prancha de nogueira e, em cima do feltro, pinças, martelinhos, pregos, uma luneta de cobre; na parede da porta, em cima de um sofá de madeira com cem *puds*[3] de peso, toda uma galeria de retratos descoloridos em molduras ovais; sob a janela, uma escrivaninha, uma poltrona funda — uma e outra, de dimensões enormes; mais à direita, sobre a larguíssima cama de carvalho, um quadro tomava a parede inteira: fundo enegrecido de verniz, contra ele, quase imperceptíveis, rolos de nuvens enegrecidas e esfumaçadas e românticas árvores verde-azuladas e, no primeiro plano, brilhava, como uma clara de ovo petrificada, uma corpulenta beldade nua, quase em tamanho natural, de perfil para o espectador, com o rosto orgulhoso e todas as saliências das costas graúdas, do traseiro proeminente e o reverso das pernas poderosas, sedutoramente cobrindo um mamilo com os dedos alongados de uma mão, e com a outra nas pregas gordas da parte inferior da

—

3. Antiga medida equivalente a 16,3 kg. (N. do T.)

barriga. Enquanto olhava para isso tudo, ouvi atrás de mim a voz do ulano, que, da antessala, aproximava-se de mim, de muleta:

— Não, meu irmão, você não vai me achar no meu dormitório numa hora dessas. São vocês que ficam rolando na cama até os três carvalhos.

Beijei-lhe a mão larga e seca e perguntei:

— Que carvalhos, tio?

— Os mujiques é que falam assim — ele respondeu, balançando o topete grisalho e fitando-me com os olhos amarelos, ainda penetrantes e inteligentes. — O sol se ergueu à altura de três carvalhos, e você ainda está com a fuça no travesseiro, dizem os mujiques. Bem, vamos tomar café...

"Velho maravilhoso, casa maravilhosa" — pensei, entrando depois dele na sala de jantar, por cujas janelas abertas fitava o verde do jardim e toda a prosperidade da propriedade campestre. Quem servia era a velha aia, pequena e corcunda; o ulano tomava, em um porta-copo de prata, chá verde forte com creme, segurando no copo, com o dedo largo, a haste fina, comprida e torcida da velha colher de ouro; eu comia fatia atrás de fatia de pão preto com manteiga, e servia-me o tempo todo da cafeteira quente de prata; o ulano, interessado apenas em si mesmo, não me perguntava nada, contava dos latifundiários vizinhos, xingando e caçoando deles de todas as formas, eu fingia escutar, fitava-lhe os bigodes, as suíças, os pelos firmes na ponta do nariz, mas estava tão na expectativa de Natalie e Sônia, que não parava sentado no lugar: como era Natalie, e como seria meu encontro com Sônia depois de ontem? Sentia enlevo, gratidão por ela, pensava viciosamente nos quartos dela e de Natália, em tudo que acontece na desordem matinal do dormitório feminino... Será que Sônia ainda assim contara a Natalie algo a respeito do nosso amor iniciado na véspera? Se assim fosse, eu sentiria algo como amor também por Natalie, não por ela ser bonita, mas porque ela já se tornara nossa cúmplice secreta — por que não poderia amar as duas? Agora elas entrariam com todo seu frescor matinal, veriam a mim, minha beleza georgiana e a *kossovorotka* vermelha, começariam a falar, a rir, iriam se sentar na mesa, servindo-se belamente daquela cafeteira quente – o apetite matinal dos jovens, a excitação matinal dos jovens, o brilho dos olhos descansados, a leve camada de pó de arroz nas faces, que pareciam ter rejuvenescido ainda mais depois do sono, e aquele riso após cada palavra, não completamente natural e ainda mais encantador... E antes do desjejum iriam até o rio, pelo jardim, iriam se despir no balneário, os corpos nus iluminados pelo azul do céu, acima, e abaixo pelo reflexo da água transparente... Minha imaginação sempre foi viva, e eu via mentalmente Sônia e Natalie em pé, segurando o corrimão da escada do balneário, descendo desajeitadamente por seus degraus, submersas em água, molhadas, frias e escorregadias com o repugnante veludo verde do limo que se formara nelas, Sônia, jogando para trás a cabeça de cabelos espessos, decididamente caindo de súbito na água, de peitos erguidos – e seu corpo azulado-lilás, parecendo estranho na água, a espalhar obliquamente, em diversas direções, os ângulos dos braços e das pernas, absolutamente como uma rã...

— Bem, até o almoço, e lembre-se: o almoço é às doze — disse o ulano, balançando a cabeça negativamente, e se levantou, com seu queixo barbeado, bigodes pardos, unidos a suíças da mesma cor, alto, com firmeza senil, de traje folgado de tussor e sapatos de biqueira quadrada, com a muleta na mão larga, coberta de trigo sarraceno, deu-me um tapinha no ombro e partiu a passos rápidos. E logo, logo, quando eu já estava me levantando para passar pelo aposento vizinho e alcançar a varanda, ela chegou de um pulo, mostrou-se de relance e desapareceu, supreendendo-me de imediato, com alegre encanto. Saí à varanda perplexo: de fato, uma beldade! E fiquei muito tempo parado, como que para organizar as ideias. Esperara-as tanto na sala de jantar, mas quando finalmente, da varanda, ouvi-as lá, de repente saí correndo para o jardim — fora tomado de um pavor talvez de ambas, com uma das quais eu já tinha um segredo cativante, talvez acima de tudo de Natalie, do jeito instantâneo com que ela me ofuscara meia hora antes, com sua rapidez. Caminhei pelo jardim, que jazia, como toda a propriedade, em uma baixada de rio, por fim controlei-me, entrei, com simplicidade afetada, e fui recebido pela ousadia alegre de Sônia e por uma piada doce de Natalie, que, com um sorriso, atirou-me, dos cílios negros, a negritude cintilante de seus olhos, especialmente impressionante devido à cor de seus cabelos:

— Nós já nos vimos!

Depois ficamos na varanda, apoiados na balaustrada de pedra, sentindo, com prazer estival, nossas cabeças descobertas ferverem, e Natalie estava ao meu lado, enquanto Sônia, abraçando-a, e fitando algum lugar, aparentemente distraída, cantarolava, com um risinho: "Em meio a um baile barulhento, por acaso[4]..." Depois aprumou-se:

— Bem, ao banho! Primeiro nós, você vai depois...

Natalie saiu correndo atrás de toalhas, Sônia se deteve e me sussurrou:

— A partir de hoje, faça o favor de fingir que se apaixonou por Natalie. E cuidado se acontecer de não ter que fingir.

Por um triz não respondi, com audácia alegre, que não, não tinha, e ela, olhando para a porta, acrescentou, em voz baixa:

— Vou até você depois do almoço...

Quando elas voltaram, eu fui para o balneário — primeiro, pela longa alameda de bétulas, depois pelo meio das muitas velhas árvores da margem, onde havia um cheiro cálido de água do rio e gralhas grasnavam nas copas das árvores, caminhava e voltava a pensar, com dois pensamentos absolutamente contraditórios, em Natalie e Sônia, que eu iria me banhar na mesma água em que elas tinham acabado de fazê-lo...

Depois do almoço, em meio a tudo de alegre, inútil, folgado e sossegado que se via do jardim, pela janela aberta – o céu, o

—

4. Poema de Aleksei Tolstói (1817-1875) musicado por Tchaikóvski em 1878. (N. do T.)

verde, o sol –, depois do longo almoço de *okrochka*, frango frito e framboesa com creme, durante o qual eu desfalecia em segredo pela presença de Natalie e pela expectativa da hora em que a casa inteira sossegaria, depois do almoço, e Sônia (que fora ao almoço com uma rosa vermelho-escura de veludo no cabelo) em segredo correria até mim, para continuar o da véspera, já não mais às pressas, nem de qualquer jeito, imediatamente fui para o meu quarto e cerrei os contraventos oblíquos, pus-me a esperá-la, deitado no divã turco, ouvindo o silêncio quente da propriedade e o canto já lânguido, vespertino dos pássaros no jardim, do qual vinha, pelos contraventos, um sopro doce de flores e grama, e pensava, num impasse: como agora vou viver nessa duplicidade — em encontros secretos com Sônia e, ao lado, Natalie, o mero pensamento na qual já me dominava com um êxtase amoroso tão puro, com o sonho apaixonado de olhar para ela apenas com a veneração alegre com a qual há pouco olhara para seu talhe fino e delgado, seus cotovelos pontudos de moça nos quais, semi-inclinada, ela se apoiara na velha balaustrada de pedra queimada pelo sol? Sônia, apoiada a seu lado, e abraçando-a pelo ombro, estava com seu penhoar de cambraia, com babados, e parecia uma jovem mulher recém-casada, enquanto ela, de saiote de algodão e camisa ucraniana bordada, sob a qual adivinhava-se toda a perfeição jovial de sua compleição, parecia quase uma adolescente. Justamente nisso estava a maior alegria, no fato de que eu não ousava sequer pensar em beijá-la com os mesmos sentimentos com os quais beijara Sônia na véspera! Na manga leve e larga da camisa, bordada nos ombros de vermelho e azul, avistava-se seu braço fino, sobre cuja pele seca e dourada jaziam pelinhos ruivos – eu olhei e pensei: o que eu não experimentaria se ousasse tocá-los com os lábios! E, sentindo meu olhar, ela me lançou a negritude brilhante de seus olhos e de toda sua cabecinha cintilante, recoberta por uma trança bastante firme. Afastei-me e apressadamente baixei os olhos, avistando as pernas dela, que reluziam ao sol, através da barra do saiote, e os tornozelos finos, firmes, aristocráticos na meia cinza transparente…

Sônia, com a rosa nos cabelos, abriu e fechou a porta rapidamente, chamou-me baixo: "O que, você dormiu?" Levantei-me de um salto: "O que está dizendo, por acaso eu poderia dormir?" E peguei a mão dela. "Tranque a porta a chave..." Precipitei-me para a porta, ela se sentou no divã, fechando os olhos. "Bem, venha até mim" — e imediatamente perdemos toda a vergonha e juízo. Não pronunciamos quase nenhuma palavra naqueles minutos, e ela, em todo o encanto de seu corpo quente, já me deixava beijá-la por toda parte — apenas beijar — e fechava os olhos, cada vez mais enevoada, com o rosto cada vez mais inflamado, e novamente, ao sair, ajustando os cabelos, ameaçou, sussurrando:

— Quanto a Natalie, repito: cuidado para não passar do fingimento. Meu caráter não é absolutamente tão gentil quanto se pode pensar!

A rosa caiu no chão. Escondi-a na mesa e, ao entardecer, seu veludo vermelho-escuro tornou-se murcho e lilás.

III.

Minha vida transcorria exteriormente corriqueira, mas interiormente eu não conhecia um minuto sequer de descanso, cada vez mais apegando-me a Sônia, ao doce hábito dos encontros extenuantemente apaixonados com ela, à noite — ela agora vinha até mim só bem tarde, quando a casa inteira tinha adormecido —, e seguia em segredo, de modo cada vez mais torturante e entusiasmado, Natalie, cada um de seus movimentos. Tudo observava a ordem normal do verão: encontros pela manhã, banho antes do almoço, e o almoço, depois descanso de cada um em seu quarto, depois o jardim — elas bordavam alguma coisa, sentadas na alameda de bétulas e obrigando-me a ler Gontcharov em voz alta, ou faziam geleia à sombra dos carvalhos da clareira que ficava perto de casa, à direita da varanda; às quatro horas, chá em outra clareira umbrosa, à esquerda, ao entardecer, passeios ou *croquet* no largo pátio em frente da casa — eu e Natalie contra Sônia, ou Sônia e Natalie contra mim — no crepúsculo, jantar na sala de refeições... Depois do jantar, o ulano ia dormir, mas nós ainda ficávamos muito tempo sentados na varanda, na escuridão, Sônia e eu fazendo piada e fumando, e Natalie calada. Por fim, Sônia dizia: "Bem, dormir" — e, despedindo-me delas, eu ia para meu quarto, esperando, com mãos enregeladas, a hora secreta em que a casa inteira ficaria escura e tão silenciosa que daria para ouvir o tique incessante do relógio de bolso na minha cabeceira, sob a vela a se extinguir, e ficava maravilhado, horrorizado: por que Deus me punira, por que me dera de súbito dois amores tão diferentes e tão apaixonados, a beleza tão torturante da adoração a Natalie e tamanho enlevo carnal por Sônia. Sentia que logo, logo não suportaríamos nossa intimidade incompleta, e que eu perderia por completo o juízo, na expectativa de nossos encontros noturnos e, depois, a senti-los o dia inteiro, e tudo isso ao lado de Natalie! Sônia já tinha ciúmes, às vezes estourava, ameaçadora e, ao mesmo tempo, dizia-me, a sós:

— Temo que nós dois, à mesa, e na frente de Natalie, não sejamos naturais o suficiente. Parece-me que papai começa a reparar em algo. Natalie também, e a aia, naturalmente, já tem certeza de nosso romance, e com certeza está insinuando a papai. Fique mais a dois com Natalie no jardim, leia para ela aquele insuportável *Precipício*[5], leve-a às vezes para passear ao entardecer... Isso é terrível, afinal eu reparo no seu modo idiota de cravar os olhos nela, por vezes sinto ódio de você, estou prestes, como uma Odarka[6]

—

5. Terceiro e último romance de Ivan Gontcharov (1812-1891), mais conhecido como autor de *Oblómov*. (N. do T..)

6. Personagem da ópera cômica *Um cossaco de Zaporózhia para lá do Danúbio* (1863), de Semion Gulak-Artemóvski (1813-1876), Odarka é a esposa ciumenta do protagonista, o cossaco Ivan Karás – interpretado, na estreia da ópera, pelo próprio compositor. (N. do T.)

qualquer, a agarrá-lo pelos cabelos na frente de todo mundo, mas o que posso fazer?

O mais horrível de tudo era que eu tinha a impressão de que Natalie começava a sofrer, ou a se indignar, a sentir que havia algo secreto entre mim e Sônia. Ela, que sem isso já era calada, tornou-se ainda mais taciturna, jogava *croquet* ou bordava com uma atenção excessiva. Parecíamos ter nos habituado um ao outro, nos aproximado, mas eis que certa vez brinquei com ela a sós, na sala de visitas, onde ela folheava uma partitura, meio deitada no sofá:

— Pois eu ouvi dizer, Natalie, que pode ser que viremos parentes.

Ela me lançou um olhar cortante:

— Como assim?

— Meu primo, Aleksei Nikoláitch Meschérski...

Ela não me deixou concluir:

— Ah, é isso! Seu primo, aquele, desculpe-me, balofo, todo recoberto de pelos negros brilhantes, aquele gigante de boca sumarenta que não fala o "r" direito... E quem lhe deu o direito de falar assim comigo?

Assustei-me:

— Natalie, Natalie, por que a senhorita é tão severa comigo? Não posso nem brincar! Bem, perdoe-me — eu disse, tomando-a pela mão.

Ela não retirou a mão e disse:

— Até agora não entendo... não conheço o senhor... Mas chega disso...

Para não ver seus aflitivamente atraentes tênis brancos inclinados no sofá, levantei-me e saí para a varanda. De trás do jardim vinha uma nuvem, o ar se turvava, um leve murmúrio estival espalhava-se pelo jardim, aproximando-se cada vez mais, o vento campestre de chuva soprava doce, e de repente fui tomado, de forma tão doce, jovial e livre, por uma felicidade sem motivo, em conformidade com tudo, que gritei:

— Natalie, um minutinho!

Ela se aproximou da soleira:

— O quê?

— Respire – que vento! Como tudo podia ser tão alegre!

Ela ficou em silêncio.

— Sim.

— Natalie, como a senhorita é áspera comigo! Tem alguma coisa contra mim?

Ela deu de ombros, orgulhosa:

— O que e por que devo eu ter algo contra o senhor?

À noite, deitados no escuro em poltronas de vime, na varanda, nós três estávamos em silêncio — apenas umas estrelas cintilando, aqui e ali, nas nuvens escuras, um vento indolente arrastava-se debilmente, vindo do rio, onde rãs coaxavam modorrentas.

— Lá vem chuva, estou com vontade de dormir — disse Sônia, reprimindo um esboço. — A aia disse que nasceu a lua crescente, e agora vamos "tomar banho" por uma semana. — E, após um silêncio, acrescentou: — Natalie, o que a senhorita acha do primeiro amor?

Natalie retrucou, da escuridão:

— Estou convencida de uma coisa: da terrível diferença entre o primeiro amor do rapaz e o da moça.

Sônia pensou:

— Bem, também há diferentes moças… — E levantou-se, resoluta: — Não, vamos dormir, dormir!

— Eu ainda vou dar uma cochilada aqui, gosto da noite – disse Natalie.

Sussurrei, ouvindo os passos de Sônia a se afastar:

— Dissemos algo de errado agora!

Ela respondeu:

— Sim, sim, dissemos errado…

No dia seguinte, encontramo-nos de forma aparentemente tranquila. À noite, caiu uma chuva calma, mas de manhã o tempo desanuviou, depois do almoço ficou seco e quente. Antes do chá das quatro, quando Sônia estava fazendo cálculos domésticos no gabinete do ulano, sentamo-nos na alameda de bétulas e tentamos prosseguir com a leitura em voz alta de *O precipício*. Curvada, ela costurava algo, faiscando o braço direito, eu lia e, de tempos em tempos, com doce angústia, olhava para seu braço esquerdo, visível na manga, para os pelinhos ruivos acima do pulso e para os idênticos que estavam onde a parte de trás do pescoço unia-se ao ombro, e lia de forma cada vez mais animada, sem entender uma palavra. Por fim, eu disse:

— Mas agora leia a senhorita...

Ela se aprumou, as pontas de seus seios delinearam-se sob a blusinha fina, ela afastou o bordado e, voltando a se curvar, desceu bem baixo sua cabeça estranha e maravilhosa e, exibindo-me a nuca e o começo do ombro, depositou o livro nos joelhos, começando a ler com voz rápida e vacilante. Olhei para suas mãos, para os joelhos sob o livro, desfalecendo de amor frenético por eles e pelo som de sua voz. Em diversos lugares do jardim, ao cair da tarde, papa-figos gritavam ao voar, contra nós pairava um pica-pau cinza-avermelhado, agarrado a um tronco de pinheiro que crescia solitário em meio às bétulas da alameda...

— Natalie, que voz espantosa você tem! E as tranças estão um pouco mais escuras, cor de milho maduro...

Ela continuou a ler.

— Natalie, um pica-pau, veja!

Ela olhou para cima:

— Sim, sim, já vi, vi agora, vi ontem... Não atrapalhe a leitura.

Calei-me, depois novamente:

— Veja como isso parece vermes cinza ressecados.

— O que, aonde?

Indiquei-lhe, no banco entre nós, excremento calcinado e ressecado de pássaros:

— Não é verdade?

E peguei e apertei sua mão, balbuciando e rindo de felicidade:

— Natalie, Natalie!

Ela me fitou longamente, em silêncio, depois proferiu:

— Mas o senhor ama Sônia!

Eu corei, como um vigarista pego em flagrante, mas reneguei Sônia com uma pressa tão ardente que ela até abriu um pouco os lábios:

— É mentira?

— Mentira, mentira! Amo-a muito, mas como irmã, afinal nos conhecemos desde a infância!

IV.

No dia seguinte, ela não saiu nem de manhã, nem para o almoço.

— Sônia, o que Natalie tem? — perguntou o ulano, e Sônia respondeu, com um sorriso maldoso:

— Passou a manhã inteira deitada, de camisola, despenteada, pela cara dá para ver que andou chorando — levaram-lhe café, não tomou até o fim... O que tem? "Dor de cabeça". Deve estar apaixonada!

— Muito simples — disse, animado, o ulano, fitando-me com olhar de aprovação, mas reprovando com a cabeça.

Natalie saiu apenas para o chá da tarde, mas entrou na varanda de forma ligeira e viva, sorrindo-me afavelmente e parecendo algo culpada, surpreendendo-me com sua vivacidade, sorriso e elegância algo renovada: os cabelos firmemente apertados, um pouco frisados na frente, armados em ondas com grampos, o vestido era outro, de algo verde, inteiriço, muito simples e muito engenhoso, especialmente ao cingir-lhe a cintura, sapatinhos pretos, de salto alto - interiormente, eu suspirava, com êxtase renovado. Eu, sentado na varanda, examinava o *Mensageiro histórico*, alguns livros que o ulano me dera, quando ela de repente entrou com essa vivacidade e amabilidade algo embaraçada:

— Boa tarde. Vamos tomar chá. Hoje eu é que cuido do samovar. Sônia não está bem.

— Como? Ora a senhorita, ora ela?

— Eu só estava com dor de cabeça pela manhã. Dá vergonha dizer, só agora me coloquei em ordem...

— Que espantoso é esse verde dos seus olhos e cabelos! — eu disse. E perguntei de repente, corando: — Ontem a senhorita acreditou em mim?

Ela também corou — sutil e escarlate — e virou-se:

— Não imediatamente, não inteiramente. Depois compreendi de repente que não tenho fundamento para não acreditar no senhor... e, em suma, que tenho a ver com seus sentimentos e os de Sônia? Mas vamos...

Ao jantar, Sônia também saiu, e aproveitou um instante para me dizer:

— Adoeci. Isso sempre é muito duro para mim, fico de cama por cinco dias. Hoje ainda consegui sair, mas amanhã não. Porte-se de forma inteligente sem mim. Eu te amo terrivelmente, e tenho um ciúme horrível.

— Hoje você não vem nem dar uma olhada em mim?

— Seu estúpido!

Aquilo era uma felicidade e uma infelicidade: cinco dias de plena liberdade com Natalie e cinco dias sem ver Sônia à noite!

Por uma semana, Natalie governou a casa, dispôs de tudo, andando de aventalzinho branco pelo pátio, em direção à cozinha — eu jamais a vira tão ativa, era evidente que o papel de substituta de Sônia e dona de casa solícita proporcionava-lhe grande satisfação, e que ela parecia descansar da atenção secreta às conversas e olhares entre Sônia e eu. Por todos aqueles dias, após inicialmente experimentar no almoço preocupação quanto a tudo correr bem, e depois satisfação por tudo correr bem, e pelo velho cozinheiro e Khrístia, a criada ucraniana, terem trazido e servido tudo em tempo, sem irritar o ulano, ela ia depois do almoço ao quarto de

Sônia, onde não me deixavam entrar, e permanecia com ela até o chá da tarde e, depois do jantar, a noite inteira. Ela visivelmente evitava ficar comigo a sós, e eu estava perplexo, entediado, e sofria em solidão. Por que se tornara carinhosa, mas fugia? Tinha medo de Sônia ou de si, de seu sentimento por mim? E eu tinha uma vontade apaixonada de acreditar que tinha medo de si mesma, e inebriava-me com um sonho cada vez mais forte: eu não estava ligado a Sônia para sempre, nem eu — nem Natalie — ficaríamos hospedados lá para sempre, em uma ou duas semanas eu teria mesmo que partir — e então seria o fim de meus tormentos... encontrar um pretexto para ir conhecer os Stankévitch, assim que Natalie voltasse para casa... Deixar Sônia, ainda por cima com um engano, com esse sonho secreto com Natalie, com a esperança de seu amor e sua mão, seria, naturalmente, muito doloroso — afinal, era só com certa paixão que eu beijava Sônia, por acaso eu não a amava também? Mas o que fazer, mais cedo ou mais tarde não daria para evitar...

E pensando assim incessantemente, em permanente agitação espiritual, na expectativa de algo, eu tentava me comportar, nos encontros com Natalie, da forma mais contida, mais gentil — ter paciência, ter paciência por agora. Eu sofria, entediava-me — como que de propósito, a chuva caiu por três dias, escorreu ritmadamente, bateu no telhado com mil patas, a casa estava sombria, no teto e na lâmpada da sala de jantar dormiam moscas —, mas eu aguentava firme, por horas sentava-me no gabinete do ulano, ouvindo seus inúmeros causos...

Sônia começou a sair, inicialmente de roupãozinho, por uma, duas horas, com um sorriso lânguido de fraqueza, deitava-se na poltrona de vime da varanda e, para meu horror, falava-me com um capricho e ternura desmedidos, sem ficar desconfortável com a presença de Natalie:

— Sente-se ao meu lado, Vítik[7], estou doente, estou triste, conte-me algo engraçado... A lua nos deu mesmo um banho, mas agora parece que já acabou; o tempo abriu, e que cheiro doce de flores...

Irritado em segredo, respondi:

— Se o cheiro das flores está forte, ela vai nos dar banho de novo.

Ela me bateu na mão:

— Não ouse retrucar a uma doente.

Por fim, começou a sair também para o almoço, depois para o chá da tarde, só que ainda pálida, e mandando que lhe trouxessem uma poltrona. Mas para o jantar, e para a varanda, depois do jantar, ainda não saía. E uma vez Natalie me disse, depois do chá da tarde, quando ela tinha ido para seu quarto e Khrístia levara o samovar da mesa para a cozinha:

— Sônia está zangada porque eu fico ao lado dela o tempo todo, porque o senhor está sempre sozinho e mais sozinho. Ela ainda não está completamente recuperada, e o senhor se entedia sem ela.

— Eu só me entedio sem a senhorita — respondi. — Quando a senhorita não está...

Ela ficou com o rosto alterado, mas se controlou, rindo com esforço:

— Mas nós já combinamos não discutir mais... Melhor ouvir o seguinte: o senhor ficou sentado demais em casa, vá passear até o jantar, e depois eu fico sentada com o senhor no jardim, a previsão relativa à lua, graças a Deus, não falhou, a noite será maravilhosa...

— Sônia tem pena de mim, e a senhorita? Nenhuma?

— Uma pena terrível — ela respondeu e sorriu, desajeitada, colocando a louça do chá na bandeja. — Mas, graças a Deus, Sônia já está bem de saúde, logo o senhor não vai mais se entediar...

Às palavras "à noite eu fico sentada com o senhor no jardim", meu coração se confrangeu de forma doce e misteriosa, mas logo pensei: ah, não! Essa é simplesmente uma expressão carinhosa! Fui

—

7. Hipocorístico de Vitali. (N. do T.)

para o meu quarto e fiquei por muito tempo sentado, olhando para o teto. Finalmente me levantei, peguei meu quepe e o cajado de alguém na antessala e saí da propriedade, inconscientemente, para a larga vereda que ficava entre a propriedade e a aldeia ucraniana um pouco acima dela, no outeiro nu da estepe. A vereda levava aos campos desertos da tarde. Todo lugar era montanhoso, mas espaçoso, via-se ao longe. À minha esquerda jazia a baixada do rio, detrás dela erguiam-se levemente para o horizonte campos também desertos, já o sol acabara de baixar, ardia o crepúsculo. À direita, oposto a ele, avermelhava a fileira regular de *khatas*[8] brancas e uniformes, que parecia uma aldeia despovoada, e eu olhava com angústia ora para o crepúsculo, ora para elas. Quando regressei, soprava na minha direção um vento ora quente, ora quase incandescente, e já cintilava no céu a lua crescente, que não agourava nada de bom: brilhava uma metade dela, mas, como uma teia transparente, via-se também a outra, e tudo junto lembrava uma bolota.

Ao jantar — jantaram daquela vez também no jardim, a casa estava quente — eu disse ao ulano:

— Tio, o que acha do tempo? Tenho a impressão de que amanhã vai chover.

— Por que, meu amigo?

— Acabei de caminhar pelo campo, pensei com tristeza que logo vou deixá-los...

— Por que isso?

Natalie também alçou-me os olhos:

— Está se preparando para partir?

Ri de forma fingida:

— Não posso...

O ulano balançou a cabeça de modo especialmente enérgico e, dessa vez:

---

8. Casa camponesa ucraniana. (N. do T.)

— Absurdo, absurdo! Papai e mamãe podem suportar muito bem a separação de você. Antes de duas semanas eu não o libero. E ela também não libera.

— Não tenho nenhum direito sobre Vitali Petróvitch — disse Natalie.

Exclamei, queixoso:

— Tio, proíba Natalie de me chamar assim!

O ulano bateu a mão na mesa.

— Proíbo. E basta de tagarelar sobre sua partida. A respeito da chuva, você está certo, é plenamente possível que o tempo volte a ficar ruim.

— O campo já estava demasiado limpo, claro — eu disse. — E a metade da lua estava muito limpa, parecendo uma bolota, e o vento soprava do sul. E veja, já há nuvens...

O ulano virou-se, olhou para o jardim, onde o luar ora empalidecia, ora acendia-se:

— Você, Vitali, vai dar em um segundo Bruce[9]...

Às nove horas ela veio à varanda, onde eu estava sentado, à sua espera, pensando, desalentado: tudo isso é um absurdo, se ela tiver algum sentimento por mim é algo absolutamente sem seriedade, mutável, fugidio... A lua minguante, também limpa, sem teia, brincava cada vez mais alta e reluzente nos peitos das nuvens cada vez mais aglomeradas, fumarentas e brancas, atravancando majestosamente o céu e, quando saía detrás delas com sua metade branca, similar a um rosto humano de perfil, reluzente, de um pálido mortal, iluminava tudo, derramando uma luz fosfórica. De repente olhei ao redor, sentira algo: Natalie estava parada na soleira, de mãos nas costas, fitando-me em silêncio. Levantei-me, ela perguntou, indiferente:

— Ainda não foi dormir?

—

9. Iákov Vílimovitch Bruce (1669-1735), nascido James Daniel Bruce, militar e cientista russo de família escocesa, foi próximo de Pedro, o Grande, tinha a reputação de mago e alquimista, e fundou o primeiro observatório da Rússia, em 1701. (N.do T.)

— Mas a senhorita me disse...

— Desculpe, agora estou muito cansada. Caminhemos pela alameda, e vou dormir.

Segui-a, ela parou nos degraus da varanda, olhando para as copas do jardim, detrás das quais as nuvens já se erguiam em rolos de nimbos, contraindo-se, reluzindo em raios silenciosos. Depois ficou sob a cobertura longa e transparente da alameda de bétulas, numa mistura de cores, em manchas de luz e sombra. Emparelhando com ela, eu disse, para dizer alguma coisa:

— Quão mágico é o brilho das bétulas ao longe. Não há nada mais estranho e lindo do que o interior do bosque na noite de luar, e esse brilho branco e sedoso dos troncos das bétulas em suas profundezas...

Ela se deteve, cravando-me os olhos negros na penumbra:

— É verdade que o senhor está partindo?

— Sim, está na hora.

— Mas por que tão súbito e logo? Não escondo: há pouco o senhor me espantou ao dizer que partia.

— Natalie, posso ir me apresentar à sua família quando a senhorita voltar para casa?

Ela ficou em silêncio. Tomei a mão dela, beijei, gelando, a direita.

— Natalie...

— Sim, sim, amo o senhor — ela disse, de forma apressada e inexpressiva, e voltou para a casa. Segui-a como um lunático.

— Parta amanhã mesmo — ela disse, no caminho, sem se virar. – Volto para casa em alguns dias.

V.

Entrando em meu quarto, sem acender a luz, sentei-me no divã e fiquei petrificado, pasmado com aquela coisa terrível e maravilhosa que tão repentina e inesperadamente ocorrera em minha vida. Fiquei sentado e perdi qualquer noção de lugar e tempo. O quarto e o jardim já estavam afundados na escuridão dos nimbos, no jardim, detrás das janelas abertas, tudo rumorejava, tremia, e eu era iluminado com cada vez mais frequência e força pelas rápidas chamas verde-azuladas, que desapareciam no mesmo segundo. A velocidade e a potência daquela luz sem trovão aumentavam cada vez mais, depois o quarto iluminou-se de repente até chegar a uma visibilidade inverossímil, vinha-me um vento fresco e um barulho enorme do jardim, como se ele tivesse sido tomado pelo pânico: veja, a Terra e o céu estão ardendo! Levantei-me de um pulo, com dificuldade fechei uma janela depois da outra, agarrando os caixilhos e superando o vento que me sacudia e, na ponta dos pés, corri à sala de jantar pelo corredor escuro: aparentemente, numa hora daquelas eu não me incomodaria com as janelas abertas da sala de jantar e da sala de visitas, onde a tempestade podia quebrar os vidros, mesmo assim saí correndo, e até com grande preocupação. Todas as janelas da sala de jantar e da de visitas estavam fechadas – vi-o naquela iluminação verde-azulada, uma cor cuja intensidade era verdadeiramente algo etéreo, revelando-se imediatamente por toda parte, como olhos rápidos, e tornando todos os caixilhos das janelas imensos e visíveis até o último detalhe, e depois imediatamente submergindo em densas trevas, deixando em um segundo, na vista ofuscada, um traço metálico, vermelho. Quando entrei no meu quarto rapidamente, como se temesse o que pudesse ter acontecido lá sem mim, um sussurro zangado soou na escuridão:

— Onde você estava? Estou com medo, acenda logo a luz...

Risquei um fósforo e vi Sônia sentada no divã, só de camisola de noite e chinelos nos pés sem meias.

— Ou não, não, não precisa — ela disse, apressada —, venha já para mim, abrace-me, estou com medo...

Docilmente sentei-me e abracei-a pelos ombros frios. Ela sussurrou:

— Mas me beije, beije, tome-me por inteiro, passei uma semana inteira sem você!

E, com força, jogou a mim e a si mesma nos travesseiros do divã. Nesse mesmo instante, na soleira da porta aberta, faiscou Natalie com sua camisolinha e vela na mão. Ela imediatamente nos viu, mesmo assim gritou, inconsciente:

— Sônia, cadê você? Estou com um medo terrível...

E desapareceu subitamente. Sônia precipitou-se em seu encalço.

VI.

Um ano depois, ela se casou com Meschérski. Casaram-na na propriedade dele, Blagodátnoie, em uma igreja vazia — nós e os demais parentes e conhecidos, tanto do lado dele, quanto do dela, não recebemos convites para o matrimônio. E os recém-casados tampouco fizeram as habituais visitas pós-nupciais, partindo de imediato para a Crimeia.

Em janeiro do dia seguinte, no dia de Tatiana[10], houve um baile dos estudantes locais na Assembleia da Nobreza de Vorónieszh. Eu, estudante de Moscou, passara as festas natalinas em casa, no campo, e chegara a Vorónieszh naquela tarde. O trem veio todo branco, fumegando a neve da tempestade pela estrada que levava à estação da cidade e, enquanto trenós de aluguel conduziam-me ao hotel Dvoriánskaia, mal se viam as luzes dos lampiões que faiscavam em meio à nevasca. Mas, depois do tempo passado no campo, aquela nevasca urbana e aquelas luzes urbanas excitavam, agouravam o prazer próximo de entrar em um quarto quente, até quente demais de um velho hotel de província, pedir um samovar e começar a me trocar, a me preparar para a longa noite de baile, de bebedeira estudantil até a alvorada. No tempo transcorrido desde aquela terrível noite na casa dos Tcherkássov, e, depois, desde as bodas dela, eu me recuperei gradualmente — em todo caso,

—

10. 12 de janeiro pelo calendário juliano, 25 de janeiro pelo calendário gregoriano, o Dia de Santa Tatiana também é o Dia do Estudante na Rússia. (N. do T.)

acostumei-me ao estado de doente espiritual, coisa que eu era em segredo, e exteriormente vivia como todos.

Quando cheguei, o baile acabara de começar, mas a escadaria da frente e seu patamar já estavam cheios de gente a afluir e, do salão principal, de sua galeria, a banda do regimento cobria e abafava tudo, entoando sonoramente os compassos tristes e solenes das valsas. Ainda fresco do frio, de uniforme novinho em folha e, por causa dele, desmedidamente refinado, chegando à multidão pelo tapete vermelho da escadaria, com polidez excessiva, subi ao patamar, entrei na multidão especialmente densa, e já ardente, que se comprimia diante das portas do salão e, por algum motivo, comecei a avançar com tamanha insistência que fui tomado, provavelmente, por algum chefe, que tinha um negócio inadiável no salão. E eu finalmente abri caminho, parando na soleira, ouvindo o transbordamento e o estrondo da orquestra sobre minha cabeça, olhando para as ondulações brilhantes dos lustres e para as dezenas de casais que faiscavam variadamente sob eles na valsa – e de repente retrocedi: naquela multidão rodopiante subitamente destacou-se um casal que, com *glissades* rápidas e ágeis, voava dentre os outros, aproximando-se cada vez mais de mim. Recuei olhando para o homem algo arqueado ao valsar, grande, corpulento, todo negro em seus cabelos e fraque negros, e leve, com a leveza com a qual algumas pessoas pesadas surpreendem na dança, e para ela, alta, de penteado alto de baile, de vestido branco de baile e elegantes sapatinhos dourados, que, recostando-se um pouco ao rodopiar, baixava os olhos, colocando nos ombros dele a mão de luva branca até o ombro, tão curvada que fazia o braço parecer um pescoço de cisne. Por um instante, os cílios negros dela agitaram-se diretamente em meu sentido, a negritude dos olhos brilhou bem de perto, mas daí ele, com zelo de homem pesado, habilmente deslizando nos bicos dos sapatos envernizados, virou-a abruptamente, os lábios dela abriram-se no volteio, tomando fôlego, a barra do vestido reluziu em prata e eles, afastando-se, voltaram, em *glissades*. Novamente me comprimi na multidão do patamar, saí da multidão, parei... Na porta do salão, quase na minha frente, que ainda estava completamente vazio e gelado, viam-se duas estudantes de trajes ucranianos, em expectativa ociosa, atrás do bufê de champanhe — uma loira bonitinha e uma beldade cossaca, de rosto escuro, com quase o dobro da estatura da outra. Entrei e estendi uma cédula de cem rublos, fazendo uma reverência. Batendo as cabeças e rindo, elas tiraram uma garrafa pesada de um balde com gelo sob o balcão e se entreolharam, indecisas — nenhuma garrafa tinha sido aberta ainda. Fui para trás do balcão e, em um minuto, bravamente fiz a rolha estalar. Depois alegremente ofereci-lhes uma taça — *Gaudeamus igitur*![11] — e bebi o restante, taça após taça. Elas me fitaram inicialmente com assombro, depois com pena:

— Oh, mas o senhor está terrivelmente pálido!

Terminei de beber e parti imediatamente. No hotel, pedi em meu quarto uma garrafa de conhaque do Cáucaso e me pus a beber em xícaras de chá, na esperança de que meu coração rebentasse...

E passou mais um ano e meio. E certa vez, no fim de maio, quando novamente fui de Moscou para casa, o estafeta da estação trouxe um telegrama de Blagodátnoie: "Hoje de manhã Aleksei Nikoláievitch faleceu subitamente de ataque". Meu pai fez o sinal da cruz e disse:

— Que Deus o tenha. Que horror. Perdoe-me, Senhor, nunca gostei dele, mesmo assim é um horror. Afinal, não tinha nem quarenta anos. E tenho uma dó terrível dela — viúva nessa idade, com bebê nos braços... Nunca a vi — ele era tão gentil que nem sequer uma vez trouxe-a à minha casa —, mas dizem que é encantadora. O que vai ser agora? Nem eu nem sua mãe, que estamos velhos, podemos percorrer mais que cento e cinquenta verstas, claro que é você que tem que ir...

---

11. Alegremo-nos, portanto. Em latim no original. Popular hino universitário em diversos países europeus. (N. do T.)

Recusar era impossível — por força de que eu poderia recusar? E eu tampouco podia recusar, naquela semi-insanidade em que aquela notícia inesperada novamente me lançara. Sabia de uma coisa: eu a veria! O pretexto do encontro era terrível, porém legítimo.

Mandamos um telegrama de resposta e, no dia seguinte, em um pôr do sol de maio, cavalos de Blagodátnoie, em meia hora, levaram-me da estação à propriedade. Aproximando-me dela por um monte junto a prados inundados, ainda de longe vi que, na parede ocidental da casa, virada para o crepúsculo ainda claro, todos os contraventos das janelas do salão estavam fechados, e convulsionei-me com uma ideia terrível: detrás delas jazia ele, e estava ela! No pátio, espessamente recoberto de grama jovem, tilintavam as sinetas de duas troicas junto ao barracão de veículos, mas não havia uma alma além dos cocheiros nas boleias — visitantes e criados já estavam dentro da casa, no serviço fúnebre. Por toda parte havia o silêncio do crepúsculo campestre de maio, a limpeza da primavera, o frescor e novidade de tudo — do ar do rio e dos campos, daquela grama densa e jovem no pátio, do jardim denso e florido, que avançava para a casa por trás, pela parte sul, e, no baixo terraço principal, junto às portas escancaradas do saguão, estava encostada, em pé, na parede, a grande tampa amarela de glacê. O friozinho fino do ar do entardecer cheirava a flor de pera, alvejando leitosamente sua espessura branca na parte sudeste do jardim, no horizonte plano e, devido a essa leitosidade, opaco, onde ardia apenas o rosado Júpiter. E a juventude, a beleza de tudo aquilo, o pensamento na beleza e juventude dela e no fato de que ela outrora me amara de repente dilaceraram tanto meu coração com pesar, felicidade e necessidade de amor que, saltando da caleche no terraço de entrada, senti-me como se estivesse à beira de um abismo: como entrar naquela casa, voltar a me ver cara a cara com ela depois de três anos de separação, e já viúva, mãe? E mesmo assim entrei na penumbra e incenso daquele salão terrível, salpicado das luzes amarelas das velas, na negritude dos que estavam com essas luzes na frente do caixão, cuja cabeceira se elevava de lado, no canto da frente, iluminada de cima pela grande lâmpada vermelha diante do adorno metálico do ícone, e de baixo pelo brilho prateado e fluido de velas altas de igreja — entrei sob as exclamações e cânticos dos clérigos que contornavam o caixão com incenso e reverências, e imediatamente baixei a cabeça, para não ver o brocado amarelo do caixão e o rosto do falecido, mais do que tudo temendo vê-la. Alguém me entregou uma vela acesa, levantei-me e segurei-a, sentindo como ela, tremendo, aquecia e iluminava-me o rosto, franzido e pálido, e com docilidade embotada ouvia aquelas exclamações e o tinido do turíbulo, vendo de soslaio a fumaça cheirosa elevar-se solene e adocicada até o teto e, de repente, erguendo o rosto, acabei por vê-la — à frente de todos, de luto, com uma vela na mão que iluminava a sua face e o dourado dos cabelos — e, como se fosse um ícone, já não podia tirar os olhos dela. Quando tudo silenciou, fez-se um cheiro de vela apagada, e todos avançavam cuidadosamente para beijar-lhe a mão, esperei para ser o último. E, aproximando-me, com horror e êxtase olhei para a elegância monástica de seu vestido negro, que a deixava especialmente casta, para a beleza pura, jovem de seu rosto, cílios e olhos, que baixaram ao me ver, fiz uma reverência profunda, bem profunda, beijando a mão dela disse, em palavras quase inaudíveis, tudo que devia ser dito, respeitando o decoro e o parentesco, e pedi permissão para partir naquela mesma hora e pernoitar no jardim, na velha rotunda em que eu pernoitava quando era colegial e ia a Blagodátnoie — era o dormitório de Meschérski nas noites quentes de verão. Ela respondeu, sem erguer os olhos:

— Mandarei agora que o levem para lá e lhe sirvam o jantar.

De manhã, após a missa de corpo presente e o enterro, parti sem demora. À despedida, voltamos a trocar apenas algumas palavras, e novamente não nos olhamos nos olhos.

VII.

Eu concluí o curso, logo depois perdi, quase ao mesmo tempo, o pai e a mãe, instalei-me no campo, passei a administrar a propriedade e me uni a Gacha[12], uma camponesa órfã que crescera em nossa casa e trabalhara nos aposentos de minha mãe... Agora ela trabalhava para mim com Ivan Lukitch, nosso antigo criado, um velho de grandes omoplatas e cabelo verde de tão grisalho. Tinha uma aparência ainda meio infantil — pequena, magricela, de cabelos negros, olho cor de fuligem que não exprimia nada, enigmaticamente taciturna, aparentemente indiferente a tudo e de uma pele fina tão escura que meu pai certa feita disse: "Era provavelmente assim que Agar era". Era infinitamente gentil para comigo, eu adorava levá-la nos braços, beijando-a; eu pensava: "Isso é tudo o que me restou na vida!" E deu-se que ela entendia o que eu achava. Quando deu à luz — um menino pequeno, moreninho — e parou de trabalhar, instalando-se em meu antigo quarto de criança, eu quis desposá-la. Ela respondeu:

— Não, não preciso disso, só vou passar vergonha na frente dos outros, que tipo de fidalga sou eu? E para o senhor, de que vai servir? Apenas vai deixar de me amar ainda mais cedo. O senhor tem que ir a Moscou, senão vai ficar completamente entediado comigo. Agora eu não vou me entediar — ela disse, olhando para o bebê que lhe sugava o seio. — Vá, viva a seu bel-prazer, só se lembre de uma coisa: se se apaixonar por alguém como se deve, e pensar em se casar, não vou esperar nem um minuto, vou me afogar junto com ele.

Olhei para ela — era impossível não acreditar no que dizia. E baixei a cabeça: sim, eu não tinha mais do que vinte e seis anos... Apaixonar-me, casar-me, eram coisas que eu não podia nem sequer

—

12. Hipocorístico de Agáfia. (N. do T.)

imaginar, mas as palavras de Gacha lembraram-me mais uma vez de que minha vida estava acabada.

No começo da primavera, fui para o exterior e passei quatro meses por lá. Voltando para casa por Moscou, no fim de junho, pensei o seguinte: vou passar o outono no campo, e no inverno volto a ir a algum lugar. No caminho entre Moscou e Tula, entristeci-me calmamente: estou de novo em casa, mas para quê? Lembrei-me de Natalie, e pensei: sim, aquele amor "até a tumba", que Sônia me vaticinou de brincadeira, existe; só que já estou acostumado a ele, como alguém que, com o passar dos anos, se acostuma a terem cortados os braços ou as pernas... E, sentado na estação de Tula, à espera da baldeação: "Venho de Moscou e passarei por sua casa, estarei em sua estação às nove da noite, permita-me, por favor, que eu vá saber como a senhora está".

Ela me encontrou no terraço de entrada — uma criada tinha uma lâmpada acesa - e, com um meio sorriso, esticou-me ambas as mãos:

— Estou terrivelmente feliz!

— Que estranho, a senhora cresceu ainda mais — eu disse, beijando-as e sentindo-as já com tormento. E fitei-a por inteiro à luz da lâmpada, que a criada erguera, e em volta de cujo vidro, no ar suave de depois da chuva, giravam minúsculas borboletas rosadas: os olhos negros agora tinham um olhar mais firme, mais seguro, toda ela já estava em pleno florescer da jovem beleza feminina, esbelta, trajada com modéstia, com um vestido de tussor verde.

— Sim, ainda estou crescendo — ela respondeu, com um sorriso triste.

No salão, como antes, no canto da frente havia uma grande lâmpada vermelha diante dos velhos ícones dourados, só que não estava acesa. Apressei-me em tirar os olhos deste canto, e segui-a para a sala de jantar. Lá, em cima de uma toalha brilhante, havia uma chaleira em cima de um fogareiro a álcool, a louça fina do chá brilhava. A criada trouxe vitela fria, picles, uma garrafinha de vodca, uma garrafa de Lafite. Ela pegou a chaleira:

— Não vou jantar, só vou tomar chá, mas o senhor coma antes... Está vindo de Moscou? Por quê? O que há para fazer lá no verão?

— Estou voltando de Paris.

— Ah, sim! E ficou lá muito tempo? Ah, se eu pudesse ir para algum lugar! Mas minha filhinha tem apenas quatro anos... Dizem que o senhor é um administrador zeloso!

Tomei um cálice de vodca, sem petiscar, e pedi permissão para fumar.

— Ah, por favor!

Acendi o cigarro e disse:

— Natalie, a senhora não precisa ter amabilidade mundana comigo, não me dê especial atenção, vim apenas dar uma olhada na senhora para desaparecer de novo. E não se sinta encabulada — afinal, tudo que aconteceu caiu no esquecimento, e passou sem retorno. A senhora não tem como não ver que voltei a ficar deslumbrado com a senhora, mas agora minha admiração não deve mais constrangê-la — agora ela é desinteressada e tranquila...

Ela baixou a cabeça e os cílios — não era possível acostumar-se à maravilhosa contradição entre ambos —, e seu rosto começou a ficar lentamente rosado.

— Isso é absolutamente exato — eu disse, empalidecendo, mas com a voz fortalecida, assegurando a mim mesmo de que dizia a verdade. — Afinal, tudo no mundo passa. Quanto à minha terrível culpa perante a senhora, estou convicto de que há muito tempo ela já se tornou indiferente para a senhora, e muito mais compreensível, perdoável, do que antes: de qualquer forma, minha culpa não foi absolutamente voluntária, e mesmo naquela época merecia condescendência pela minha extrema juventude e pela assombrosa coincidência de circunstâncias em que me vi. E, depois, já fui suficientemente punido por essa culpa — com a minha ruína.

— Ruína?

— E por acaso não é isso? Mesmo agora a senhora não me entende, não me conhece, como disse certa vez?

Ela silenciou.

— Vi o senhor no baile, em Voróniezh… Naquela época, como eu ainda era jovem, e quão espantosamente infeliz! Se bem que existe, por acaso, amor infeliz? — ela disse, erguendo o rosto e indagando com os olhos negros abertos e cílios. — Por acaso a música mais pesarosa do mundo não dá felicidade? Mas me conte do senhor, será que se instalou no campo para sempre?

Com esforço, perguntei:

— Quer dizer que naquela época a senhora ainda me amava?

— Sim.

Calei-me, sentindo que um fogo agora me ardia no rosto.

— É verdade o que ouvi dizer… que o senhor tem um amor, um bebê?

— Não é amor — eu disse. — Uma pena terrível, ternura, mas só isso.

— Conte-me tudo.

E eu contei tudo — até o que Gacha me disse, aconselhando-me a "ir, viver a meu bel-prazer". E terminei assim:

— Agora a senhora está vendo que estou totalmente arruinado…

— Basta! — ela disse, pensando em alguma ideia própria. — O senhor ainda tem toda a vida pela frente. Mas o matrimônio para o senhor, naturalmente, é impossível. Ela definitivamente é dessas que não poupará nem o bebê, nem a si mesma.

— A questão não é o matrimônio — eu disse. — Meu Deus! Eu, casar-me!

Refletindo, ela olhou para mim:

— Sim, sim. E que estranho. Sua previsão se cumpriu — viramos parentes. O senhor sente que agora é meu primo?

E botou sua mão na minha:

— Mas o senhor está terrivelmente cansado da viagem, nem sequer tocou em nada. Sua cara não está boa, chega de conversa por hoje, vá, foi preparada uma cama para o senhor no pavilhão...

Submisso, beijei-lhe a mão, ela chamou a criada e esta, com a lâmpada, embora estivesse claro o suficiente graças à lua, que pairava baixa detrás do jardim, conduziu-me inicialmente pela alameda principal, depois por uma lateral, à clareira espaçosa, na direção daquela antiga rotunda de colunas de madeira. E sentei-me junto à janela aberta, na poltrona ao lado da cama, e pus-me a fumar, pensando: em vão tive esse comportamento estúpido, repentino, em vão vim, tendo esperanças em minha tranquilidade, em minhas forças. A noite estava extraordinariamente silenciosa, já era tarde. Devia ter caído mais uma pequena chuva — estava ainda mais quente, o ar tornara-se suave. E em encantadora correspondência com esse calor imóvel e silêncio, cantavam ao longe, prolongada e cuidadosamente, em diversos lugares da aldeia, os primeiros galos. O círculo luminoso da lua, que pairava contra a rotunda, detrás do jardim, parecia ter petrificado em um lugar, parecia fitar com expectativa, brilhava entre as árvores distantes e as frondosas macieiras próximas, mesclando sua luz com a sombra delas. Onde a luz jorrava era claro, vítreo, já a sombra era multicolor e misteriosa... E ela, usando algo longo, escuro, sedoso, brilhante, aproximou-se da janela, também tão misteriosa, silente...

Depois a lua já brilhava sobre o jardim e fitava diretamente a rotunda, e nós falamos alternadamente — ela deitada na cama, eu, de joelhos ao seu lado, segurando a sua mão:

— Naquela terrível noite dos relâmpagos eu já amava apenas você, não havia em mim outra paixão a não ser a paixão mais exaltada e pura por você.

— Sim, com o tempo entendi tudo. Todavia, quando de repente me lembrei daqueles relâmpagos imediatamente depois da lembrança do que uma hora antes daquilo acontecera na alameda...

— Em nenhum lugar do mundo há alguém como você. Quando há pouco olhei para o tussor verde e os seus joelhos debaixo dele, senti que estava pronto para morrer por tocá-los uma vez com os lábios, apenas por isso.

— Você nunca, nunca me esqueceu por todos estes anos?

— Esqueci apenas como você se esquece de que vive, respira. E você disse a verdade: não há amor infeliz. Ah, aquela sua camisolinha laranja, e toda você, ainda quase uma menina, aparecendo para mim de relance naquela manhã, a primeira manhã do meu amor por você! Depois o seu braço na manga da camisa ucraniana. Depois a inclinação de cabeça, quando você lia *O precipício* e eu murmurava: "Natalie, Natalie!"

— Sim, sim.

— E depois você no baile — tão alta e tão terrível na sua beleza já de mulher feita — como eu queria morrer naquela noite no êxtase de meu amor e ruína! Depois você de vela na mão, o seu luto e sua fragilidade nele. Parecia-me que aquela vela junto ao seu rosto se tornara sagrada.

— E eis você novamente comigo, e já para sempre. Mas será raro até de nos vermos - por acaso eu, sua esposa secreta, posso me tornar sua amante à vista de todos?

***

Em dezembro ela morreu no Lago de Genebra de parto prematuro.

4 de abril de 1941

PARTE III

Numa rua conhecida

Certa noite parisiense de outono eu caminhava pelo bulevar, à penumbra da vegetação espessa, fresca, sob a qual as lanternas brilhavam de forma metálica, sentia-me leve, jovem, e pensava:

Numa rua conhecida
Lembro-me da casa velha
Com uma alta escada escura
E cortinas nas janelas[1]...

— Versos maravilhosos! E que espantoso tudo isso ter acontecido certa vez comigo! Moscou, o rio Présnia, ermas ruas cobertas de neve, a casinha pequeno-burguesa de madeira — e eu, estudante, um eu de outros tempos, em cuja existência agora já não dá para acreditar...

Lá uma luzinha misteriosa
Brilhava até a meia-noite...

— E lá brilhava. E a nevasca varria, e o vento soprava a neve do telhado de madeira, sacudia-o com fumaça, e cintilava em cima, no mezanino, detrás da cortina vermelha de cetim...

Ah, que maravilha de garota,
Na acalentada hora noturna,
Recebia-me naquela casa,
Com a trança desfeita...

---

1. Os versos deste conto são citações levemente alteradas de *A reclusa* (1846), de Iákov Polónski (1819-1898). (N. do T.)

— Isso também aconteceu. A filha de um diácono de Sérpukhov, que largara por lá a família indigente e partira para Moscou para estudar… E então eu subia ao pequeno alpendre de madeira coberto de leve, puxava o anel de arame farfalhante que levava ao saguão, lá a sineta dava um retinido de lata — e atrás da porta ouviam-se passos a descerem correndo pela escada íngreme de madeira, a porta se abria e contra ela, seu xale e blusinha branca, lançava-se o vento, a nevasca… Eu me precipitava a beijá-la, a abraçá-la contra o vento, e corríamos para cima, no frio congelante e na escuridão da escada, para seu quarto também frio, tristemente iluminado por uma lamparina de querosene... Cortina vermelha na janela, debaixo desta uma mesinha com a lamparina, junto à parede uma cama de ferro. Jogava em qualquer lugar o capote, o quepe, e colocava-a em meus joelhos, sentando-me na cama, sentindo através do saiote seu corpo, seus ossinhos… Trança desfeita não havia, a dela era de um castanho--claro bem pobre, havia um rosto de gente simples, transparente de fome, olhos também transparentes, campesinos, os olhos com aquela maciez das moças frágeis…

Com uma chama nada infantil
Encostada em meus lábios,
Tremendo, ela me sussurrou:
"Ouça, fujamos!"

— Fujamos! Para onde, por que, de quê? Como é encantador esse disparate ardente, infantil: "Fujamos!" Não tivemos "fujamos" nenhum. Houve aqueles lábios frágeis, os mais doces do mundo, houve, por excesso de felicidade, lágrimas ardentes assomando os olhos, a ânsia pesada dos corpos juvenis, que fazia-nos baixar um a cabeça no ombro do outro, e os lábios dela já ardiam, como febris, quando eu desabotoava-lhe a blusinha, beijava o lácteo peito virginal com bicos duros de morango verde… Voltando a si, ela erguia-se de um salto, acendia o fogareiro a álcool, esquentava um chá ralo, e nós o tomávamos com pão branco e queijo de casca vermelha, falando sem fim do nosso futuro, sentindo o frio fresco trazido pelo inverno sob a cortina, ouvindo a neve a cair na janela... "Numa rua conhecida, lembro-me da casa velha..." Do que mais me lembro?! Lembro-me de como a acompanhei à estação Kursk na primavera, como nos apressamos na plataforma com sua cestinha de vime e o cobertor vermelho enrolado na cintura, corremos ao longo do trem comprido, já pronto para a partida, olhamos para os vagões verdes apinhados de gente... Lembro-me de como finalmente ela trepou na entrada de um deles e nós falamos, despedimo-nos e nos beijamos, como eu lhe prometi ir a Sérpukhov em duas semanas.... Não me lembro de mais nada. E não houve mais nada.

24 de maio de 1944

A TABERNA DO RIO

No Praga brilhavam os lustres, uma orquestra de cordas portuguesa tocava em meio ao falatório e barulho generalizado, não havia um lugar livre. Fiquei de pé, olhei ao redor, e já queria ir embora quando vi um médico militar conhecido que imediatamente me convidou à sua mesinha junto à janela, aberta para a noite quente de primavera, para o rugido dos bondes da rua Arbat. Jantamos juntos, tomamos uma boa quantidade de vodca e vinhos de Kakheti[1], conversamos sobre a Duma Estatal recém-convocada, pedimos café. O médico sacou uma velha cigarreira de prata, ofereceu-me seu "canhão" de Asmólov[2] e, acendendo-o, disse:

— Sim, a Duma, essa Duma... Não tomaríamos um conhaque? Estou meio triste.

Tomei isso como piada, ele era um homem de caráter tranquilo e seco (de compleição robusta e forte, o uniforme militar lhe caía muito bem, cabelo ruivo e áspero, com prata nas têmporas), mas ele acrescentou, sério:

— Devo estar triste por causa da primavera. Na velhice, ainda mais solteiro, sonhador, em geral você fica muito mais sensível do que na juventude. Sente o cheiro do choupo, o ruído sonoro dos bondes? Aliás, vamos fechar a janela, está desconfortável — ele disse, erguendo-se. — Ivan Stepánitch, Shustov[3]...

Enquanto o velho servidor Ivan Stepánitch ia atrás de Shustov, ele ficou calado, distraído. Quando trouxeram e verteram nos cálices, ele manteve a garrafa na mesa, bebericando também o conhaque de uma pequena xícara quente:

—

1. Região vinícola da Geórgia. (N. do T.)

2. Marca de cigarro. (N. do T.)

3. Tradicional brandy de Odessa. (N. do T.)

— E tem mais o seguinte — umas lembranças. Antes do senhor, entrou aqui o poeta Briússov com uma moça magricela, pequena, parecendo uma universitária pobre, ele gritou algo de modo ríspido e irado, com sua voz gutural, latindo pela garganta, ao *maître*, que veio correndo em sua direção, pelo visto, com uma desculpa pela ausência de lugares livres – lugares que deviam ter sido reservados por telefone, mas não havia —, depois retirou-se com soberba. O senhor o conhece bem, mas eu também o conheço um pouco, encontro-o em círculos interessados em velhos ícones russos — também me interesso por eles, e há muito tempo, das cidades do Volga em que trabalhei há alguns anos. Além disso, ouvi falar o suficiente a respeito dele, de seus romances, aliás experimentei alguma pena daquela que, sem dúvida, era sua admiradora e vítima da vez. Ela era terrivelmente comovente, olhava desconcertada e arrebatada ora para o brilho do restaurante, que com certeza era absolutamente inusual para ela, ora para ele, enquanto este escandia o seu latido, jogando demoniacamente com os olhos e cílios negros. Isso também me trouxe de volta lembranças. Vou lhe contar uma delas, provocada exatamente por ele, já que a orquestra está indo embora e é possível ficar sossegado...

Ele já estava corado com a vodca, com o Kakheti, com o conhaque, como os ruivos sempre ficam corados com álcool, mas voltou a se servir no cálice.

— Lembrei-me — começou — de como há vinte anos caminhava pelas ruas de uma cidade às margens do Volga certo médico militar bastante jovem, ou seja, falando simplesmente, eu mesmo. Caminhava ao léu, para botar uma carta na caixa postal, levando na alma aquela bonomia despreocupada que às vezes a pessoa experimenta no tempo bom, sem qualquer motivo. E lá o tempo estava maravilhoso, uma tarde calma, seca, ensolarada de começo de setembro, quando as folhas caídas farfalham de modo tão agradável sob os pés. E eis que, enquanto penso, ergo os olhos casualmente e vejo: ia à minha frente, a passo modesto, uma moça esbelta, muito elegante, de roupa cinza, chapéu cinzento, belamente curvado, sombrinha cinza na mão coberta por uma luva laqueada cor de oliva. Vejo e sinto que algo nela me agrada terrivelmente, mas, além disso, parece-me um pouco estranho: por que está com tanta pressa, e para onde vai? Para espanto, aparentemente, não havia razão — não são poucos os assuntos urgentes que as pessoas têm. Mas, mesmo assim, isso, por algum motivo, me intriga. Inconscientemente apresso a mim mesmo e meu passo, quase a alcanço — e dá-se que não é em vão. À frente, na esquina, há uma igreja velha e baixa, e vejo que ela se encaminha diretamente para ela, embora seja um dia útil e uma hora em que ainda não há nenhum ofício religioso. Lá ela corre para o átrio, abre com dificuldade a porta pesada, e volto a ir atrás dela e, ao entrar, detenho-me na soleira. A igreja está vazia e ela, sem me ver, vai para o ambom a passo rápido e leve, faz o sinal da cruz e, flexível, põe-se de joelhos, joga a cabeça para trás, estreita as mãos contra o peito, jogando a sombrinha no chão, e olha para o altar com o olhar suplicante e insistente com o qual, como tudo deixa evidente, as pessoas pedem socorro a Deus em grande pesar ou em ardente desejo de algo. Na janela estreita com gradil de ferro à minha esquerda brilha a luz amarelada da tarde, tranquila e parecendo também antiga, meditativa, mas à frente, no fundo abobadado e achaparrado da igreja, já se faz a penumbra, tremeluz apenas o ouro dos adornos metálicos dos ícones nas paredes do altar, forjados com maravilhosa rudez antiga, e ela, de joelhos, não tira os olhos deles. A cintura fina, a lira do traseiro, os saltos dos sapatos elegantes com os bicos enfiados no chão... Depois aperta algumas vezes o lencinho nos olhos, pega rapidamente a sombrinha no chão, como se tomasse uma decisão, ergue-se com flexibilidade, corre para a saída, de súbito avista meu rosto — e fico simplesmente espantado com a beleza do pânico aterrorizado que de repente faísca em seus olhos brilhantes de lágrimas... No salão vizinho, o lustre apagou — o restaurante já se esvaziara —, e o médico olhou para o relógio.

— Não, ainda não está tarde — ele disse. — Ainda são dez. Está com pressa? Então fiquemos mais um pouco, eu termino de lhe contar essa história bem estranha. Estranha, antes de tudo, porque, na mesma tarde, ou melhor, mais precisamente, tarde da noite, voltei a encontrá-la. De repente tive a ideia de ir a uma taberna de verão no Volga, onde eu estivera umas duas, três vezes ao todo no verão inteiro, só para me sentar ao ar do rio depois de um dia quente na cidade. Por que fui justo naquela noite fresca, Deus é que sabe: era como se algo me guiasse. Claro que é possível dizer que se deu um simples acaso: a pessoa foi, sem ter nada a fazer, e não havia nada de espantoso em um novo encontro casual. Obviamente, tudo isso é absolutamente justo. Mas por que se deu também a outra coisa, ou seja, eu tê-la encontrado sabe o diabo onde, e de repente terem se confirmado as suposições e pressentimentos vagos que eu experimentara ao avistá-la pela primeira vez, e aquela concentração, o objetivo secreto e inquieto com o qual ela foi à igreja, e a tensão e silêncio, ou seja, com o de mais importante e mais genuíno que temos em nós, com que ela rogou algo a Deus? Tendo chegado e me esquecido dela por completo, fiquei longamente sentado, sozinho e entediado naquele botequim do rio, muito caro, a propósito, célebre por suas farras noturnas de mercadores, não raro custando milhares, e sem qualquer gosto engolia, de tempos em tempos, cerveja Zhigulóvskoie, recordando o Reno e os lagos suíços em que estivera no verão do ano anterior, e pensando no quão vulgares eram todos esses estabelecimentos russos suburbanos de diversão, especialmente os do Volga. O senhor esteve nas cidades do Volga e nesse tipo de taberna na água, em palafitas?

Respondi que conhecia pouco o Volga, que não estivera em seus restaurantes flutuantes, mas imaginava-os facilmente.

— Mas claro — ele disse. — A província russa é bastante igual por toda parte. Só uma coisa não se parece com nada — o próprio Volga. Desde o começo da primavera, até o verão, ele é sempre e por toda parte extraordinário, com qualquer tempo, seja de dia, seja de noite. À noite você se senta, por exemplo, numa taberna dessas, olha por uma janela, três das quais formam suas paredes, e quando, em uma noite de verão, todas estão abertas ao ar, você olha direto para a escuridão, para a negritude da noite, e de forma especial sente toda aquela grandeza selvagem dos espaços aquáticos do lado de fora: você vê milhares de luzes variegadas esparramadas, ouve o chapinhar das jangadas que passam ao lado, os chamados das vozes masculinas que vão nelas ou nas lanchas, nas *belianas*[4], advertindo uns aos outros com gritos, a música de diversos tons dos apitos dos navios, ora surdos, ora baixos e, fundindo-se a ela, as terças dos vaporezinhos fluviais que correm lestamente, você se lembra de todas aquelas palavras bandidas e tártaras — Balakhná, Vassilskursk, Tcheboksáry, Zhigulí, Batráki, Khvalýnsk — e das terríveis hordas de carregadores no cais, depois de toda a beleza incomparável das velhas igrejas do Volga, e só faz balançar a cabeça: de fato, nossa Rússia não dá mesmo para comparar com nada! Mas você olha ao redor — essa taberna, propriamente, é o quê? Uma construção em pilhas, um galpão de troncos com janelas de caixilhos toscos, atulhada de mesas com toalhas brancas, porém não limpas, com louça pesada e barata, em cujos saleiros o sal está misturado com pimenta, e os guardanapos cheiram a sabão cinzento, um tablado de tábuas, ou seja, um estrado de teatro de feira para tocadores de balalaica, acordeão e harpa, cuja parede de trás é iluminada por lampiões de querosene com ofuscantes refletores de lata, criados de cabelo amarelo, o proprietário é um mujique de cabelos espessos, olhinhos de urso — e como conciliar isso tudo com o fato de que volta e meia —

4. Barcaça de madeira empregada na navegação dos rios Volga e Kama no século XIX e começo do XX. (N. do T.)

bebem-se mil rublos de Mumm e Roederer[5] por noite? Tudo isso, você sabe, também é a Rússia… Mas eu já enchi o senhor?

— Por favor! — eu disse.

— Então permita-me terminar. Tudo isso é para mostrar o quão obsceno é o lugar em que de repente voltei a encontrá-la em toda sua limpeza, encanto nobre, e em que companhia! Perto da meia-noite, a taberna começou a se animar e se encher: acenderam debaixo do teto uma lâmpada enorme e terrivelmente quente, lâmpadas nas paredes, lampadinhas na parede de trás do tablado, veio todo um regimento de garçons, derramou-se uma multidão de clientes: naturalmente, filhos de mercadores, funcionários públicos, capitães de vapores, uma trupe de atores em turnê na cidade… os garçons, contorcendo-se devassamente, corriam com as bandejas, dos grupos das mesas vinha alarido, gargalhadas, pairava fumaça de tabaco, saíram ao tablado e se sentaram em duas fileiras laterais tocadores de balalaica de camisas camponesas de ópera, polainas limpinhas e alpercatas de entrecasca novinhas, depois deles saiu e ficou no proscênio um coro de garotas com ruge e pó de arroz, com as mãos uniformemente colocadas detrás das costas e vozes ásperas, secundando o tilintar das balalaicas em uma canção pesarosa e arrastada sobre um infeliz "guerreiro", que teria regressado de um longo cativeiro turco: "Seus pa-a-re-en-te-es não reconhece-eram, pergunta-a--ram ao guerre-eiro, quem é vo-o-cê..." Depois saiu, com um imenso acordeão na mão, um "famoso Ivan Gratchov", sentou-se em uma cadeira bem na beira do tablado e sacudiu os esbranquiçados cabelos espessos rudemente partidos ao meio: fuça de encerador, *kossovorotka* amarela, bordada com seda vermelha no colarinho alto e na barra, as borlas do cinto vermelho com longas franjas penduradas, botas novas com canos envernizados… Ele sacudiu os cabelos, depositou no joelho erguido o acordeão de três

—

5. Marcas de champanhe. (N. do T.)

fileiras de fole preto e dourado, cravou os olhos cor de azeitona em algum lugar acima, fez umas escalas fanfarronas nos botões — e se pôs a bramir, a cantar com eles, torcendo, revirando e esticando o fole como uma cobra grossa, percorrendo os botões com os mais surpreendentes floreios, de forma cada vez mais sonora, resoluta e variada, depois ergueu a fuça, fechou os olhos e derramou, com voz feminina: "Ontem à noite passeava pelo prado, queria enxotar a tristeza..." E foi nesse mesmo minuto que a avistei e, naturalmente, não estava sozinha: bem na hora em que me levantei para chamar o garçom e pagar a cerveja, soltei uma exclamação: abriu-se de fora a porta atrás do tablado e apareceu ela, com um quepezinho de cor cáqui, casaco impermeável da mesma cor, com cinto — na verdade, ela estava bonita com tudo aquilo, parecendo um menino alto — e atrás dela, segurando-a pelo cotovelo, alguém de pequena estatura, *poddiovka* e quepe de fidalgo, rosto escuro e já enrugado, de olhos negros e irrequietos. E, entenda, eu, como dizem, fiquei cego de ódio! Reconheci nele um conhecido meu, um proprietário de terras arruinado, bêbado, devasso, ex-tenente dos hussardos, expulso do regimento e, sem compreender nada, sem pensar, precipitei-me para a frente entre as mesinhas de forma tão impetuosa que os alcancei quase na entrada — Ivan Gratchov ainda gritava: "Procurei lá uma florzinha, para mandar para o meu amado..." Quando corri em sua direção, ele, olhando para mim, conseguiu gritar, alegre: "Ah, doutor, olá", enquanto ela empalidecia de um azul tumular, mas eu o repeli e sussurrei para ela, furioso: "A senhora, nesse botequim! À meia-noite, com um bêbado devasso, um trapaceiro conhecido em todo o distrito e na cidade!" Agarrei-a pelo braço, ameaçando mutilá-lo se ela não saísse de lá comigo naquele minuto. Ele ficou pasmado — o que ele podia fazer, sabendo que eu conseguiria partir uma ferradura com as mãos? Ela se virou e, curvando a cabeça, foi até a saída. Alcancei-a na primeira lanterna do cais de pedra, tomei-a pelo braço — ela não ergueu a cabeça, não soltou o braço. Depois da segunda lanterna, junto a um banco, ela se deteve e, fixando-me, pôs-se a tremer em lágrimas. Fiz com que se sentasse no banco, segurando com uma mão sua mão delicada, fina e virginal, úmida com as lágrimas, e com a outra abraçando-a pelo ombro. Ela proferiu, de modo descosido: "Não, não é verdade, não é verdade, ele é bom… é um infeliz, mas é bondoso, magnânimo, descuidado..." Calei-me — seria infrutífero retrucar. Depois chamei um cocheiro que passava ao lado. Ela sossegou, e subimos à cidade em silêncio. Na praça, ela disse, baixo: "Agora deixe-me ir, vou a pé, não quero que o senhor saiba onde moro" — e, beijando-me a mão de repente, saltou e, sem olhar para trás, caminhou desajeitadamente a esmo pela praça… Nunca mais a vi, e tampouco sei até hoje quem ela é, o que ela é…

Quando pagamos a conta, vestimo-nos embaixo e saímos, o médico foi comigo até a esquina da Arbat, e paramos para nos despedir. Estava vazio e sossegado — até a nova animação, pela meia-noite, até a saída dos teatros e dos jantares dos restaurantes, na cidade e fora da cidade. O céu estava negro, as lanternas brilhavam límpidas sobre a vegetação jovem e elegante do bulevar Pretchístenki, havia um cheiro suave da chuva primaveril que molhara a calçada enquanto estávamos no Praga.

— Mas sabe — disse o médico, olhando ao redor —, depois lamentei por tê-la, por assim dizer, salvado. Aconteceram-me também outros casos desse tipo… E por que, permita-me perguntar, fui me meter? Não dá na mesma com o que e como a pessoa é feliz? As consequências? Mas, de um jeito ou de outro, elas sempre existem: tudo deixa na alma traços cruéis, ou seja, lembranças que são especialmente cruéis, aflitivas, se você se lembra de algo feliz… Bem, até a vista, foi um prazer encontrá-lo…

27 de outubro de 1943

A comadre

Datchas nas florestas de pinheiros dos arredores de Moscou. Um lago raso, balneários junto a margens lamacentas.

Uma das *datchas* mais caras perto do lago: casa em estilo sueco, lindos pinheiros antigos e canteiros de flores rutilantes diante de um terraço amplo.

A dona da casa fica o dia inteiro com uma leve e elegante matinê com rendas, resplandecente na beleza de uma mulher de mercador de trinta anos e com a satisfação tranquila da vida de verão. O marido parte para o escritório de Moscou às nove da manhã, regressa às seis da tarde, forte, cansado, faminto, e imediatamente vai se banhar antes do jantar, despe-se com alívio no balneário aquecido durante o dia e exala um cheiro de suor saudável, de corpo robusto de gente simples...

Uma tarde no fim de junho. O samovar ainda não foi tirado da mesa do terraço. A dona da casa limpa frutas vermelhas para a geleia. Um amigo do marido, que veio de visita à *datcha* por alguns dias, fuma e examina seus braços redondos e bem cuidados, nus até o cotovelo. (Especialista e colecionador de antigos ícones russos, um homem elegante e de compleição seca, com pequenos bigodes aparados, olhar vivo, vestido como se fosse jogar tênis.) Olha e diz:

— Comadre, posso beijar-lhe a mão? Não consigo olhar sossegado.

A mão está no suco — oferece-lhe o cotovelo brilhante.

Mal roçando-o com os lábios, diz, com hesitação:

— Comadre...

— Que foi, compadre?

— Conhece essa história? O coração de um homem escapou da mão e disse à mente: adeus!

— Como o coração escapou da mão?
— É de Saadi, comadre. Houve um poeta persa com esse nome.
— Sei. Mas o que significa que o coração escapou da mão?
— Significa que o homem se apaixonou. Como eu pela senhora.
— Parece que o senhor também disse à mente: adeus.
— Sim, comadre, disse.
Ri distraída, como se estivesse ocupada apenas com suas coisas:
— Pelo que o parabenizo.
— Falo a sério.
— Saúde.
— Isso não é saúde, cunhada, mas uma doença muito grave.
— Coitado. Precisa se tratar. Padece disso há tempos?
— Há tempos, comadre. Sabe desde quando? Desde o dia em que nós, sem mais nem menos, fomos ao batizado dos Savêliev — não entendo o que deu neles para chamarem justamente a senhora e eu para o batismo... Lembra-se de que nevasca havia naquele dia, e de como a senhora chegou toda em neve, excitada pela velocidade da viagem e pela nevasca, como eu tirei a sua peliça de zibelina e a senhora entrou no salão com um modesto vestido branco de seda, com uma pequena cruz de pérolas no peito levemente aberto, e depois segurou o bebê nos braços com as mangas arregaçadas, ficou comigo junto à pia, olhando para mim com um meio sorriso um pouco embaraçado... Foi aí que começou algo secreto entre nós, uma intimidade pecaminosa, que já parecia um parentesco e, por causa disso, um anseio especial.
— *Parlez pour vous*[1]...
— E depois sentamos lado a lado no almoço, e eu não entendia se o cheiro tão maravilhoso, jovem, fresco vinha dos jacintos da mesa, ou da senhora... Desde então fiquei doente. E apenas a senhora pode me curar.
Fitou de esguelha:

—

1. Fale pelo senhor. Em francês no original. (N. do T.)

— Sim, lembro-me bem deste dia. Quanto ao tratamento, pena que Dmítri Nikoláievitch vai passar a noite de hoje em Moscou — ele imediatamente lhe aconselharia um médico de verdade.

— E por que ele vai passar a noite em Moscou?

— De manhã, partindo para a estação, ele disse que hoje tinha uma reunião de sócios, antes de partirem. Todos vão partir — uns para Kislovodsk, outros para o exterior.

— Mas ele poderia voltar pelas doze da noite.

— E a bebedeira de despedida, no Mauritânia, depois da reunião?

No jantar, ele ficou em silêncio, triste, e brincou inesperadamente:

— Será que eu não devia passar no Mauritânia às dez horas, cair de bêbado, beber à *Bruderschaft*[2] com o *maître*?

Ela fitou prolongadamente:

— Passar lá e me deixar sozinha na casa vazia? É assim que o senhor entende os jacintos!

E calmamente, como se estivesse pensativa, depositou a mão sobre a dele, que jazia na mesa...

À uma da manhã, apenas de roupão, ele se esgueirou do quarto dela pela casa escura, silenciosa, sob a batida nítida do relógio da sala de jantar, na direção de seu aposento, em cuja penumbra cintilava, na janela aberta para a varanda do jardim, a luz distante e mortiça do crepúsculo, que não se extinguira a noite inteira, e cheirava ao frescor noturno da floresta. Beatificamente desabando de costas na cama, tateou a mesa de cabeceira em busca de fósforos e da cigarreira, pôs-se a fumar avidamente e fechou os olhos, recordando os detalhes de sua felicidade inesperada.

De manhã, arrastava-se na janela a umidade da chuva tranquila, suas gotas batiam ritmadamente na varanda. Ele abriu os olhos, sentiu com prazer a doce simplicidade da vida

—

2. Fraternidade. Em alemão russificado no original. (N. do T.)

cotidiana, pensou: "Hoje parto para Moscou, e depois de amanhã para o Tirol, ou para o Lago de Garda" – e voltou a adormecer.

Saindo para o desjejum, beijou-lhe respeitosamente a mão e sentou-se com modéstia à mesa, abriu o guardanapo...

— Queria desculpar – ela disse, tentando ser o mais simples possível –, só tem galinha fria e coalhada. Sacha, traga vinho tinto, esqueceu de novo...

Depois, sem erguer os olhos:

— Por favor, parta hoje mesmo. Diga a Dmítri Nikoláievitch que o senhor também teve uma vontade terrível de ir a Kislovodsk. Chego lá em duas semanas, e despacho-a para os pais, na Crimeia, lá eles têm uma *datcha* maravilhosa em Miskhor... Obrigada, Sacha. O senhor não gosta de coalhada – quer queijo? Sacha, traga queijo, por favor...

— "O senhor gosta de queijo, perguntaram certa vez ao santarrão[3]" — ele disse, com um riso desajeitado. — Comadre...

— Boa comadre!

Pegou e apertou a mão dela por cima da mesa, falando baixo:

— A senhora vem de verdade?

Ela respondeu com voz uniforme, fitando-o com um leve risinho:

— O que você acha? Vou enganar?

— Como lhe serei grato!

E imediatamente pensou: "E lá, com aquelas botas envernizadas, de amazona e chapéu coco, eu provavelmente vou sentir um ódio figadal e imediato por ela!"

25 de setembro de 1943

---

3. Citação do *Epigrama Nº 1* (1854), de Kozmá Prutkov – pseudônimo coletivo adotado pelo poeta Aleksei Tolstói e pelos irmãos Zhemtchúzhnikov (Aleksei, Vladímir e Aleksandr). (N. do T.)

Começo

— E eu, senhores, apaixonei-me pela primeira vez ou, mais precisamente, perdi a inocência aos doze anos. Eu era então um colegial, e saí da cidade para minha casa, no campo, para as férias de Natal, em um daqueles dias quentes e cinzentos que ocorrem com tanta frequência na Quadra Natalícia. O trem ia em meio às florestas de pinheiros sob neves profundas, eu tinha uma felicidade e tranquilidade infantis, sentindo aquele suave dia de inverno, aquela neve e pinheiros, sonhando com os esquis que me esperavam em casa, e estava absolutamente sozinho no velho vagão misto fortemente aquecido da primeira classe, que consistia em duas seções, ou seja, em quatro sofás vermelhos de veludo com encosto alto — esse veludo parecia deixá-lo ainda mais quente e abafado — e quatro sofazinhos igualmente aveludados junto à janela do outro lado, com uma passagem entre elas e os sofás. Lá passei mais de uma hora despreocupado, pacífico e sozinho. Porém, na segunda estação depois da cidade, abriu-se a porta de entrada do vagão, veio o cheiro prazeroso do ar invernal, entrou um carregador com duas malas cobertas e uma bolsa de viagem de fazenda escocesa, atrás dele uma dama muito pálida de olhos negros, coifa negra de cetim e peliça de astracã e, atrás dela, um fidalgo alentado de olhos amarelos de coruja, chapéu de rena com orelheiras erguidas, botas de feltro fino acima do joelho e brilhante casaco de pele de rena forrado por dentro e por fora. Eu, como menino educado, claro que me levantei imediatamente e, do grande sofá junto à entrada, mudei-me para a segunda seção, não para o outro sofá, mas para a poltroninha junto à janela, de frente para a primeira seção, para ter a possibilidade de observar os recém-chegados: afinal, crianças são tão atentas e curiosas para com pessoas novas como cachorros para com cães desconhecidos.

E foi lá, naquele sofá, que minha inocência pereceu. Quando o carregador colocou as coisas no compartimento acima do sofá no qual eu estivera até então sentado, disse ao fidalgo que lhe enfiara na mão uma cédula de um rublo "boa viagem, Vossa Excelência!" e saiu do vagão quando o trem já estava em marcha, a dama imediatamente deitou-se de costas no sofá embaixo do compartimento, com a nuca na almofada rolo de veludo, e o fidalgo, desajeitado, com as mãos desacostumadas a qualquer tipo de trabalho, puxou a bolsa de viagem do compartimento e botou no sofá oposto, tirou dela um travesseirinho branco e, sem olhar, entregou-lhe. Ela disse, baixo: "Grata, meu amigo" — e, metendo-o embaixo da cabeça, fechou os olhos, enquanto ele, largando o casaco de pele em cima da bolsa de viagem, postou-se à janela entre os sofazinhos de sua seção e acendeu uma *papirossa* grossa, que espalhou no abafado do vagão seu odor aromático. Ele estava em pé, em toda sua altura grandiosa, com as orelheiras do chapéu de rena esticadas para cima e, aparentemente, não tirava os olhos dos pinheiros que corriam para trás, e eu no começo não tirava os olhos dele, e sentia apenas uma coisa — um ódio terrível dele, por não ter absolutamente notado minha presença, não ter nenhuma vez sequer olhado para mim, como se eu não estivesse no vagão e, por força disso, de todo o resto: de sua tranquilidade de fidalgo, de sua imponência de príncipe e mujique, dos olhos redondos e rapaces, da barba e bigode castanho descuidadamente largados e até do terno castanho sólido e espaçoso, das leves botas de veludo tendidas acima do joelho. Mas nem se passaram uns minutos e já me esqueci dele: de repente lembrei-me daquela palidez mortal, mas linda que inconscientemente me impactara à entrada da dama que agora estava deitada de costas no sofá na minha frente — e já não vi nada além dela, seu rosto e corpo, até a estação seguinte, onde eu devia descer. Ela suspirou e deitou-se de forma mais cômoda, um pouco mais baixo, abriu, sem descerrar os olhos, a peliça sobre o vestido de flanela, jogou no chão, de um pé para outro, as galochas quentes que estavam por cima das botas de camurça abertas, tirou da cabeça e atirou ao seu lado a coifa de cetim — seus cabelos negros revelaram, para meu grande espanto, um corte curto, de menino —, depois à direita e à esquerda soltou algo das meias cinza de seda, erguendo o vestido sobre o corpo nu entre ele e as meias e, ajustando a barra, cochilou: os lábios heliotrópicos, porém joviais e femininos, com um buço escuro acima, entreabriram-se levemente, o rosto, transparente de tão branco, com sobrancelhas e cílios negros muito destacados, perdeu qualquer expressão... O sono da mulher que você deseja, que atrai para si todo o seu ser — vocês sabem o que é isso! E eis que pela primeira vez na vida eu via e sentia isso — até então eu vira apenas o sono de minha irmã, da mãe —, e só olhava, olhava, com os olhos parados, com a boca seca, para aquela cabeça negra de menino e mulher, para o rosto imóvel, para o branco puro do qual tão maravilhosamente destacavam-se as sobrancelhas negras e finas, e os cílios negros cerrados, para o buço escuro sobre os lábios entreabertos, absolutamente torturantes de tão atraentes, já compreendia e absorvia tudo de inefável que existe em um corpo feminino deitado, a plenitude das coxas e a fineza dos tornozelos, e com vivacidade terrível via ainda mentalmente aquela incomparável e suave cor feminina do corpo que ela inadvertidamente exibira-me sob o vestido de flanela ao soltar algo das meias. Quando o solavanco do trem que parava na frente de nossa estação inesperadamente me fez voltar a mim, saí cambaleando do vagão para o doce ar do inverno. Detrás da estação de madeira havia um trenó de troica, ao qual estava atrelada uma parelha cinzenta, com sinetas a tilintar; junto ao trenó, com uma peliça de guaxinim na mão, esperava nosso cocheiro, que me disse, de forma pouco amistosa:

— Mamãe mandou vestir sem falta...

E obedientemente deslizei para a peliça de meu avô, cheirando a pele e frescor de inverno, com um colarinho enorme, já amarelo e de longas arestas, afundei no trenó macio e espaçoso e, sob o murmurar surdo e cavernoso das sinetas, rodei pela estrada profunda e silenciosa por uma clareira do pinhal, fechando os olhos e ainda entorpecido com o que acabara de vivenciar, pensando vaga, pesarosa e docemente apenas naquilo, e não no anterior, querido, que me esperava em casa junto com os esquis e o filhote de lobo capturado na caça de agosto, na toca de uma loba que fora morta, e que agora estava em uma cova em nosso jardim, e da qual ainda no outono, quando fui para casa por dois dias, na Intercessão da Virgem, vinha um fedor animal selvagem e maravilhoso.

23 de outubro de 1943

“Carvalhos”

Naquela época, meus amigos, eu estava apenas em meu vigésimo-terceiro ano — uma coisa, como estão vendo, antiga, ainda nos dias de Nikolai Pávlovitch[1], de abençoada memória —, tinha sido recém-promovido à patente de alferes de cavalaria da guarda, liberado no inverno daquele ano memorável para mim em uma licença de duas semanas para minha chácara em Riazan, onde, devido ao falecimento de meu pai, minha mãe morava sozinha e, ao chegar, prontamente me apaixonei de forma cruel: certa vez fui olhar uma propriedade há tempos vazia de meu avô, junto a um vilarejo chamado Petróvskoie, vizinho do nosso, e comecei a passar a vista por lá com frequência cada vez maior, sob qualquer pretexto. O campo russo é selvagem mesmo hoje em dia, particularmente no inverno, mas como não era na minha época! Igualmente selvagem era também Petróvskoie, com essa propriedade vazia em suas cercanias, chamada “Carvalhos”, pois em sua entrada cresciam alguns carvalhos, que no meu tempo já eram vetustos, imponentes. Sob estes carvalhos havia uma velha isbá tosca, detrás da isbá, dependências destruídas pelo tempo, mais adiante, o baldio de um jardim cortado, recoberto de neve, e as ruínas da casa senhorial, com os orifícios escuros das janelas sem caixilhos. E era nessa isbá sob os carvalhos que eu ficava quase todo dia, tagarelando sobre todo tipo de bobagem administrativa com nosso estaroste, Lavr, que morava nela, buscando sua amizade de forma até baixa e lançando em segredo olhares pesarosos a sua esposa taciturna, Anfissa, que parecia mais uma espanhola do que uma simples serva russa, tinha quase a metade da idade de Lavr, um mujique alentado com rosto cor de tijolo,

—

1. O tsar Nicolau I (1796-1855). (N. do T.)

de barba vermelho-escura, e que facilmente poderia ter virado o atamã de uma quadrilha de bandidos de Múrom. Desde o amanhecer eu lia sem distinção o que me caísse em mãos, arranhava o piano, cantava, com angústia: "Quando, minha alma, rogaste perecer ou amar"[2]. E, depois de almoçar, ficava até o anoitecer nos "Carvalhos", apesar dos ventos e nevascas abrasantes que voavam sem esmorecimento em nossa direção, das estepes de Sarátov. Assim passaram os feriados natalinos, e aproximou-se o prazo de meu regresso ao dever, que eu relatara certa vez com desembaraço fingido a Lavr e Anfissa. Lavr fez a observação razoável de que o serviço ao tsar, incontestavelmente, vinha antes de tudo, e então, por algum motivo, saiu da isbá, enquanto Anfissa, sentada com um bordado na mão, de repente deixou o trabalho cair no joelho, olhou na direção do marido com seus olhos castelhanos e, assim que ele bateu a porta, cintilou-os de modo fixo e apaixonado na minha direção e disse, com um sussurro ardente:

— Patrão, amanhã ele vai pernoitar na cidade, venha passar comigo a noitinha de despedida. Eu estava a esconder, mas agora digo: será amargo para mim separar-me do senhor!

Eu, naturalmente, fiquei transtornado com tal admissão, e só consegui menear a cabeça, em sinal de concordância — Lavr regressou à isbá.

Depois disso eu, como os senhores entendem, em impaciência indizível, não tinha a expectativa de sequer sobreviver até a noite seguinte, não sabia o que fazer comigo mesmo, pensando em apenas uma coisa: desprezo toda minha carreira, largo o regimento, fico para sempre no campo, uno meu destino ao dela à morte de Lavr — e outras coisas do gênero... "Pois ele já está velho — pensava eu, não obstante Lavr ainda não contasse cinquenta anos –, deve morrer logo..." Por fim, a noite passou — desde o amanhecer eu ora fumava cachimbo, ora tomava rum, sem ficar nem um

2. *Elegia* (1820), do poeta Anton Délvig (1798-1831), musicada em 1825 por Mikhail Iákovlev (1798-1868). (N. do T.)

pouco embriagado, todo acalorado em meus sonhos insensatos —, passou também o breve dia de inverno, começou a escurecer e, no pátio, desatou-se uma crudelíssima tormenta. Como sair assim de casa, o que dizer a mamãe? Perdi-me, não sabia o que fazer, quando, de repente, uma ideia simples: partir em segredo, acabou-se e pronto! Declarei-me indisposto, não jantei, fui para a cama e, assim que mamãe acabou de comer e retirou-se para seus aposentos — já se fizera a precoce noite de inverno —, vesti-me com grande pressa, corri à isbá do estribeiro, mandei atrelarem um trenó ligeiro e parti assim. No pátio, não se via um palmo à frente do nariz na escuridão branca da nevasca, mas o caminho era conhecido do cavalo, percorri-o a esmo e não passou nem meia hora e negrejava nesta escuridão, sob os carvalhos a uivar, a acalentada isbá, com sua janelinha a reluzir através da neve. Amarrei o cavalo no carvalho, larguei um xairel em cima dele e, fora de mim, atravessei o monte de neve, na direção do saguão escuro! Procurei às apalpadelas a porta da isbá, ingressei na soleira, e ela já estava enfeitada, com pó de arroz, ruge, sentada, ao brilho e fumaça vermelha de uma acha, em um banco perto de uma mesa posta, com iguarias sobre uma toalha branca, esperando-me de olhos arregalados. Tudo se turvava, tremulava naquele brilho, na fumaça, mas seus olhos se faziam ver mesmo através disso, de tão esbugalhados e fixos! A acha crepitava no suporte da coluna do forno, acima de uma selha com água, ofuscava com uma chama rápida e rubra, soltando fagulhas incandescentes que sibilavam na água, na mesa havia pratos com nozes e *jamkas*[3] amassadas, uma garrafa de licor de frutas, dois copinhos e ela, perto da mesa, de costas para a janelinha esbranquecida pela neve, estava sentada com uma sarafana lilás de seda, uma camisa de calicô de mangas abertas, um colar de coral — a cabecinha de azeviche, que teria honrado qualquer beldade da sociedade, tinha um penteado liso,

—

3. Pequeno pão de mel coberto de glacê, de forma oval ou semicircular. (N. do T.)

partido ao meio, dos ouvidos pendiam brincos prateados... Ao me ver, ergueu-se de um salto, instantaneamente retirou-me o chapéu coberto de neve, a *poddiovka* de raposa, empurrou-me para o banco — tudo como que em furor, contrariamente a minhas ideias prévias a respeito de sua inexpugnabilidade orgulhosa —, atirou-se nos meus joelhos, abraçou-me, comprimindo as faces cálidas contra meu rosto...

— Por que escondeste — eu disse —, esperaste até nossa separação!

Ela respondeu, desesperada:

— Ah, mas o que eu podia fazer? Meu coração parava quando entravas, eu via tua aflição, mas sou firme, não me entreguei! E onde eu podia me abrir para ti? Pois em nenhum momento estive face a face contigo, e na presença dele não é possível sequer soltar um olhar, é vigilante como uma águia, caso perceba algo, mata, a mão não treme!

E voltou a me abraçar, apertou minha mão tímida, depositou-a em seus joelhos... Senti seu corpo em minhas pernas, através da sarafana leve, e já não me controlava quando, de repente, ela se aprumou de forma suscetível e selvagem, ergueu-se de um pulo, fitando-me com olhos de Pítia:

— Ouves?

Ouço — e não ouço nada além do barulho da neve atrás da parede: digo, que foi?

— Alguém chegou! Um cavalo relinchou! É ele!

E correndo a se sentar à mesa, dominando a respiração pesada, disse, com voz simples e alta, servindo da garrafa, com mão trêmula:

— Tome um licorzinho, meu senhor. Ficará congelado no caminho...

Então ele entrou, todo hirsuto de neve, de gorro com orelheiras e sobretudo de carneiro, olhou, pronunciou: "Olá, meu senhor", depositou zelosamente o sobretudo no balcão e, enxugando com a manga da peliça curta o rosto e a barba úmidos, disse, sem pressa:

— Mas que tempinho! Cheguei de algum jeito até Bolchíe Dvóry - não, pensei, vais te arruinar, não vais chegar —, entrei em uma estalagem, botei a égua embaixo de um toldo, em um lugar isolado, dei-lhe forragem, fui para a isbá, atrás de sopa de repolho — chegara justo na hora do almoço — e fiquei por lá quase até o anoitecer. E depois pensei — ah, seja o que for, eu vou é para casa, oxalá Deus me conduza - não estou para a cidade, não estou para negócios com um horror desses! E cheguei, graças a Deus...

Ficamos calados, sentados, letárgicos, na mais pavorosa perturbação, entendendo que ele imediatamente compreendera tudo, ela não erguia os cílios, eu olhava para ele de vez em quando... Reconheço que ele era pitoresco! Grande, espadaúdo, com um cinto verde e apertado em volta da peliça curta com padrões tártaros, firmemente calçado em botas de feltro de Kazan, o rosto de tijolo ardendo com o vento, a barba a brilhar com a neve derretida, os olhos de uma inteligência ameaçadora... Aproximando-se do suporte, acendeu mais uma acha, depois sentou-se à mesa, pegou a garrafa com os dedos grossos, bebeu até o fundo e disse, de lado:

— Já não sei, meu senhor, como pode ir agora. Mas está na hora de ir, seu cavalo está todo coberto de neve, ficou todo curvado... Não se irrite por eu não ir acompanhar — passei uns maus bocados durante o dia, e não vi minha mulher o dia inteiro, e tenho algo a conversar com ela...

Eu, sem palavras para responder, levantei-me, vesti-me e saí...

E de manhã, ao raiar do dia, um ginete de Petróvskoie: à noite, Lavr estrangulara a esposa com seu cinto verde no gancho de ferro do dintel da porta e, pela manhã, fora a Petróvskoie, declarando aos mujiques:

— Vizinhos, aconteceu-me uma desgraça. Minha mulher se enforcou — pelo visto, perdeu o juízo. Acordei ao amanhecer, e ela estava pendurada, de rosto azul, cabeça derrubada no peito.

Por algum motivo estava enfeitada, maquiada — e agora está pendurada, por um triz não chega ao chão… Testemunhem, cristãos.

Estes olharam para ele e disseram:

— Arre, o que ela foi fazer consigo mesma? Mas por que, estaroste, toda tua barba está esfarrapada, todo o rosto rasgado a unha, de cima a baixo, e o olho vazando sangue? Amarrem-no, rapazes!

Foi açoitado e enviado para a Sibéria, para as minas.

30 de outubro de 1943

Senhorita Klara

O georgiano Irákli Meladze, filho de um mercador rico de Vladikavkaz, que viera em janeiro a Petersburgo para cuidar de negócios do pai, jantava naquela noite no Pálkin. Como sempre, sem qualquer motivo, estava com um ar bastante sombrio: baixo, levemente curvado, magricela e robusto, cabelos rijos e ruivos sob a testa, quase até a sobrancelha, rosto barbeado e moreno; o rosto era um iatagã, os olhos castanhos, cavados, os braços secos, pequenos, com mãos peludas, unhas pontudas e firmes, redondas; trajava um paletó azul de corte provinciano exageradamente na moda e uma camisa azul de seda com uma gravata comprida que rutilava ora em cor dourada, ora de pérola. Jantava em uma sala grande e cheia, ao som de uma orquestra de cordas barulhenta, sentindo com satisfação que estava na capital, no meio de sua rica vida de inverno — detrás da janela brilhava a avenida Névski à noite, às luzes da qual, no fluxo incessante e denso dos bondes a correr, de cocheiros de carruagens de luxo e seges de aluguel a voar, a neve caía da iluminação em flocos robustos. Após tomar no balcão dois cálices de vodca de laranja-azeda e petiscar uma enguia gordurosa, devorava uma *solianka*[4] líquida com aplicação, mas ficava olhando o tempo todo para uma morena poderosa que jantava em uma mesinha próxima, e lhe parecia o cúmulo da beleza e da elegância: corpo luxuoso, seios altos e ancas empinadas — tudo apertado em um vestido negro de cetim; nos ombros largos, um boá de arminho; nos cabelos de azeviche, um magnífico chapéu preto curvado; os olhos negros de cílios postiços em seta brilhavam de forma imponente e independente, os lábios finos, pintados de laranja, comprimiam-se orgulhosos; o pó de arroz

—

4. Tradicional sopa russa. (N. do T.)

deixava o rosto grande branco como giz... Após comer o tetraz com creme azedo, Meladze dobrou o dedo para chamar o lacaio, apontando para ela com os olhos:

— Diga, por favor, quem ela é?

O lacaio piscou:

— A senhorita Klara.

— Traga rápido a conta, por favor...

Ela também já pagara, tomando elegantemente uma xicarazinha de café com leite e, após pagar e contar o troco com atenção, levantou-se sem pressa e caminhou suavemente para o banheiro feminino. Seguindo-a, ele correu para a saída, pela escada coberta de um tapete vermelho baixo, vestiu-se depressa na portaria e pôs-se a esperá-la na saída, sob a neve que caía espessa. Ela saiu, erguendo a cabeça com imponência, trajando um largo sobretudo de foca, com as mãos em um grande regalo de arminho. Ele barrou-lhe a passagem e, curvando-se, tirou o gorro de astracã:

— Permita-me, por favor, acompanhá-la...

Ela se deteve e fitou-o com espanto mundano:

— É algo ingênuo da sua parte dirigir-se a uma dama desconhecida com esse tipo de proposta.

Ele botou o gorro e balbuciou, melindrado:

— Por que ingênuo? Poderíamos ir ao teatro, depois tomar champanhe...

Ela deu de ombros:

— Que insistência! O senhor, com certeza, vem da província.

Ele se apressou em dizer que viera de Vladikavkaz, que lá seu pai tinha uma grande empresa mercantil...

— Quer dizer que de dia tem negócios, e à noite fica entediado sozinho?

— Muito entediado!

Como se tivesse pensado em algo, ela disse, com desleixo afetado:

— Pois bem, vamos nos entediar juntos. Se quiser, vamos à minha casa, tenho champanhe. E depois ceamos em algum lugar, nas Ilhas. Apenas cuidado, tudo isso não vai lhe custar barato.

— Vai custar quanto?

— Na minha casa cinquenta. Mas nas Ilhas claro que sai por mais de cinquenta.

Ele fez uma careta de desdém:

— Por favor! Isso não é questão!

O cocheiro, coberto de neve, estalando os lábios o tempo inteiro no ritmo da batida do cavalo na parte de frente do trenó, levou-os rapidamente à avenida Ligóvski, em um prédio de cinco andares. No quinto andar, uma escada pouco iluminada dava na porta única de um apartamento completamente isolado. No caminho, ambos ficaram em silêncio — ele inicialmente gritara, excitado, gabando-se de Vladikavkaz, de ter ficado no "Hotel do Norte", no quarto mais caro, no primeiro andar, depois de repente calou-se, segurando-a na pele de foca, ora pela cintura, ora pelo traseiro largo, e já se afligia, pensando apenas nele; ela protegia o rosto da neve com o regalo. Subiram as escadas também em silêncio. Sem pressa, ela abriu a porta com uma chave Yale, a partir da antessala iluminou o apartamento inteiro com luz elétrica, tirou o sobretudo e o chapéu, sacudiu a neve, e ele viu que seus cabelos grandes, com tons de framboesa, estavam partidos ao meio, em linha reta. Segurando a impaciência e até a raiva dessa lentidão, e sentindo como era quente, abafado e sufocante aquele apartamento isolado, ele mesmo assim tentou ser afável e, tirando o casaco, disse:

— Que aconchegante!

Ela respondeu, com indiferença:

— Só que é um aperto impossível. Tem todas as comodidades, cozinha a gás, um banheiro maravilhoso, mas ao todo são dois aposentos: recepção e dormitório...

Na recepção, com carpete de castor, mobília leve antiga e cortinas de pelúcia nas portas e janelas, uma lâmpada brilhava com força em um suporte alto, sob um abajur rosa de chifre, no dormitório pegado à recepção também via-se, atrás da porta, a luz rosada de uma lampadazinha na mesinha de cabeceira. Ela foi para lá, colocando para ele, na mesa em frente ao sofá, coberta por uma toalha de veludo, um cinzeiro em forma de concha, e ficou bastante tempo trancada. Ele ficava cada vez mais sombrio, fumando na poltrona ao lado da mesa, olhando de soslaio para o Crepúsculo de Inverno de Klever[5] pendurado sobre o sofá e, na outra parede, para o retrato de um oficial com um capote com pelerine nos ombros, para suas suíças. Finalmente a porta do dormitório se abriu.

— Pois bem, agora vamos sentar e conversar — ela disse, saindo de lá com um roupão negro, com dragonas douradas bordadas, e chinelos cor de rosa sem parte de trás nos pés sem meias.

Ele olhou avidamente para seus calcanhares nus, que pareciam nabos brancos, e ela, captando-lhe o olhar, riu-se, passou pela antessala e voltou com um vaso de peras em uma mão e uma garrafa de champanhe na outra. "O meu favorito, rosé" — ela disse, e voltou a sair, trouxe duas taças, encheu-as até a borda do vinho rosado levemente espumante, brindou com ele, bebericou e sentou-se nos seus joelhos, escolhendo a pera mais amarela do vaso e mordendo-a imediatamente. O vinho estava quente, adocicado, mas ele, de nervoso, tomou-o até o fim e beijou-a impetuosamente com os lábios molhados em todo o pescoço. Ela colocou na boca dele a mão firme, que cheirava a fragrância Chipre:

— Só que sem beijo. Não somos colegiais. E o dinheiro aqui, na mesa.

Tirando a carteira do bolso interno do paletó dele, e o relógio do colete, ela colocou ambos na mesa e, após comer a pera, abriu as pernas. Ele criou coragem e abriu o roupão com dragonas que estava sobre o corpo grande, de seios cheios, com pelos negros

5. Quadro de 1889 do pintor russo de ascendência germânica Julius Sergius von Klever (1850-1924). (N. do T.)

e espessos abaixo do ventre largo e ondulado. "Ela já é velha" — ele pensou, olhando para seu rosto poroso de giz, lentamente coberto de pó de arroz, para as comissuras dos lábios laranja, para os terríveis cílios postiços, para a larga risca cinza no meio dos rijos cabelos cor de graxa, mas já completamente estonteado com o tamanho e a brancura daquele corpo nu, a redondeza dos seios, cujos mamilos vermelhos eram por algum motivo muito pequenos, e o traseiro macio que jazia pesadamente em seus joelhos. Ela deu-lhe um tapa doloroso na mão e levantou-se, inflando as narinas.

— Impaciente como um molecote! — disse, irada. — Tomemos mais uma taça e vamos...

E agarrou orgulhosamente a garrafa. Mas ele, com sangue nos olhos, atirou-se de corpo inteiro nela e derrubou-a no chão, no castor. Ela deixou a garrafa cair e, semicerrando os olhos, assentou-lhe com toda força uma bofetada cruel. Ele deu um gemido doce, curvando a cabeça para se defender de um outro golpe, e recaiu sobre ela, pegando o traseiro nu com uma mão, e desabotoando-se rapidamente com a outra. Ela agarrou-lhe o pescoço com os dentes e, erguendo o joelho direito, assentou-lhe um golpe tão terrível na barriga que ele caiu embaixo da mesa, mas levantou-se de imediato, pegou a garrafa no chão e rachou-a na cabeça dela, que estava meio erguida. Soltando um soluço, ela caiu de costas, de braços abertos, e abriu amplamente a boca — de onde jorrava sangue espesso. Ele pegou relógio e carteira da mesa e precipitou-se para a antessala.

À meia-noite ele estava sentado em um trem expresso, às dez da manhã encontrava-se em Moscou, às dez na estação de Riazan, em um trem para Rostov. Às seis da tarde do dia seguinte, no balcão do bufê da estação de Rostov, foi preso.

17 de abril de 1944

O Madri

Tarde da noite, ele ia à luz da lua pelo bulevar Tverskói, e ela no sentido contrário: a andar de passeio, com as mãos em um pequeno regalo e, balançando o chapeuzinho de astracã, que estava ligeiramente de banda, cantarolava algo. Ao se aproximar, deteve-se:

— Não desejaria compartilhar a companhia?

Ele deu uma olhada: pequena, de nariz arrebitado, maçãs do rosto um pouco largas, os olhos a brilharem à meia-luz, um sorriso formoso, timorato, uma vozinha pura no silêncio, no ar congelado...

— E por que não? Com prazer.

— E vai pagar quanto?

— Um rublo pelo amor, um rublo de gratificação.

Ela pensou.

— E o senhor mora longe? Se não for longe, eu vou, depois do senhor ainda dá tempo de dar uma volta.

— A dois passos. Aqui, na Tverskáia, em um quarto do Madri.

— Ah, conheço! Estive lá cinco vezes. Um trapaceiro me levou lá. Judeu, mas bom para caramba.

— Também sou bom.

— Foi o que pensei. O senhor é simpático, agradou-me imediatamente...

— Então quer dizer que vamos.

No caminho, sempre a olhar para ela — uma garotinha de uma formosura rara! —, pôs-se a interrogar:

— Por que faz isso sozinha?

— Não estou sozinha, sempre saímos em três: eu, Mur e Anélia. Também moramos juntas. Só que hoje é sábado, os caixeiros levaram-nas. E ninguém me levou, a noite inteira. Não me pegam muito, preferem as mais cheias, ou as que são como Anélia. Embora magra, ela é alta, ousada. Bebe para caramba, e sabe cantar à moda cigana. Ela e Mur não conseguem suportar os homens, estão terrivelmente apaixonadas uma pela outra, vivem como marido e mulher...

— Sei, sei... Mur... E você, como se chama? Apenas não minta, não invente.

— Nina.

— Está mentindo. Diga a verdade.

— Bem, para o senhor eu digo, Pólia.

— Está na vida, suponho, há pouco?

— Não, já faz tempo, desde a primavera. Mas por que esse interrogatório? Melhor me dar um cigarro. Com certeza deve ter uns muito bons, olhe só a sua capa e chapéu!

— Dou quando chegarmos. Faz mal fumar no frio.

— Bem, como quiser, mas sempre fumamos no frio, e não faz nada. Faz mal para Anélia, ela tem tuberculose... E por que o senhor é barbeado? Ele também era barbeado...

— Continua falando do trapaceiro? Pois ele grudou na sua memória!

— Lembro-me dele até agora. Também tem tuberculose, mas fuma para caramba. Os olhos tremem, os lábios são secos, o peito afundado, as faces afundadas, escuras...

— E as mãos peludas, terríveis...

— Verdade, verdade! Ah, o senhor o conhece?

— Ora essa, como poderia conhecê-lo?

— Depois ele partiu para Kíev. Fui acompanhá-lo à estação Briansk, mas ele não sabia que eu ia. Cheguei, mas o trem já tinha partido. Corri atrás do vagão, e ele surgiu na janela, viu-me, acenou com a mão, pôs-se a gritar que logo voltaria e me traria geleia seca de Kíev.

— E não veio?

— Não, com certeza apanharam-no.

— E como você sabia que ele era um trapaceiro?

— Ele mesmo contou. Encheu a cara de vinho do Porto, ficou triste e contou. Eu, ele disse, sou um trapaceiro, a mesma coisa que um ladrão, mas o que vou fazer, quem fica parado é poste... E o senhor, talvez, é ator?

— Algo do gênero. Bem, chegamos...

Sobre a secretária, atrás da porta de entrada, ardia uma lampadazinha, não havia ninguém. As chaves dos quartos estavam penduradas em uma tábua na parede. Quando ele pegou a sua, ela sussurrou:

— Mas como o senhor deixa? Vão roubar!

Ele olhou para ela, cada vez mais alegre:

— Se roubarem, vão para a Sibéria. Mas que encanto de fuçazinha você tem!

Ela ficou embaraçada:

— Sempre rindo... Vamos logo, pelo amor de Deus, pois, de qualquer forma, não é permitido levar alguém para o quarto tão tarde...

— Tudo bem, não tema, escondo-a embaixo da cama. Quantos anos você tem? Dezoito?

— O senhor é esquisito! Sabe de tudo! Dezoito.

Subiram por uma escada íngreme, por um tapetinho surrado, viraram em um corredor estreito, fracamente iluminado, muito abafado, ele se deteve, enfiando a chave na porta, ela ficou na ponta dos pés e viu o número:

— Cinco! E ele ficava no quinze, no segundo andar...

— Se você me disser mais uma palavra a respeito dele, eu te mato.

Os lábios dela franziram-se em um sorriso de satisfação e, balançando de leve, entrou na antessala do quarto iluminado, desabotoando no caminho o casaquinho de colarinho de astracã:

— O senhor saiu e esqueceu de apagar a luz...

— Não é problema. Onde está seu lencinho?

— Para que deseja?

— Você ficou vermelha, mesmo assim o nariz congelou...

Ela entendeu, tirou apressadamente do regalo a bolinha do lenço, enxugou-se. Ele beijou-lhe a face fria e deu um tapinha nas costas. Ela tirou o chapeuzinho, sacudiu os cabelos e, de pé, pôs-se a tirar as galochas. A galocha não cedia e ela, com o esforço, não caiu por um triz, agarrou o ombro dele e deu uma risada sonora:

— Ai, quase saí voando!

Ele tirou o casaquinho de cima do vestidinho preto dela, que cheirava a tecido e corpo quente, empurrou-a de leve para dentro do quarto, para o sofá:

— Sente-se e me dê o pé.

— Mas não, faço sozinha...

— Sente-se, estou dizendo.

Ela sentou e esticou a perna direita. Ele ficou em cima de um joelho, botou a perna no outro, ela acanhadamente puxou a barra da meia preta:

— Mas como o senhor é, meu Deus! Na verdade, elas são apertadas para caramba...

— Cale-se.

E tirando rapidamente as galochas, uma depois da outra, junto com os sapatos, levantou a barra do vestido da perna, beijou-lhe fortemente o corpo nu, acima do joelho, e levantou-se, de rosto vermelho:

— Bem, rápido... Não posso...

— Não pode o quê? — ela perguntou, com os pequenos pés no tapete, apenas de meias, diminuindo de altura de forma comovente.

— É uma tolinha completa! Não posso esperar, entendeu?

— Dispo-me?

— Não, vista-se!

E, virando-se, ele se aproximou da janela e se pôs a fumar, apressado. Detrás do vidro duplo, que congelara embaixo, lanternas brilhavam palidamente à luz da lua, ouvia-se o tilintar dos guizos dos "pombos" passando ao lado, Tverskáia acima... Um minuto depois, ela o chamou:

— Já estou deitada.

Ele apagou a luz e, despindo-se de qualquer jeito, deitou-se junto a ela, debaixo do cobertor. Tremendo inteira, ela se estreitou contra ele e sussurrou, com um risinho miúdo e alegre:

— Pelo amor de Deus, só não vá me soprar o pescoço, vou gritar para o prédio inteiro ouvir, tenho um medo terrível de cócegas...

Uma hora depois, ela dormia profundamente. Deitado a seu lado, ele fitava a semi-escuridão, mesclada à luz turva da rua, pensando, com perplexidade insolúvel: como podia ser que, ao amanhecer, ela fosse embora? Para onde? Ela mora com umas pestes, em cima de uma lavanderia qualquer, sai com elas toda noite, como se fosse para o serviço, para ganhar, embaixo de um animal qualquer, dois rublos — e que leviandade infantil, que idiotice cândida! Tenho a impressão de que também vou gritar "para o prédio inteiro ouvir" quando amanhã ela se preparar para partir...

— Pólia — ele disse, sentando-se e tocando-lhe o ombro nu.

Ela despertou assustada:

— Oh, céus! Desculpe, por favor, adormeci completamente por acaso... É *pra* já, *pra* já...

— Já o quê?

— É *pra* já que me levanto, me visto...

— Ah, não, vamos jantar. Não te libero até de manhã.

— O que é isso, o que é isso? E a polícia?

— Bobagem. E o meu madeira não é nada pior do que o Porto do seu trapaceiro.

— Por que fica me recriminando com ele?

Ele subitamente acendeu a luz, que atingiu subitamente os olhos dela, que enfiou a cabeça no travesseiro. Ele arrancou o cobertor dela, pôs-se a beijar-lhe a nuca, ela batia os pés, contente:

— Ui, não faça cócegas!

Ele trouxe do peitoril da janela um saco de papel com maçãs e uma garrafa de madeira da Crimeia, pegou dois copos no lavatório, voltou a se sentar na cama e disse:

— Bem, coma e beba. Senão eu mato.

Ela deu uma mordida firme na maçã e se pôs a comer, tomando o madeira e dizendo ponderadamente:

— Mas o que o senhor acha? Talvez alguém mate. Nosso negócio é assim. Você vai sem saber para onde, sem saber com quem, e ele é ou um bêbado, ou meio doido, joga-se e sufoca, ou estrangula… E como seu quarto é quente! Você fica toda pelada, e ainda é quente. Isso é madeira? Então eu gosto! O Porto nem dá para comparar, cheira sempre a rolha.

— Bem, nem sempre.

— Não, por Deus, cheira sim, honestamente, ainda que você pague dois rublos pela garrafa.

— Bem, vou servir mais. Vamos fazer um brinde e nos beijar. Até o fundo, até o fundo.

Ela bebeu, e com tanta pressa que se engasgou, tossiu e, rindo, deixou a cabeça cair no peito dele. Ele levantou a cabeça dela e beijou os lábios úmidos, delicadamente comprimidos.

— E você vai me acompanhar à estação?

Ela abriu a boca, espantada:

— O senhor também vai embora? Para onde? Quando?

— Para São Petersburgo. Mas não é logo.

— Bem, graças a Deus! Agora eu só vou com o senhor. Quer?

— Quero. Só comigo. Está ouvindo?

— Não vou com ninguém mais, por dinheiro nenhum.

— Isso mesmo. E agora, dormir.

— Mas eu preciso, por um minutinho…

— Ali, na mesinha de cabeceira.

— À vista eu fico com vergonha. Apague a luz por um minutinho…

— E apago de vez. Duas horas…

Na cama, ela se deitou no braço dele, novamente toda estreitada contra ele, mas já calma, carinhosa, e ele se pôs a falar:

— Amanhã vamos tomar o café da manhã juntos...

Ela ergueu a cabeça, animada:

— Mas onde? Estive uma vez no Térem, atrás do Arco do Triunfo, tão barato que é quase de graça, mas o que servem não dá para comer!

— Bem, veremos onde. E depois você espera na sua casa, para que as suas pestes não achem que você foi morta, e também tenho coisas a fazer, e pelas sete horas volte para mim, vamos jantar no Patrikêiev, você vai gostar de lá — tem orquestrião, tocadores de balalaica...

— E depois vamos ao Eldorado, verdade? Lá está passando agora um filme maravilhoso, *O morto fugitivo*.

— Magnífico. E agora durma.

— É *pra* já, *pra* já... Não, Mur não é uma peste, ela é infeliz para caramba. Sem ela eu teria me perdido.

— Como é isso?

— É prima de papai...

— E?

— Meu pai era engatador na estação de mercadorias de Sérpukhov, um para-choque esmagou-lhe o peito, e mamãe morreu quando eu ainda era pequena, fiquei sozinha no mundo inteiro e vim atrás dela em Moscou, e acontece que há muito tempo ela não trabalhava mais de arrumadeira, deram-me seu endereço no escritório de endereços, fui até ela no mercado Smoliénski, de cestinha, em uma sege de aluguel, olhei, e ela morava com essa Anélia, e fazia a vida com ela à noite, nos bulevares... Ela me deixou ficar com ela, e depois me convenceu a também fazer a vida...

— E você diz que, sem ela, teria se perdido.

— E onde eu iria me enfiar sozinha, em Moscou? Claro que ela me arruinou, mas será que me desejou o mal? Bem, para que falar disso? Talvez Deus permita que eu também consiga um emprego de arrumadeira, só que não vou largar esse emprego e não vou deixar ninguém chegar perto, as gorjetas serão suficientes, estou pronta para tudo. Seria bom que fosse aqui, no seu Madri! O que poderia ser melhor?

— Vou pensar nisso; talvez eu consiga arrumar um emprego assim para você em algum lugar.

— Eu iria me curvar a seus pés!

— Para que o idílio fosse completo...

— O quê?

— Não, nada, estou dizendo isso de sono... Durma.

— É *pra* já, é *pra* já... Pensei numa coisa...

26 de abril de 1944

A SEGUNDA CAFETEIRA

Ela é sua modelo, amante e dona de casa — mora com ele em seu ateliê, na rua Známenka: cabelos amarelos, baixa, mas jeitosa, ainda jovem de tudo, graciosa, carinhosa. Agora ele a pinta, pela manhã, como *A banhista*: ela, em um pequeno estrado, como se estivesse junto ao rio, no bosque, sem se decidir a entrar na água, de onde fitariam rãs olhudas, em pé, toda nua, com o corpo desenvolvido de gente simples, cobrindo com a mão os cabelos dourados de baixo. Após trabalhar por uma hora, ele se afasta do cavalete, examina a tela de um jeito e de outro, semicerrando os olhos, e diz, distraído:

— Bem, descansar. Aqueça um segundo café.

Ela suspira aliviada e, batendo os pés descalços no capacho, corre até o canto do ateliê, para o fogãozinho a gás. Ele raspa algo da tela com uma faquinha fina, o fogão chia, exala um cheiro ácido de seus bicos verdes de gás, e o aroma do café, e ela despreocupadamente canta, com voz sonora, para todo o ateliê:

Durmia uma nu-uvenzinha, nu-uvenzinha dourada...
No peito-o de um penhasco-o gigante-e...[1]

E, virando a cabeça, diz, alegre:

— Quem me ensinou essa foi o artista Iártsev. O senhor o conheceu?

— Conheci um pouco. Um varapau?

— Ele mesmo.

— Era um rapaz talentoso, mas um autêntico palerma. Mas ele, ao que parece, morreu?

---

1. *Penhasco* (1841), poema de Lérmontov, musicado por diversos compositores, como Balákirev e Rímski-Kórsakov. (N. do T.)

— Morreu, morreu. De beber. Não, ele era bom. Morei um ano com ele, assim como com o senhor. Ele tirou minha pureza na segunda sessão. Deu um pulo de trás do cavalete, largou a paleta com os pincéis e me derrubou no tapete. Fiquei tão *assurtada* que não consegui nem gritar. Agarrei o peito dele, o paletó, mas não teve jeito! Olhos furiosos, alegres... Cortavam como faca.

— Sim, sim, você já me contou isso. Bravo. E você mesmo assim o amava?

— Claro que amava. Tinha muito medo. Quando bebia, me insultava, Deus me livre. Eu ficava calada, e ele: "Katka, calada!"

— Um bom!

— Um bêbado. Gritava, para o estúdio inteiro: "Katka, calada!" E eu me calava. Depois se punha a cantar, cantava: "A nuvenzinha *durmia*..." E já continuava com outras palavras: "*Durmia* a cadelinha, a cadelinha jovem" — quer dizer, era eu. De morrer de rir! E de novo, uma batida do pé no chão: "Katka, calada!"

— Um bom. Mas espere, eu esqueci: não foi um tio seu quem a trouxe a Moscou?

— Um tio, um tio. Fiquei órfã aos dezasseis anos, e ele me trouxe. Já para meu outro tio, para sua taberna de cocheiros. Lá eu lavava louça, a roupa dos donos da casa, depois minha tia inventou de me vender para um bordel. E teria vendido, mas Deus salvou. Certa manhã, Chaliápin e Koróvin[2] vieram do Strélnia para curar a ressaca com bebida, viram-me arrastando um balde samovar fervente com o garçom Rodka até o balcão, e desataram a rir e gargalhar: "Bom dia, Kátienka! Queremos ser servidos sem falta por você, e não por esse garçom filho da puta!" E foram adivinhar que eu me chamava Kátia! Meu tio já tinha acordado, saiu, bocejou, ficou carrancudo — disse: "Ela não foi designada para esse trabalho, não pode servir." E Chaliápin urrou: "Mando para a Sibéria, ponho a ferros – obedeça a minha ordem!" Daí meu

2. O baixo Fiódor Chaliápin (1873-1938) e o pintor Konstantin Koróvin (1861-1939). (N. do T.)

tio ficou imediatamente *assurtado*, também fiquei *assurtada* de morte, queria dar no pé, mas meu tio resmungou: "Vá servir, senão depois arranco o seu couro, são as pessoas mais famosas de toda Moscou". E eu fui, e Koróvin *mim* olhou toda, deu dez rublos e mandou ir à casa dele no dia seguinte, inventou de *mim* pintar, deu seu endereço. Cheguei, mas ele já tinha desistido de pintar e me mandou para o doutor Golóuchev[3], ele era um amigo terrível de todos os artistas, atestava bêbados e mortos para a polícia, e também pintava um pouco. Bem, ele *mim* passou de mão em mão, mandou não voltar à taberna, e daí eu fiquei só com um vestidinho.

— Mas como é isso de passar de mão em mão?

— Assim. Pelos ateliês. No começo eu pousava toda vestida, de lencinho amarelo, e para todos os artistas, para Kuvchínnikova[4], para a irmã de Tchékhov[5] — ela, para dizer a verdade, não era de jeito nenhum do nosso ramo, uma *dilitante* —, depois fui parar *inté* com o próprio Maliávin[6]: ele *mim* botou sentada nos meus pés, nos calcanhares, de costas para ele, com a camisa acima da cabeça, como se estivesse vestindo, e pintou. As costas e o traseiro saíram ótimos, modelagem forte, só que ele estragou os calcanhares e as solas dos pés, virou-as embaixo do traseiro de um jeito bem nojento...

— Bem, Katka, calada. Segundo sinal. Traga o café.

— Ui, Deus, falei demais! Trago, trago...

30 de abril de 1944

---

3. Serguei Golóuchev (1855-1920), pseudônimo Glagol ("verbo"), crítico de artes e teatro. (N. do T.)

4. Sófia Kuvchínnikova (1847-1907), pintora. (N. do T.)

5. Maria Tchékova (1863-1957), fundadora, em Ialta, do museu em homenagem a seu irmão, o escritor Anton Tchékhov (1860-1904). (N. do T.)

6. Filipp Maliávin (1869-1940), pintor. (N. do T.)

Pelo de ferro

— Não, não sou monge, minha sotaina e *skufia*[1] significam apenas que sou um servo pecador de Deus, um peregrino, que já erra há seis décadas pela terra e pelas águas. De nascimento sou de longe, do norte. Lá a Rússia é erma, antiga, cheia de florestas e pântanos com lagos, raros povoados. Os animais são muitos, pássaros sem conta, dá para ver as corujas orelhudas – elas ficam pousadas nos abetos negros, arregalando o olho âmbar. Tem o alce narigudo, tem o lindo cervo — chamando sua amiga no bosque com pranto e apelos... Os invernos são nevados, longos, o lobo errante vem dar bem embaixo da janela. Já no verão o urso de patas grandes cambaleia, vagueia pela floresta, no matagal o silvano assobia, chama, toca pífaro; à noite, as afogadas são uma névoa a branquejar nos lagos, deitam-se nuas nas margens, seduzindo os homens para a fornicação, para a luxúria insaciável; e não são poucos os desgraçados que só fazem se exercitar nesta luxúria, passam as noites com elas e dormem de dia, ardendo em terçã e abandonando todas as outras solicitudes da vida... Não há no mundo força mais forte do que a lascívia — seja no homem, seja no réptil, no animal, no pássaro, mais ainda no urso e no silvano!

Chamamos esse urso de Pelo de Ferro, e o silvano, simplesmente de Selva. E eles amam as mulheres, tanto um quanto o outro, com uma gula feroz. Vai uma mulher ou mesmo uma virgem ao bosque atrás de ramagem seca, de frutinhas — quando você olha, ela engravidou: chora e se arrepende — a Selva me dominou, diz. A outra se queixa do urso: encontrei o Pelo de Ferro, que satisfez sua luxúria comigo — como poderia eu escapar dele? Olhei, ele veio na minha direção, eu caí de cara, mas ele se aproximou, farejou

—
1. Barrete clerical da Igreja Ortodoxa. (N. do T.)

— e disse, não está morta? Enrolou-se no meu cafetã e na roupa de baixo, me esmagou... Só que, para dizer a verdade, não é raro que elas finjam: acontece até com garotas adolescentes de elas mesmas seduzirem, caírem de bruços e, na queda, ainda se desnudam, como que por acaso. De fato: para uma mulher, é difícil resistir seja ao urso, seja ao silvano, e se posteriormente ela vai virar uma histérica, uma soluçante[2], ela não pensa nisso antes. O urso é e não é uma fera, não é à toa que entre nós acreditam que ele pode falar, só não quer fazê-lo. Daí você entende o quanto é sedutor para a alma feminina ter um coito tão terrível! E do silvano nem há o que falar — é ainda mais terrível e voluptuoso. Dele não posso afirmar nada, Deus me poupou de vê-lo, mas os que viram dizem que é parecido pela camisa, calças e demais traços exteriores com o mujique alcatroeiro, embora seu sangue seja azul, o que faz escuro o seu rosto, tenha as pernas peludas e não projete sombra nem ao sol, nem à lua. Ao avistar um transeunte em uma via da floresta, no mesmo instante se curva todo e dispara numa velocidade que nem um esquilo o alcança! Não é assim ao encontrar uma mulher: não apenas não tem medo dela como, sabendo que ela mesma está tomada de pânico e lascívia, dança até ela como um cabrito e a toma com alegria, com furor; ela cai de bruços, como na frente do urso, e ele tira as calças das pernas felpudas, joga-se ao traseiro dela, faz cócegas em sua nudez, dá gargalhadas, grunhe e inflama-a ao ponto de ela tombar sem consciência debaixo dele — contam elas próprias...

Trago tudo isso comigo? Passei toda a vida como um peregrino solitário devido à desgraça indizível que me golpeou na aurora de minha existência. Meus pais me casaram com uma moça linda de uma rica e antiga casa camponesa, que era ainda mais nova do que eu e de um encanto maravilhoso: rostinho translúcido, uma brancura de primeira neve, olhos cerúleos como os das virgens

—

2. As superstições do norte da Rússia associavam soluços a poderes malignos. (N. do T.)

santas adolescentes... Mas eis que em nossa noite de núpcias ela se afastou dos meus abraços sob o ícone, no quarto de dormir, me dizendo: "Por acaso você ousa tomar meu corpo sob a prateleira do ícone sagrado e as lâmpadas de óleo? Não foi por vontade própria que fui coroada com você e não posso ser sua esposa, até devia ir embora para uma ermida ou um mosteiro, para tomar outra coroa, morrer viva para o mundo por causa de meus pecados cruéis". Respondi-lhe: "Pelo visto, você perdeu a razão, que pecado cruel pode haver na sua alma em idade tão inocente?" E ela: "Só a mãe de Deus sabe, ao me confessar a ela fiz-lhe voto de pureza". Então eu — sobretudo devido à sua resistência e às palavras tão terríveis, ainda mais sob os objetos sagrados — me enfureci com uma paixão tão desenfreada que me deliciei com ela ali mesmo, no chão, por mais que ela resistisse com sua débil força, súplicas e choro, e só depois me ocorreu que sua virgindade já fora tomada quando eu a possuí, embora eu não tenha pensado como e quem a tomara. Como estava embriagado, na mesma hora caí em sono profundo. Já ela, apenas de roupa de baixo, saiu correndo do quarto de dormir para a floresta, e lá se enforcou com seu cinto nupcial. Quando a encontraram, viram sentado na neve, junto a seus pés descalços e finos, de cabeça baixa, um grande urso. E, como aquele cervo, por três dias e três noites enchi a floresta ao redor com prantos e apelos que já não a alcançavam mais na Terra.

1 de maio de 1944

Um outono frio

Em junho daquele ano, ele se hospedou em nossa propriedade – sempre foi considerado alguém de casa: seu finado pai fora amigo e vizinho de meu pai. Em 15 de junho, Fernando foi assassinado em Sarajevo[1]. Na manhã do dia 16, trouxeram os jornais com a correspondência. Meu pai saiu com um vespertino russo na mão de seu gabinete para a sala de jantar, onde se sentou com mamãe e eu à mesa do chá, e disse:

— Bem, meus amigos, é a guerra! O arquiduque austríaco foi assassinado em Sarajevo. É a guerra!

No dia de São Pedro[2], muita gente veio à nossa casa — era o dia do santo de meu pai[3] — e, no almoço, ele foi anunciado como meu noivo. Mas, em 19 de julho, a Alemanha declarou guerra à Rússia...

Em setembro, ele veio passar um dia conosco, para despedir-se antes da partida para o front (todos então pensavam que a guerra acabaria logo, e nossas bodas foram adiadas para a primavera). E eis que chegou nossa noite de despedida. Depois do jantar trouxeram, como de costume, o samovar e, olhando para a janela esfumaçada por seu vapor, meu pai disse:

— Um outono surpreendentemente prematuro e frio!

Naquela noite, ficamos em silêncio, apenas trocando de quando em vez palavras insignificantes, exageradamente calmas, ocultando nossos pensamentos e sentimentos secretos. Meu pai também falara do outono com simplicidade fingida. Aproximei-me da porta da varanda e enxuguei o vidro com um lenço: no jardim, no céu

---

1. O arquiduque da Áustria foi assassinado em 28 de junho de 1914, pelo calendário gregoriano – 15 de junho pelo juliano, adotado na Rússia até a revolução bolchevique de 1917. (N. do T.)

2. 29 de junho, dia de São Pedro e São Paulo. (N. do T.)

3. Festejado, na Rússia, como o aniversário. (N. do T.)

negro, limpas estrelas de gelo cintilavam de forma intensa e aguda. Meu pai fumava, reclinado na poltrona, fitando distraidamente a lâmpada quente pendurada sobre a mesa, mamãe, de óculos, cosia zelosamente à sua luz um pequeno saquinho de seda — sabíamos qual — e aquilo era tocante e penoso. Meu pai perguntou:

— Você quer mesmo partir de manhã, não depois do almoço?

— Sim, com a sua permissão, de manhã — ele respondeu. — É muito triste, mas ainda não resolvi tudo em casa.

Meu pai deu um leve suspiro:

— Bem, como queira, minha alma. Só que, nesse caso, está na hora de mamãe e eu dormirmos, queremos acompanhá-lo amanhã sem falta...

Mamãe levantou-se e abençoou seu futuro filho, ele se curvou na direção de sua mão, depois na da mão de meu pai. A sós, ainda ficamos um pouco na sala de jantar — eu tencionava jogar paciência —, ele ia em silêncio de um canto a outro, depois perguntou:

— Quer passear um pouco?

Minha alma pesava cada vez mais, repliquei indiferente:

— Está bem...

Agasalhando-se na antessala, ele continuou a pensar em algo, lembrou-se, com um risinho gentil, dos versos de Fet:

> Que outono frio!
> Põe teu xale e robe...

— Não tenho robe — ela disse. — E depois?

— Não lembro. Parece que é assim:

> Vê — entre os pinheiros a negrejar[4]
> Como que um incêndio a se desencadear...

—

4. Pequena alteração do poema original de Fet, no qual os pinheiros não estão a negrejar, mas a cochilar. (N. do T.)

— Que incêndio?

— O sair da lua, naturalmente. Há um outonal encanto campestre nesses versos. "Põe teu xale e robe..." Os tempos de nossos avôs e avós... Ah, meu Deus, meu Deus!

— O que você tem?

— Nada, querida amiga. De qualquer forma, é triste. Triste e bom. Eu te amo muito, muito...

Agasalhados, passamos da sala de jantar à varanda, descemos ao jardim. No começo estava tão escuro que segurei em sua manga. Depois, no céu reluzente, começaram a se destacar os ramos negros, salpicados do brilho mineral das estrelas. Detendo-se, ele se virou para a casa:

— Veja o brilho absolutamente particular e outonal das janelas da casa. Enquanto viver, hei de me lembrar para sempre desta noite...

Olhei, e ele me abraçou em minha capa suíça. Tirei o xale de lã do rosto, inclinei de leve a cabeça para que ele me beijasse. Após beijar, ele me olhou na cara.

— Como seus olhos brilham — ele disse. — Não está com frio? O ar é totalmente de inverno. Se me matarem, você não vai mesmo se esquecer de mim imediatamente?

Eu pensei: "E se de repente matam de verdade? E será que mesmo assim me esquecerei dele em algum prazo — pois, no final das contas, tudo não se esquece?" E respondi, apressada, assustada com meu pensamento:

— Não diga isso! Não sobreviverei à sua morte!

Após um silêncio, ele proferiu, devagar:

— Pois bem, se me matarem, eu a espero por lá. Sobreviva, seja feliz no mundo, depois venha até mim.

Chorei amargamente...

De manhã ele partiu. Mamãe colocou-lhe no pescoço o saquinho fatal que costurara na véspera — continha um iconezinho dourado que seu pai e avô tinham usado na guerra —, e todos nós o abençoamos, com desespero impetuoso. Olhando em sua direção, ficamos no terraço, naquele embotamento que sempre ocorre quando você acompanha alguém antes de uma longa separação, sentindo apenas uma incompatibilidade espantosa entre nós e a manhã alegre, ensolarada, com a escarcha cintilando na grama. Depois disso, voltamos para a casa vazia. Eu caminhava pelos aposentos, com as mãos nas costas, sem saber o que fazer de mim, se deveria desatar no choro ou cantar a plenos pulmões...

Mataram-no — que palavra estranha! — um mês depois, na Galícia. E desde então passaram-se trinta anos inteiros. E viveu-se muito, muito nestes anos, que parecem tão longos quando você pensa neles com atenção, seleciona na memória tudo de mágico, incompreensível, inatingível nem à mente, nem ao coração, aquilo que chamamos de passado. Na primavera de 1918, quando nem meu pai, nem minha mãe se encontravam mais entre os vivos, eu morava em Moscou, no porão de uma vendedora do mercado Smolensk, que o tempo todo me achincalhava: "Pois bem, Vossa Excelência, quais são as suas cincunstâncias?" Eu também era vendedora, vendia, como muitos naquela época, aos soldados de gorro alto de pele e capote aberto, o que me restara - ora um anelzinho, ora um crucifixo, ora um colarinho de pele comido por traças —, e foi lá, vendendo na esquina da rua Arbat com o mercado, que conheci um homem raro, de alma maravilhosa, militar reformado de meia idade, com o qual logo me casei e parti, em abril, para Iekaterinodar[5]. Fui para lá com ele e seu sobrinho, um garoto de dezessete anos, que também entrara para os voluntários[6], em menos de duas semanas — eu de camponesa, de alpercatas de entrecasca, ele de surrado cafetã cossaco, com uma barba preta crescida e encanecida — e ficamos mais de dois anos no Don e em Kuban. Em um inverno, no furacão, navegamos com uma multidão inumerável de outros refugiados de Novorossíski

5. Desde 1920, Krasnodar. (N. do T.)

6. Adversários dos bolcheviques na Guerra Civil russa. (N. do T.)

para a Turquia, e no caminho, no mar, meu marido morreu de tifo. Depois disso, em todo o mundo restaram-me apenas três pessoas próximas: o sobrinho do marido, sua mulher jovenzinha e a filha deles, um bebê de seis meses. Mas o sobrinho e a mulher, algum tempo depois, partiram para a Crimeia, para Wrangel[7], deixando o bebê em minhas mãos. Ali desapareceram sem deixar notícias. E eu ainda vivi bastante em Constantinopla, ganhando dinheiro para mim e para a menina com um trabalho muito duro e não-qualificado. Depois, como muitos, por onde é que não errei com ela? Bulgária, Sérvia, Tchéquia, Bélgica, Paris, Nice... A menina cresceu há tempos, ficou em Paris, tornou-se uma francesinha completa, muito graciosa e absolutamente indiferente a mim, trabalhava numa loja de chocolates junto à Madeleine, embrulhava caixas em papel cetim com as mãos bem cuidadas e amarrava-as com barbantezinhos dourados; e eu morava e ainda moro em Nice, como Deus manda... Estive em Nice pela primeira vez em 1912 — e poderia pensar, naqueles dias felizes, o que ela ainda se tornaria para mim?

De modo que sobrevivi à sua morte, depois de irrefletidamente ter dito, certa feita, que não sobreviveria. Porém, recordando tudo por que passei desde então, sempre me pergunto: sim, mas o que de fato aconteceu na minha vida? E respondo-me: apenas aquela noite fria de outono. Será que ela aconteceu alguma vez? Aconteceu mesmo. E isso é tudo que aconteceu em minha vida — o restante é um sonho desnecessário. E acredito, acredito ardentemente: em algum lugar, ele me espera — com o mesmo amor e juventude daquela noite. "Sobreviva, seja feliz no mundo, depois venha até mim ..." Sobrevivi, fui feliz, agora já vou logo.

3 de maio de 1944

---

7. Comandante militar que enfrentou os bolcheviques na Guerra Civil. (N. do T.)

O VAPOR SARÁTOV

Na penumbra, a chuva de maio murmurava detrás da janela. O ordenança bexiguento, que tomava chá na cozinha, à luz de uma lamparina de lata, olhou para o relógio que batia na parede, levantou-se e, desajeitado, tentando não fazer rangerem as botas novas, passou para o gabinete escuro e se aproximou da otomana:

— Vossa Senhoria, são nove horas...

Ele abriu os olhos, assustado:

— O quê? Nove? Não pode ser...

Ambas as janelas estavam abertas para a rua, erma, tudo era jardim – a janela cheirava ao frescor da umidade primaveril e a choupo. Com a agudez de olfato que ocorre após o sono firme de gente jovem, ele sentiu estes cheiros e largou animadamente as pernas da otomana:

— Acenda a luz e vá logo atrás de uma sege de aluguel. Encontre uma veloz...

E foi se trocar, lavar-se, derramou água fria na cabeça, molhou com água de colônia e penteou os cabelos curtos e cacheados, mirou mais uma vez o espelho: o rosto estava fresco, os olhos brilhavam; da uma às seis, almoçara com um grande grupo de oficiais, em casa adormecera com o sono instantâneo no qual você cai depois de algumas horas de bebedeira, fumo, risos e tagarelice ininterruptos, mas agora se sentia ótimo. Na antessala, o ordenança entregou-lhe o sabre, a boina e o capote fino de verão, abriu a porta da saída — ele deu um salto ligeiro para a caleche e deu um grito algo rouco:

— Vamos rápido! Um rublo de gorjeta!

Sob o verde espesso e untuoso das árvores reluzia o brilho claro das lanternas, o cheiro dos choupos molhados era fresco e picante, o cavalo avançava, produzindo fagulhas vermelhas com as ferraduras. Tudo era maravilhoso: o verde, as lanternas, o encontro iminente e o sabor da *papirossa* que dera um jeito de acender no percurso. E tudo se fundia em uma coisa: no sentimento feliz de estar pronto para o que viesse. Era a vodca, o Bénédictine, o café turco? Bobagem, simplesmente era primavera, e tudo era ótimo...

A porta foi aberta por uma criada pequena, de aspecto muito depravado, balançando nos saltos finos. Tirando rapidamente o capote e desafivelando o sabre, largando a boina no toucador e arrumando um pouco os cabelos, ele entrou, retinindo as esporas, em um aposento pequeno, apertado pelo excesso de mobília de budoar. E imediatamente ela também entrou, também balançando nos saltos dos sapatos sem parte de trás, com os pés sem meia, de calcanhares rosados — comprida, sinuosa, com um robe estreito e estampado como uma cobra cinza, de mangas pendentes, com um corte até o ombro. Compridos também eram seus olhos, e algo vesgos. Na mão pálida e comprida, fumegava uma *papirossa,* numa piteira comprida.

Beijando-lhe a mão esquerda, ele bateu os calcanhares:

— Desculpe-me, pelo amor de Deus, atrasei-me, mas não por minha culpa...

Do alto de sua estatura, ela olhou para o lustro úmido de seus cabelos curtos, finamente cacheados, para os olhos brilhantes, sentiu-lhe o cheiro de álcool:

— Sabe-se há tempos de quem é a culpa...

E sentou-se em um pufe de seda, colocando a mão esquerda embaixo do cotovelo direito, segurando no alto a *papirossa* erguida, cruzando as pernas e abrindo o decote lateral do robe acima do joelho. Ele se sentou em frente, no canapé de seda, sacando uma cigarreira do bolso da calça:

— Você entende a história que foi...

— Entendo, entendo...

Ele acendeu o cigarro com rapidez e habilidade, sacudiu o fósforo quente e largou-o no cinzeiro, na mesinha oriental junto ao pufe, acomodou-se de forma mais confortável e fitando-lhe o joelho nu no decote do robe com a admiração desmedida de hábito:

— Bem, maravilha, não quer ouvir, não precisa... Programa da noite de hoje: quer ir ao Jardim dos Mercadores? Hoje lá tem uma "Noite Japonesa" — sabe, aquelas lanternas, gueixas no estrado, "recebi o primeiro prêmio pela beleza..."

Ela balançou a cabeça:

— Nenhum programa. Hoje fico em casa.

— Como quiser. Isso não é ruim.

Ela passou os olhos pelo aposento:

— Meu querido, esse é nosso último encontro.

Ele ficou alegremente surpreso:

— Como assim, o último?

— Assim.

Os olhos dele faiscaram ainda mais alegres:

— Perdão, perdão, isso é divertido!

— Não estou sendo nada divertida.

— Maravilha. Mesmo assim é interessante saber que delírio é esse? Por que está *fazenu mânia,* como diz nosso furriel?

— Interessa-me pouco como dizem os furriéis. E eu, para dizer a verdade, não entendo absolutamente por que você está tão alegre.

— Estou alegre como sempre que te vejo.

— Isso é muito gentil, mas dessa vez é absolutamente fora de propósito.

— Ora, o diabo que te carregue, não estou mesmo entendendo nada! O que aconteceu?

— Aconteceu o que eu já devia ter lhe contado faz tempo. Vou voltar para ele. Nosso rompimento foi um erro.

— Mãe do céu! Mas isso é a sério?

— Absolutamente a sério. Fui criminosamente culpada perante ele. Mas ele está pronto para perdoar tudo, esquecer.

— Que-e magnânimo!

— Sem palhaçada. Vi-o ainda na Quaresma...

— Ou seja, em segredo de mim, e continuando...

— Continuando o quê? Entendo, mas tanto faz... Eu o vi — obviamente, em segredo, sem querer causar nenhum sofrimento a você —, e entendi imediatamente que nunca deixei de amá-lo.

Ele semicerrou os olhos, mastigando a piteira da *papirossa*:

— Ou seja, o dinheiro dele?

— Ele não é mais rico do que você. E o que é o dinheiro de vocês para mim? Se eu quisesse...

— Desculpe, só cocotes falam assim.

— E o que eu sou, senão uma cocote? Por acaso vivo com meu dinheiro, e não com seu?

Ele balbuciou, com a fala rápida de oficial:

— Com amor, dinheiro não tem importância.

— Mas eu o amo!

— Quer dizer que fui apenas um brinquedo temporário, uma distração do tédio e um dos mantenedores proveitosos?

— Você sabe muito bem que está longe de ser uma distração, um brinquedo. Mas sim, sou manteúda e, mesmo assim, é baixo você me lembrar disso.

— Cuidado nas curvas! Escolha bem suas expressões, como dizem os franceses!

— Também aconselho o senhor a seguir essa regra. Em suma...

Ele se levantou, sentiu um novo afluxo da prontidão para tudo com a qual correra na caleche, andou pelo aposento, organizando as ideias, ainda sem acreditar no disparate inesperado que de repente destruíra todas suas esperanças alegres para aquela noite, jogou para longe, com o pé, uma boneca de cabelo amarelo e sarafana vermelha que estava caída no tapete e voltou a sentar, fitando-a com obstinação.

— Pergunto mais uma vez: isso não é mesmo piada?

Fechando os olhos, ela sacudiu a *papirossa* apagada há tempos.

Ele ficou pensativo, voltou a acender um cigarro e a mastigar a piteira, dizendo, de forma distinta:

— E então, você acha que eu vou dar para ele essas suas mãos, pés, que ele vai beijar esse joelho que ainda ontem eu beijei?

Ela ergueu as sobrancelhas:

— Afinal de contas, meu querido, não sou uma coisa que se possa dar ou não dar. E com que direito...

Ele apressadamente botou a *papirossa* no cinzeiro e, curvando-se, sacou do bolso direito da calça uma Browning escorregadia, pequena, pesada, e sacudiu-a:

— Esse é o meu direito.

Ela olhou de esguelha, dando um sorriso aborrecido:

— Não sou aficionada de melodramas.

E levantou a voz, desapaixonadamente:

— Sônia, traga o capote de Pável Serguêievitch.

— Quê-ê?

— Nada. O senhor está bêbado. Saia.

— Essa é a sua última palavra?

— A última.

E se levantou, ajustando o decote da perna. Ele caminhou em sua direção, com determinação alegre.

— Cuidado para não ser mesmo a última!

— Ator bêbado — ela disse, com asco e, arrumando os cabelos atrás com os dedos compridos, saiu do aposento. Ele a pegou com tanta força pelo antebraço que ela se arqueou e, virando-se rapidamente com os olhos ainda mais vesgos, ergueu o braço contra ele. Esquivando-se com habilidade, ele atirou com uma careta sarcástica.

Em dezembro daquele ano, o vapor Sarátov, da Frota Voluntária[1], ia pelo Oceano Índico, rumo a Vladivostok. Sob o toldo quente estendido no castelo de proa, numa canícula imóvel, no brilho

1. Companhia de navegação estatal fundada em 1878, a partir de contribuições voluntárias. (N. do T.)

do reflexo espelhado da água, estavam sentados e deitados no convés prisioneiros nus até a cintura, com as terríveis cabeças raspadas pela metade, calças brancas de brim, com as argolas dos grilhões nos tornozelos dos pés descalços. Como todos, ele também estava nu até a cintura, com o corpo magro e acastanhado pelo sol. Também tinha apenas metade da cabeça escurecida pelos cabelos cortados curtos, os pelos ásperos das faces magras e não barbeadas há tempos negrejavam, corados, os olhos cintilavam febrilmente. Apoiado no corrimão, ele fitava fixamente as corcovas das ondas espessas e azuis que esvoaçavam profundas abaixo dele, junto às paredes altas do navio, e cuspia lá de tempos em tempos.

16 de maio de 1944

O corvo

Meu pai parecia um corvo. Isso me passou pela cabeça quando eu ainda era menino: vi certa vez na Niva[1] uma ilustração de um rochedo e, em cima dele, Napoleão, de barriga branca e calças de camurça, de botas curtas pretas, e de repente comecei a rir de alegria, lembrando-me das ilustrações das *Viagens polares* de Bogdánov — de tão parecido com um pinguim que Napoleão era —, e depois pensei, triste: e papai parece um corvo...

Meu pai ocupava, em nossa cidade de província, um posto de serviço muito destacado, e isso estragou-o ainda mais; acho que mesmo na sociedade de funcionários públicos à qual ele pertencia não havia homem mais duro, sombrio, taciturno, cruelmente frio em palavras e condutas vagarosas. Baixo, corpulento, meio corcunda, com um rosto comprido e barbeado, de nariz grande, era um perfeito corvo — especialmente quando ia, de fraque preto, aos serões beneficentes de nossa primeira-dama, postado de forma firme e arqueada junto a algum quiosque no formato de isbazinha russa, meneando a grande cabeça negra de corvo, fitando de esguelha, com os olhos brilhantes de corvo, os dançarinos, as pessoas que se aproximavam do quiosque, e a boiarda que, com um sorriso fascinante, servia no quiosque taças abundantes de champanhe amarelo barato, com a mão de diamantes — uma dama alta, de brocado e *kokóchnik*[2], com o nariz rosado e branco de pó de arroz, coisa que ele achava artificial. Meu pai era viúvo há tempos, nós, os filhos, éramos apenas dois — eu e minha irmã pequena, Lília —, e brilhava frio e vazio em seus aposentos imensos, limpos como espelhos, nosso espaçoso apartamento funcional, no primeiro andar de um edifício estatal,

1. Revista mensal publicada entre 1870 e 1918, em São Petersburgo. (N. do T.)

2. Tradicional enfeite de cabeça russo. (N. do T.)

cuja frente dava para um bulevar de choupos, entre a catedral e a rua principal. Felizmente, mais da metade do ano eu vivia em Moscou, estudando no liceu de Katkov, indo para casa apenas para os festejos natalinos e férias de verão. Naquele ano, recebeu-me em casa, contudo, algo absolutamente inesperado.

Na primavera daquele ano, eu concluíra o liceu e, chegando de Moscou, fiquei simplesmente espantado: era como se o sol de repente tivesse passado a brilhar em nosso apartamento anteriormente tão morto — estava todo iluminado pela presença daquela jovem de pés ligeiros que acabara de substituir, como babá de Lília, de oito anos, a velha corpulenta, que parecia uma estátua medieval de madeira de um santo. A pobre moça, filha de um dos menores subordinados de meu pai, estava naqueles dias infinitamente feliz por ter se arrumado tão bem, logo depois do colégio, e, depois, com minha chegada, com a aparição de alguém da mesma idade em casa. Mas como era assutadiça, como ficava intimidada com meu pai em nossos jantares solenes, seguindo com angústia a cada minuto a Lília de olhos negros, também taciturna, mas ríspida não apenas em cada movimento, como até em seu silêncio, como se esperasse algo constantemente e sempre a girar de forma algo desafiadora a cabecinha preta! Meu pai, no jantar, ficava irreconhecível: não lançava olhares duros ao velho Gúri, que trazia-lhe o alimento em luvas atadas, volta e meia falava — devagar, mas falava —, dirigindo-se, naturalmente, apenas a ela, chamando-a cerimoniosamente pelo nome e patronímico — "prezada Elena Nikoláievna" —, até tentava brincar, rir. E ela ficava tão embaraçada que respondia só com um sorriso penoso, o rosto fino e meigo corava com manchas — um rosto magrinho e loiro de moça de blusinha branca leve, sob a qual delineavam-se levemente os peitos pequenos, com as axilas escuras com o suor quente da juventude. No jantar, ela não ousava sequer levantar os olhos para mim: para ela, eu era ainda mais assustador que meu pai. Mas quanto mais ela se esforçava em não me ver, mais frio meu pai olhava de soslaio em minha direção: não só ele, como eu também entendera, sentira que, detrás daquele esforço aflitivo para não me ver, e ouvir meu pai e seguir aquela Lília perversa e buliçosa, embora taciturna, ocultava-se um medo absolutamente diferente — o medo alegre de nossa felicidade em comum, de estarmos ao lado um do outro. À noite, meu pai sempre tomara chá em meio a suas tarefas, e antes serviam-lhe uma grande xícara de borda dourada na escrivaninha do gabinete; agora, ele tomava chá conosco, na sala de jantar, e ela ficava ao samovar — nessa hora, Lília já dormia. Ele saiu do gabinete com um blusão comprido e largo, de forro vermelho, sentou em sua poltrona e estendeu a ela sua xícara. Ela serviu até a borda, como ele gostava, estendendo-lhe a mão trêmula, serviu a mim e a si e, baixando os cílios, ocupou-se de um trabalho manual, enquanto ele falava sem pressa — algo muito estranho:

— Nas loiras, prezada Elena Nikoláievna, cai bem o negro, ou o escarlate... Com o seu rosto, combinaria muito um vestido de cetim negro e colarinho dentado, erguido, à la Maria Stuart, cravejado de minúsculos diamantes... ou um vestido medieval de veludo escarlate com decote pequeno e crucifixo de rubi... Uma peliça de veludo azul-escuro de Lyon e uma boina veneziana também cairiam bem na senhorita... Tudo isso, naturalmente, são sonhos — ele disse, rindo. – Seu pai ganha setenta e cinco rublos por mês conosco, e filhos, além da senhorita, ele tem mais cinco, um menor do que o outro — quer dizer que o mais provável é que a senhorita tenha que passar a vida inteira na pobreza. Mas daí digo: qual o problema em ter sonhos? Eles animam, dão forças, esperanças. E depois, não acontece de alguns sonhos de repente se realizarem? É raro, obviamente, bastante raro, mas se realizam... Pois recentemente, com um bilhete premiado, um cozinheiro ganhou duzentos mil na estação de Kursk — um simples cozinheiro!

Ela tentava fazer de conta que levava aquilo tudo como uma piada graciosa, obrigava-se a olhar para ele, a sorrir, e eu, como se não escutasse nada, jogava paciência "Napoleão". Certa vez, ele foi ainda mais longe — de repente proferiu, acenando na minha direção:

— Pois esse jovem, com certeza, também sonha: ele diz, papaizinho vai morrer em algum tempo, e vai ter ouro que não acaba mais! E o ouro não vai mesmo acabar, porque não vai nem começar. Papaizinho, obviamente, tem alguma coisa — por exemplo, uma propriedade de mil *dessiatinas*[3] de terra negra na província de Samara —, só que dificilmente ele deixará para o filho, ele não agracia muito o papaizinho com seu amor e, até onde entendo, vai me sair um esbanjador de primeiro grau...

Essa última conversa foi na noite anterior ao dia de São Pedro — muito memorável para mim. Na manhã deste dia, meu pai saiu para a catedral e, da catedral, para o almoço do dia do santo do governador. Mesmo sem compromisso, ele nunca almoçava em casa nos dias úteis, de modo que, neste dia, almoçamos a três e, no fim do almoço, quando, em vez de seu coscorão favorito, serviram a Lília *kissel*[4] de cereja, ela começou a gritar de forma estridente com Gúri, bateu com os punhozinhos na mesa, derrubou o prato no chão, sacudiu a cabeça, engasgou-se com soluços malvados. Arrastamo-la de alguma forma a seu quarto — ela dava coices, mordia-nos as mãos —, imploramos que sossegasse, prometemos punir cruelmente o cozinheiro, e ela finalmente se acalmou e adormeceu. Quanta ternura palpitante havia para nós mesmo apenas nisso — no esforço conjunto para arrastá-la, volta e meia tocando a mão um do outro! No pátio, a chuva murmurava, nos aposentos escuros cintilava por vezes um relâmpago, e os vidros tremiam com trovões.

— Foi a tempestade que fez isso com ela — ela disse, alegre, sussurrando, quando saímos no corredor, e de repente pôs-se de sobreaviso:

3. Antiga medida agrária russa equivalente a 1,09 hectares. (N. do T.)

4. Xarope de suco de frutas engrossado com fécula. (N. do T.)

— Oh, um incêndio em algum lugar!

Corremos para a sala de jantar, abrimos a janela — junto a nós, ao longo do bulevar, a brigada de incêndio precipitava-se com estrondo. Nos choupos caía uma chuva torrencial rápida — a tempestade já passara, como se tivesse sido apagada por ela —, no estrondo das longas carroças a correrem, com bombeiros de capacete de cobre, com mangueiras e escadas, no retinar das sinetas dos arcos[5] sobre as crinas dos cavalos negros de tiro que arrastavam as carroças pelo calçamento de pedra, estalando as ferraduras, enquanto o corneteiro tocava o alerta em seu instrumento de forma suave, diabolicamente brincalhona... Depois o alarme soou rápido, bem rápido, no campanário de São João Guerreiro em Lava... Ao lado, um perto do outro, ficávamos à janela, que tinha um cheiro fresco de água e poeira úmida da cidade, e parecíamos apenas olhar e escutar com agitação fixa. Depois faiscou a última carroça, com um imenso tanque vermelho em cima, meu coração bateu mais forte, a testa se franziu — eu tomei-lhe a mão que pendia inerte ao longo das ancas, acariciei-lhe a face de modo suplicante, e ela começou a empalidecer, entreabriu os lábios, ergueu o peito com um suspiro e, aparentemente de modo também suplicante, virou para mim os olhos luminosos, cheios de lágrimas, e eu agarrei-lhe o ombro e, pela primeira vez na vida, desfaleci no frio macio de lábios de moça... Depois disso, não houve um único dia sem nossos encontros de hora em hora, aparentemente casuais, ora na sala de visitas, ora no salão, ora no corredor, até no gabinete de meu pai, que só chegava em casa ao anoitecer — esses encontros breves e desesperadamente longos, insaciáveis e já insuportáveis na irresolução dos beijos. E meu pai, sentindo algo, novamente parou de sair para a sala de jantar no chá da noite, tornou-se novamente taciturno e lúgubre. Mas nós

—

5. Na Rússia e países do Báltico, o arreio podia conter um arco elevado, acima do pescoço do cavalo. (N. do T.)

já não prestávamos atenção nele, e ela se tornou mais tranquila e séria nos jantares.

No começo de julho, Lília adoeceu após comer framboesas demais, recuperava-se vagarosamente deitada em seu quarto, e sempre desenhava com lápis de cor em grandes folhas de papel presas em uma prancha cidades de contos de fadas, e ela, contra a vontade, não se afastava da cama da menina, ficava sentada, bordando uma blusinha ucraniana para si — não dava para se afastar: Lília a todo instante exigia algo. E eu, na casa deserta e silenciosa, perecia de desejo incessante e aflitivo de ver, beijar e estreitá-la contra mim, sentava-me no gabinete de meu pai, retirava o que calhasse dos armários da biblioteca e fazia força para ler. Estava sentado assim também daquela vez, já antes do anoitecer. E eis que, de repente, ouvi seus passos leves e rápidos. Larguei o livro e ergui-me de um pulo:

— Que foi, dormiu?

Ela fez um gesto com a mão.

— Ah, não! Você não sabe — ela pode ficar dois dias sem dormir que não lhe acontece nada, como com todos os loucos! Expulsou-me para procurar uns lápis amarelos e laranja do pai...

E, pondo-se a chorar, aproximou-se, e deixou a cabeça cair em meu peito:

— Meu Deus, quando isso vai terminar! Diga-lhe finalmente que me ama, que nada no mundo vai nos separar!

E, erguendo o rosto úmido de lágrimas, abraçou-me impetuosamente, perdendo a respiração no beijo. Estreitei-a toda contra mim, puxei-a para o sofá — e eu lá podia considerar, lembrar-me de algo naquele minuto? Mas na soleira do gabinete já soou uma leve tossida: olhei por cima do ombro dela — meu pai, postado, olhava para nós. Depois virou-se e, curvando-se, retirou-se.

Nenhum de nós saiu para o jantar. À noite, Gúri bateu no meu quarto: "Papaizinho pede que o senhor compareça à sua presença".

Entrei no gabinete. Ele estava sentado na frente da escrivaninha e, sem se virar, começou a falar:

— Amanhã você parte para minha aldeia de Samara por todo o verão. No outono, vá procurar emprego em Moscou ou Petersburgo. Caso ouse desobedecer, privo-o de herança para sempre. Mas não é tudo: amanhã mesmo peço ao governador para despachá-lo para a aldeia sob escolta. Agora suma, e não apareça mais à minha vista. O dinheiro para a viagem e mais alguns trocados você vai receber amanhã, através de uma pessoa. Perto do outono, escreverei para meu escritório da aldeia, para que lhe entreguem certa quantia para a permanência inicial nas capitais. Não tenha esperança de vê-la antes da partida. É tudo, prezado. Vá.

Naquela mesma noite, parti para a província de Iaroslavl, para a aldeia de um de meus colegas de liceu, e fiquei com ele até o outono. No outono, sob proteção do pai dele, entrei no Ministério das Relações Exteriores, em São Petersburgo, e escrevi a meu pai que renunciava para sempre não apenas à sua herança, mas a qualquer ajuda. No inverno, fiquei sabendo que ele deixara o emprego e também se mudara para Petersburgo — "com uma esposa jovenzinha e encantadora", como me disseram. E, entrando certa noite na plateia do Teatro Mariínski, alguns minutos antes das cortinas se erguerem, de repente avistei-os. Estavam sentados no camarote ao lado do palco, bem na barreira, na qual jazia um pequeno binóculo de madrepérola. Ele, de fraque, arqueado, como um corvo, lia atentamente o programa, semicerrando um olho. Ela, mantendo-se leve e airosa no penteado alto dos cabelos loiros, olhava animadamente ao redor — para a plateia quente, iluminada pelos lustres, lotada, a murmurar suavemente, para os vestidos de noite, fraques e uniformes que entravam no camarote. Em seu pescoço, à luz escura, reluzia um crucifixo de rubi, os braços finos, porém já arredondados, estavam nus, uma espécie de peplum de veludo escarlate estava preso no ombro esquerdo por um grampo de rubi...

18 de maio de 1944

Camarga

Ela entrou na pequena estação entre Marselha e Arles, passou pelo vagão, contorcendo todo seu corpo espanhol cigano, sentou-se junto à janela, em um banco de um só lugar e, como se não visse ninguém, pôs-se a descascar e roer pistaches assados, erguendo de tempos em tempos a barra da saia negra de cima, e colocando a mão no bolso da de baixo, branca e puída. O vagão, cheio de gente simples, não era composto de compartimentos, dividia-se apenas em bancos, e muitos que estavam sentados de cara para ela e volta e meia fitavam-na fixamente.

Seus lábios, movendo-se sobre os dentes brancos, eram cinzentos, o buço azulado sobre o lábio superior engrossava nos cantos da boca. O rosto fino, de um bronzeado escuro, iluminado pelo brilho dos dentes, era de uma selvageria vetusta. Os olhos, longos, de um castanho dourado, de pálpebras morenas e castanhas semicerradas, olhavam de alguma forma para dentro de si — com uma embaciada languidez primitiva. Sob a seda rija dos cabelos de azeviche, separados ao meio, e com madeixas onduladas caindo na testa baixa, brincos compridos e prateados brilhavam ao longo do pescoço redondo. O desbotado lenço azul-celeste que jazia nos ombros inclinados estava belamente amarrado sobre o peito. As mãos, secas, hindus, com dedos de múmia e unhas mais claras, o tempo todo tiravam e tiravam as cascas dos pistaches com velocidade e habilidade simiesca. Após acabar com eles e sacudir as cascas dos joelhos, ela fechou os olhos, cruzou as pernas e reclinou-se no encosto do banco. Sob a saia preta franzida, que destacava de forma particularmente feminina o contorno de sua cintura flexível, suas nádegas assomavam em montículos firmes, de desenho harmonioso. Magro, sem meia, com a pele fina e bronzeada a brilhar, o pé calçava um chinelo negro de pano e estava envolto em fitas multicoloridas — azuis e vermelhas...

Em Arles ela saiu.

— *C'est une camarguaise*[1] — disse com tristeza, por algum motivo, seguindo-a com os olhos, meu vizinho, agoniado com sua beleza, um provençal forte como um touro, de um corado escuro, com veias sanguíneas.

23 de maio de 1944

1. Ela é de Camarga. Em francês no original. (N. do T.)

Cem rúpias

Avistei-a certa manhã no pátio daquele hotel, daquele velho prédio holandês com coqueirais à beira do oceano, onde eu vivia naqueles dias. E depois vi-a toda manhã. Estava reclinada em uma poltrona de junco, à sombra leve, quente que vinha do prédio, a dois passos da varanda. Um malaio alto, de cara amarela e olhos aflitivamente estreitos, vestindo uma japona branca de lona e calças do mesmo feitio, trouxe-lhe, farfalhando os pés descalços no cascalho, e depositou na mesinha junto à poltrona uma bandeja com uma xícara de chá dourado, disse-lhe algo com polidez, sem mover os lábios secos, apertados, fez uma reverência e afastou-se; enquanto ela ficava reclinada e lentamente abanava o leque de palha, cintilando ritmadamente o veludo negro de seus cílios assombrosos... A que gênero de criatura terrestre era possível atribui-la?

Seu pequeno e firme corpo tropical, sua nudez de café estava revelada no peito, nos ombros, nos braços e nas pernas até o joelho, e o talhe e os quadris estavam de alguma forma envoltos em um tecido verde rutilante. Os pés pequenos com dedos de unhas vermelhas destacavam-se entre as tiras vermelhas das sandálias laqueadas de madeira amarela. Os cabelos de alcatrão, erguidos em penteado alto, estranhamente não correspondiam, com sua rudez, à delicadeza de seu rosto infantil. Nos lóbulos das orelhas pequenas balançavam anéis dourados e ocos. E os cílios negros eram incrivelmente enormes e magníficos — similares às borboletas do paraíso que tão magicamente cintilam nas paradisíacas flores indianas... Beleza, inteligência, estupidez — nenhuma dessas palavras combinava com ela, como não combinava nada de humano: na verdade, era como se ela fosse de outro planeta. Só o que combinava com ela era o mutismo. E ela reclinava-se e calava-se, cintilando ritmadamente o veludo negro dos cílios-borboletas, abanando devagar o leque...

Certa manhã, quando no pátio do hotel entrou o riquixá com o qual eu habitualmente ia à cidade, o malaio encontrou-me nos degraus da varanda e, fazendo uma reverência, disse baixo, em inglês:

— Cem rúpias, *sir*.

24 de maio de 1944

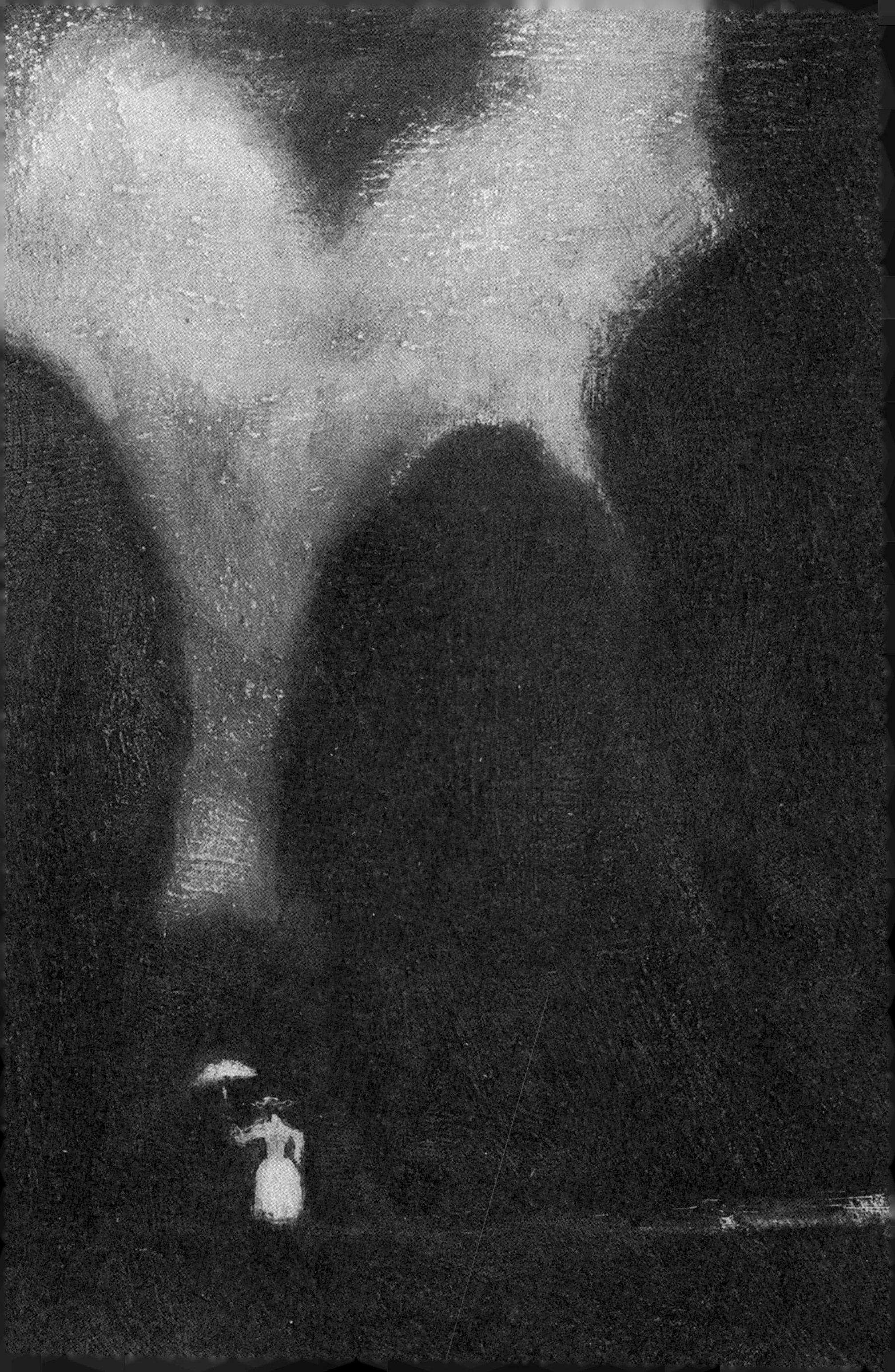

Vingança

Na pensão em Cannes, para onde fui no fim de agosto com a intenção de tomar banho de mar e desenhar a natureza, aquela mulher estranha tomava café pela manhã e jantava numa mesinha separada com o ar inalteradamente concentrado, sombrio, como se não visse nada nem ninguém, e depois do café partia para algum lugar, até quase o anoitecer. Eu morava na pensão já há uma semana, e ainda seguia a examiná-la com interesse: cabelos negros e espessos, uma trança negra firme, a rodear-lhe a cabeça, corpo forte em um vestido vermelho e florido de cretone, um rosto belo, rústico — e aquele olhar sombrio... Servia-nos uma alsaciana, uma garota de quinze anos, porém com seios grandes e traseiro largo, muito corpulenta, de uma corpulência espantosamente meiga e fresca, de estupidez e gentileza raras, que a cada palavra florescia em medo e em um sorriso; e eis que, ao encontrá-la certa vez no corredor, perguntei:

— *Dites, Odette, qui est cette dame?*[1]

Ela, pronta para o pânico e para o sorriso, alçou-me os olhos untuosos e azuis:

— *Quelle dame, monsieur?*[2]

— *Mais la dame brune, là-bas?*[3]

— *Quelle table, monsieur?*[4]

— *Numéro dix.*[5]

— *C'est une russe, monsieur.*[6]

---

1. Diga, Odette, quem é aquela dama? Em francês no original. (N. do T.)
2. Que dama, senhor? Em francês no original. (N. do T.)
3. Ora, a dama morena, lá? Em francês no original. (N. do T.)
4. Que mesa? Em francês no original. (N. do T.)
5. Número dez. Em francês no original. (N. do T.)
6. É uma russa, senhor. Em francês no original. (N. do T.)

— *Et puis?*[7]

— *Je n'en sais rien, monsieur.*[8]

— *Est-elle chez vous depuis longtemps?*[9]

— *Depuis trois semaines, monsieur.*[10]

— *Toujours seule?*[11]

— *Non, monsieur. Il y avait un monsieur...*[12]

— *Jeune, sportif?*[13]

— *Non, monsieur... Très pensif, nerveux...*[14]

— *Et il a disparu un jour?*[15]

— *Mais oui, monsieur...*[16]

"Certo, certo! - pensei. — Agora dá para entender alguma coisa. Mas para onde ela desaparece de manhã? Sempre a buscá-lo?"

No dia seguinte, logo depois do café, eu, como sempre, ouvi pela janela aberta de meu quarto o estalido dos pedregulhos do jardinzinho da pensão, e olhei: ela, de cabeça descoberta, como sempre, com uma sombrinha da mesma cor do vestido, partia para algum lugar, com passo acelerado nas alpargatas vermelhas. Peguei a bengala, o chapéu de palha e apressei-me em seu encalço. Da nossa travessa, ela virou no bulevar Carnot — também virei, esperando que, em sua concentração constante, ela não se virasse e não me sentisse. E foi isso mesmo — ela não se virou nenhuma vez até chegar à estação. Tampouco se virou na estação, entrando em um compartimento do vagão da terceira classe. O trem ia até Toulon e eu, para qualquer eventualidade, comprei um bilhete até —

7. O que mais? Em francês no original. (N. do T.)

8. Não sei nada, senhor. Em francês no original. (N. do T.)

9. Ela está com vocês há muito tempo? Em francês no original. (N. do T.)

10. Há três semanas, senhor. Em francês no original. (N. do T.)

11. Sempre sozinha? Em francês no original. (N. do T.)

12. Não, senhor. Havia um senhor. Em francês no original. (N. do T.)

13. Jovem, esportivo? Em francês no original. (N. do T.)

14. Não, senhor... Muito pensativo, nervoso... Em francês no original. (N. do T.)

15. E ele desapareceu um dia? Em francês no original. (N. do T.)

16. Sim, senhor. Em francês no original. (N. do T.)

Saint-Raphaël, e subi no compartimento vizinho. Obviamente, ela não ia longe, mas para onde? Assomei à janela em Napoule, em Théoule… Finalmente, ao assomar na parada de um minuto em Trayas, vi que ela já estava indo para a saída da estação. Pulei do vagão e voltei a ir em seu encalço, mantendo-me, contudo, a alguma distância. Daí tive que caminhar bastante — pelas sinuosidades da rodovia do precipício à beira-mar, pelas abruptas veredas de pedra em meio a um miúdo bosque de pinheiros, pelas quais ela cortava o caminho à costa, às pequenas enseadas que recortavam a costa naquele lugarejo rochoso, deserto, coberto pelo bosque, naquele declive das montanhas costeiras. Aproximava-se o meio-dia, fazia calor, o ar estava imóvel e denso com o cheiro das agulhas quentes dos pinheiros, nem vivalma, nem som em parte alguma — apenas as cigarras a ciciar, a estridular —, o mar aberto para o sul reluzia, saltitava com grandes estrelas prateadas… Finalmente ela chegou correndo, pela vereda, a uma pequena enseada verde entre os penhascos sanguíneos, largou a sombrinha na areia, descalçou-se rapidamente — estava sem meias — e começou a se despir. Deitei-me na escarpa de pedra sob a qual ela desabotoava o vestido sombrio e florido, olhei e pensei que certamente seu traje de banho seria igualmente lúgubre. Mas não surgiu nenhum traje debaixo do vestido — havia apenas uma curta camisola branca. Tirando também a camisola, e toda marrom com o bronzeado, forte, firme, ela foi pelos calhaus até a água clara, transparente, esticando os belos tornozelos, sacudindo as nádegas proeminentes, reluzindo o bronzeado das ancas. Na água ela parou — ofuscada por ela, devia estar semicerrando os olhos —, depois fê-la rumorejar com os pés, sentou-se, submergiu até o ombro e, virando-se, deitada sobre a barriga, esticou-se, abrindo as pernas, na direção da margem arenosa, botando os cotovelos e a cabeça negra nela. Ao longe, a planície marítima palpitava livremente em um prateado farpado, a pequena e reservada enseada e todo o seu aconchego rochoso eram cozidos de forma ainda mais quente pelo sol, e pairava tamanho silêncio naquele rochedo abrasador e deserto, e no bosque jovem e miúdo, que dava para ouvir a rede de ondulações miúdas e prateadas correndo no corpo deitado de bruços debaixo de mim, e percorrendo suas costas cintilantes, o traseiro bifurcado e as pernas firmes e abertas. Deitando e espiando por detrás das pedras, eu me inquietava cada vez mais com a vista daquela nudez magnífica, esquecia cada vez mais o absurdo e a ousadia de minha conduta, ergui-me e, de tão agitado, acendi um cachimbo — e de repente ela também levantou a cabeça e fixou-me interrogativamente de baixo para cima, continuando, todavia, a ficar deitada do mesmo jeito. Ergui-me, sem saber o que fazer, o que dizer. Ela foi a primeira a falar:

— Ouvi o caminho inteiro alguém vindo atrás de mim. Por que o senhor veio atrás de mim?

Resolvi responder sem rodeios:

— Perdão, por curiosidade...

Ela me interrompeu:

— Sim, o senhor, pelo visto, é curioso. Odette me contou que o senhor a interrogou a meu respeito, ouvi dizer por acaso que o senhor é russo, e por isso não me espantei — todos os russos são de uma curiosidade desmedida. Mesmo assim, por que veio atrás de mim?

— Por força dessa mesma curiosidade — em parte, também profissional.

— Sim, sei que o senhor é pintor.

— Sim, e a senhora é pictórica. Além disso, todo dia a senhora saía de manhã para algum lugar, e isso me intrigava — para onde, por quê? —, perdia o almoço, o que não acontece com frequência com hóspedes de pensão, e o seu ar sempre era absolutamente raro, concentrado em algo. A senhora se mantém solitária, taciturna, como se escondesse algo dentro de si... Ora, por que não fui embora assim que a senhora começou a se despir?

— Ora, isso é compreensível — ela disse.

E, após um silêncio, acrescentou:

— Agora vou sair. Vire-se por um minuto, depois venha para cá. O senhor também me interessa.

— Não me viro por nada — respondi. — Sou um artista, e nós não somos crianças.

Ela deu de ombros:

— Pois bem, para mim tanto faz...

E ergueu-se em toda a sua estatura, mostrando-se à frente em toda a sua força feminina, avançou pelo cascalho sem pressa, botou a camiseta rosa pela cabeça, depois descobriu o rosto sério, baixando-a no corpo molhado. Corri até ela, e sentamo-nos lado a lado.

— Além do cachimbo, o senhor não teria também uns cigarros? – ela perguntou.

— Tenho.

— Dê-me.

Dei, acendi um fósforo.

— Obrigada.

E, baforando, ela se pôs a olhar ao longe, mexendo os dedos dos pés, sem se virar; de repente disse, irônica:

— Então ainda posso agradar?

— E como! — exclamei. — Corpo lindo, cabelo e olhos maravilhosos... Apenas a expressão facial é muito ruim.

— É porque eu, na verdade, estou ocupada de um pensamento mau.

— Foi o que achei. A senhora se separou recentemente de alguém, alguém a deixou...

— Não deixou, mas abandonou. Fugiu de mim. Eu sabia que era um homem acabado, mas amava-o de alguma forma. Deu-se que eu amava simplesmente um imprestável. Encontrei-o há um mês e meio, em Monte Carlo. Naquela noite, eu estava jogando no cassino. Ele estava em pé, ao meu lado, também jogando, seguia a bola com olhos ensandecidos, e sempre ganhava, ganhou uma, duas, três, quatro vezes... Eu também ganhava sempre, ele viu isso e disse, de repente:

"Chega! *Assez!*[17]" — e virou-se para mim: "*N'est-ce pas, madame?*"[18] Rindo, respondi: "Sim, chega!" "— Ah, a senhora é russa?" "— Como está vendo". "— Então vamos farrear!" Olhei — um homem muito gasto, mas de aspecto elegante... O resto não é difícil de adivinhar.

— Não, não é difícil. Sentiram-se íntimos ao jantar, falaram sem fim, espantaram-se quando chegou a hora de se separarem...

— Absolutamente certo. E não nos separamos, e começamos a esbanjar os ganhos. Moramos em Monte Carlo, em Turbie, em Nice, almoçamos e jantamos nos botequins entre Cannes e Nice — o senhor certamente sabe quanto isso custa! —, moramos por um tempo até em um hotel em Cap d'Antibes, fingindo-nos de gente rica... E o dinheiro ficava cada vez menor, as excursões a Monte Carlo com os últimos vinténs terminaram em fiasco... Ele começou a sumir para algum lugar e regressar com dinheiro, embora trouxesse ninharias — cem francos, cinquenta... Depois vendeu em algum lugar meus brincos, o anel de núpcias — fui outrora casada —, o crucifixo de ouro...

— E assegurava, naturalmente, que logo, logo receberia uma dívida grande de alguém, que tinha amigos e conhecidos famosos e abastados.

— Sim, exatamente isso. Quem ele é, mesmo agora não sei com certeza, ele evitava falar com detalhes e clareza sobre a vida pregressa, e eu lidava com isso de forma algo desatenta: Petersburgo, o serviço em um regimento brilhante, depois a guerra, a revolução, Constantinopla... Em Paris, graças a ligações anteriores, estaria se arrumando e sempre poderia se arrumar muito bem, e, por enquanto, Monte Carlo, ou então a possibilidade constante de, nas palavras dele, tomar emprestado em Nice, de amigos com títulos...

17. Basta. Em francês no original. (N. do T.)

18. Não é, senhora? Em francês no original. (N. do T.)

Eu já perdera o ânimo, entrara em desespero, mas ele apenas ria: “Fique tranquila, confie em mim, já fiz umas *démarches*[19] sérias em Paris, mas quais exatamente não é, como dizem, coisa para a mente feminina...”

— Certo, certo...

— O que é certo?

E ela de repente se virou para mim, faiscando os olhos, arremessando longe a *papirossa* apagada.

— Tudo isso o diverte?

Peguei e apertei-lhe a mão:

— Como não tem vergonha? Pois vou desenhá-la como Medusa ou Nêmesis!

— É a deusa da vingança?

— Sim, e muito má.

Ela deu um riso triste:

— Nêmesis! Mas que Nêmesis? Não, o senhor é bom... Dê mais um cigarro. Ele me ensinou a fumar... Ensinou tudo!

E, acendendo o cigarro, novamente pôs-se a fitar ao longe.

— Esqueci de lhe contar ainda como fiquei surpreso ao ver onde a senhora ia se banhar — todo dia uma viagem, e com esse objetivo? Agora entendo: está buscando a solidão.

— Sim...

O calor do sol fluía cada vez mais espesso, as cigarras nos pinheiros quentes e aromáticos ciciavam e estridulavam com cada vez maior insistência e fúria — eu senti como seus cabelos negros e ombros e pernas descobertas deviam estar incandescentes e disse:

— Vamos mudar para a sombra, já está pelando muito, e a senhora termina de contar sua história triste.

Ela voltou a si:

— Vamos...

—

19. Diligências. Em francês no original. (N. do T.)

E nós percorremos o semicírculo da pequena enseada e nos sentamos à sombra clara e abrasadora do penhasco vermelho. Voltei a tomar-lhe a mão e deixar na minha. Ela não percebeu.

— O que há para contar ainda? — ela disse. — Já perdi, de certa forma, a vontade de recordar toda essa história realmente muito triste e vergonhosa. O senhor provavelmente acha que estou acostumada a ser a manteúda ora de um, ora de outro vigarista. Nada do gênero. Meu passado também é o mais corriqueiro. Meu marido esteve no Exército Voluntário, primeiro com Deníkin[20], depois com Wrangel e, quando fomos parar em Paris, virou, naturalmente, chofer, mas começou a se embriagar, e embriagou-se de um cheio que perdeu o emprego, e transformou-se num autêntico vadio. Eu já não podia mais continuar vivendo com ele de jeito nenhum. Eu o vi pela última vez em Montparnasse, às portas do "Dominique" — o senhor conhece, é claro, essa bodega russa? Noite, chuva, e ele de calçados rotos, pisando as poças, correndo até os transeuntes, curvando-se, esticando a mão por uma esmola, ajudando de forma desajeitada, ou melhor, atrapalhando a descida do táxi dos recém-chegados... Fiquei parada, olhei para ele, aproximei-me. Reconheceu-me, assustou-se, ficou embaraçado — o senhor não pode imaginar que homem maravilhoso, bom, delicado! —, parou, fitou-me desconcertado: "Macha, é você?" Pequeno, esfarrapado, barba por fazer, todo recoberto de pelos ruivos, molhado, tremendo de frio... Dei-lhe tudo que tinha na minha bolsinha, ele pegou minha mão com sua mão molhada e gelada, pôs-se a beijá-la e a sacudir-se de lágrimas. Mas o que eu podia fazer? Apenas mandar-lhe cem, duzentos francos umas duas, três vezes ao mês — em Paris, tenho uma chapelaria, e ganho uma quantia bastante decente. Vim para cá descansar, banhar-me, e então... Em alguns dias parto para Paris. Encontrá-lo, dar-lhe uma bofetada e assim por diante é um sonho muito estúpido, e

20. Anton Deníkin (1872-1947), comandante de um dos exércitos que enfrentou os bolcheviques na Guerra Civil Russa. (N. do T.)

sabe quando entendi isso da forma devida? Pois só agora, graças ao senhor. Comecei a contar e entendi…

— Mas, de qualquer forma, como foi que ele fugiu?

— Ah, a questão é essa, pois foi muito baixo. Instalamo-nos nessa mesma pensãozinha onde virei sua vizinha — isso depois do hotel em Cap d'Antibes! — e, certa noite, há dez dias, fomos tomar chá no cassino. Bem, claro que havia música, alguns casais dançando — eu já não podia simplesmente olhar sem repugnância para tudo aquilo, vira o suficiente! —, contudo fiquei sentada, comi os doces que ele pediu para mim e para si, sempre a rir de modo algo estranho: "— Veja, veja — dizia sobre os músicos —, como batem o pé e se torcem!" Depois abriu a cigarreira vazia, chamou o *chasseur*, mandou que trouxesse cigarros ingleses, o outro trouxe, ele disse, distraidamente: "*Merci*, pago depois do chá." Olhou para as unhas e me disse: "Essas mãos estão um horror! Vou lavar…" Levantou e saiu…

— E não voltou mais.

— Sim. E eu sentada, esperando. Esperei dez minutos, vinte, meia hora, uma… O senhor imagina?

— Imagino…

Eu imaginava com muita clareza: sentados à mesinha de chá, olhando, calados, pensando de formas diferentes em sua situação infame… Detrás do vidro das janelas grandes, o céu a enegrecer e o brilho, a calmaria do mar, ramos escurecidos de palmeira a pender, os músicos batendo os pés no chão, como inanimados, soprando os instrumentos, batendo nos pratos de metal, os homens arrastando e sacudindo as damas em sintonia com eles, como se as puxassem para um objetivo claramente definido… Um rapaz de polainas e algo similar a um uniforme verde entregando-lhe, ao tirar respeitosamente o quepe, um maço de High-Life…

— Bem, e então? A senhora ficou sentada…

— Fiquei sentada e sentia que estava perecendo. Os músicos foram embora, o salão esvaziou, a luz elétrica apagou...

— As janelas ficaram azuis...

— Sim, e eu não conseguia me levantar do lugar: que fazer, como me salvar? Em minha bolsinha havia, ao todo, seis francos e uns trocados!

— E ele de fato foi ao banheiro, fez lá o que precisava, pensando em sua vida de vigarista, depois abotoou-se e, na ponta dos pés, correu pelo corredor à outra saída, pulou para a rua... Por temor a Deus, pense em quem amava! Procurá-lo, vingar-se dele? Por quê? A senhora não é uma menina, devia ter visto quem ele era e em que situação ficou. Mas por que continuou essa vida horrível em todos os sentidos?

Ela ficou calada, deu de ombros:

— Quem eu amava? Não sei. Havia, por assim dizer, uma necessidade de amor, que nunca senti de verdade... Como homem, ele não me dava nada, nem podia dar, já perdera há tempos as faculdades masculinas... Eu devia ter visto quem ele era, e em que situação fiquei? Claro que devia, mas não queria ver, achava que pela primeira vez estava vivendo aquele tipo de vida, aquelas férias viciosas, todos aqueles prazeres, vivia em uma espécie de alucinação. Por que queria encontrá-lo em algum lugar, e vingar-me dele de alguma forma? Novamente uma alucinação, uma ideia impertinente. Por acaso eu não sentia que, além de um escândalo repulsivo e penoso, eu não podia fazer nada? Mas o senhor diz: por quê? Bem, porque, de qualquer forma, foi graças a ele que caí tão baixo, vivi aquela vida de vigarista e, principalmente, pelo horror, pela vergonha que experimentei naquela noite no cassino, quando ele fugiu da privada! Quando, fora de mim, disse alguma mentira na caixa do cassino, tentando me livrar, implorei que ficassem com minha bolsinha como garantia até o dia seguinte — e quando não aceitaram e, com desprezo, deixaram-me sair sem pagar o chá, os doces e os cigarros ingleses! Mandei um telegrama a Paris, recebi dois dias depois mil francos, fui ao cassino – lá, sem olharem para mim, pegaram o dinheiro, deram até um recibo... Ah, querido, não sou nehuma Medusa, sou apenas uma mulher e, ainda por cima, muito suscetível, sozinha, infeliz, mas entenda-me — até as galinhas têm coração! Estive simplesmente doente por todos esses dias, desde aquela maldita noite. E foi simplesmente Deus quem me enviou o senhor, de alguma forma voltei a mim de repente... Largue minha mão, está na hora de me vestir, logo vem o trem de Saint-Raphaël...

— Que Deus o tenha — eu disse. — Melhor olharmos ao redor, para essas rochas vermelhas, a enseada verde, os pinheiros torcidos, ouvir esse murmúrio paradisíaco... E daqui nós vamos embora juntos. Verdade?

— Verdade.

— Vamos juntos também a Paris.

— Sim.

— E não vale a pena antecipar o que vem depois.

— Sim, sim.

— Posso beijar a sua mão?

— Pode, pode...

13 de junho de 1944

O balanço

Em uma noite de verão, ele estava sentado na sala de visitas, dedilhando o piano e, ouvindo os passos dela na varanda, passou a golpear o teclado selvagemente e a gritar e cantar, fora de tom:

Não invejo os deuses,
Não invejo os reis,
Quando vejo os olhos lânguidos,
O talhe esbelto e as tranças escuras!

Ela entrou de sarafana azul, com duas longas tranças escuras nas costas, de colar de coral, olhos azuis sorridentes no rosto bronzeado:

— Tudo isso é a meu respeito? É uma ária de composição própria?

— Sim!

E voltou a golpear o teclado e gritar:

Não invejo os deuses...

— E que ouvido o seu!

— Em compensação, sou um pintor famoso. E bonito como Leonid Andrêiev. Vim para a sua desgraça!

— Ele assusta, mas não me mete medo, disse Tolstói sobre o seu Andrêiev.

— Veremos, veremos!

— E as muletas do vovô?

— Embora vovô seja um herói de Sebastópol, só é ameaçador na cara. Fugimos, casamo-nos, depois atiramo-nos aos seus pés — ele vai chorar e perdoar…

Ao crepúsculo, no jantar, quando na cozinha fritavam croquetes cheirosos com cebola e o parque orvalhado refrescava, eles brincavam, um na frente do outro, em um balanço no final da alameda, com as argolas guinchando, ao sopro do vento que agitava a barra da saia dela. Puxando as cordas e dando impulso à tábua, ele fazia um olhar terrível, e ela, ficando vermelha, olhava de forma fixa, insensata e contente.

— Ai! E ali está a primeira estrela, a lua crescente, e o céu é verde, verde sobre o lago — pintor, veja que crescente fino! Lua, lua, chifres dourados[1]... Ah, vamos cair!

Pousando das alturas e pulando no chão, sentaram-se na tábua, segurando a respiração alvoroçada e olhando um para o outro...

— E então? Eu disse!

— O que disse?

— A senhorita já está apaixonada por mim.

— Pode ser... Espere, estão chamando para o jantar... Ai, vamos, vamos!

— Espere um minutinho. Primeira estrela, lua crescente, céu verde, cheiro de orvalho, cheiro da cozinha — com certeza, de novo meus queridos croquetes com creme azedo! —, olhos azuis, e um rosto lindo e alegre...

— Sim, tenho a impressão de que não terei noite mais feliz do que essa na vida...

— Dante disse, sobre Beatriz: "Em seus olhos está o princípio do amor, e o fim, nos lábios". E então? — ele disse, segurando-lhe a mão.

Ela fechou os olhos, inclinando a cabeça baixa na direção dele. Ele abraçou-lhe os ombros com as tranças macias, ergueu-lhe o rosto:

— O fim está nos lábios?

— Sim...

—

1. Enunciado de fórmula mágica. (N. do T.)

Quando caminhavam pela alameda, ele olhou para debaixo de seus pés:

— Que vamos fazer agora? Ir ao vovô e, caindo de joelhos, pedir-lhe a bênção? Mas que marido eu sou?

— Não, não, tudo menos isso.

— Então o quê?

— Não sei. Que seja só o que é... Melhor já não será.

10 de abril de 1945

SEGUNDA-FEIRA PURA[1]

Escurecia um dia cinzento de inverno em Moscou, o gás ardia frio nos lampiões, as vitrines das loja iluminavam-se quentes — e acendia-se a vida noturna da cidade, liberada dos negócios diurnos: os trenós de aluguel corriam com maior frequência e animação, os bondes lotados, em disparada, rangiam mais pesadamente — na penumbra já dava para ver estrelas verdes caindo dos fios —, transeuntes em um vago negrejar apressavam-se com mais animação pelas calçadas nevadas... Toda noite, o trotador, atiçado por meu cocheiro, conduzia à rédea solta dos Portões Vermelhos à Catedral do Cristo Salvador: ela morava em frente; toda noite eu a levava para jantar no Praga, no Hermitage, no Metropol, depois do jantar a teatros, a concertos, e daí para o Iar, o Strelna... Como tudo aquilo devia terminar, eu não sabia e tentava não pensar, não concluir: era inútil — tanto quanto falar disso com ela: ela repelira de uma vez por todas as conversas sobre nosso futuro; era enigmática, incompreensível para mim, e também eram estranhas nossas relações — ainda não éramos completamente íntimos; e tudo isso me mantinha em uma tensão irresoluta sem fim, em expectativa angustiante — e, ao mesmo tempo, eu era indizivelmente feliz todo o tempo que passava a seu lado.

Ela, não se sabia bem para quê, fazia cursos, frequentava-os de forma bastante rara, mas frequentava. Certa feita, perguntei: "Para quê?" Ela deu de ombros: "E para que as coisas são feitas no mundo? Por acaso entendemos algo de nossas condutas? Além disso, a História me interessa..." Morava sozinha — seu pai, viúvo, um homem esclarecido de uma célebre estirpe de mercadores, morava aposentado em Tvier, juntara algum dinheiro, como todos

---

1. Primeiro dia da Quaresma na Igreja Ortodoxa. (N. do T.)

esses mercadores. No prédio em frente à Catedral do Salvador ela alugara, por causa da vista de Moscou, um apartamento de esquina no quarto andar, dois aposentos ao todo, mas espaçosos e bem mobiliados. No primeiro, um divã turco ocupava bastante espaço, havia um piano caro, no qual ela sempre estudava o começo lento, sonambulisticamente lindo da *Sonata ao luar*[2] — só o começo —, no piano e no toucador desabrochavam flores elegantes em vasos talhados — todo sábado, ela recebia frescas, mandadas por mim — e, quando eu chegava à sua casa na noite de sábado, ela, deitada no divã, acima do qual, por algum motivo, estava pendurado um retrato de Tolstói descalço, ela me estendia a mão para ser beijada, sem pressa, e dizia, distraída: "Obrigada pelas flores..." Eu lhe levava uma caixa de chocolates, livros novos — Hofmannsthal, Schnitzler, Tetmayer, Przybyszewski — e recebia sempre esse mesmo "obrigada" e a mão quente estendida, às vezes a ordem de me sentar ao lado, no divã, sem tirar o sobretudo. "Não dá para entender por que — ela dizia, cismada, olhando para meu colarinho de castor —, mas, aparentemente, não pode haver cheiro melhor do que o do ar do inverno, com o qual você entra no quarto, vindo do pátio..." Ela parecia não precisar de nada: das flores, dos livros, dos jantares, dos teatros, das ceias fora da cidade, embora houvesse mesmo flores de que gostava e não gostava, ela sempre lesse todos os livros que eu lhe trazia, devorasse em um dia a caixa inteira de chocolates, não comesse menos do que eu nos almoços e jantares, gostasse de empadão aberto com sopa de lota-do-rio, galinha-montês rosada com creme azedo quente, às vezes dissesse: "Não entendo como as pessoas não se enchem de ficar a vida inteira jantando, ceando todo dia", — mas ela mesma jantava e ceava com o entendimento moscovita das coisas. Sua única fraqueza patente era apenas roupa boa, veludo, seda, peles caras...Nós dois éramos ricos, saudáveis, jovens, e tão

—

2. Sonata para piano Op. 27/2, em dó sustenido menor, de Beethoven. (N. do T.)

bonitos que nos restaurantes e nos concertos seguiam-nos com a vista. Nascido na província de Penza, eu naquela época era belo de uma beleza, por algum motivo, meridional, ardente, era até "indecentemente belo", como me disse certa vez um ator famoso, um homem monstruosamente gordo, grande glutão e sabichão. "O diabo é que sabe quem é o senhor, uma espécie de siciliano" — ele disse, sonolento; e meu caráter também era meridional, vivo, constantemente pronto para um sorriso feliz, para uma boa piada. E a beleza dela era algo indiana, persa: rosto bronzeado, de âmbar, cabelos magníficos e um pouco sinistros em sua negritude espessa, sobrancelhas de um brilho suave, como pele de zibelina preta, olhos negros como carvão aveludado; na boca de cativantes lábios de um escarlate aveludado destacava-se um buço escuro; ao sair, ela frequentemente trajava um vestido de veludo grená e sapatos da mesma cor, com fivelas douradas (e para os cursos ia como estudante modesta, almoçava por trinta copeques em uma cantina vegetariana na rua Arbat); e o mesmo tanto que eu era inclinado à tagarelice, à alegria cândida, ela era antes de tudo taciturna: sempre a pensar em alguma coisa, como se esmiuçasse algo mentalmente; deitada no divã com um livro nas mãos, frequentemente deixava-o cair e olhava interrogativamente para a frente: eu via isso ao visitá-la às vezes também durante o dia, pois todo mês ela não saía de casa de jeito nenhum por dois, três dias, ficava deitada, lendo, e me obrigava a me sentar na poltrona ao lado do divã e ler em silêncio.

— O senhor é terrivelmente tagarela e irrequieto — ela disse —, deixe-me terminar de ler o capítulo…

— Se eu não fosse tagarela e irrequieto, pode ser que nunca a tivesse conhecido — respondi, lembrando-a de como nos conhecemos: certa vez, em dezembro, quando fui parar no Círculo de Artes, em uma palestra de Andrei Biéli, que a fizera cantando, correndo e dançando no estrado, eu me retorci e gargalhei tanto que ela, que por acaso viu-se em uma poltrona ao meu lado, e inicialmente me observou com certa perplexidade, também finalmente riu, e eu de imediato me dirigi a ela, com alegria.

— Foi isso — ela disse —, mesmo assim cale-se um pouco, leia algo, fume...

— Não posso ficar calado! Não imagina toda a força de meu amor pela senhora! A senhora não me ama!

— Imagino. Quanto ao meu amor, o senhor bem sabe que, além de meu pai e do senhor, não tenho ninguém no mundo. Em todo caso, o senhor é meu primeiro e último. É pouco para o senhor? Mas chega disso. Ler na sua presença não dá, vamos tomar chá...

E eu me levantei, fervi a água na chaleira elétrica da mesinha detrás do divã, peguei xícaras e pratinhos na cristaleira de nogueira que ficava no canto, atrás da mesinha e disse o que me passava pela cabeça:

— Terminou de ler *O anjo de fogo*?[3]

— Olhei até o fim. É tão empolado que dá vergonha de ler.

— E por que ontem saiu de repente do concerto de Chaliápin?

— Estava desmedidamente arrojado. E depois não gosto em geral da Rus[4] de cabelo amarelo.

— Tudo lhe desagrada!

— Sim, muita coisa...

"Que amor estranho!" — pensei e, enquanto a água fervia, ficava em pé, olhando pela janela. O aposento cheirava a flores e, para mim, ela se fundia com o cheiro delas; detrás de uma janela jazia baixa, ao longe, a imagem enorme de Moscou ao crepúsculo, além rio, nevada e cinzenta; em outra, à esquerda, via-se parte do Kremlin, e em frente, de forma algo excessivamente próxima, branquejava o vulto demasiado novo da Catedral do Cristo Salvador, em cuja cúpula dourada refletiam-se em manchas azuladas as gralhas, eternamente a rodeá-la... "Que

3. Romance escrito em 1908 pelo simbolista Valéri Briússov (1873-1924), transformado em ópera por Prokófiev em 1927. (N. do T.)

4. Estado medieval que seria o ancestral da Rússia, Ucrânia e Bielorússia. (N. do T.)

cidade estranha! – falei para mim mesmo, pensando em Okhótny Riad, na Íverskaia, em São Basílio. — São Basílio e Salvador das Florestras[5] são catedrais italianas — e há algo de quirguiz nas pontas das torres dos muros do Kremlin..."

Quando chegava ao crepúsculo, eu às vezes surpreendia-a no divã apenas de *arkhaluk*[6] de seda, orlado de zibelina – "herança de minha avó de Astracã", ela dizia —, sentava-me ao seu lado na penumbra, sem acender as luzes, e beijava-lhe as mãos, os pés, seu corpo de lisura espantosa... Ela não se opunha a nada, mas ficava sempre calada. A cada instante buscava-lhe os lábios quentes — ela os entregava, com a respiração já entrecortada, mas sempre calada. Já quando sentia que eu não tinha mais forças para me conter, ela me afastava, sentava-se e, sem levantar a voz, pedia-me que acendesse a luz, depois ia para seu quarto. Eu acendia, sentava-me no banquinho giratório ao lado do piano e voltava a mim aos poucos, arrefecendo o ardor do entorpecente. Em um quarto de hora ela saía do quarto vestida, pronta para sair, calma e simples, como se nada tivesse acontecido antes:

— Aonde vamos hoje? Ao Metropol, pode ser?

E voltávamos a passar a noite inteira falando de outra coisa. Logo após ficarmos íntimos, ela me disse, quando falei de matrimônio:

— Não, não presto para esposa. Não presto, não presto...

Isso não me deixou sem esperança. "Vamos ver!" — disse a mim mesmo, na expectativa de que sua decisão mudasse com o tempo, e não mais falei de matrimônio. Nossa intimidade incompleta às vezes me parecia insuportável, mas mesmo aí o que me restava, senão esperança no tempo? Certa vez, sentado a seu lado naquele escuro e silêncio da noite, agarrei minha cabeça:

— Não, isso está acima de minhas forças! E para que, por que precisa torturar a si e a mim de modo tão cruel?

---

5. Catedral do Kremlin, do século XVI, demolida em 1933. (N. do T.)

6. Cafetã do Cáucaso, justo e de gola alta. (N. do T.)

Ela ficou calada.

— Sim, de qualquer forma isso não é amor, não é amor...

Ela retrucou, em tom uniforme, da escuridão:

— Pode ser. Pois quem sabe o que é o amor?

— Eu, eu sei! — exclamei. — E esperarei até a senhora também saber o que é o amor, a felicidade!

— Felicidade, felicidade... "Nossa felicidade, amiguinho, é que nem água na rede: você puxa, está cheia, mas quando tira, não tem mais."

— O que é isso?

— É o que Platon Karatáiev disse a Pierre[7].

Fiz um gesto com a mão:

— Ah, que fique com Deus essa sabedoria oriental!

E voltávamos a passar a noite inteira falando de outra coisa — da nova montagem do Teatro de Arte, do novo conto de Andrêiev.... E novamente bastava-me inicialmente ter-me sentado com ela, apertado, no trenó a voar e acelerar, segurando-a na pele lisa do casaco, depois entrado com ela no salão movimentado do restaurante sob a marcha de *Aida*, depois ter comido e bebido a seu lado, ouvido sua voz lenta, olhado para os lábios que beijara há uma hora — sim, beijara, dizia para mim mesmo, olhando com gratidão exaltada para eles, para o buço escuro sobre eles, para o veludo grená do vestido, para o declive dos ombros e o oval dos seios, sentindo o cheiro levemente picante de seus cabelos, pensando: "Moscou, Astracã, Pérsia, Índia!" Nos restaurantes fora da cidade, no final da ceia, quando tudo ficava mais barulhento na fumaça de tabaco ao redor, ela, também fumando e se embriagando, levava-me às vezes a um gabinete em separado, pedia-me para chamar os ciganos, e eles entravam de forma propositadamente ruidosa, desembaraçada: à frente do coro, com violão preso no ombro por uma fita azul-celeste, um velho cigano

—

7. Citação de *Guerra e Paz*, de Tolstói: capítulo XII, parte I, tomo IV. (N. do T.)

de cafetã curto com dragonas, fuça cinza de afogado, cabeça descoberta como uma esfera de ferro gusa, atrás dele a cigana líder do coro, de testa baixa sob uma franja de breu... Ela ouvia as canções com um risinho lânguido, estranho... Às três, quatro da manhã eu a levava para casa, na entrada, fechando os olhos de felicidade, beijava o pelo úmido de seu colarinho e, em desespero exaltado, voava na direção dos Portões Vermelhos. "E amanhã e depois do amanhã será a mesma coisa, eu pensava - essa mesma tortura e essa mesma felicidade... Mas e daí — mesmo assim é felicidade, uma grande felicidade!"

Assim passou janeiro, fevereiro, a *máslenitsa*[8] veio e passou. Na Quinquagésima, ela mandou que eu fosse à sua casa às cinco da tarde. Fui, e ela me recebeu já vestida, de peliça curta de astracã, chapéu de astracã, galochas de feltro.

— Tudo preto! — eu disse, entrando alegre, como sempre.

Seus olhos estavam carinhosos e calmos.

— Pois amanhã já é Segunda-feira Pura — ela disse, tirando do regalo de astracã e dando-me a mão na luva preta de pelica. — "Deus Senhor da minha vida..."[9] Quer ir ao mosteiro de Novodiévitch?

Espantei-me, mas apressei-me a dizer:

— Quero!

— Por que ficar de botequim em botequim? — ela acrescentou. — Pois ontem de manhã estive no cemitério Rogójskoie...

Espantei-me ainda mais:

— No cemitério? Por quê? Aquele famoso, dos cismáticos[10]?

---

8. Festa religiosa celebrada durante a última semana anterior à Grande Quaresma (sétima semana antes da Páscoa). (N. do T.)

9. Oração de Quaresma escrita no século IV por Efrém, o Sírio. (N. do T.)

10. Referente aos Velhos Crentes, seita que não aceitou as reformas da Igreja Ortodoxa feitas por Níkon, patriarca de Moscou, no século XVII. (N. do T.)

— Sim, os cismáticos. A Rus pré-petrina[11]! Estavam enterrando o arcebispo. Imagine só: o caixão era um cepo de carvalho, como antigamente, o brocado dourado parecia forjado, a face do finado coberta de um véu sacramental, bordado com grandes floreios negros — uma beleza e um horror. E, junto ao caixão, diáconos com *ripidion*[12] e *trikirion*[13]...

— Como a senhora sabe disso? *Ripidion, triktirion*!

— É que o senhor não me conhece.

— Não sabia que a senhora era tão religiosa.

— Isso não é religiosidade. Não sei o que é... Mas eu, por exemplo, vou com frequência, de manhã ou à noite, quando o senhor não me arrasta por restaurantes, às catedrais do Kremlin, e o senhor nem sequer desconfia... Pois bem, diáconos: e quais! Peresvet e Osliáblia![14] E, nos dois coros, dois grupos de cantores, também uns Peresvets: altos, imponentes, de cafetãs pretos e compridos, cantam, ecoando uns aos outros — ora um coro, ora outro –, todos em uníssono, e não seguindo partituras, e sim "neumas". E o túmulo estava ornado por dentro com ramos brilhantes de abeto, e no pátio frio, sol, uma neve ofuscante... Mas não, o senhor não entende isso! Vamos...A tarde estava pacífica, ensolarada, com geada nas árvores: nos muros de tijolo cor de sangue do mosteiro as gralhas tagarelavam, parecendo monjas, os carrilhões volta e meia soavam finos e tristes nos campanários. Rangendo em meio ao silêncio da neve, ingressamos no portão e caminhamos pelas veredas nevadas do cemitério — o sol acabara de se por, ainda estava completamente claro, os galhos com geada desenhavam-se maravilhosamente em coral cinza no esmalte

---

11. Ou seja, anterior a Pedro, o Grande. (N. do T.)

12. Objeto litúrgico, uma espécie de vara com um disco metálico em sua extremidade. (N. do T.)

13. Castiçal litúrgico. (N. do T.)

14. Monges guerreiros do século XIV, do Mosteiro da Trindade-São Sérgio, que participaram da Batalha de Kulikovo, contra os mongóis, em 1380. (N. do T.)

dourado do poente, e misteriosamente lançavam uma luzinha fraca ao nosso redor as sossegadas, tristes e inextinguíveis lâmpadas votivas espalhadas sobre os túmulos. Eu a seguia, olhava com comoção para suas pegadas pequenas, para as estrelinhas que as novas galochas pretas deixavam na neve — e ela de repente se virou, ao senti-lo:

— Como o senhor me ama, de verdade! — ela disse, com perplexidade tranquila, meneando a cabeça.

Ficamos junto aos túmulos de Értel[15], de Tchékhov. Com as mãos no regalo abaixado, ficou longamente olhando para o monumento fúnebre a Tchékhov, depois deu de ombros:

— Que mistura repulsiva do estilo russo adocicado com o Teatro de Arte!

Começou a escurecer, esfriou, saímos devagar pelo portão, junto ao qual meu Fiódor estava na boleia.

— Andemos um pouco mais — ela disse —, depois vamos comer as últimas panquecas[16] no Iegórov... Só que não rápido, Fiódor, verdade?

— Sim, senhora.

— Em algum lugar da rua Ordynka fica a casa em que morou Griboiêdov. Vamos procurá-la...

E fomos à Ordynka, vagamos longamente por umas travessas dos jardins, estivemos na travessa Griboiêdov; mas quem poderia saber em que casa Griboiêdov morou? Não havia uma alma passando, e quem dos transeuntes poderia precisar de Griboiêdov? Já escurecera há tempos, detrás das árvores as janelas acendiam-se rosadas na geada...

— Ainda tem o Convento de Santa Marta e Santa Maria — ela disse.

Eu ri:

— De novo um convento?

—

15. Aleksandr Értel (1855-1908), escritor. (N. do T.)

16. Comer panquecas faz parte dos festejos da *máslenitsa*. (N. do T.)

— Não, falei por falar...

O andar de baixo da taberna de Iegórov, em Okhótny Riad, estava cheio de cocheiros desgrenhados e com muita roupa, cortando pilhas de panquecas cheias de um monte de manteiga e creme azedo, e havia um vapor de sauna. Nos aposentos de cima, também muito quentes, de telhado baixo, mercadores antiquados entornavam champanhe congelado com panquecas de fogo com caviar fresco. Passamos para o segundo aposento, no canto do qual, diante da tábua negra do ícone da Mãe de Deus com Três Mãos, ardia uma lâmpada votiva, sentamo-nos a uma mesa comprida, em um sofá negro de couro... O buço de seu lábio superior estava recoberto de geada, a face de âmbar ficara levemente rosada, o negro da íris fundira-se por completo à pupila — eu não conseguia tirar os olhos extasiados de seu rosto. E ela dizia, tirando um lencinho do regalo perfumado:

— Que bom! Embaixo uns mujiques selvagens, e aqui panquecas com champanhe e a Mãe de Deus com Três Mãos. Três mãos! Afinal, é a Índia! O senhor é um fidalgo, não consegue entender como eu toda essa Moscou.

— Consigo, consigo! — respondi. — E vamos pedir um jantar substantífico!

— Como "substantífico"?

— Quer dizer substancioso. Mas como a senhora não sabe? O *Discurso de Guiúrgui*...

— Que bonito! Guiúrgui!

— Sim, o príncipe Iúri Dolgorúki. *Discurso de Guiúrgui a Sviatoslav, príncipe de Siéverski*: "Vinde a mim, irmão, em Moscóvia, e mandai que preparem um jantar substantífico".[17]

---

17. O *Discurso* é parte do *Códice de Ipátiev*, compêndio de crônicas sobre a Rus medieval. Trata-se da primeira referência histórica a Moscou, quando, em 1147, o príncipe Iúri Dolgorúki (c. 1090-1157) convidou à cidade o príncipe Sviatoslav, de Nóvgorod-Siéverski (1106/7-1164). (N. do T.)

— Que bonito. E só em alguns mosteiros do norte restou agora essa Rus. E ainda nos cânticos de igreja. Recentemente fui ao Mosteiro da Conceição — o senhor não pode imaginar de que jeito maravilhoso cantam lá o *sticheron*[18]! E no de Tchúdov é ainda melhor. No ano passado, fui lá na Semana Santa inteira. Ah, como foi bom! Por toda parte poças, o ar já está suave, a alma tem algo terno, triste e, o tempo inteiro, esse sentimento da pátria, de sua antiguidade... Todas as portas da catedral abertas, gente simples entrando e saindo o dia inteiro, missa o dia inteiro... Ah, ainda vou partir para um mosteiro, um bem ermo, em Vólogda, em Viatka!

Quis dizer que então eu partiria ou mataria alguém, para ser exilado em Sacalina, a agitação me fez esquecer, acendi um cigarro, mas aproximou-se um garçom de calça branca, camisa branca e fivela do cinto cor de framboesa e polidamente me advertiu:

— Desculpe, senhor, é proibido fumar aqui...

E de imediato, com especial servilismo, começou a matraquear:

— O que desejam com as panquecas? Licor caseiro de ervas? Um caviarzinho, um salmãozinho? Para a sopa de peixe temos um xerez raramente bom, e para a merluza...

— Xerez também para a merluza — ela acrescentou, alegrando-me com a boa loquacidade que não a abandonara a noite inteira. E eu já ouvia distraído tudo o mais que ela dizia. E ela falava com uma luz tranquila nos olhos:

— Gosto tanto das crônicas russas, das lendas russas a ponto de reler aquelas que me agradam especialmente até aprendê-las de cor. "Houve na terra russa uma cidade chamadar Múrom, seu autocrata era um príncipe de boa fé[19], de nome Pável. E o diabo enviou uma serpente voadora à sua esposa, para luxúria. E tal serpente apresentou-se a ela com natureza humana, assaz linda..."

—

18. Cântico litúrgico ortodoxo habitualmente relacionado a determinada passagem de algum salmo. (N. do T.)

19. Título dado pela Igreja Ortodoxa a monarcas santificados pela vida justa, não relacionado a martírios. (N. do T.)

Fiz olhos terríveis, de brincadeira:

— Oh, que horror!

Ela, sem ouvir, prosseguiu:

— Assim Deus a tentou. "E quando chegou a hora de seu bendito passamento, este príncipe e princesa suplicaram a Deus para se apresentarem a ele no mesmo dia. E combinaram de serem sepultados no mesmo túmulo. E mandaram entalhar em uma única pedra dois leitos sepulcrais. E envergaram, também ao mesmo tempo, trajes monásticos..."[20]

E novamente minha distração foi sucedida por espanto, e até inquietação: o que ela tem hoje?

E eis que, naquela noite, quando a levei para casa em uma hora absolutamente incomum, às dez, ela, ao se despedir de mim na entrada, de repente me deteve, quando eu já estava me sentando no trenó:

— Espere. Amanhã não esteja aqui em casa antes das dez da noite. Amanhã tem a "festa do repolho"[21] do Teatro de Arte.

— E daí? – perguntei. — A senhora quer ir a essa "festa do repolho"?

— Sim.

— Mas a senhora não disse que não conhece nada mais vulgar do que essas "festas do repolho"?

— Continuo sem conhecer. E mesmo assim quero ir.

Meneei mentalmente a cabeça — "é tudo extravagância, extravagância moscovita!" — e repliquei, animado:

— *All right*! Às dez da noite do dia seguinte, após subir de elevador à sua porta, abri-a com a minha chave e não entrei de imediato na antessala escura: atrás dela estava claro, fora do comum, tudo

---

20. *Novela de Piotr e Fevrônia de Múrom*, escrita no final da década de 1540 por Iermolai-Erasmo. (N. do T.)

21. No original, *kapústnik*. Conjunto de esquetes teatrais cômicos. O nome vem dos preparativos para a colheita do repolho na festa da Exaltação da Cruz, em setembro. (N. do T.)

estava aceso — os lustres, os candelabros do lado do espelho e a lâmpada alta no abajur leve à cabeceira do divã —, e o piano tocava o começo da *Sonata ao luar*, subindo cada vez mais, ficando cada vez mais angustiado quanto mais tocava, convocando a uma tristeza sonâmbula e bem-aventurada. Bati a porta da antessala — os sons se interromperam, ouviu-se o farfalhar de um vestido. Entrei — ela estava postada, ereta e algo teatral, junto ao piano, com um vestido negro de veludo que a deixava mais magra, reluzente em sua elegância, no arranjo festivo de seus cabelos de breu, no âmbar bronzeado dos braços nus, dos ombros, no começo macio e pleno dos seios, no brilho dos brincos de diamante nas faces ligeiramente empoadas, no veludo de carvão dos olhos e no púrpura aveludado dos lábios; nas têmporas, trancinhas negras lustrosas dobravam-se em anéis na direção do rosto, conferindo-lhe um ar de beldade oriental de quadro de *lubók*[22].

— Pois se eu fosse uma cantora no palco — ela disse, olhando para minha cara de desconcerto — responderia aos aplausos com um sorriso amistoso e ligeiras inclinações à direita e à esquerda, para cima e para a plateia, e de forma imperceptível, mas cuidadosa, afastaria a cauda do vestido com o pé para não pisar nela... Na "festa do repolho" ela fumou muito e bebericou champanhe o tempo todo, olhando fixamente para os atores, que com brados e estribilhos vivazes representavam algo supostamente parisiense, para o grande Stanislávski de cabelos brancos e sobrancelhas negras e para o corpulento Moskvin de pincenê no rosto em forma de tina — ambos, com seriedade e zelo estudados, caindo para trás, executaram um cancã desesperado, sob gargalhadas do público. Aproximou-se de nós, com uma taça na mão, pálido de embriaguez, com muito suor na testa em que pendia uma nesga de seus cabelos bielorrusos, Katchálov, ergueu a taça e, olhando para ela com uma avidez afetadamente soturna, disse com sua voz grave de ator:

22. Antiga estampa popular russa, ilustrando histórias folclóricas, literárias ou religiosas. (N. do T.)

— Rainha donzela, rainha de Chamakha[23], à sua saúde!

E ela sorriu devagar e fez tim-tim com ele. Ele tomou-lhe a mão, comprimiu-se ebriamente contra ela e não caiu por um triz. Aprumou-se e, confrangendo os dentes, olhou para mim:

— E quem é esse bonitão? Odeio!

Depois rangeu, silvou e retumbou um realejo, saltitando com uma polca — e em nossa direção, deslizando, esvoaçou o pequeno Sulerjítski, que estava sempre a sorrir e a se apressar para algum lugar, curvou-se, imitando a galanteria de comerciante, balbuciou, apressado:

— Permita-me convidá-la para a polquinha *Tremblante*...E ela, sorrindo, ergueu-se e, marcando o compasso com passos hábeis e curtos, cintilando os brincos, sua morenidade e os peitos e braços nus, passou com ele por entre as mesas, acompanhada por olhares e aplausos de admiração, enquanto ele, alçando a cabeça, gritava, caprino:

Vamos, vamos logo
Dançar a polca contigo!

Às duas da manhã ela se levantou, fechando os olhos. Quando estávamos nos agasalhando, ela olhou para meu chapéu de castor, acariciou o colarinho de castor e foi até a saída, dizendo, meio de brincadeira, meio a sério:

— Claro que é bonito. Katchálov disse a verdade... "Serpente de natureza humana, assaz linda..."

No caminho ficou calada, curvando a cabeça diante da nevasca clara de luar que voava ao nosso encontro. A lua cheia mergulhou nas nuvens acima do Kremlin – "uma espécie de crânio reluzente", ela disse. Na Torre do Salvador, o relógio bateu as três — ela ainda disse:

---

23. Personagem do *Conto do galo de ouro* (1834), de Púchkin, transformado em ópera por Rímski-Kórsakov em 1908. (N. do T.)

— Que som primordial, de lata e de ferro. E era igual, esse mesmo som ao bater das três no século XV. E em Florença a badalada era a mesma, ela me fazia lembrar de Moscou...

Quando Fiódor nos deixou à entrada, ela ordenou, inerte:

— Libere-o...

Surpreso – ela nunca me deixara subir à sua casa de madrugada – eu disse, desconcertado:

— Fiódor, eu volto a pé...

E subimos em silêncio pelo elevador, entramos no calor noturno e no silêncio do apartamento com as batidas dos martelinhos da calefação. Tirei-lhe o sobretudo escorregadio de neve, ela removeu do cabelo e largou em minha mão o xale de lã e passou rapidamente, farfalhando a saia de seda de baixo, para o dormitório. Tirei meu casaco, entrei no primeiro aposento e, com o coração parado, como se estivesse diante de um abismo, sentei-me no divã turco. Dava para ouvir pela porta aberta do quarto iluminado seus passos, como ela tirava por cima da cabeça o vestido, que prendia nos grampos... Levantei-me e fui até a porta: só de chinelos de cisne, ela estava em pé, com as costas nuas para mim, na frente do tremó, penteando, com um pente de tartaruga, os fios negros dos cabelos compridos, que pendiam ao lado do rosto.

— E ele sempre dizia que penso pouco nele — ela disse, largando o pente no toucador e, jogando os cabelos nas costas, virou-se para mim. — Não, eu pensei...

Na alvorada, senti seus movimentos. Abri os olhos — ela me fitava com obstinação. Levantei-me do calor da cama e do corpo dela, ela se inclinou para mim, dizendo, em voz baixa e uniforme:

— Hoje à noite parto para Tvier. Por quanto tempo, só Deus sabe...

E estreitou sua face contra a minha — senti como seus cílios úmidos pestanejavam:

— Vou escrever assim que chegar. Sempre escreverei sobre o futuro. Desculpe, deixe-me agora, estou muito cansada...

E deitou-se no travesseiro. Vesti-me com cuidado, beijei-lhe timidamente os cabelos e saí na ponta dos pés para a escada, onde já brilhava uma luz pálida. Fui a pé pela neve jovem e viscosa — já não havia nevasca, tudo estava tranquilo e já dava para ver longe na rua, cheirava a neve e a padaria. Cheguei até a capela Íverskaia, cujo interior ardia quente e reluzia com fogueiras inteiras de velas, ajoelhei na neve pisoteada com a multidão de velhas e mendigos, tirei o chapéu... Alguém me tocou o ombro, eu olhei: uma velhota muito infeliz olhou para mim, com os olhos franzidos pelas lágrimas de dó:

— Oh, não se acabe assim, não se acabe! É pecado, pecado!

A carta que recebi duas semanas depois disso era breve — um pedido carinhoso, mas firme de não a esperar mais, não tentar procurar, ver: "Não voltarei a Moscou, por enquanto farei penitência, depois talvez decida pela tonsura... Que Deus lhe dê forças para não me responder — seria inútil prolongar e aumentar nosso tormento..."

Atendi seu pedido. E por muito tempo perdi-me nos botequins mais sujos, enchia a cara, rebaixei-me de todas as formas, cada vez mais. Depois comecei a me emendar um pouco — indiferente, sem esperança... Passaram-se quase dois anos desde aquela Segunda-Feira Pura...

Em 1914, perto do Ano Novo, fazia uma tarde tão tranquila e ensolarada como aquela outra, inesquecível. Saí de casa, tomei uma sege de aluguel e fui até o Kremlin. Lá, entrei na Catedral do Arcanjo, vazia, fiquei muito tempo em pé, sem rezar, em sua penumbra, olhando para o tremeluzir fraco do ouro antigo da iconóstase e para as lajes dos túmulos dos tsares de Moscou — parado, como se esperasse por algo, naquele silêncio especial de igreja vazia, quando dá medo até de respirar. Ao sair da catedral, mandei o cocheiro tocar para a Ordynka, em ritmo de passeio, como daquela vez em que, pelas travessas escuras dos jardins iluminados pelas janelas, percorrera a travessa Griboiêdov — e só chorava, chorava…

Na Ordynka, fiz o cocheiro parar no portão do Convento de Santa Marta e Santa Maria: carros negros negrejavam no pátio, viam-se as portas abertas da pequena igreja iluminada, das portas vinha o canto pesaroso e comovente do coro de donzelas. Por algum motivo, fiquei com uma vontade irresistível de entrar. No portão, o zelador barrou-me o caminho, pedindo de modo suave e suplicante:

— Não pode, *sinhô*, não pode!

— Como não pode? Não pode entrar na igreja?

— Pode, *sinhô, craro* que pode, só peço ao *sinhô pra* não ir, pelo amor de Deus, agora estão lá a grão-duquesa Elzavet Fiódrovna e o grão-duque Mítri Pálytch[24]…

Passei-lhe um rublo — ele suspirou desolado e me deixou entrar. Mas assim que ingressei no pátio surgiram, vindos da igreja, ícones sendo carregados, estandartes, atrás deles, toda de branco, veste longa, de rosto fino, com um sudário branco e uma cruz dourada bordada na testa, alta, caminhando lenta e compenetrada, de olhos baixos, com uma vela branca na mão, a grão-duquesa; e atrás dela arrastava-se uma fileira igualmente branca de cantoras, com as luzes das velinhas junto a suas faces, freiras ou irmãs — já não sei quem elas eram, ou para onde iam. Por algum motivo, fitei-as com muita atenção. E eis que uma daquelas que iam pelo meio de repente ergueu a cabeça coberta por um lenço branco, tapando a velinha com a mão, cravou o olhar dos olhos escuros na escuridão, parecia ser exatamente em mim… O que ela podia ver na escuridão, como ela podia sentir minha presença? Virei-me e saí em silêncio pelo portão.

12 de maio de 1944

—

24. Deformação, respectivamente, dos nomes de Elizavieta Fiódorovna e Dmítri Pávlovitch. (N. do T.)

A capela

Um dia quente de verão, no campo, detrás do jardim da velha propriedade, um cemitério abandonado há tempos — outeiros com flores e grama alta e, solitária, toda recoberta de flores e ervas selvagens, de urtiga e acanto-bastardo, uma capela de tijolo em ruínas. As crianças da propriedade, agachadas na capela, espiam com olhos perscrutadores pela janela quebrada estreita e longa, no nível do chão. Lá não se vê nada, ela exala apenas um sopro frio. Por toda parte está claro e quente, mas lá é escuro e frio: lá, em caixas de ferro, jazem avôs e avós, também um tio que se deu um tiro. Tudo isso é muito interessante e espantoso: aqui temos sol, flores, ervas, moscas, zangões, borboletas, podemos brincar, correr, é arrepiante, mas também divertido ficarmos agachados, e eles o tempo todo jazem lá, em um escuro de noite, em caixas de ferro gordas e frias; todos os avôs e avós são velhos, mas o tio ainda é jovem...

— Mas por que ele se deu um tiro?

— Estava muito apaixonado e, quando você está muito apaixonado, sempre se mata...

No mar azul do céu pairam aqui e ali lindas ilhas brancas, o vento quente do campo traz um cheiro doce do centeio a florescer. E quanto mais quente e alegre cozinha o sol, mais frio é o sopro que vem das trevas, da janela.

2 de junho de 1944

Primavera, na Judeia

— Aqueles dias distantes na Judeia, que me deixaram coxo, inválido, foram na época mais feliz de minha juventude – disse o homem alto, esbelto, de rosto amarelo, olhos castanhos brilhantes e cabelos curtos, prateados, levemente cacheados, que andava sempre de muletas por causa da perna esquerda, que não dobrava no joelho. – Eu então participava de uma pequena expedição que tinha como objetivo a exploração das margens orientais do Mar Morto, dos lugares legendários de Sodoma e Gomorra, morava em Jerusalém, detivera-me em Constantinopla à espera de meus companheiros de viagem, e realizei uma excursão a um dos campos de beduínos da estrada de Jericó, o do xeique Aid, que me fora recomendado por arqueólogos de Jerusalém, e que se encarregara de arranjar todo o equipamento necessário para nossa expedição e liderá-la pessoalmente. Da primeira vez, fui até ele para negociações com um guia, no dia seguinte ele veio até mim em Jerusalém; depois passei a ir a seu campo sozinho, tendo comprado dele uma eguinha maravilhosa — passei a ir com frequência até desmedida... Era primavera, a Judeia mergulhara no alegre brilho do sol, fazia lembrar o *Cântico dos Cânticos*; "Porque eis que passou o inverno; aparecem as flores na terra, o tempo de cantar chega, e a voz da rola ouve-se em nossa terra, e as vides em flor exalam o seu aroma."[1] Lá, naquele antigo caminho que levava a Jericó, no deserto pedregoso da Judeia, tudo, como sempre, era morto, selvagem, nu, com uma canícula e areia ofuscantes. Mas mesmo ali, naqueles dias luminosos de primavera, tudo me parecia infinitamente alegre, feliz: eu então estava pela primeira vez no Oriente,

—

1. Citação incompleta de Cânticos 2:11-13. (N. do T.)

avistava um mundo absolutamente novo diante de mim e, neste mundo, algo de extraordinário: a sobrinha de Aid.

O deserto da Judeia é todo um país, baixando constantemente até o Vale do Jordão, colinas, passagens, ora pedregosas, ora arenosas, aqui e ali revestidas de vegetação áspera, habitadas apenas por serpentes, perdizes, mergulhadas em silêncio eterno. No inverno, lá, como em toda Judeia, cai chuva, sopra um vento gelado; na primavera, verão, outono — a mesma calma sepulcral, monotonia, mas a canícula do sol, o sono do sol. Nos vales em que aparecem poços veem-se traços de campos de beduínos: a cinza das fogueiras, pedras formando círculos ou quadrados onde armam-se tendas... E o campo para o qual eu ia, cujo xeique era Aid, revelava o seguinte quadro: um largo barranco arenoso entre colinas e, nele, um pequeno acampamento de tendas de feltro negro, planas, retangulares e bastante sombrias em seu negrume contra o amarelo das areias. Ao chegar, eu constantemente via pilhas de estrume a arder na frente de algumas tendas e, em meio às tendas, um aperto: por toda parte cães, cavalos, mulas, cabras — até agora não entendo como e onde tudo isso era alimentado —, uma quantidade de crianças nuas, de pele escura, cabelos encaracolados, mulheres e homens, alguns parecidos com ciganos, outros com negros, embora não de lábios grossos... E era estranho ver o quão quente, apesar da canícula, eram os trajes dos homens: camisa índigo até o joelho, jaqueta de algodão, e por cima um abá, ou seja, uma clâmide muito comprida e pesada, larga nos ombros, de lã malhada, listrada em duas cores — preto e branco; na cabeça, um *keffiyeh* — um lenço amarelo com listras brancas, espalhado nos ombros, pendurado sobre as faces e preso no cocuruto com um torniquete também malhado, de duas cores. Tudo isso compunha um absoluto contraste com as vestes femininas: as mulheres tinham na cabeça lenços índigos, os rostos descobertos, no corpo apenas uma camisa índigo comprida, de mangas pontudas, caindo quase até o chão; os homens calçavam sapatos rústicos, forrados com ferro, as mulheres andavam descalças, e todas tinham pés maravilhosos, ágeis e completamente negros como carvão, queimados pelo sol. Os homens fumavam cachimbo, as mulheres também...Na segunda vez em que fui ao campo, sem guia, já me receberam como amigo. A tenda de Aid era a mais espaçosa, e encontrei nela toda uma reunião de velhos beduínos, sentados ao redor das paredes de feltro preto da tenda, com as abas levantadas na entrada. Aid saiu ao meu encontro, fez uma reverência e levou a mão direita aos lábios e à testa. Ao entrar na tenda na frente dele, esperei-o se sentar no tapete no meio da tenda, depois fiz o mesmo que ele fizera ao me receber, aquilo que é sempre requerido — a mesma reverência, e levar a mão direita aos lábios e à testa —, eu o fiz algumas vezes, em número igual ao de pessoas sentadas; depois me sentei ao lado de Aid e, ao me sentar, voltei a fazer o mesmo; naturalmente, respondiam-me da mesma forma. Falávamos apenas o anfitrião e eu — de forma sucinta e vagarosa: isso também era requerido pelo costume, e eu também, naquela época, não era muito versado na língua árabe falada; os demais fumavam e ficavam calados. E fora da tenda, enquanto isso, preparavam iguarias para mim e para os visitantes. Habitualmente os beduínos comem *hibiz* — pão sírio de milho —, painço assado com leite de cabra... Mas a iguaria impreterível do convidado é o *haruf*: carneiro assado em uma cova aberta na areia, na qual colocam-se camadas de estrume a arder. Depois do carneiro servem café, mas sempre sem açúcar. E todos ficavam sentados, regalando-se como se não acontecesse nada, embora à sombra da tenda de feltro estivesse um sufoco quente dos infernos, e olhar para suas abas largamente abertas fosse simplesmente medonho: as areias ao longe brilhavam tanto que pareciam derreter-se à vista. A cada palavra, o xeique me dizia "*havadja*, senhor", e eu para ele: "respeitabilíssimo xeique *badawin*" (ou seja, filho do deserto, beduíno)... A propósito, sabem como o Jordão se chama em árabe? Muito simples: Shariyat, que significa pura e simplesmente bebedouro.

Aid tinha cinquenta anos, era baixo, de ossos largos, magro e muito forte; o rosto, um tijolo queimado, os olhos transparentes, cinza, penetrantes; a barba de cobre com grisalho, áspera, pequena, aparada como os bigodes — os beduínos sempre aparam ambos; calçava, como todos, sapatos grossos com ferradura. Quando esteve na minha casa, em Jerusalém, tinha um punhal no cinto e uma espingarda longa na mão.

Avistei sua sobrinha no mesmo dia em que me sentei em sua tenda, já "como amigo"; ela passou junto à tenda, aprumada, levando na cabeça uma grande lata d'água, que segurava com a mão direita. Não sei quantos anos tinha, acho que não mais do que dezoito, em seguida fiquei sabendo só de uma coisa - quatro anos antes ela se casara, enviuvara no mesmo ano, sem filhos, e mudara-se para a tenda do tio, sendo órfã e muito pobre. "Volta, volta, ó Sulamita!"[2] — pensei. (Afinal Sulamita era, com certeza, parecida com ela: "Eu sou morena, porém formosa, ó filhas de Jerusalém.[3]) E, ao passar junto à tenda, ela virou a cabeça de leve, dirigiu-me os olhos: aqueles olhos eram extraordinariamente escuros, misteriosos, o rosto quase negro, os lábios lilases, fortes — naquele instante, eles foram o que mais me impactou... Aliás, se fossem só eles! Tudo me impactou: o braço espantoso, nu até o ombro, que segurava a lata na cabeça, os movimentos sinuosos do corpo sob a camisa índigo comprida, os seios cheios que erguiam esta camisa... E ainda teve que acontecer de logo depois disso eu encontrá-la em Jerusalém, no Portão de Jaffa! Ela andava na multidão, na minha direção e, desta vez, levava na cabeça algo enrolado em um pano. Ao me ver, deteve-se. Precipitei-me para ela.

— Você me reconheceu?

—

2. Cânticos 6:13. (N. do T.)

3. Cânticos 1:5. (N. do T.)

Ela deu um tapinha com a mão esquerda, livre, no meu ombro, rindo:

— Reconheci, *havadja*.

— O que você está levando?

— Queijo de cabra.

— Para quem?

— Para todos.

— Quer dizer, para vender? Então traga-o para mim.

— Para onde?

— Ora, para cá, para o hotel...

Eu morava exatamente no Portão de Jaffa, em uma casa estreita e alta, colada em outras casas, do lado esquerdo daquela pequena praça de onde sai a "rua do rei Davi", em degraus — uma via escura, coberta ora por panos, ora por abóbadas antigas de pedra, em meio a oficinas e lojas igualmente antigas. E, sem qualquer acanhamento, ela ia à minha frente, pela escada abrupta e apertada, na direção daquela casa, inclinando-se um pouco para trás, tensionando livremente seu corpo sinuoso, desnudando tanto o braço direito que segurava o queijo redondo enrolado no pano na cabeça com lenço índigo, que se viam os pelos espessos de suas axilas. Em uma curva da escadaria ela se deteve: lá, bem embaixo, por uma janela estreita, via-se o antigo Tanque do profeta Ezequiel, cuja água esverdeada jazia, como em um poço, no quadrado formado pelas paredes contínuas das casas vizinhas como janelinhas gradeadas — a mesma água em que se lavara Bate-Seba, mulher de Urias, que cativara o rei Davi com sua nudez. Após se deter, ela espiou pela janela e, voltando-se, fitou-me com espanto alegre, com seus olhos espantosos. Não me contive, beijei-lhe o antebraço nu — ela me fitou interrogativa: os beijos não são habituais entre os beduínos. Ao entrar em meu quarto, ela depositou seu pacote na mesa e estendeu-me a mão direita. Depositei-lhe umas moedas de cobre na mão e, depois, palpitando de excitação, saquei e mostrei-lhe uma libra de ouro. Ela entendeu e baixou os cílios, curvou docilmente a cabeça e fechou os olhos com a dobra interior do cotovelo, deitou-se de costas na cama, desnudou devagar as pernas enfumadas pelo sol, erguendo a barriga com sacudidas convidativas....

— Quando vai trazer queijo de novo? — perguntei, acompanhando-a à escadaria uma hora depois.

Ela balançou de leve a cabeça:

— Logo não dá.

E me mostrou cinco dedos: cinco dias. Duas semanas depois, quando eu estava partindo do campo de Aid, e já me encontrava bem longe, um tiro estalou atrás de mim — e a bala acertou a pedra na minha frente com tanta força que ela fumegou. Lancei o cavalo a galope, curvei-me para a sela — estalou um segundo tiro, e algo me fustigou com força embaixo do joelho da perna esquerda. Galopei até Jerusalém, olhando para minha bota, pela qual o sangue escorria, espumando... Admiro-me até hoje por Aid ter podido errar duas vezes. Admiro-me também por ele ter conseguido saber que era eu quem comprava dela o queijo de cabra.

1946

Pernoite

Isso aconteceu numa localidade erma e montanhosa no sul da Espanha.

Era uma noite de junho, de lua cheia, a pequena lua pairava no zênite, mas sua luz, levemente rosada, como acontece nas noites quentes depois dos breves aguaceiros diurnos tão comuns na época de florescimento das tílias, continuava iluminando as passagens das montanhas baixas cobertas das florestas rasas meridionais com tamanha intensidade que o olho as distinguia com clareza até a linha do horizonte.

Um vale estreito ia para o norte por entre essas passagens. E à sombra de suas colinas, de um lado, no silêncio mortal daquela noite deserta, murmurejava monótona a torrente da montanha, e misteriosamente flutuavam e seguiam a flutuar, extinguindo-se regularmente e regularmente se acendendo ora em ametista, ora em topázio, os pirilampos voadores, as lucíolas. As colinas opostas retrocediam do vale, e pela depressão abaixo delas passava uma antiga estrada de pedra. Igualmente antiga parecia a cidadezinha de pedra que estava nela, naquela depressão, para onde, em uma hora bastante tardia, marchava em um garanhão baio, que mancava na pata dianteira direita, um marroquino alto, de albornoz largo de seda branca e fez marroquino.

A cidadezinha parecia morta, abandonada. E era mesmo assim. O marroquino percorreu primeiro uma rua umbrosa, entre esqueletos de pedras de casas com vazios negros abertos no lugar das janelas, jardins asselvajados atrás delas. Mas depois saiu em uma praça clara, na qual havia um tanque longo com um toldo, uma igreja com uma estátua azul da Madona sobre o portal, umas casas ainda habitadas e, adiante, já na saída, uma estalagem. Lá, no andar inferior, pequenas janelas estavam iluminadas, e o marroquino, que já cochilava, despertou e puxou as rédeas, o que fez o cavalo manco pisar com mais ânimo as pedras da praça esburacada.

Com esse barulho, saiu à soleira da estalagem uma velha pequena, descarnada, que podia passar por mendiga, saiu de um salto uma garota de cara redonda de quinze anos, franja na testa, alpargatas sem meias, vestidinho leve cor de glicínia murcha, ergueu-se uma enorme cadela preta de pelo liso e orelhas curtas e eriçadas que estava deitada na soleira. O marroquino apeou à soleira, e a cadela imediatamente se lançou toda para a frente, cintilando os olhos e arreganhando os dentes brancos e terríveis como se estivesse com asco. O marroquino brandiu o chicote, mas a garota admoestou:

— Negra! — gritou, sonoramente, em pânico. — O que você tem?

E a cadela, baixando a cabeça, afastou-se devagar e deitou-se, com a fuça virada para a parede da casa.

O marroquino proferiu uma saudação, em um espanhol ruim, e se pôs a indagar se havia na cidade um ferreiro — amanhã precisaria examinar o casco do cavalo —, onde poderia fazê-lo passar a noite e encontrar-lhe forragem, e uma ceia para si? A garota olhou com curiosidade viva para sua estatura elevada e rosto pequeno, muito moreno, devorado pela varíola, fitou com cuidado e de esguelha a cadela preta, que jazia pacífica, mas aparentemente ofendida; a velha, dura de ouvido, respondeu depressa, com voz estridente: havia ferreiro, um trabalhador estava dormindo no estábulo ao lado da casa, mas ela imediatamente o acordaria e liberaria forragem para o cavalo, porém, quanto à comida, que o hóspede não levasse a mal: era possível fritar ovos na banha mas, da ceia, tinham sobrado apenas favas frias e ragu de legumes... E em meia hora, após dar um jeito no cavalo com ajuda do trabalhador, um velho eternamente bêbado, o marroquino já estava sentado à mesa da cozinha, comendo com avidez e tomando com avidez vinho branco amarelado.

A casa em que ficava a estalagem era velha. Seu andar inferior era um longo saguão dividido, no fim do qual havia uma escada íngreme para o andar superior, com duas metades: à esquerda, um quarto espaçoso, baixo, com tarimbas para gente simples, à direita, uma cozinha igualmente espaçosa, baixa, que também fazia as vezes de sala de jantar, com teto e paredes revestidos de fuligem, janelas pequenas e muito fundas devido à grande grossura das paredes, uma lareira no canto distante, mesas rústicas e nuas, com os bancos a seu lado escorregadios com a idade, e um chão irregular de pedra. Nela ardia uma lâmpada de querosene, pendurada no teto em uma corrente de ferro enegrecida, cheirava a fornalha e a banha queimada — a velha acendera o fogo da lareira, esquentara o ragu azedo e fritava ovo para o hóspede, enquanto ele comia fava fria regada a vinagre e azeite verde. Ele não se desagasalhou, não tirou o albornoz, estava sentado com as pernas bem abertas, calçando sapatos grossos de couro, com calças largas da mesma lã branca bem apertadas na altura do tornozelo. E a garota, ajudando a velha e servindo-o, volta e meia assustava-se com seus olhares rápidos e repentinos em sua direção, com os brancos azulados dos olhos que se destacavam no rosto seco, escuro, negro e bexigoso, de lábios estreitos. Mesmo sem isso, ele lhe pareceria terrível. De estatura muito elevada, ele ficava largo com o albornoz, e sua cabeça parecia ainda menor no fez. Nos cantos de seu lábio superior retorciam-se pelos negros ásperos. Uns iguais retorciam-se igualmente aqui e ali, em seu queixo. A cabeça era levemente jogada para trás, o que fazia o pomo de adão ressaltar-se especialmente na pele de azeitona. Nos dedos finos e quase negros branquejavam anéis prateados. Ele comia, bebia e calava-se o tempo todo.

Quando a velha, após esquentar o ragu e fritar o ovo, sentou-se esgotada no banco ao lado da lareira apagada e perguntou-lhe de modo estridente de onde era e para onde ia, ele soltou-lhe guturalmente, como resposta, só uma palavra:

— Longe.

Após comer o ragu e o ovo, ele sacudiu a jarra de vinho já vazia — o ragu tinha muita pimenta vermelha —, a velha balançou a cabeça para a garota e, quando esta, pegando a jarra, chispou da cozinha, pela porta aberta, para o saguão escuro, onde os pirilampos pairavam devagar e acendiam-se de forma fantástica, ele sacou um maço de cigarros do peito, acendeu um e soltou, sempre sucinto:

— Neta?

— Sobrinha, órfã — a velha pôs-se a gritar, e largou-se a narrar como ela amava tanto o finado irmão, pai da garota que, por causa dele, ficara donzela, que aquela estalagem pertencera a ele, que sua esposa falecera já há doze anos, e ele há oito, legando tudo de forma vitalícia a ela, a velha, que os negócios tinham ficado muito ruins naquela cidadezinha absolutamente esvaziada...

O marroquino, baforando o cigarro, ouvia distraído, pensando em suas coisas. A garota entrou correndo com a jarra cheia, ele, olhando para ela, baforou tão forte a bituca que queimou as pontas dos dedos negros e finos, apressadamente acendeu um novo cigarro e disse, de forma distinta, à velha, cuja surdez já notara:

— Vou apreciar muito se sua sobrinha me servir o vinho.

— Isso não é tarefa dela — cortou a velha, passando facilmente da tagarelice ao laconismo brusco, e se pôs a gritar, zangada:

— Já é tarde, acabe de tomar o vinho e vá dormir, agora mesmo ela vai fazer uma cama para você no quarto de cima.

A garota brilhou os olhos, animada e, sem esperar ordem, voltou a saltar para fora, batendo os pés rapidamente escada acima.

— E onde vocês duas dormem? — perguntou o marroquino, tirando levemente o fez da testa suada. — Também em cima?

A velha gritou que lá era quente demais no verão, que quando não havia hóspedes — e agora não havia quase nunca! — elas dormiam na outra metade de baixo da casa — ali mesmo, do outro lado, ela apontou para o saguão e novamente largou-se em queixas sobre os negócios estarem ruins, e tudo ter ficado muito caro e, por isso, contra a vontade, ter que cobrar caro dos passantes...

— Amanhã saio cedo — disse o marroquino, já claramente sem escutá-la. — E de manhã sirva-me apenas café. Quer dizer, você pode calcular agora mesmo quanto lhe devo, e agora mesmo acertamos as contas. — Vamos só ver onde estão meus trocados — acrescentou, e tirou do albornoz uma bolsinha de couro vermelho, desamarrou, esticou a correia que lhe atava a abertura, derramou na mesa um monte de moedas de ouro e fingiu que as contava com atenção, enquanto a velha até levantou do banco ao lado da lareira, olhando para as moedas de olhos arregalados.

Em cima estava escuro e muito quente. A garota abriu a porta para a escuridão abafada, ardente, na qual brilhavam, cortantes, as frestas dos contraventos, fechados em duas janelas tão pequenas como as de baixo, serpenteou agilmente no escuro em volta da mesa redonda do meio do quarto, abriu a janela e, empurrando, escancarou os contraventos para a reluzente noite enluarada, para o imenso céu claro com estrelas esparsas. Ficou mais fácil respirar, ficou audível a torrente no vale. A garota assomou à janela para contemplar a lua, que não era visível do quarto, e pairava sempre muito alta, depois olhou para baixo: embaixo, erguendo a fuça, olhava para ela a cadela que, há cinco anos, uma cria de fora, viera correndo de algum lugar à estalagem, crescera à sua vista e apegara-se a ela com a devoção de que apenas cães são capazes.

— Negra — disse a garota, sussurrando —, por que não dorme?

A cadela deu um ganido débil, abanou a fuça para cima e lançou-se para a porta aberta do saguão.

— Para trás, para trás! — ordenou a garota, com sussurro apressado. — Parada!

A cadela se deteve e voltou a erguer a fuça, cintilando fogo vermelho pelos olhos.

— O que você quer? — disse, carinhosa, a garota, que sempre falava com ela como com gente. — Por que não dorme, tolinha? É a lua que te deixa tão perturbada?

Como se quisesse responder algo, a cadela voltou a esticar a fuça para cima, voltou a emitir um ganido baixo. A garota deu de ombros. A cadela também era para ela a mais íntima, talvez a única criatura íntima no mundo, cujos sentimentos e desígnios quase sempre pareciam inteligíveis. Mas o que a cadela queria manifestar agora, o que então a perturbava, ela não entendia e, por isso, apenas ameaçou-a severa, com o dedo, e voltou a ordenar, com um sussurro de zanga fingida:

— Parada. Negra! Durma!

A cadela deitou-se, a garota ficou ainda mais um tempo à janela, pensando nela... Possivelmente era aquele marroquino terrível que a perturbava. Quase sempre ela recebia os hóspedes de forma tranquila, sem dar atenção nem mesmo àqueles com aparência de bandidos, de condenados. Mesmo assim acontecia de ela, por algum motivo, atirar-se contra outros ensandecida, com um rugido retumbante, e então só a garota conseguia acalmá-la. Aliás, podia também haver outra causa para sua perturbação, sua irritação — aquele ar quente, sem o menor movimento, e aquela noite ofuscante de lua cheia. Dava para ouvir bem, no silêncio extraordinário daquela noite, o murmúrio da torrente no vale, as cabras do estábulo a caminharem e baterem os cascos, alguém, de repente — a velha mula da estalagem, ou o garanhão do marroquino — a dar-lhe coices, e ela a balir de forma tão ruidosa e repulsiva que aquele balido diabólico parecia ressoar pelo mundo inteiro. E a garota afastou-se alegremente da janela, abriu a outra, escancarou também seus contraventos. A penumbra do quarto tornou-se ainda mais clara. Além da mesa, nele havia, na parede à direita da entrada, com as cabeceiras nela, três camas largas, cobertas apenas por lençóis rudes. A garota jogou um lençol na cama mais próxima à entrada, ajustou a cabeceira, iluminada de forma repentina e fantástica por uma luz suave, transparente, azulada: um pirilampo pousara em sua franja. Passou a mão por ela, e o pirilampo, cintilando e apagando, flutuou pelo quarto. A garota pôs-se a cantar, de leve, e correu para fora.

Na cozinha, o marroquino estava em pé, de costas para ela, em toda sua estatura, e dizia algo à velha, baixo, porém insistente e irritado. A velha meneava a cabeça negativamente. O marroquino sacudiu os ombros, e virou-se para a garota que entrava com uma expressão facial tão maldosa que ela recuou.

— A cama está pronta? — ele gritou, gutural.

— Tudo pronto — a garota respondeu, apressada.

— Só que não sei aonde ir. Acompanhe-me.

— Eu é que te acompanho — disse a velha, zangada. — Siga-me.

A garota ouviu seus pés batendo devagar na escada íngreme, os sapatos do marroquino soando atrás dela, e saiu. A cadela deitada na soleira ergueu-se imediatamente de um pulo, ganiu e, toda trêmula de alegria e ternura, lambeu o rosto dela.

— Vá embora, vá embora - sussurrou a garota, repelindo-a com carinho e sentando-se na soleira.

A cadela também se sentou nas patas traseiras, e a garota abraçou-a pelo pescoço, beijou-lhe a testa e se pôs a balançar junto com ela, ouvindo os passos pesados e a fala gutural do marroquino no quarto de cima. Ele estava dizendo algo à velha, já mais tranquilo, mas não dava para discernir o quê. Por fim ele disse, alto:

— Ora, está bem, está bem! Só que ela deve me trazer água para tomar à noite.

E soaram os passos da velha, a descer cautelosamente a escada.

A garota foi ao seu encontro no saguão e disse, firme:

— Eu ouvi o que ele disse. Não, não vou até ele. Tenho medo dele.

— Tolice, tolice! - gritou a velha. — Quer dizer que você acha que vou voltar, com essas minhas pernas, e ainda mais no escuro, por essa escada escorregadia? E absolutamente não é preciso temê-lo. Ele é só muito estúpido e irascível, mas é bom. Ele me disse tudo, que tem pena de você, que você é uma moça pobre, que ninguém vai se casar com você sem dote. E é verdade, qual o seu dote? Afinal, estamos completamente arruinadas. Quem fica aqui agora, além de camponeses miseráveis?

— Mas por que ele ficou com tanta raiva quando eu entrei? — perguntou a garota.

A velha ficou confusa.

— Por que, por quê? — balbuciou. — Eu lhe disse para não se meter nos assuntos dos outros... Daí ele se ofendeu...

E gritou, zangada:

— Vá logo, pegue água e leve para ele. Ele prometeu dar um presente a você por isso. Vá, estou dizendo!

Quando a garota entrou correndo, com a jarra cheia, pela porta aberta do quarto de cima, o marroquino estava deitado na cama, já completamente despido: na penumbra iluminada pelo luar negrejavam de forma destacada seus olhos de pássaros, negrejava a cabeça pequena, com corte de cabelo curto, branquejava a camisa comprida, ressaltavam-se os grandes pés nus. Na mesa do meio do quarto brilhava o revólver de tambor e cano longo, na cama ao lado da sua, em uma pilha branca, estava amontoada sua roupa de cima... Tudo aquilo era muito penoso. A garota, na carreira, largou a jarra na mesa e precipitou-se para trás a toda, mas o marroquino ergueu-se de um salto e pegou-a pelo braço.

— Espere, espere — ele disse, rápido, puxou-a para a cama, sentou-se, sem soltar-lhe o braço, e sussurrou: — Sente-se a meu lado por um minutinho, sente, sente, ouça... apenas ouça...

Aturdida, a garota se sentou docilmente. E ele apressadamente se pôs a jurar que estava perdidamente apaixonado por ela, que por um beijo daria dez moedas de ouro... vinte moedas... tudo que havia em sua bolsinha...

E, tirando debaixo da cabeceira a bolsinha de couro vermelho, derramou o ouro na cama, balbuciando:

— Veja quanto eu tenho... Está vendo?

Ela balançou a cabeça, desesperada, e pulou da cama. Mas ele voltou a agarrá-la instantaneamente e, apertando-lhe a boca com sua mão seca, tenaz, jogou-a na cama. Com força feroz, ela arrancou-lhe a mão e gritou, penetrante:

— Negra!

Ele voltou a apertar-lhe a boca e o nariz, pegou-lhe, com a outra mão, as pernas desnudas, com as quais ela, escoiceando, acertou-lhe dolorosamente a barriga mas, nesse minuto, ouviu o rugido da cadela voando pela escada como um turbilhão. Erguendo-se de um salto, pegou o revólver da mesa, mas não conseguiu sequer pôr a mão no gatilho, sendo instantaneamente derrubado. Defendendo o rosto da goela da cadela, que se esticava em sua direção, banhando-o com seu incandescente bafo canino, ele sacudiu, ergueu o queixo — e a cadela, com um aperto mortal, rasgou-lhe a garganta.

23 de março de 1949

Impressão: Midiograf
Tiragem: 1.000 exemplares
Tipografia: Minion Pro
Papel: Pólen Bold 90 g/m²